À PROPOS DE L'AUTRICE

Amoureuse des livres et des mots, Emy Luca est à la fois autrice de romances contemporaines et historiques et grande lectrice. Son métier d'infirmière lui a appris qu'il fallait croquer la vie sans attendre, cette vie qu'elle aime raconter dans ses romans, de belles histoires et des parenthèses pleines de lumière et d'espoir.

À PROPOS DE [illegible]

[illegible]

Cœur de corsaire

Collection : VICTORIA

HARPERCOLLINS FRANCE
83-85, boulevard Vincent-Auriol, 75646 PARIS CEDEX 13
Service Lectrices — Tél. : 01 45 82 47 47 - www.harlequin.fr
ISBN 978-2-2804-8297-4— ISSN 2493-013X

Composé et édité par HarperCollins France.
Imprimé en mars 2023 par CPI Black Print (Barcelone)
en utilisant 100% d'électricité renouvelable.
Dépôt légal : avril 2023.

FSC www.fsc.org
MIXTE
Papier issu de sources responsables
FSC® C159065

Pour limiter l'empreinte environnementale de ses livres, HarperCollins France s'engage à n'utiliser que du papier fabriqué à partir de bois provenant de forêts gérées durablement et de manière responsable.

EMY LUCA

Cœur de corsaire

Victoria

HARLEQUIN

Il est des êtres dont c'est le destin de se croiser.
Où qu'ils soient. Où qu'ils aillent.
Un jour ils se rencontrent.

Seule Venise, CLAUDIE GALLAY, 2004

Chapitre 1

Londres, le 16 mars 1861

Erin s'arrêta un instant et scruta la foule dense et bruyante qui se pressait sur le quai à la recherche de Nicholas.

Où diable son cousin avait-il bien pu disparaître ?

Alors qu'elle se haussait sur la pointe des pieds, une main en visière sur le front pour tenter de distinguer ce dernier, elle fut distraite par un gamin haut comme trois pommes qui l'interpella gaiement :

— Milady ?

Erin dévisagea avec surprise le petit garçon qui la contemplait d'un air mutin en tenant un panier en osier bien trop lourd pour ses petits bras frêles.

L'enfant ne devait pas avoir plus de sept ans.

Elle ressentit un pincement au cœur en détaillant son visage pâle, ses grands yeux noirs bordés de cernes violacés et ses vêtements sales et rapiécés, beaucoup trop grands pour son corps émacié. Il lui adressa un sourire édenté mais confiant, tout en soulevant habilement de sa main droite une couverture d'une couleur douteuse qui recouvrait le panier.

— De beaux rubans pour une jolie dame ! Ou bien

préférez-vous des savons ? Il y en a au chèvrefeuille, à la rose ou au miel ! C'est ma mère qui les fabrique !

Erin ne put retenir une exclamation étouffée en découvrant un assortiment coloré de babioles qui semblaient de piètre qualité.

Néanmoins, la jeune femme n'eut pas le cœur de décevoir l'enfant qui la dévisageait avec des yeux remplis d'espoir, mais où dansait cependant un voile beaucoup plus sombre.

Elle saisit son réticule et lui tendit 1 guinée.

— Je vais te prendre trois rubans.

L'enfant ouvrit et ferma la bouche plusieurs fois avant de s'exclamer :

— Mais milady, c'est beaucoup trop d'argent !

Il esquissa un geste pour lui rendre la pièce.

Erin sourit et referma la main sur le poing du petit garçon.

— Tu en as bien plus besoin que moi ! Garde-la ! Cela me fait plaisir !

Le gamin hocha la tête avec gravité.

— Vous êtes ma bonne fée, milady ! Je ne vous oublierai pas ! Mille fois merci !

Puis il s'enfuit avec son précieux butin, zigzaguant avec habileté parmi les badauds malgré la taille de son panier.

Erin soupira, émue par la détresse du jeune garçon, avant de glisser les précieux rubans dans son réticule.

Combien d'enfants arpentaient ainsi les rues chaque jour, dans l'espoir de glaner de quoi subvenir aux besoins de leur famille, ou du moins de quoi manger ? Et combien d'entre eux mouraient également chaque jour dans un total dénuement et dans l'indifférence des classes les plus aisées ?

Son cœur se serra.

Ici, à Londres, elle se sentait impuissante devant tant de misère. À Philadelphie, tout était différent. Sa famille, et notamment sa mère adoptive, s'était engagée dans plusieurs combats, et certains avaient appris à leurs dépens qu'il n'était pas bon de s'opposer à Elizabeth Hamilton lorsque celle-ci avait une idée en tête. Forte de l'influence de son mari, elle œuvrait autant pour l'émancipation des femmes que pour venir en aide aux plus nécessiteux, représentant un véritable modèle pour Erin qui s'efforçait de suivre le même chemin.

La jeune femme secoua la tête pour chasser ses pensées et reprit sa recherche afin de retrouver Nick avant le départ de la course.

La *Boat Race* était l'événement majeur de ce début de printemps. Chaque année, les étudiants des universités d'Oxford et de Cambridge s'affrontaient sur 6 779 mètres entre Putney et Mortlake, au cours d'une célèbre course d'avirons sous le regard d'un public en liesse.

En cette fin de matinée ensoleillée, tout Londres semblait s'être donné rendez-vous sur les berges de la Tamise afin d'encourager les athlètes, bravant un fort vent d'ouest. Aristocrates, marchands et petites gens se côtoyaient ainsi dans un bel ensemble, oubliant le temps d'une journée les barrières sociales qui les séparaient habituellement.

L'excitation des spectateurs était palpable.

Des hommes jouaient des coudes et s'invectivaient comme des moutons se disputant l'entrée de la bergerie. Ils semblaient prêts à tout pour avoir la chance d'embarquer sur l'un des treize bateaux à vapeur autorisés à suivre la course au plus près.

D'autres passants pariaient à grands cris sur l'issue de la compétition auprès d'un bookmaker bedonnant qui enregistrait rapidement les mises sur un petit carnet. Son associé, dont le front dégarni était couvert de sueur sous le coup de la tension qui régnait, récupérait avec zèle les liasses de billets qu'on lui tendait avec fébrilité.

Erin se sentit soudain minuscule au milieu de cette foule bigarrée qui s'agitait en tous sens, gagnée par une ferveur qu'elle avait du mal à comprendre.

Comment une simple course d'avirons pouvait-elle soulever un tel enthousiasme auprès de tout un peuple ?

Décidément, les Anglais étaient des individus extrêmement étranges.

Elle soupira et balaya une nouvelle fois la foule du regard.

Nicholas lui avait pourtant suggéré de ne pas s'éloigner de lui. Mais lorsque son cousin s'était lancé dans une discussion professionnelle avec Edward Hopkins, un client de leur compagnie maritime, Erin avait été distraite par l'arrivée en grande pompe de l'équipe des rameurs d'Oxford. Sa curiosité piquée, elle s'était jointe aux passants qui acclamaient les athlètes comme des héros alors que la course n'avait même pas encore débuté.

La jeune femme avait entendu dire que l'université d'Oxford avait perdu contre Cambridge l'année précédente et qu'elle était bien décidée à prendre sa revanche. Cela promettait sans doute une course passionnante.

Soulagée, Erin finit par apercevoir Nicholas à quelques mètres d'elle parmi le flot des spectateurs. Alors qu'elle s'apprêtait à le rejoindre, la jeune femme fut soudain emportée par un mouvement de masse au-devant de l'équipage d'Oxford qui venait d'emprunter Putney Bridge. Sans le vouloir, elle se retrouva ainsi aux premières loges pour admirer les athlètes.

Elle devait reconnaître que ces hommes ne manquaient

pas d'allure. Tous portaient un pantalon crème et une livrée bleu foncé, distincte de l'uniforme bleu pâle de leur redoutable équipe adverse qui suivait au loin. Ils avançaient fièrement sous les acclamations de la foule, levant les bras en réponse aux encouragements de leurs supporters ou serrant les nombreuses mains qui se tendaient à leur passage.

Erin ne cacha pas son amusement, trouvant cette mise en scène quelque peu excessive. On aurait dit des soldats partant au front.

Mais les Londoniens semblaient raffoler de ce genre de spectacles, si bien que la jeune femme se laissa rapidement gagner par leur humeur festive.

Son regard fut soudain attiré par l'étudiant qui fermait le cortège.

Plus grand que ses coéquipiers, ce dernier dégageait une assurance évidente, comme s'il ne doutait pas un instant de l'issue favorable de la course. Le jeune homme marchait d'un pas déterminé, balayant la foule d'un regard bleu audacieux. Erin se demanda s'il s'agissait du barreur de l'équipe. Il rayonnait d'une telle prestance que cela ne l'aurait pas étonnée.

L'inconnu était d'une beauté stupéfiante, du genre qui affole le cœur des femmes et qui nourrit leur esprit de rêveries interdites. La jeune Écossaise ne put s'empêcher de le dévorer des yeux, appréciant chaque détail comme si elle se retrouvait devant une pâtisserie gourmande.

Ses cheveux blond doré décoiffés par le vent retombaient en mèches désordonnées sur son front et lui donnaient un air d'aventurier. Il avait des yeux d'un bleu intense. Un nez fin et droit. Des hautes pommettes. Une mâchoire carrée et volontaire dont la force virile était adoucie par les traits harmonieux de son visage qui rappelait à la jeune femme l'élégance et la finesse des statues antiques.

Lorsque le bel étudiant gratifia la foule de son sourire et qu'une adorable fossette apparut à la commissure de ses lèvres, Erin se sentit fondre, retenant à grand-peine un gémissement de frustration.

Des hommes comme lui devraient être interdits sur cette terre !

Elle n'arrivait pas à détacher son regard de cet athlète qui l'attirait comme une abeille vers le cœur d'une fleur. Jamais encore elle n'avait détaillé un homme avec autant d'intérêt.

Erin le vit avec surprise envoyer des baisers du bout des doigts aux femmes qui croisaient son regard ou qui l'interpellaient de façon familière et elle fut un instant jalouse de l'attention qu'il leur portait.

Quelle idée ridicule ! Il n'était pour elle qu'un simple inconnu !

Maudissant sa bêtise, elle se détourna et tenta de se frayer tant bien que mal un passage parmi la cohue.

Cela ne lui ressemblait pas de soupirer auprès d'un homme, aussi beau fût-il. Généralement, la gent masculine la laissait totalement indifférente. Elle trouvait les hommes ennuyeux. Ils ne savaient parler que d'affaires et d'argent et traitaient souvent les femmes comme des êtres dénués de la moindre intelligence.

Seuls ses frères et son cousin adoptifs faisaient exception à la règle. Ils ne s'étaient jamais moqués d'elle et ils la considéraient comme leur égale, sauf peut-être quand leur instinct protecteur prenait le dessus, ce qui arrivait fréquemment ces derniers temps.

Erin avait en effet hérité de la beauté écossaise de sa

mère dont elle tenait la chevelure cuivrée et la couleur particulière de ses yeux bleus.

Mais surtout, elle faisait partie de l'influente famille Hamilton de Philadelphie dont l'immense fortune était connue de tous.

Depuis sa majorité, elle était devenue l'objet de convoitises qui frôlaient la ruse et la tromperie. Chaque jour, elle se trouvait assaillie par une armée de soupirants prêts à tout pour se lier avec les Hamilton et bénéficier de sa dot très généreuse. Erin avait souvent le sentiment de ne représenter qu'un butin à gagner, sans qu'aucun cherche à découvrir qui elle était vraiment.

Plus les mois passaient et plus elle se sentait prise dans un engrenage qui commençait à l'étouffer et qui entamait son optimisme. Elle souhaitait de tout son cœur effectuer un mariage d'amour comme celui de ses parents et fonder une famille. Mais sa condition actuelle ne lui permettrait sans doute jamais de réaliser son rêve d'enfant et de trouver un prétendant qui apprécie sincèrement sa compagnie et son caractère vif et entier.

Erin laissait la plupart du temps sa famille évincer les malotrus.

Elle savait que ses frères n'étaient pas dupes des profiteurs et qu'ils protégeaient jalousement son bonheur. Mais ils y mettaient tellement d'ardeur qu'elle doutait fortement qu'un homme parvienne un jour à obtenir leur assentiment.

Son cœur se comprima un instant dans sa poitrine, déjà bien trop serrée dans cet horrible corset que la bienséance leur imposait.

Sa famille commençait à lui manquer, même si Nicholas se trouvait à ses côtés. Elle s'inquiétait surtout pour son frère, Justin.

Depuis quelques mois, son aîné se montrait plus distant et taciturne, refusant de lui confier ce qui le tourmentait. Erin en avait été blessée car ce dernier avait toujours été son plus proche confident. Néanmoins, elle savait qu'il était inutile d'insister. Son frère pouvait se montrer très obstiné quand il le voulait.

Ces derniers temps, il était devenu difficile, voire impossible, d'évoquer avec lui le conflit latent entre les États du Nord et du Sud. Son frère adoptait aussitôt un comportement agressif, ce qui ne lui ressemblait pas. Son dernier voyage en Louisiane n'avait fait qu'envenimer la situation et renforcer son désir de s'enrôler si la guerre éclatait. Elle espérait de tout cœur qu'il finisse par changer d'avis, ne supportant pas l'idée de le savoir en danger.

Plongée dans ses réflexions, elle s'aperçut à peine que la foule s'était à présent déplacée. Elle poussa un profond soupir en parvenant à quitter le pont, tout en tournant la tête de tous côtés afin de s'orienter et rejoindre son cousin. Mais elle dut rapidement se rendre à l'évidence. Elle s'était beaucoup trop éloignée de la voiture et elle avait fini par se perdre.

Elle arpenta la rue en vain. Retrouver Nicholas dans ces conditions relevait d'un véritable défi. Heureusement, Erin n'était pas le genre de femmes qui cédait facilement à la panique. Elle décida de se fier à son instinct et longea le quai à la recherche d'un peu plus de tranquillité, lasse de se faire piétiner et malmener par ces Anglais depuis leur arrivée, ces derniers ayant vraisemblablement oublié leur courtoisie dans leur lit ce matin.

La jeune femme était déjà venue à Londres lorsqu'elle était enfant, mais elle gardait peu de souvenirs de la capitale. C'est donc avec un plaisir évident qu'elle parcourut le quartier calme de Putney, qui prenait des allures d'un petit village endormi, en contraste avec la folie qui régnait sur les quais de la Tamise.

Ici, l'air paraissait plus pur en comparaison de l'odeur nauséabonde qui s'élevait du fleuve. La jeune fille admira les élégantes demeures de style victorien et les jardins paisibles qui s'éveillaient progressivement à la vie. La lumière de ce début de matinée rendait l'atmosphère singulière, le soleil parsemant les feuilles naissantes des arbres qui s'agitaient sous le vent de rayons dorés, comme si des centaines de petites pièces d'or se balançaient aux branches.

Les oiseaux de leur côté s'en donnaient à cœur joie. Chacun semblait rivaliser d'élégance et d'enthousiasme afin de produire le chant le plus mélodieux pour le plus grand plaisir de ceux qui prenaient la peine de s'arrêter un instant pour écouter ce concerto de la nature improvisé.

Le carillon grave des cloches de l'église St Mary ne tarda pas à se mêler à ce joyeux récital, rappelant à Erin l'imminence de la course.

Elle quitta à regret Putney Road pour bifurquer dans une petite rue qui la ramènerait certainement près des quais. Il lui suffirait ensuite de regagner le pont pour retrouver ses repères.

Mais à sa grande surprise, elle parvint sur une charmante petite place sur laquelle veillaient deux immenses tilleuls. Alors qu'elle admirait la beauté de cet écrin vert tendre au milieu des bâtisses en pierre, elle s'arrêta brusquement, saisie par le spectacle inattendu qu'offrait ce petit coin ordinairement tranquille.

Certains membres de l'équipe d'Oxford qu'elle avait aperçus auparavant sur le pont de Putney s'échauffaient en courant tandis que d'autres effectuaient des exercices d'étirement au sol. La plupart étaient torse nu et ne paraissaient nullement incommodés par la fraîcheur de l'air printanier.

Erin était habituée à voir des hommes à moitié dénudés, ayant été élevée parmi les marins.

Mais elle devait admettre que la vision de ces athlètes en plein exercice, avec leurs corps finement ciselés, ne la laissait pas totalement indifférente.

Décidément, cette journée ne manquait pas de surprises !

Elle repéra aussitôt l'étudiant qui avait mis son cœur en émoi quelques instants plus tôt. Le jeune homme se trouvait un peu à l'écart des autres et semblait avoir terminé son entraînement. Erin l'observa se pencher au-dessus d'un sac de toile pour saisir une serviette. L'inconnu tamponna son visage puis ses épaules avec le linge, avant de le lancer négligemment dans son sac. Il but ensuite longuement à la gourde tendue par son coéquipier avant de répondre à une remarque de ce dernier en riant, révélant une évidente complicité entre les deux hommes.

Erin ne parvenait pas à se détourner de cette scène, subjuguée par le spectacle qu'offrait le jeune étudiant à son insu.

Ce garçon était sans aucun doute destiné à fasciner les femmes, pour lesquelles il représentait un danger certain. Combien seraient prêtes à sacrifier leur vertu juste pour quelques instants volés avec le bel athlète ?

À peine avait-elle formulé cette pensée que ce dernier tourna la tête dans sa direction.

Leurs regards se croisèrent de longues secondes et le reste du monde disparut.

Lorsque les yeux d'un azur lumineux comme un ciel d'été se posèrent sur elle, pénétrants et inquisiteurs, Erin eut l'impression de se retrouver nue sur la place publique. Ses joues s'enflammèrent, et son cœur se mit à tambouriner avec force, tel le fracas des sabots d'un cheval lancé à vive allure.

Un lent sourire s'étira sur les lèvres du jeune homme, comme s'il ne doutait pas un seul instant de l'effet qu'il produisait sur elle.

Erin eut soudain envie de s'enfuir en courant, mais elle se ravisa. Elle ne lui donnerait pas la satisfaction de mesurer l'ascendant qu'il exerçait sur elle.

Par défi, elle releva le menton et soutint son regard sans ciller.

Le sourire de l'homme s'élargit, découvrant à nouveau cette adorable fossette qui lui coupa le souffle.

Décidément, cet inconnu était un péché à lui tout seul !

Leur échange silencieux fut interrompu par son coéquipier qui vint lui taper sur l'épaule en s'esclaffant :

— Encore en train de faire chavirer les cœurs, Alex ! Tu ferais mieux de te concentrer sur la course.

Le jeune homme éclata de rire.

— Ne t'en fais pas, Hopkins ! Rien ne parviendra à me détourner de notre objectif, pas même cette jolie fille.

Ce dernier plissa les yeux et détailla à son tour Erin avec attention.

Il émit un sifflement appréciateur.

— Cette beauté serait parfaite pour réchauffer mon lit !

Son ami lui donna un coup de poing amical dans l'épaule.

— Surveille tes paroles, James ! Cette jeune femme est une vraie dame. Elle nous est aussi inaccessible qu'une étoile dans le ciel !

Le vent emporta leur conversation vers Erin qui rougit de plus belle.

Il était grand temps pour elle de prendre congé et de retrouver la protection de Nicholas !

Dans un mouvement gracieux de volants, elle se détourna et regagna avec empressement le quai, désireuse d'oublier cet inconnu qui faisait battre son cœur de façon désordonnée.

Chapitre 2

Alex ressentit un léger pincement de frustration dans la poitrine lorsque la jeune inconnue s'éloigna en direction des quais.

Elle était belle. Très belle même.

Avec sa chevelure cuivrée qui flamboyait sous les rayons du soleil et son teint de porcelaine, elle ne ressemblait pas aux beautés classiques que le jeune homme avait pu rencontrer dans les salons. Elle lui faisait plutôt penser à une nymphe des bois, à la fois sauvage et terriblement tentante… Une proie délicieuse que tout homme aurait envie de prendre dans ses filets.

Le fait qu'elle affronte son regard sans la moindre réserve en disait également long sur son caractère. Alex pressentait chez la jeune femme un tempérament passionné, sous ses airs de femme bien comme il faut.

Il ne doutait pas un instant qu'elle appartenait à la haute société.

La qualité de ses vêtements, son port de reine et son allure distinguée ne le trompaient pas. Elle faisait sans doute partie de ces innocentes qui arpentaient les réceptions mondaines à la recherche d'un riche parti. Il trouvait étrange de ne pas l'avoir rencontrée lors d'un bal, non pas qu'il en ait fréquenté beaucoup ces derniers temps.

La saison était déjà bien entamée, mais il s'était lassé très rapidement des codes superficiels de l'aristocratie anglaise qui l'irritaient et le mettaient mal à l'aise. Il détestait la supercherie et les faux-semblants, et Dieu sait que la coterie à laquelle sa famille ducale appartenait n'en manquait pas. Certaines fois cependant, il lui arrivait de céder aux supplications de sa tante et de sa cousine pour leur faire plaisir, mais il finissait toujours par déserter rapidement la réception pour rejoindre ses camarades de l'université dans des clubs privés très audacieux.

Depuis son arrivée à Londres, Alex n'avait eu de cesse de faire taire les démons qui le torturaient. Ces derniers mois, il avait tenté d'oublier son ancienne vie et la colère qui le dévorait. Il était arrivé en Angleterre rempli de rage et d'amertume contre son père dont il ne comprenait pas la décision.

Si la guerre civile éclatait entre les États du Nord et du Sud, Alex ne supporterait pas de se tenir à l'écart et d'observer ses compatriotes se battre pour leur liberté !

N'était-ce pas son père lui-même qui lui avait inculqué les notions d'honneur, de respect et de justice ?

Il aurait dû être fier de voir son unique fils prendre les armes pour défendre leurs terres et leur souveraineté ! Cette guerre serait sans doute l'affaire de quelques semaines, jusqu'à ce que les nordistes comprennent qu'ils ne pourraient pas dominer le Sud. Un feu de paille si rapidement étouffé qu'il ne menacerait jamais la quiétude des habitants de Willmore !

Cependant, Dominic Morgan ne semblait pas partager cet avis.

Il avait préféré exiler son unique fils en Angleterre pour l'éloigner de la conscription et des probables combats qui allaient déchirer leur pays si les deux nations ne parvenaient pas à trouver un compromis.

Comment avait-il pu avoir si peu confiance en lui ?

Alex était un excellent cavalier et un fin tireur. Ses compétences se seraient avérées très utiles au sein d'une armée sudiste inexpérimentée.

Le jeune homme ne pouvait s'empêcher de voir dans cet éloignement un signe de lâcheté. Or il était tout sauf un couard !

Il s'en voulait de ne pas avoir été assez fort pour défier l'autorité de son père et rester à Willmore. Mais on ne s'opposait pas facilement à la volonté de fer de Dominic Morgan, et Alex avait dû se résoudre à abandonner sa famille et sa chère plantation.

Même les propos sensés de Justin Hamilton, qui l'avait accompagné sur le bateau jusqu'à Philadelphie, n'étaient pas parvenus à apaiser sa colère. Il n'avait que faire des états d'âme d'un nordiste !

Il devait cependant reconnaître que ce dernier ne ressemblait pas à l'image qu'il se faisait de leurs futurs ennemis. Leur voyage lui avait permis de mieux connaître le jeune Yankee, et il avait même fini par apprécier sa compagnie, même s'il était demeuré sur la réserve.

Alex avait bien observé Justin durant son séjour à Willmore. Il avait été étonné de la tolérance et de la patience dont le jeune homme avait fait preuve, au grand dam de sa sœur aînée qui n'avait eu de cesse d'affronter le séduisant avocat nordiste, parfois sous de fausses raisons. Il était pourtant évident qu'Anna était attirée par Justin Hamilton depuis leur séjour à Londres, une fascination qui semblait d'ailleurs réciproque. Observer à distance les deux jeunes gens se tourner autour comme des papillons hypnotisés par la flamme d'une bougie s'était révélé un spectacle intéressant. Et illusoire. Une union entre les Hamilton et les Morgan aurait été une regrettable erreur alors que grondait une sourde révolte au sein des États sudistes.

Anna semblait l'avoir compris peu avant leur départ. C'était aussi bien. Son mariage avec Brenton Aberdeen, leur voisin, l'aiderait certainement à oublier le beau nordiste. Sa sœur ne pourrait trouver le bonheur qu'auprès d'un homme qui partageait leurs valeurs et leur mode de vie, même si pour sa part il était loin d'apprécier ce dernier. Elle était une sudiste, dans son cœur et son âme. Et quoi qu'il advienne, elle le demeurerait. Tout comme lui...

Alex avait quitté son pays la rage au ventre, et ni l'amour réconfortant de sa famille anglaise, ni les lettres bienveillantes de ses sœurs qu'il recevait à intervalles réguliers n'avaient apaisé le trou béant dans sa poitrine.

Dès la rentrée universitaire, le jeune sudiste s'était jeté à corps perdu dans les études, mais cela s'était avéré insuffisant. Il ne lui avait pas fallu longtemps pour tomber dans les excès en tous genres, embarqué par une bande de joyeux fêtards et de débauchés qui lui avaient révélé tous les trésors cachés de Londres. Le jeu, l'alcool, de belles femmes pour oublier sa solitude. Pendant un temps, cette vie de luxure avait parfaitement fonctionné, lui apportant un semblant de paix.

Puis un soir, Alex était allé trop loin, testant ses limites au-delà de toute raison. Ces comprimés d'opium étaient si tentants ! On lui avait promis le nirvana, l'extrême paradis et surtout l'oubli. C'était exactement ce qu'il lui fallait.

Par un froid soir de novembre, il s'était retrouvé sur la terrasse d'un immeuble, seulement vêtu de son caleçon long tandis qu'une fille entièrement nue dansait devant lui avec des gestes désarticulés qui n'avaient rien de gracieux. Partout autour de lui, des corps enchevêtrés se livraient à des actes de luxure sans aucune retenue malgré le froid.

Lui-même ne ressentait plus la morsure de l'air. Au contraire, il avait le sentiment qu'une vague de chaleur intense lui léchait le corps. Il se souvenait de s'être senti à la fois nauséeux et confus, chaque mouvement lui causant de violentes crampes musculaires. Le plaisir promis n'avait pas été au rendez-vous.

La fille l'avait alors saisi par le bord de son caleçon, l'attirant avec elle, tandis qu'elle reculait vers le muret qui bordait la terrasse. Puis en titubant, elle était parvenue tant bien que mal à se redresser sur le mur, lui offrant une vision des plus érotiques de sa féminité à quelques centimètres de son visage.

— Qu'est-ce que t'attends, beau gosse ? avait-elle susurré d'une voix rauque. Vas-y, je suis tout à toi !

Alex l'avait vue ensuite rejeter la tête en arrière et fermer les yeux avant de s'exclamer :

— Amène-moi au paradis, chéri !

C'était juste avant qu'elle perde l'équilibre et bascule par-dessus le muret pour s'écraser quelques mètres plus bas dans la ruelle.

Trop abruti par la drogue, Alex n'avait même pas tendu les bras pour essayer de la retenir ! Il l'avait observée tomber, sans rien entreprendre pour la sauver.

En revanche, il revoyait clairement l'expression de terreur dans les yeux de la jeune femme quand elle avait sombré dans le vide. Pendant un instant, elle avait paru retrouver toute sa lucidité avant que l'horreur l'emporte sur la surprise.

Cette soirée resterait gravée à jamais dans sa mémoire.

La semaine suivante, Alex s'était inscrit dans le club d'aviron de l'université, bien décidé à se reprendre en main. C'était une discipline exigeante, nécessitant une hygiène de vie irréprochable et un mental d'acier, ce qui répondait parfaitement aux attentes d'Alex.

Le sport et la compétition lui avaient donné un nouveau but dans la vie. À chaque mouvement puissant de rames, il apprenait à mieux gérer ses émotions négatives et à endurer sa souffrance. Au fil des mois, il n'avait eu de cesse de se dépasser et de se lancer des défis, prenant rapidement la place de leader au sein de l'équipe des rameurs.

Alex continuait à sortir avec ses camarades, mais il savait dorénavant rester modéré. Quant aux femmes, elles tombaient régulièrement dans son lit sans le moindre effort de sa part. Ses deux maîtresses actuelles n'avaient pas l'air de se plaindre de son corps affûté, ni de sa résistance physique qui lui permettait de les combler toute la nuit. Il allait de l'une à l'autre au gré des soirées et de ses envies, sans attaches ni remords. Elles étaient prévenues dès le départ et acceptaient les règles du jeu qu'il leur imposait sans jamais protester.

Ses sœurs seraient horrifiées de voir ce qu'il était devenu, mais il n'en avait cure.

Le jeune homme voyait peu sa famille londonienne qui lui rappelait de trop de mauvais souvenirs. Il préférait passer la nuit chez l'une ou chez l'autre de ses maîtresses avant de disparaître au petit matin.

Et il n'avait envoyé aucune lettre en Louisiane depuis son arrivée.

Les pensées d'Alex revinrent à la magnifique diablesse rousse qui avait réussi à piquer sa curiosité. Il aurait aimé lui être présenté, pouvoir lui parler dans l'intimité et découvrir si ce qu'il pressentait sur elle était vrai.

Il en éprouva un vif étonnement, pensant avoir perdu toute affectivité en quittant la Louisiane. Dorénavant, il restait maître de lui en toutes circonstances. Il était souvent décrit par ses camarades ou ses maîtresses comme un homme sérieux, déterminé et flegmatique, et il ne cherchait pas à les détromper.

Découvrir qu'il pouvait à nouveau penser avec son cœur le perturba.

Heureusement, il se reprit rapidement. Son esprit lui jouait des tours. Ce qu'il ressentait pour cette ravissante inconnue, c'était de la concupiscence et uniquement de la concupiscence. Ce qui ne l'empêchait pas de brûler de connaître son identité. S'il pouvait seulement échanger quelques mots avec elle…

Sans hésiter, il s'élança à sa poursuite, se sentant pousser par une force inconnue qu'il ne paraissait pas pouvoir maîtriser.

— Morgan ! Mais qu'est-ce que tu fabriques ? s'écria Hopkins. La course va débuter d'un instant à l'autre !

— Ne t'inquiète pas, James ! Je serai présent sur la ligne de départ ! J'en ai seulement pour quelques minutes ! répondit Alex avant de se diriger à son tour vers le quai.

Heureusement pour lui, la jeune femme était facile à repérer dans la foule du fait de sa couleur de cheveux particulière.

Jouant des coudes, il parvint à s'approcher suffisamment d'elle pour percevoir son léger parfum de jasmin qui lui rappela le jardin de son enfance.

Pendant un instant, une douleur aiguë le terrassa, mais il la chassa rapidement pour se concentrer sur son objectif. Il profita du fait que la jeune femme s'apprêtait à traverser la rue pour l'aborder sans plus attendre.

À ce moment-là, deux hommes commencèrent à s'invectiver violemment sur le trottoir, passablement éméchés. Ils se mirent à se pousser l'un l'autre, et le ton monta rapidement. Soudain, l'homme de gauche se jeta avec hargne sur son comparse avec le poing levé et lui asséna un crochet sur le menton. Déséquilibré, ce dernier alla heurter brutalement le dos d'Erin qui se trouvait derrière lui. Surprise, la jeune femme ne parvint pas à se redresser. Elle perdit à son tour l'équilibre et chuta sur l'avenue qui, en ce jour de fête, était encombrée par de nombreuses voitures particulières roulant à vive allure afin de ne pas rater le début de la course.

Erin ressentit une vive douleur à la tête lorsqu'elle percuta les pavés et pendant un instant, des milliers de petites étoiles dansèrent devant elle. Elle entendit alors des hurlements de terreur s'élever tout autour d'elle.

La jeune femme cligna des yeux et réussit tant bien que mal à se redresser sur les coudes tandis qu'une sensation lancinante lui vrillait le crâne, comme si quelqu'un la frappait avec un marteau. Elle porta d'instinct sa main à la tête à la recherche d'une blessure éventuelle et fut rassurée de ne trouver qu'une bosse douloureuse.

Soudain, elle sembla se rappeler où elle se trouvait et elle jeta un regard affolé autour d'elle.

Son cœur cessa de battre lorsqu'elle aperçut un carrosse foncer sur elle à toute allure. Le cocher, droit sur son siège, tirait comme un forcené sur les rênes dans l'espoir d'arrêter l'équipage à temps. Erin comprit sur-le-champ que ses efforts s'avéreraient insuffisants pour la sauver. Les chevaux paraissaient terrorisés. Ils ne s'arrêteraient pas ! Il était trop tard !

L'espace d'un atroce instant, le temps sembla suspendre son envol et un cri d'épouvante mourut dans sa gorge.

Elle demeura paralysée, attendant le choc qui lui serait fatal. D'instinct, elle ferma les yeux et leva un bras devant son visage, consciente toutefois de l'absurdité de son geste pour se protéger.

Elle se sentit alors emportée dans les airs.

Tout alla très vite !

Des bras puissants l'emprisonnèrent, et elle se retrouva en sécurité contre un torse musclé qui la ramena sur le trottoir sous les hourras de la foule. Un parfum légèrement musqué l'enveloppa comme une seconde peau et pendant un instant, Erin s'autorisa à se laisser aller contre ce corps rassurant qui venait de la sauver d'une mort certaine. Au creux de son oreille, elle sentit les battements de cœur effrénés de son ange gardien qui faisaient écho aux siens et elle se mit à trembler, encore sous le choc de l'accident. L'homme ralentit son allure et la serra plus fortement contre lui. Son menton vint lui effleurer le front lorsqu'il se pencha vers elle.

— Vous ne craignez plus rien à présent.

Ces quelques mots, prononcés d'un ton grave, lui firent brusquement relever la tête, lui permettant de se noyer dans les prunelles turquoise de celui qui avait alimenté ses folles rêveries toute la matinée.

Le temps sembla s'évanouir tandis qu'ils se dévisageaient en silence.

Erin aurait dû détourner les yeux pudiquement, comme l'exigeait la bienséance. Mais c'était sans compter la puissante attraction qui semblait les enchaîner l'un à l'autre à cet instant, provoquant une véritable tempête dans sa poitrine.

Se retrouver dans les bras du jeune athlète lui sembla si naturel qu'elle se demanda si le choc qu'elle venait de subir ne lui avait pas ôté toute raison.

Elle n'eut pas le temps d'approfondir sa réflexion et se retrouva privée de sa chaleur lorsqu'il la déposa avec délicatesse sur un banc, mettant fin à la magie de cette brève union.

Chapitre 3

Alex s'obligea à respirer lentement pour retrouver son calme tandis qu'il portait la jeune femme dans ses bras. Il avait soudain l'impression d'avoir vieilli de dix ans.

Lorsqu'il avait aperçu la belle Anglaise chuter durement sur la chaussée alors qu'une voiture arrivait à vive allure, son sang s'était figé. Il ne s'expliquait toujours pas la sourde angoisse qui l'avait pris à la gorge, ni les battements erratiques de son cœur.

Bon sang ! Cette fille n'était pour lui qu'une inconnue !

Et pourtant, à ce moment même, toutes ses pensées étaient concentrées sur ce petit bout de femme blotti contre lui.

Il percevait avec une acuité déconcertante la caresse de ses cheveux contre son menton et son enivrant parfum fleuri qui le grisait et réveillait des émotions enfouies.

Le contact de cette mystérieuse aristocrate le troublait plus que de raison, mais pour rien au monde il n'aurait souhaité échanger sa place. Il éprouvait une étrange plénitude à la tenir ainsi dans ses bras, comme si c'était dans l'ordre des choses.

Percevant ses tremblements incoercibles contre lui, il s'empressa de la rassurer, conscient de la détresse qui devait être la sienne à cet instant.

La jeune femme releva brusquement son visage aux traits délicats vers lui. Et lorsqu'elle plongea son regard dans le sien, Alex se sentit perdu.

Elle avait les plus beaux yeux du monde, d'un bleu pâle presque gris comme il n'en avait jamais vu encore. Ils étaient bordés de longs cils bruns qui s'harmonisaient parfaitement avec sa peau laiteuse. Le jeune homme détailla ensuite le reste de son visage, ses sourcils finement arqués, son nez fin et droit, parsemé de quelques taches de rousseur charmantes. Puis son regard se porta sur sa bouche rose framboise à l'arc parfait qui rendrait fou n'importe quel homme et qui se trouvait maintenant à seulement quelques centimètres de la sienne. Il pourrait facilement lui voler un baiser s'il le voulait et il se demanda comment réagirait l'inconnue s'il assouvissait la soudaine soif qu'il avait d'elle.

Voyant où ses pensées s'égaraient, Alex décida qu'il valait mieux mettre fin à cet échange silencieux avant qu'il perde totalement le contrôle de la situation.

Quel imbécile ! Il était censé se concentrer sur la course au lieu de se laisser distraire par cette innocente tentatrice qui le contemplait à cet instant avec une certaine candeur, ne le laissant pas indifférent. Si seulement il avait écouté Hopkins !

Il conduisit Erin un peu à l'écart de la foule et la posa avec douceur sur l'un des bancs qui bordaient la petite place à présent vide, là où elle l'avait surpris quelques minutes auparavant avec les autres membres de son équipe.

Alex souleva doucement le menton de la jeune femme et l'inspecta presque religieusement. Ses doigts glissèrent le long de sa mâchoire délicate puis de sa pommette avant de plonger doucement dans ses cheveux, à la recherche d'un éventuel traumatisme.

Erin tressaillit à ce contact, beaucoup trop intime pour elle, et saisit le poignet du jeune athlète pour l'arrêter. Se rendait-il seulement compte de ce qu'il était en train de faire ? Ou plutôt de lui faire ?

Le jeune homme se raidit, et ses yeux s'assombrirent brièvement en comprenant l'avertissement muet. La jeune femme relâcha son poignet, et il recula de quelques pas, maintenant une distance respectable entre eux.

— Comment vous sentez-vous ?

Sa belle voix grave et chaude la tira de sa stupeur.

Erin passa une main dans ses boucles cuivrées puis remua prudemment les bras et les jambes.

— Je vais bien… Juste une légère bosse, grâce à vous. Sans votre intervention, je…

Les mots s'étranglèrent dans sa gorge, et les larmes qu'elle contenait difficilement débordèrent soudain.

— J'ai eu si peur ! souffla-t-elle.

La détresse de la jeune femme atteignit Alex au cœur comme un coup de poignard.

Elle s'exprimait d'une voix douce avec un léger accent dont il ne parvenait pas à deviner l'origine.

S'était-il trompé à son sujet ?

La jeune femme n'appartenait peut-être pas à la fleur de l'aristocratie anglaise comme il l'avait envisagé de prime abord. Voilà pourquoi il ne l'avait jamais rencontrée au cours de la saison.

Mais alors, d'où venait-elle ? Et pour quelle raison se trouvait-elle à Londres ?

Il devait admettre que jamais une femme ne l'avait autant intrigué.

— Tout va bien maintenant.

Oubliant toute réserve, Alex entoura le délicat visage d'Erin entre ses mains et lui effleura les joues de son pouce pour effacer ses larmes. Ses paumes étaient rugueuses, sans doute du fait de la longue manipulation des rames de l'aviron. Et pourtant, la jeune femme n'avait jamais connu de caresses plus douces.

Profondément troublée par la tendresse de son geste, elle ne songea même pas à le repousser.

— Vous êtes saine et sauve, c'est le plus important. Vous risquez de souffrir de quelques contusions dans les prochains jours, mais vous vous remettrez vite de cette mésaventure, j'en suis persuadé. Ces deux imbéciles mériteraient d'être rossés pour ce qu'ils vous ont fait !

Leurs regards se nouèrent à nouveau, et les bruits environnants ne devinrent que de simples murmures emportés par le vent.

— Je vous dois la vie, monsieur ! Je ne sais comment vous remercier pour ce que vous avez fait aujourd'hui.

Alex se figea et reprit pied avec la réalité lorsqu'elle s'adressa à lui. Il était en train de laisser ses émotions prendre une trop grande place en présence de la jeune femme. Où était l'homme cynique qu'il était devenu ?

Il devait se reprendre immédiatement !

Le bel athlète afficha un sourire énigmatique et se pencha vers Erin qui sentit son souffle tiède lui caresser l'oreille lorsqu'il lui murmura :

— Un baiser contre votre vie, cela vous semble-t-il un compromis acceptable ?

Erin battit des paupières, décontenancée par cette demande inattendue.

— Je vous demande pardon ? répondit-elle, la bouche soudain aussi sèche qu'un papier de parchemin.

Alex retrouva son flegme habituel, ce qui lui convenait beaucoup mieux, et observa la réaction de l'inconnue avec un certain amusement.

L'idée de l'embrasser ne l'avait pas quitté depuis qu'il l'avait aperçue sur la place. Même s'il savait parfaitement que la jeune femme n'avait aucune chance d'accéder favorablement à cette demande, il était cependant intéressant de vérifier si ses suppositions étaient exactes. La neige ou le feu, il aurait bientôt sa réponse.

Cette dernière ne cilla pas, ne cria pas, et seule une subtile coloration de ses joues trahit son indignation.

La jeune femme se releva lentement et le toisa avec toute la hauteur dont elle était capable (elle lui arrivait à peine au milieu de la poitrine), ses yeux bleu pâle soudain illuminés par une lueur qui ne présageait rien de bon.

— Monsieur, vous vous oubliez ! s'indigna-t-elle, le souffle court. Qu'en est-il de votre honneur ? Un gentleman ne s'abaisserait jamais à demander un tel dédommagement pour avoir sauvé la vie d'une dame !

Alex la gratifia d'un sourire moqueur.

— Un gentleman, dites-vous ? Un bien grand mot pour décrire toutes les fadaises dans lesquelles se complaisent les hommes dans notre société actuelle !

Il se rapprocha d'elle en inclinant légèrement la tête, un éclair singulier ses yeux bleus.

— Non, ma beauté ! J'ai renoncé à ce titre depuis peu. Je n'en ai ni l'allure ni l'intention ! Et je n'ai que faire de l'honneur et des codes chevaleresques dont vous semblez raffoler et qui m'ennuient profondément !

Le regard d'Erin prit la couleur d'un ciel annonçant une tempête, et il la vit serrer les poings sous l'effet de la colère.

Ainsi, c'était le feu ! Il ne s'était donc pas trompé.

Il prit plaisir à rajouter :

— Comme vous l'avez compris, madame, je ne suis pas comme tous ses paons qui arpentent les salons en pérorant dans le vide ! Au contraire, j'aime l'action, les défis…

Alex s'inclina lentement vers le beau visage de l'inconnue, dans l'espoir de l'intimider.

Mais Erin demeura immobile, le dévisageant même avec une certaine curiosité.

Cette jeune femme ne manquait décidément pas d'aplomb !

Dans d'autres circonstances, cela lui aurait beaucoup plu.

— Qu'attendez-vous de moi ? finit-elle par demander, la voix légèrement éraillée.

— J'ai pour habitude de toujours servir mes intérêts et j'aime profiter de l'instant présent !

Il replaça une boucle de cheveux derrière l'oreille de la jeune femme dont le regard se voila sous l'effet de la surprise.

— Et vous, belle demoiselle, vous représentez en ce moment même tout ce qu'il y a de plus délicieux pour un homme comme moi ! Pourquoi n'en profiterais-je pas ?

La jeune femme aurait dû reculer. Elle aurait dû rougir comme une innocente, crier, voire lui asséner une gifle magistrale ! C'était tout ce qu'il méritait !

Alors qu'attendait-elle, bon sang ?

Erin fut un instant stupéfaite par cette repartie cinglante qui ne correspondait pas à l'image du jeune homme courageux et attentionné qu'elle avait perçue quelques instants auparavant, ni même à celui de rameur d'une célèbre équipe d'avirons. Elle ne parvenait pas à s'expliquer son brusque changement de comportement. Il avait maintenant tout d'un homme détestable, et elle lui en voulut d'écorner l'image du héros généreux qu'elle avait un bref instant imaginé.

La jeune femme s'efforça d'adopter un ton ferme et lui asséna :

— Vous êtes en effet la parfaite définition du goujat, monsieur, et vous vous méprenez sur mes intentions ! Je ne suis pas une de ces filles légères qui accordent des privautés au premier venu qui essaye de profiter de ma faiblesse ! Même si désormais j'ai une dette envers vous ! Je vais donc m'efforcer d'oublier vos dernières paroles et aller rejoindre mon cousin qui doit s'inquiéter de ma longue absence à présent !

Alex ignora le pincement dans sa poitrine lorsqu'il perçut la déception de la jeune femme dans sa voix.

Si ses sœurs avaient été présentes, elles l'auraient trucidé sur-le-champ pour avoir adopté une attitude aussi odieuse envers une femme !

Il vit la jeune inconnue saisir le bas de sa robe et se détourner.

Mais au dernier instant, elle se ravisa et parut réfléchir. Elle se rapprocha de lui et le fixa longuement de ses yeux gris-bleu magnifiques.

À nouveau, il ressentit cet étrange lien entre eux. Il eut soudain l'intime conviction qu'elle pouvait lire dans son cœur comme dans un livre ouvert, si bien qu'il ne fut même pas surpris lorsqu'elle lui souffla :

— Pourquoi faites-vous cela ? Pourquoi vous faire passer pour celui que vous n'êtes pas ? insista-t-elle, en ancrant son regard dans le sien.

— Je ne vois pas de quoi vous voulez parler !

— Je crois au contraire que vous le savez parfaitement ! Il me semble que pour participer à un tel niveau de compétition d'avirons, il faut être une personne d'honneur et de principes ! Il en est de même lorsqu'un homme n'hésite pas à risquer sa propre vie pour sauver celle d'une inconnue.

Touché !

Alex se raidit. Comment diable était-elle parvenue à cette conclusion si proche de la vérité ?

Le jeune athlète se pencha si près d'elle qu'elle sentit la chaleur de son souffle lui effleurer le nez.

— Vous vous trompez ! Mon âme est désormais aussi noire que le voile de la nuit.

Ils s'affrontèrent quelques secondes en silence avant qu'Erin reprenne la parole :

— Pourtant à cet instant, vos yeux prétendent tout le contraire !

La douceur de ces quelques mots le percuta comme un boulet de canon.

Alex sentit sa gorge se serrer.

Cette fille n'était pas seulement une beauté, mais elle

était dotée d'une vivacité d'esprit surprenante et d'un sens de l'observation aiguisé !

De par son caractère, elle lui rappelait douloureusement Isabella. D'un premier abord, sa sœur paraissait aussi délicate et fragile qu'une rose. Mais elle dissimulait un tempérament aussi passionné que leur aînée, Anna, quand les circonstances l'exigeaient. Bella et lui-même étaient très proches, ayant seulement un an d'écart. Elle lui manquait terriblement, tout comme le reste de sa famille. Mais il était bien trop fier pour revenir en arrière.

À ce moment-là, le sifflement sourd et répété du vapeur retentit, annonçant l'imminence du départ.

Alex secoua la tête. La course allait débuter d'un instant à l'autre, et il devait à tout prix garder la tête froide pour mener son équipe à la victoire.

— Je vous le répète, objecta-t-il d'un ton mordant, je ne suis pas quelqu'un de bien !

Et pour ponctuer ses paroles, il lui vola un rapide baiser avant de se détourner sans un regard en arrière.

Chapitre 4

Erin demeura un instant stupéfaite en portant une main tremblante à ses lèvres.

Bien que très chaste, elle avait le sentiment que ce baiser venait de la marquer au fer rouge. Elle ressentait encore l'onde de chaleur qui s'était soudain répandue dans tout son corps au contact furtif du jeune homme.

Les derniers événements qu'elle venait de vivre lui semblaient si improbables qu'elle avait l'impression de les avoir rêvés !

Pourtant, la douleur lancinante qu'elle ressentait encore au sommet du crâne et les battements assourdissants de son cœur rendaient les souvenirs bien réels.

La jeune femme regagna lentement le quai, en proie à un tourbillon d'émotions contradictoires.

Qui était donc cet intrépide étudiant qui n'avait cessé de souffler le chaud et le froid depuis leur rencontre ?

Tantôt ange protecteur, tantôt gardien des portes de l'enfer, le jeune homme avait réussi à attiser sa curiosité malgré le comportement odieux dont il avait fait preuve.

Au moins n'avait-il pas dissimulé ses intentions sous le vernis poli auquel elle était habituée ! Elle ne pouvait lui reprocher la franchise dont il avait fait preuve. Cet homme était vraiment horripilant… et déconcertant !

Néanmoins, elle n'avait pu s'empêcher de déceler une fêlure dans son regard que ses airs assurés n'étaient pas parvenus à dissimuler parfaitement...

Erin était tellement absorbée dans ses pensées qu'elle ne vit pas Nicholas s'approcher à grands pas.

— Erin ! Mais enfin, où étais-tu passée ?

La jeune femme poussa un cri effrayé et porta une main à sa poitrine.

— Nick ! Dieu soit loué !

Son cousin lui prit la main.

— Je n'ai pas cessé d'arpenter le quai à ta recherche et je commençais à m'inquiéter à ton sujet ! Avec toute cette foule... Je t'avais pourtant priée de rester près de moi !

— Je suis désolée, répliqua Erin d'un ton contrit. J'ai été distraite par l'arrivée des rameurs d'Oxford et je me suis éloignée sans m'en rendre compte. Je t'ai également cherché, mais j'ai fini par me perdre dans le flot des spectateurs.

Elle préféra taire l'épisode de sa chute et de sa rencontre avec l'un des rameurs de cette même équipe. Cela n'avait plus aucune importance.

Nicholas reprit d'un ton radouci :

— D'accord, oublions cet incident ! M. Hopkins nous propose de suivre la course sur son vapeur, ce qui est un grand privilège. Son propre fils participe à cette épreuve sportive, il est le barreur d'Oxford. Mais nous devons nous dépêcher ! Nous sommes attendus sur le bateau, car la course va bientôt débuter !

Sur ces derniers mots, il posa une main protectrice au bas du dos d'Erin et l'entraîna à sa suite en direction du navire.

Le vapeur des Hopkins avait tout d'un bateau de prestige. Imposant par sa taille, il reflétait la fortune de son propriétaire dont l'ascension sociale fulgurante alimentait les ragots jusque dans les salons des aristocrates les plus aisés. Néanmoins, il n'était pas question pour la coterie londonienne d'accueillir une famille de classe inférieure dans leur cercle restreint, même si la richesse des Hopkins surpassait sans doute celle des duchés les plus florissants.

Erin savoura la joie de sentir le léger balancement du navire alors qu'elle arpentait le pont supérieur au bras de Nicholas. Elle adorait naviguer, ayant passé une grande partie de son enfance sur l'océan en compagnie de son père. Jamais elle ne se sentait aussi vivante et libre que sur un bateau !

Le vent était tombé au cours de la matinée, remplacé par une légère brise qui rendait cette sortie nautique fort agréable.

Au-dessus de leur tête, un groupe de mouettes bavardes participait également à la fête, leurs ailes déployées en un large éventail pour se laisser porter au gré des courants. De leur œil affûté, les volatiles scrutaient les milliers de spectateurs qui s'agglutinaient sur les bateaux à vapeur ou sur les berges de la Tamise, à la recherche du précieux morceau de nourriture qui pourrait satisfaire leur appétit gourmand.

Soudain, la station de Middlesex se transforma en une masse grouillante qui se mit à pousser des cris tonitruants alors que les deux équipes d'avirons prenaient place sur la ligne de départ avec leur célèbre *Blue Boat* aux couleurs de leur université.

Erin et Nicholas s'accoudèrent au bastingage pour suivre la course au plus près.

Le regard de la jeune femme se porta aussitôt sur les membres de l'équipe d'Oxford et sur le séduisant rameur qui avait pris place juste devant le barreur, ses cheveux brillant d'un éclat lumineux sous les rayons du soleil. Le jeune homme semblait très concentré et se tenait prêt, les bras repliés sur les rames.

Le silence se fit tandis que les deux équipes se tenaient parfaitement immobiles, fixant du regard le drapeau rouge qui annonçait le début de la course.

Erin retint son souffle, émue par la solennité de cet instant.

Enfin, le départ fut donné.

Les rameurs s'élancèrent sous les cris d'encouragement des spectateurs, leurs dos s'élevant et retombant dans une parfaite harmonie. Gagnée par l'excitation environnante, Erin agrippa la rambarde et se pencha en avant pour ne rien rater de la course.

L'équipe de Cambridge prit facilement une longueur d'avance grâce à la rapidité de ses rameurs, mais Oxford se rapprocha rapidement de leur embarcation.

Fascinée, Erin ne quittait pas le jeune rameur des yeux.

Ses gestes précis alliaient à la fois force et finesse. Il tendait et repliait ses bras et ses jambes dans un mouvement fluide mais puissant, dont l'exécution parfaite dépendait de la glisse de la coque.

Les rames s'enfonçaient dans l'eau grisâtre de la Tamise avec la régularité d'un métronome, aspergeant d'écume quelques canards téméraires qui barbotaient tranquillement sur le fleuve.

Aux abords du Rowling Club, les équipes se retrouvèrent à égalité avant qu'Oxford prenne légèrement l'avantage. À cet instant, l'embarcation fut gênée par les remous du vapeur *Citoyen D* qui manqua de justesse de faire chavirer les rameurs d'Oxford.

Erin ne put retenir un cri, ce qui lui valut un coup d'œil amusé de la part de Nicholas.

— Je ne pensais pas que tu serais autant captivée par la course ! La plupart des dames attendent dans le salon du pont inférieur autour des rafraîchissements.

Sans quitter les avirons des yeux, Erin répliqua :

— Tu sais bien que je ne suis pas une femme ordinaire ! Je trouve cette course absolument fascinante ! Il se dégage à la fois de ces rameurs une force et une élégance qui méritent le respect. Nous n'avons pas ce genre de compétitions à Philadelphie.

— C'est vrai ! L'aviron est un sport qui demande une endurance incroyable. Je ne peux que louer moi aussi le courage de ces athlètes !

Mais Erin l'entendit à peine, tant elle était concentrée sur la progression des deux équipes.

Au fur et à mesure de l'avancée de la course, la jeune femme fut prise d'une sourde angoisse. Tour à tour, elle exultait, trépignait ou jurait parfois.

Le suspense était insupportable.

Il était facile de voir quelle équipe la jeune femme supportait. Elle poussait des cris étouffés à chaque fois que Cambridge s'approchait d'Oxford un peu trop près et laissait éclater sa joie lorsque Oxford reprenait l'avantage.

— Peux-tu m'expliquer pour quelle raison tu soutiens l'équipe d'Oxford avec autant de ferveur ? l'interrogea Nicholas, étonné.

— Le fils de M. Hopkins fait partie de cette équipe !

— Mais tu ne le connais même pas ! s'exclama son cousin.

— C'est exact ! Mais nous sommes sur leur bateau.

Par conséquent, c'est notre devoir d'encourager Oxford par respect pour notre hôte !

— Si je ne te connaissais pas, je pourrais croire que l'un des rameurs te plaît particulièrement, se moqua gentiment Nicholas.

Erin lui lança un regard en coin.

— J'admire uniquement leur performance, gros bêta ! Et je suis prête à parier 10 shillings qu'Oxford va gagner !

Nicholas plissa les yeux.

— Les bateaux sont au coude à coude, c'est difficile à dire. Cambridge paraît en meilleure posture.

À l'approche du pont de Hammersmith, Oxford devança à nouveau l'équipe de Cambridge.

Les cris de la foule se firent de plus en plus perçants à quelques mètres de l'arrivée.

La jeune femme cessa soudain de respirer, serrant si fort le bastingage que ses jointures blanchirent.

Grâce à Dieu, Oxford maintint son avance et remporta la course quelques secondes plus tard sous les acclamations assourdissantes des Londoniens.

Erin ne demeura pas en reste et applaudit cette belle victoire avec un enthousiasme non feint.

L'équipe d'Oxford laissa éclater sa joie sous les hourras des spectateurs tandis que des milliers de petits drapeaux bleu foncé s'agitaient en tous sens.

La jeune Américaine eut de la peine pour les rameurs de Cambridge qui demeuraient le dos courbé, comme accablés par le poids trop lourd de la défaite. Leur déception était palpable.

Son regard ne tarda pas à se reporter à nouveau sur Oxford, comme aimanté par le bel étudiant qui lui avait sauvé la vie.

Les athlètes semblaient épuisés et à bout de souffle, mais leur joie se lisait sur leur visage.

Il s'écoula de longues minutes avant que les rameurs victorieux longent les bateaux à vapeur pour remercier leurs nombreux supporters.

Erin retint sa respiration quand l'embarcation d'Oxford approcha de leur bateau. Peut-être ne l'apercevrait-il pas parmi le flot des spectateurs ?

La suite la détrompa.

Elle vit le regard du jeune homme balayer négligemment le pont et glisser sur elle comme un nuage devant le soleil.

Puis ses incroyables yeux bleus revinrent se poser lentement sur son visage, la sondant jusqu'au plus profond de son âme.

Le cœur d'Erin fit une embardée, et une douce langueur envahit tout son être.

Le séduisant rameur d'Oxford n'esquissa ni un geste ni un sourire envers elle, montrant qu'il la connaissait. Mais l'intensité de son regard signifiait bien plus que des mots, et Erin sentit ses joues s'enflammer.

Déstabilisée, elle préféra fuir son regard et détourna la tête.

Elle aperçut Nicholas froncer les sourcils.

— C'est étrange ! L'un des rameurs d'Oxford me paraît familier. Il me semble l'avoir déjà rencontré, mais je ne me souviens plus à quelle occasion.

— Je doute que cet étudiant fréquente beaucoup les clubs privés et les salons mondains, s'empressa de commenter Erin. Tu dois certainement le confondre avec une autre personne.

— Tu as sans doute raison, finit-il par consentir, ses yeux gris toujours posés sur le *Blue Boat* d'Oxford. Allons rejoindre M. Hopkins afin de le féliciter pour la victoire de son fils !

Il saisit Erin par la main et la conduisit au centre du pont supérieur où se trouvait leur hôte, entouré de ses amis et connaissances qui le congratulaient avec chaleur.

Erin se détourna discrètement afin d'apercevoir une dernière fois l'athlète qui occupait toutes ses pensées.

Mais l'aviron avait déjà disparu.

Chapitre 5

Londres, 16 avril 1861

Erin tenta une nouvelle fois de lire le roman qu'elle tenait entre les mains en se concentrant sur le paragraphe, mais les mots s'envolèrent sous ses yeux comme les soies de pissenlit soufflées par le vent. Elle avait pourtant hâte de découvrir cette auteure anglaise dont on parlait tant dans les salons, une certaine Jane Austen. Erin avait acheté son premier roman intitulé *Orgueil et préjugés* dans une charmante librairie du quartier de Kensington lors d'une promenade avec Nicholas.

Pourtant en ce début d'après-midi, même les réflexions amusantes d'Elizabeth Bennet sur la rigidité de la société anglaise ne parvenaient pas à la divertir.

La jeune femme se trouvait dans le petit salon en compagnie de son cousin, lequel s'était enfermé dans un profond silence depuis le déjeuner. Erin le sentait préoccupé alors qu'il se tenait devant la haute fenêtre, un verre de whisky à la main auquel il n'avait même pas touché, ce qui était pour le moins inhabituel.

Songeait-il à la même chose qu'elle ?

— Nick ? l'interpella-t-elle en refermant le livre. La guerre est-elle devenue inévitable ?

Ce dernier se détourna de la fenêtre en soupirant et vint s'asseoir sur le canapé à ses côtés, après avoir déposé son verre sur le guéridon.

— J'en ai bien peur, mon ange ! Lincoln vient de subir un affront public que risquent de payer cher les sudistes. Je doute qu'il laisse cet acte de rébellion impuni.

Quelques jours auparavant, le vendredi 12 avril exactement, avait eu lieu l'attaque du fort Sumter par les troupes sudistes aux abords de la ville de Charleston. Cette dernière s'était déroulée rapidement à l'aide de canons, sans faire de blessés ni de morts. La petite garnison nordiste avait été évacuée le lendemain, et ce, de façon pacifiste et courtoise, comme le décrivaient avec fierté certains habitants de la ville.

— Les États sécessionnistes ont l'air déterminé à ne pas réintégrer l'Union ! s'inquiéta Erin. J'ai lu hier dans le *Times* que Lincoln était en train de lever une armée de volontaires. Je m'inquiète tellement pour Justin ! À l'idée qu'il puisse s'engager prochainement et peut-être risquer sa vie, je…

Les mots moururent sur ses lèvres.

Nicholas lui pressa la main.

— Nul n'arrivera à le faire changer d'avis, tu le sais aussi bien que moi. Chaque homme est libre de faire ce qui lui semble juste, et Justin est bien déterminé à défendre ses convictions jusqu'au bout !

— Oh Nick ! Nous devons absolument rentrer à Philadelphie avant son départ !

Ce dernier hocha la tête.

— Il me reste quelques contrats commerciaux à signer

ainsi que certaines réceptions de marchandises à enregistrer. Nous devrions pouvoir quitter Londres d'ici deux semaines. La formation d'une armée volontaire prend du temps. Justin ne sera pas mobilisé dans l'immédiat, ne t'inquiète pas !

Erin secoua la tête.

— J'ai un mauvais pressentiment, Nick ! Comme si nous allions au-devant d'un terrible désastre !

Ils furent interrompus par Gavin, leur majordome, qui leur annonça l'arrivée de Louise Hopkins. Erin l'avait invitée la veille à les rejoindre à l'heure du thé, car cela faisait plusieurs jours que les deux amies ne s'étaient pas revues.

La jeune Américaine avait fait la connaissance de la cadette des Hopkins lors de la *Boat Race*. Louise l'avait surprise à étouffer un bâillement alors que Lord Butterford, qui se trouvait également sur le *London Bird*, s'évertuait à lui vanter tous les mérites de la chasse au cerf. Louise lui avait offert un instant de répit en proposant à ce pauvre Butterford d'aller leur chercher un verre de citronnade. Le temps que ce dernier s'exécute, les deux complices s'étaient précipitées en riant dans le salon privé de la famille où aucun lord assommant ne viendrait les déranger.

Après avoir réglé leur sort aux règles de savoir-vivre de l'aristocratie anglaise, les deux jeunes femmes s'étaient liées d'amitié et se voyaient presque tous les jours depuis. Nicholas étant très occupé par les affaires familiales, la compagnie de Louise s'avérait une source de joie pour Erin qui se sentait moins seule dans la capitale anglaise.

Après avoir salué les deux jeunes gens, Louise prit place sur le sofa aux côtés de son amie et accepta avec gratitude la tasse de thé que celle-ci lui tendit.

— Je suis épuisée ! J'ai passé ma matinée à accompagner

maman dans toutes les boutiques de Regent Street… Enfin, c'était le prix à payer pour qu'elle accepte que je me rende à Vauxhall Gardens ce soir !

Louise poussa un soupir de pure satisfaction, attisant la curiosité d'Erin qui demanda en fronçant les sourcils :

— Vauxhall Gardens ?

Son amie prit le temps de rajouter une cuillère de sucre dans sa tasse avant de lui répondre :

— J'oublie parfois que vous n'êtes pas originaires de Londres. Vauxhall Gardens est un ravissant jardin aménagé qui offre un cadre enchanteur la nuit. Je ne sais pas comment vous décrire la beauté du lieu, si ce n'est… Oh ! je viens d'avoir une formidable idée ! Pourquoi ne pas nous accompagner ce soir, vous vous en rendrez compte par vous-mêmes ?

Erin hésita.

— Je ne sais pas.

Elle interrogea son cousin du regard.

— Pour ma part, j'ai déjà accepté une invitation. Je vais jouer aux cartes chez Lord Clarindon.

Puis voyant la déception de la jeune femme, il rajouta :

— Mais je ne vois pas d'inconvénient à ce que tu te joignes à Louise, si tu le souhaites…

— Oh ! accepte, Erin ! S'il te plaît ! Nous ne serons pas seules. Deux de mes cousines nous accompagnent, ainsi que mon frère et certains de ses camarades de l'université. Cela promet d'être une soirée très amusante !

Erin émit un son étouffé que son amie prit pour un assentiment.

— Un feu d'artifice sera tiré à la nuit tombée. On dit que les soirées à Vauxhall sont toujours grandioses. Je suis si excitée par cette sortie ! Jusqu'à présent, mes parents considéraient que j'étais trop jeune. Il faut dire que la réputation du jardin n'est plus à faire en matière de badinage, voire...

Nicholas se racla subitement la gorge.

— Il me semble plus prudent, ma chère Louise, d'arrêter là votre argumentation si vous tenez à ce qu'Erin vous accompagne.

Cette dernière rougit, saisissant parfaitement le sous-entendu, et se tut instantanément.

Erin, qui avait cessé d'écouter le bavardage de son amie dès qu'il avait été question des amis de James Hopkins, ne prêta aucune attention aux derniers propos de Louise.

La jeune femme était partagée.

D'un côté, elle mourrait d'envie de visiter ce fameux jardin, gagnée par l'enthousiasme de Louise. D'un autre côté, c'était prendre le risque de revoir son séduisant sauveteur, à condition bien sûr que ce dernier fasse partie du groupe ce soir.

Erin se mordit la lèvre inférieure, tout en réfléchissant.

Se sentait-elle prête à une nouvelle rencontre avec le mystérieux étudiant ?

La réponse lui vint sans peine.

— Très bien, j'accepte de vous accompagner.

— C'est formidable, Erin ! s'exclama Louise, ravie. Tu ne vas pas le regretter !

Erin en fut soudain bien moins certaine.

— Tu m'as l'air bien nerveux ce soir, commenta James, en tendant à Alex un verre de whisky. Est-ce que la présence de ma sœur et de mes cousines te contrarie ?

Si c'est le cas, tu m'en vois désolé, mais je n'ai pas pu faire autrement.

Affalé avec nonchalance dans un des fauteuils de cuir de la bibliothèque des Hopkins, Alex émit un rire bref avant de répondre avec flegme à son ami :

— Vauxhall est suffisamment grand pour que nous puissions rapidement leur fausser compagnie. Pour ma part, je compte bien utiliser l'obscurité de ses allées secrètes afin d'aller cueillir la fleur délicate d'une lady esseulée.

James ricana.

— Dois-je comprendre que Lady Ashley et Lady Sarah commencent à te lasser ?

Alex vida son verre d'un trait et déclara :

— Je me suis rendu compte dernièrement que j'avais besoin de nouveauté. Et quoi de mieux que Vauxhall pour partir chasser ?

— Tant que tu ne jettes pas ton dévolu sur ma sœur, tu es libre de faire ce que tu veux, mon vieux !

— Ne t'inquiète pas ! Je n'ai pas l'intention de devenir ton beau-frère !

— Voilà une excellente nouvelle ! s'esclaffa James. Car cela m'amènerait à devoir me battre avec toi, et je n'ai aucune envie de finir infirme !

Alex lui jeta un regard torve avant de se lever du fauteuil pour se resservir un verre.

Il se dirigea ensuite vers la fenêtre et contempla le jardin qui prenait une teinte vert sombre au fur et à mesure que le soleil déclinait.

Alex grimaça.

Il n'avait pas été tout à fait sincère avec son ami.

Il avait bien l'intention d'utiliser une allée secrète de

Vauxhall, non pas pour user de ses talents de séducteur, mais pour une question d'honneur.

Depuis l'annonce du bombardement du fort Sumter, le 12 avril dernier, Alex se sentait comme un lion prisonnier dans sa cage. Il était évident pour lui que Lincoln n'allait pas laisser passer cet affront et concéder sans répliquer la victoire aux États séparatistes. La colère de savoir son pays et sa famille menacés par l'envahisseur nordiste avait laissé place à un sentiment profond d'impuissance de se trouver si loin des siens. Il avait longuement réfléchi afin de trouver une solution pour regagner la Louisiane par ses propres moyens, sachant pertinemment que son père et son oncle refuseraient de lui apporter leur aide.

Puis la providence lui avait souri.

Lors d'une partie de cartes, Alex avait fait connaissance sur le campus de Jonathan Charpman, un étudiant expatrié tout comme lui, dont le père était lieutenant dans la marine sudiste. Unis par la même foi pour leur pays, les deux jeunes gens s'étaient rapidement liés d'amitié. Un soir de beuverie, Jonathan lui avait confié sous le sceau du secret que le président Jefferson Davis était en train de lever une nouvelle force maritime. Il était question de navires corsaires, commandés par des officiers confédérés dont le père de Jonathan faisait partie. Ils seraient épaulés par des forceurs de blocus afin de garantir aux sudistes et à leurs alliés commerciaux européens la libre circulation des marchandises, tout en mettant à mal la flotte fédérale.

Dès lors, Alex n'avait eu plus qu'une idée en tête, intégrer par tous les moyens l'un de ces navires. Il avait harcelé John jour et nuit jusqu'à ce que ce dernier consente à le mettre en relation avec un contact arrivé récemment à Londres, un certain Bulloch. Cet agent confédéré se trouvait en

Angleterre afin de recruter des fonds auprès de sociétés privées de négoce de coton. Ces dernières voyaient d'un mauvais œil le durcissement du conflit entre les États du Nord et du Sud qui mettait en péril leur commerce et leurs manufactures de textiles. Bulloch œuvrait de pied ferme afin de les inciter à soutenir la cause confédérée et ainsi financer la construction de nouveaux navires de guerre. Ceux-ci auraient pour but non seulement de s'attaquer au portefeuille de l'Union mais également forcer le blocus que l'armée fédérale ne tarderait pas à mettre en place pour étouffer l'économie du Sud.

Il était temps que le Nord cesse de régner en maître sur l'océan sans être pour le moins du monde inquiété. Ce dernier savait pertinemment que les États sécessionnistes ne possédaient aucun navire digne de rivaliser avec la magnificence des croiseurs fédéraux comme *Le Brooklyn*. Il serait donc très facile d'endormir les soupçons des nordistes et de frapper là où ils s'y attendraient le moins.

Alex ne pouvait qu'approuver la brillante idée de leur président.

Le jeune homme se rembrunit cependant. Il était conscient de n'avoir aucune expérience militaire et encore moins dans la marine. Mais prendre part au combat en tant que corsaire était une idée qui le séduisait de plus en plus. Il espérait que sa volonté de fer et son audace suffiraient à convaincre Bulloch, même s'il devait débuter le conflit en tant que simple soldat.

De toute façon, il n'avait pas le choix. Ce soir, il scellerait son avenir.

James dut lire dans ses pensées, car il vint se poster à ses côtés.

— Je sais que ce qui se passe dans ton pays te met en

rage. C'est pourquoi je t'ai proposé de nous accompagner ce soir avec Ridley et Scott. Un peu de compagnie féminine dans un cadre aussi fantastique que Vauxhall effacera peut-être ton humeur sombre ?

— J'espère en effet que cette soirée me portera chance !

James lui tapa affectueusement sur l'épaule et lui lança avec un sourire énigmatique :

— Peut-être bien plus que tu le penses, camarade !

Le soir même, Erin se présenta chez les Hopkins avec une certaine fébrilité. Elle s'était habillée avec soin pour l'occasion, choisissant l'une de ses plus belles robes. Elle savait que la couleur bleu nuit du bustier au décolleté carré convenait particulièrement à sa chevelure cuivrée et à son teint laiteux. Le drapé qui retombait sur ses hanches accentuait la finesse de sa taille tandis que le jupon évasé, d'un bleu pâle presque gris assorti à la couleur de ses yeux, lui autorisait une grande liberté de mouvement, ce qui serait parfait pour cette soirée.

Erin vérifia une dernière fois sa tenue puis elle pénétra à la suite du majordome dans le salon des Hopkins, le cœur battant. Elle fut déçue de ne trouver que Louise et ses cousines Emily et Daphné.

Son amie dut percevoir son interrogation silencieuse, car elle expliqua en la rejoignant :

— Mon frère et ses amis nous rejoignent un peu plus tard à Vauxhall. Puisque tu es là, nous pouvons y aller.

Après avoir revêtu leurs capes bordées d'hermine, les trois jeunes femmes montèrent dans le landau et se mirent en route.

Erin prit place confortablement dans le siège de velours

rouge foncé et leva le visage vers le ciel dont les couleurs flamboyantes lui rappelaient un tableau de William Turner. La nuit était claire et étonnamment douce pour le mois d'avril. Elle laissa l'air tiède lui caresser le visage, écoutant distraitement le babillage de ses nouvelles amies et le claquement régulier des sabots des chevaux sur les pavés.

Lorsqu'elle avait insisté pour accompagner Nicholas à Londres, désirant fuir pour quelque temps une vie qui ne lui convenait plus, Erin ne s'attendait pas à apprécier autant cette ville, très différente de Philadelphie.

Ici, elle se sentait libre d'être elle-même. Elle n'était plus une Hamilton mais une jeune femme comme les autres, sans un ballet incessant de prétendants et de harpies qui surveillaient le moindre de ses gestes.

Erin adorait sa famille adoptive et elle lui serait toujours reconnaissante de la chance qui lui avait été offerte à la mort prématurée de son père. Mais elle rêvait parfois secrètement de retrouver l'existence sans entraves de son enfance, lorsqu'elle parcourait les mers avec son père, la mère d'Erin étant décédée à sa naissance. C'est pourquoi, la jeune femme était bien décidée à profiter de la parenthèse que Londres lui offrait, loin de sa famille et de ses responsabilités.

Erin choisit de manière délibérée d'ignorer la petite voix qui lui soufflait que la réussite de cette soirée dépendrait de la présence d'un certain étudiant. Elle comptait bien s'amuser et profiter de tous les plaisirs qu'offrait Vauxhall quoi qu'il advienne.

L'obscurité avait étendu son grand manteau sombre lorsqu'elles arrivèrent à Vauxhall.

Quand elles franchirent le pont au-dessus de la Tamise, Erin ne put retenir un cri d'exclamation.

Le jardin s'avérait ravissant.

La décoration de style baroque se fondait de façon harmonieuse à la nature, si bien que l'on avait l'impression de se retrouver dans un autre lieu et un autre temps. Ici, les bruits de la ville étaient étouffés, laissant place aux rires, aux conversations joyeuses et à la musique entraînante de l'orchestre perché au premier étage du kiosque. Ce dernier ressemblait à une couronne de géant avec ses flèches et ses lampions qui scintillaient comme des pierres précieuses. En contrebas se trouvait une piste de danse sur laquelle des couples évoluaient avec légèreté. Des ruines antiques, des statues et des grottes complétaient l'ensemble. De nombreux sentiers partaient de la piste et disparaissaient en serpentant au détour d'épais bosquets qui devaient dissimuler des recoins plus tranquilles pour les couples à la recherche d'intimité.

— N'est-ce pas un endroit merveilleux ? s'exclama Louise en se retournant vers son amie.

Erin ôta sa cape et acquiesça avec ferveur, subjuguée par la magie du lieu.

— En effet, c'est magnifique !

Louise posa une main sur l'avant-bras de la jeune femme.

— Oh ! regarde ! Voilà James et ses amis !

Le cœur battant à tout rompre, Erin suivit le regard de Louise et observa le groupe qui avançait dans leur direction.

Sa gorge se serra.

Il ne se trouve pas parmi eux !

Elle ne s'attendait pas à une déception aussi amère en constatant l'absence de celui qui occupait toutes ses pensées et elle en fut désolée.

Que lui arrivait-il ?

Voilà qu'elle se languissait pour un homme qui n'était

absolument rien pour elle ! Un inconnu croisé si brièvement qu'elle ne connaissait même pas son identité !

Erin gagna la loge que la famille Hopkins avait réservée pour la soirée et accepta sans même la voir la coupe de champagne qu'on lui tendait.

Mais au bout d'une heure, la jeune femme fut forcée de constater que, malgré la beauté du lieu et l'enthousiasme de ses compagnons, elle n'arrivait pas à s'amuser. Elle regrettait d'avoir accepté l'invitation de Louise, n'arrivant pas à respecter la promesse qu'elle s'était faite au début de la soirée.

Elle devait se rendre à l'évidence.

Sans le jeune homme, cette nuit ne revêtait pas la même saveur.

Mortifiée, elle s'éloigna du groupe et longea la piste de danse. Elle contempla fascinée, et un peu envieuse aussi, elle devait l'admettre, les couples qui tournoyaient comme des papillons multicolores sous la lumière des lampions.

— M'accorderez-vous une valse, jolie nymphe des bois ?

Erin se raidit aussitôt et cessa de respirer.

Elle n'eut aucune difficulté à identifier son interlocuteur. Sa mémoire avait parfaitement enregistré la tonalité grave de sa voix lors de leur première rencontre. Et son cœur aussi, si elle se fiait aux battements désordonnés qui frappaient sa poitrine comme des baguettes de tambours.

Ainsi, il se trouvait bien à Vauxhall comme elle l'avait secrètement tant espéré !

Elle ferma brièvement les yeux tandis que ses jambes semblaient ne plus vouloir soutenir le reste de son corps.

Elle choisit de ne pas se retourner immédiatement. Sinon, il lirait dans son regard un mélange de soulagement et de joie pure à l'idée de le revoir. Il ne devait surtout pas découvrir à quel point sa présence l'enchantait soudain !

Un long frisson la parcourut.

Tout son être semblait réagir à la proximité du jeune homme. Elle avait presque la sensation de sentir son souffle tiède sur sa nuque. Mais était-ce seulement une impression ?

Lorsque son corps effleura le sien, Erin crut défaillir. Elle se retrouva enveloppée par son odeur si masculine qui lui rappelait la bruyère sauvage battue par les vents de son enfance.

Elle n'osa plus bouger, telle une biche aux aguets, comme si elle pressentait un danger imminent, ce qui était ridicule bien entendu.

Chapitre 6

Alex demeurait immobile, attendant avec une certaine impatience la réponse de celle qui avait alimenté ses rêves les plus fous ces dernières semaines.

Jamais il n'aurait pensé la revoir !

Et pourtant, elle se tenait devant lui, encore plus belle que dans son souvenir dans sa robe bleu nuit qui mettait en valeur sa chevelure de feu. La jeune femme avait relevé ses boucles lustrées en un haut chignon qui laissait apparaître les courbes délicates de sa nuque, révélant sa peau d'albâtre sur laquelle Alex brûlait d'y poser les lèvres.

Vauxhall était décidément un jardin magique où ses désirs les plus fous semblaient pouvoir prendre vie ce soir.

Et cette fois, il n'avait pas l'intention de la laisser s'échapper !

Le jeune homme sortait juste de son entretien clandestin avec l'agent Bulloch et il était très satisfait des échanges menés avec son compatriote. Ce dernier lui avait confirmé que si Alex montrait la même fougue à défendre son pays qu'à argumenter, les nordistes ne tarderaient pas à rentrer chez eux la queue entre les jambes. Bulloch avait des amis haut placés dans la marine, arguant que l'enrôlement d'Alex ne serait qu'une formalité. Il avait terminé l'entretien en informant Alex qu'un certain Sparks rentrerait bientôt en contact avec le jeune homme si la demande d'Alex aboutissait. Si tout se passait bien, Alex quitterait l'Angleterre dans les prochaines semaines pour s'engager officiellement en tant que soldat dans l'armée confédérée.

Mais en attendant, il comptait bien profiter des derniers plaisirs que Londres lui offrait… D'un, tout particulièrement.

Le dédain de la jeune femme agaça Alex.

Ainsi, elle jouait à nouveau à la reine de glace. Parfait ! Cela rendait le défi encore plus intéressant !

Il se rapprocha d'elle jusqu'à lui frôler le dos et se retrouva assailli par son parfum suave de jasmin qui mettait ses sens en émoi.

Se penchant à son oreille, il lui murmura :

— Combien de temps encore allez-vous faire semblant de m'ignorer ? Où sont passées vos règles de politesse auxquelles vous paraissez si attachée ?

Alex la sentit se raidir sous l'insulte à peine déguisée et sourit dans l'obscurité.

Voilà qui était mieux ! Tout, plutôt qu'une froide indifférence.

— Pour quelle raison devrais-je vous saluer, monsieur ? Nous n'avons pas été officiellement présentés ! répliqua-t-elle, le visage à demi tourné vers lui.

La nuque de la jeune femme la picotait encore à l'endroit où le souffle de l'inconnu s'était posé. Qu'ils soient maudits lui et son charme dévastateur !

Le ton sec de la jeune femme ne présageait rien de bon. Mais Alex n'avait pas l'intention de se faire évincer aussi facilement.

— Laissez-moi donc remédier à ce manquement à l'étiquette, répondit Alex d'une voix rauque en se rapprochant un peu plus.

La jeune femme s'écarta brusquement comme s'il l'avait brûlée et lui fit face, le regard étincelant.

La tigresse sortait enfin ses griffes !

— Veuillez cesser de m'importuner, monsieur ! Votre identité m'indiffère, et je ne souhaite pas valser avec vous !

Alex émit un rire bref.

Même dans la colère, elle demeurait irrésistible.

Il choisit d'ignorer son injonction.

— Permettez-moi de me présenter ! Alexander Tyron Morgan, votre dévoué sauveteur ! fit-il en s'inclinant de façon exagérée.

Morgan ?

Ce nom lui était vaguement familier, mais Erin ne remémorait plus où elle en avait entendu parler. Sans doute était-ce un nom de famille connu à Londres ?

La jeune femme recula et examina l'homme qui lui faisait face.

C'était la première fois qu'elle le voyait sans son uniforme de l'université. Elle devait admettre que ce soir, il ne ressemblait plus au jeune étudiant qu'elle avait rencontré mais à un aristocrate d'une beauté redoutable. Le costume anthracite qu'il portait avec une élégance naturelle était sans conteste de grande qualité et mettait en valeur sa carrure athlétique. Il venait très certainement d'une famille anglaise fortunée.

Pourtant, son léger accent traînant lui évoquait d'autres souvenirs sans qu'elle parvienne à en identifier leur origine, trop troublée par les émotions variées qu'Alexander Morgan faisait naître en elle.

Son regard ne cessait de s'accrocher à la délicieuse petite

fossette qui s'affichait dès que son mystérieux interlocuteur souriait, ce qui était le cas à cet instant.

Voyant que la jeune femme n'avait pas l'intention de lui répondre, Alex continua imperturbable.

— Dois-je me prosterner à genoux pour que vous daigniez enfin m'accorder cette danse ?

Il fit mine de joindre le geste à la parole.

Erin s'aperçut avec embarras qu'ils étaient devenus le centre de l'attention et elle l'arrêta par le bras.

— Cessez vos pitreries, monsieur Morgan ! Tout le monde nous regarde !

Alex retint son regard prisonnier, faisant battre le cœur de la jeune fille un peu plus vite.

— Et vous, cessez de jouer les dames offensées ! La soirée est si belle ! Pourquoi ne pas en profiter ?

Avant qu'Erin puisse refuser, Alex saisit la jeune femme par le coude et la conduisit avec autorité au centre de la piste de danse.

— Donnons-leur une bonne raison de nous observer ! chuchota-t-il à son oreille.

Un frisson d'excitation parcourut Erin malgré elle.

Alex posa la main sur sa taille et la rapprocha de lui, bien plus près que la décence ne le permettait.

Décidément, cet homme avait la très fâcheuse habitude de se moquer des règles de bienséance. Erin allait lui expliquer sa façon de penser lorsqu'il commença à danser et à l'entraîner avec lui.

Sa colère se dissipa aussitôt.

C'était un excellent danseur !

Et en toute honnêteté, elle devait admettre que la sensation de ses bras autour d'elle était merveilleuse.

Erin décida de faire taire sa conscience afin de profiter

de ce délicieux intermède. Après tout, elle ne faisait rien de répréhensible. La valse était sans conteste sa danse préférée. Elle se laissa donc emporter par la musique et la grâce de son cavalier, oubliant l'espace d'un instant où ils se trouvaient. Dans les bras d'Alexander Morgan, elle se sentait aussi légère qu'une plume qui s'envole dans les airs.

Le jeune homme ne la quittait pas des yeux tandis qu'ils évoluaient parmi les autres danseurs. Erin était si troublée qu'elle s'obligea à compter les pas pour ne pas perdre toute son assurance.

Le contact du bel Anglais lui procurait un troublant vertige qui n'avait rien à voir avec la danse. Son corps la picotait aux endroits où il l'effleurait, mettant tous ses sens en éveil. Se retrouver dans ses bras était agréable, beaucoup trop agréable. Elle pourrait danser ainsi toute la nuit.

— Vous ne m'avez toujours pas décliné votre identité.

Sa question la ramena à la réalité.

Il est vrai qu'il serait impoli de sa part de ne pas se présenter à son tour.

— Je m'appelle Erin Callaghan.

Elle choisit de manière délibérée d'occulter son nom adoptif. Ce dernier ne représentait rien ici de toute manière.

— Une fée écossaise, murmura Alex comme pour lui-même. J'aurais dû m'en douter, votre accent avait quelque chose de familier. Votre cousin est-il présent ce soir ?

Erin secoua la tête.

— Je suis venue avec des amies dont la sœur de James Hopkins, Louise. Je n'avais encore jamais visité Vauxhall et j'avoue que je ne m'attendais pas à découvrir un endroit aussi enchanteur.

Ainsi la belle fréquentait bien la famille Hopkins.

Cette idée lui plut bien plus qu'il ne l'aurait voulu. Il

aurait peut-être l'occasion de recroiser la jeune femme avant son départ. L'idée de la séduire ne le quittait pas depuis qu'il l'avait revue, le souvenir de leur baiser lui ayant laissé un goût d'inachevé.

Alex se pencha vers son oreille et, d'un ton langoureux, il lui souffla :

— Désirez-vous que je vous révèle tous les secrets de Vauxhall ?

Le gredin !

L'espace d'un court instant, Erin faillit accepter la proposition scandaleuse d'Alexander Morgan.

Son ton lascif, lourd de promesses, fit courir de délicieux frissons sur la peau de la jeune femme qui se retrouva assaillie de rêveries défendues.

Était-elle devenue folle ?

Erin se ressaisit et répliqua :

— Me prenez-vous pour une écervelée, monsieur Morgan ? Je devine parfaitement vos intentions et je ne suis pas ce genre de femmes qui batifolent avec le premier venu.

— En effet, vous me l'avez déjà expliqué ! répliqua Alex de sa voix séductrice qui s'enroula autour d'Erin comme une étole soyeuse. Cependant, Vauxhall n'est pas un jardin comme les autres. À la nuit tombée, il se prête à toutes les libertés. Je pensais que vous seriez peut-être curieuse de découvrir quels mystères se cachent derrière ces bosquets ?

— Vous voulez dire à part un loup attendant sa proie avec délectation ?

Alex lui adressa un franc sourire, faisant à nouveau apparaître sa fossette séductrice et dangereuse.

Cette beauté écossaise avait toujours autant de répondant, et cela lui plaisait.

— Certains loups peuvent se montrer aussi doux que des agneaux…

L'allusion était si évidente qu'Erin déglutit avec peine.

Alex l'attira encore plus près de lui, comme pour donner corps à sa promesse.

Erin sentait sa main épouser parfaitement la courbe de ses reins. Elle en percevait la chaleur à travers le tissu de sa robe, comme si elle ne portait aucun vêtement.

Leur conversation prenait un tour beaucoup trop intime… et dangereux. Il était temps d'y mettre fin en même temps que cette délicieuse valse.

— Je crois qu'il serait préférable que vous me reconduisiez auprès de mes amies, monsieur Morgan.

Alex n'insista pas et s'inclina poliment tandis que les musiciens entamaient un nouveau morceau.

— Comme vous voudrez, mademoiselle Callaghan.

Le jeune homme sourit en son for intérieur. Il était temps pour lui de changer de tactique d'approche.

Il raccompagna donc Erin, tout en prenant soin de rester à distance pour ne pas l'effrayer et vaincre sa résistance.

Lorsqu'ils parvinrent à la loge des Hopkins, ils trouvèrent l'endroit vide.

— Je ne comprends pas ! s'exclama Erin. Où sont-ils tous passés ?

Alex jubila intérieurement, trop heureux que le ciel lui offre une nouvelle chance de séduire sa belle innocente.

— Un feu d'artifice doit être tiré du temple de Comus. Vos amis doivent certainement se trouver là-bas. Venez, je vais vous y conduire.

Il attendit une rebuffade qui ne vient pas.

La jeune femme ne sembla pas prendre conscience du piège qui se refermait lentement sur elle, telle une araignée tissant sa toile. Elle accepta de le suivre, sans doute ravie d'assister au spectacle grandiose dont Vauxhall avait le secret.

Ensemble, ils s'engagèrent dans l'allée principale, puis Alex prit un chemin plus étroit sur sa gauche.

Erin suivit le jeune homme, ne pouvant pas s'empêcher de détailler son corps athlétique et ses épaules carrées mises en valeur par son costume. Quelques mèches dorées bouclaient dans son cou, et la jeune femme brûla soudain de tendre la main pour en éprouver leur douceur.

Alex paraissait à l'aise à Vauxhall. Sans doute fréquentait-il cet endroit régulièrement ? Peut-être même en compagnie d'autres femmes ?

Erin ressentit la morsure de la jalousie aussi violemment que si un serpent venimeux venait de l'attaquer telle Eurydice.

L'humeur de la jeune femme s'assombrit.

Cet homme la tourmentait par sa seule présence et faisait naître en elle des sentiments qu'elle n'avait encore jamais expérimentés.

Le sentier dans lequel ils venaient de s'engager était beaucoup moins fréquenté. Il y faisait aussi plus sombre. Le fait qu'ils continuent à entendre la musique envoûtante des altos et des violons rassura Erin. Cela signifiait qu'ils ne s'étaient pas beaucoup éloignés.

La jeune femme vit Alex s'enfoncer dans un chemin encore plus étroit, et un doute l'assaillit.

— Sommes-nous bientôt arrivés ? demanda-t-elle, une pointe d'inquiétude dans la voix.

— Oui, nous y sommes.

Alex s'arrêta brusquement et se retourna vers elle.

Le chemin était à présent désert et la musique, un simple murmure.

Seule la lumière mordorée des petites guirlandes qui bordaient le sentier leur permettait de s'orienter dans ce dédale de verdure.

Erin comprit trop tard les intentions d'Alex.

Elle était tombée dans son piège comme une idiote !

Malgré le refus qu'elle lui avait opposé, le jeune homme n'avait pas renoncé à son vil dessein de la séduire. Elle n'aurait jamais dû accepter de le suivre avec une confiance aussi aveugle !

— Vous vous êtes joué de moi ! Vous n'avez jamais eu l'intention de me conduire auprès de mes amies ! l'accusa-t-elle.

— Ne vous ai-je pas exprimé clairement mes intentions lorsque nous valsions ? Il m'a semblé d'ailleurs que vous n'y étiez pas insensible, malgré votre refus véhément de m'accompagner. J'ai cru que vous aviez changé d'avis, ajouta-t-il avec un petit sourire qui fit à nouveau apparaître sa maudite fossette, visiblement ravi du mauvais tour qu'il lui avait joué.

Quel mufle !

— Vous vous trompez ! Je n'ai jamais eu l'intention de me retrouver seule ici en votre compagnie. Je pensais sincèrement que cette fois vous alliez vous conduire en gentle… !

Elle s'arrêta brusquement, se rappelant bien trop tard d'un certain échange.

Le sourire carnassier d'Alex lui signifia qu'il se souvenait lui aussi parfaitement de cette conversation.

Pour quelle raison s'efforçait-il d'adopter un comportement odieux avec elle afin de gâcher les moments de complicité qu'ils pouvaient aussi partager ?

Les poings sur les hanches, elle l'invectiva :

— Allez-vous oui ou non respecter votre promesse, monsieur Morgan ?

— Je vais le faire, souffla-t-il en se rapprochant dangereusement d'elle. Dans un moment.

Chapitre 7

Alex dévisageait la jeune femme avec attention. Il avait parfaitement conscience à cet instant de se comporter avec cette dernière comme un goujat.

Mais l'attirance qu'il ressentait pour Erin était beaucoup trop forte. Il lui était impossible d'agir autrement, comme si sa seule présence le privait de tout sens moral.

Dès qu'il l'avait aperçue près de la piste de danse, rayonnante dans sa robe bleu nuit qui épousait ses formes à la perfection, il n'avait éprouvé qu'une seule envie, la tenir à nouveau dans ses bras et goûter à la douceur de ses lèvres, en prenant son temps cette fois-ci.

Il en avait rêvé chaque nuit depuis leur rencontre lors de la *Boat Race.*

L'occasion était trop belle, il n'aurait pas d'autre chance de la séduire avant son départ… du moins si elle ne l'émasculait pas auparavant !

— Vous me devez toujours un véritable baiser, mademoiselle Callaghan ! affirma-t-il en la capturant du regard.

Ces paroles, prononcées avec une voix lourde de désir, privèrent Erin de toute pensée.

Elle demeura silencieuse, ne sachant plus quelle conduite adopter en la présence de ce dangereux séducteur.

Alex sembla s'apercevoir de son trouble. Il s'approcha encore, jusqu'à frôler son jupon de ses bottes.

— Vous serez ensuite libre de rejoindre vos amies, murmura-t-il en effleurant sa joue du doigt, avant de descendre le long de son oreille jusqu'au creux de son cou.

Le cœur d'Erin s'affola, comme un oiseau prisonnier dans une cage trop étroite pour lui.

— Je ne pensais pas qu'un tombeur de votre trempe s'abaisserait à faire un chantage aussi odieux à une dame !

Alex retira sa main et haussa les épaules avec désinvolture.

— La fin justifie les moyens… Et j'ai faim de vous ! ajouta-t-il avec un sourire enjôleur en détournant habilement cette ancienne locution à son profit.

Il y avait une telle promesse dans sa voix grave que les jambes de la jeune femme se mirent à trembler.

Elle aurait dû lui opposer un refus ferme et glacial.

Mais ne rêvait-elle pas de cet instant depuis qu'ils s'étaient quittés le jour de la *Boat Race* ?

Après tout, ce n'était qu'un simple baiser.

Et elle savait d'instinct que cette expérience avec Alexander Morgan répondrait à ses attentes les plus secrètes.

Ce dernier sembla prendre son silence pour un assentiment.

Il se rapprocha encore et posa ses mains sur la taille de la jeune femme.

À son contact, Erin cessa de respirer. Une multitude de papillons s'envola dans son ventre, la faisant frémir.

Lentement, le jeune homme colla son corps au sien, l'épousant à la perfection, comme s'il lui était prédestiné.

Ils étaient à présent si près l'un de l'autre qu'elle percevait la chaleur de son torse puissant et la tension qui l'habitait.

L'air sembla soudain crépiter entre eux.

Alex ne quittait pas Erin du regard, cherchant à l'apprivoiser.

La jeune femme écarquilla les yeux. Elle paraissait soudain très nerveuse.

Était-ce la première fois qu'un homme l'embrassait ?

Vu sa beauté, il avait du mal à y croire. Elle avait sans doute toute une armée de prétendants prêts à se prosterner à ses pieds.

Cette seule idée le rendit fou ! Il voulait être le seul à avoir gagné cette privauté.

Il fut surpris de sa réaction, certain de n'avoir jamais ressenti une telle possessivité à l'égard d'une femme. Et il ne l'avait même pas encore embrassée !

Avec une lenteur délibérée pour lui donner encore le temps de s'esquiver, il posa la main sur la nuque d'Erin et caressa du pouce sa peau satinée.

Il l'observa retenir son souffle et eut la satisfaction de la sentir frémir sous ses doigts. Elle demeura immobile, laissant Alex poursuivre son exploration. Ses doigts glissèrent jusqu'à son épaule laiteuse. Elle avait la peau d'une douceur incomparable. Il aurait pu la vénérer ainsi toute la nuit à la lueur des guirlandes. L'odeur fleurie de la jeune femme était partout autour de lui, flottant comme une brume ensorcelante contre laquelle il lui était difficile de lutter.

La main d'Alex remonta ensuite vers son visage dont il suivit le contour délicat avant d'effleurer la courbe sensuelle de sa bouche.

Se rendait-elle compte de la tentation qu'elle représentait ?

Erin ne bougeait toujours pas. Seul son pouls, qui battait furieusement à la naissance de son cou, témoignait de son trouble.

Alex saisit le menton de la jeune femme et leva son visage vers lui.

Jamais il n'avait rencontré une femme aussi magnifique et unique !

Il se pencha lentement vers elle et effleura ses lèvres d'une caresse presque imperceptible, avant de se redresser.

La jeune femme avait les yeux mi-clos, qu'elle ouvrit brusquement lorsqu'il cessa de l'embrasser.

Il lut un mélange d'incompréhension, d'incertitude mais aussi d'impatience dans le regard qu'elle lui jeta.

Sa demande muette était sans équivoque, de même que la réponse qu'il lui donna lorsque la main de la jeune femme saisit le col de sa veste pour l'attirer à elle. Il reprit sa bouche avec délectation, et un incendie se propagea dans son corps à une vitesse fulgurante, réclamant un assouvissement immédiat.

Alex pressa la taille d'Erin plus fermement.

Lorsque Erin lui répondit d'une caresse timide, une onde de choc traversa tout son corps.

Je suis le premier à l'embrasser ainsi.

Cette découverte le stupéfia et le ravit secrètement.

Quant à Erin, elle flottait dans un océan de pur ravissement, emportée par ce long baiser sensuel et par les sensations merveilleuses qu'il faisait naître dans tout son être.

C'était exactement ce dont elle rêvait depuis qu'elle avait aperçu Alexander Morgan lors du défilé !

Un baiser parfait.

Sans même s'en rendre compte, elle glissa ses bras autour du cou du jeune homme et l'attira à elle. La douceur de sa bouche et sa saveur épicée, délicieusement masculine, l'emportaient comme un torrent puissant, la privant de toute pensée cohérente.

Comment un homme qu'elle connaissait à peine pouvait mettre le feu à tous ses sens d'un simple baiser ?

Elle se sentait si étourdie qu'il ne lui semblait pas possible de survivre à une telle expérience.

Alex de son côté était en train de perdre le contrôle de la situation, lui d'habitude si maître de ses pulsions. Il devait mettre fin à ce baiser immédiatement avant d'ôter tous les vêtements de Mlle Callaghan et d'assouvir la faim qu'il avait d'elle, ici, sur ce sentier. Elle méritait mieux qu'une étreinte volée dans un jardin de luxure.

Il s'arracha avec regret à la bouche d'Erin et la repoussa d'un brusque mouvement avant de s'adosser au tronc d'un chêne, le souffle court.

Sans l'appui du corps du jeune homme, Erin chancela un instant sous la surprise avant de se redresser, sa fierté reprenant le dessus.

Alex la vit porter la main à ses lèvres gonflées, comme pour donner corps à ce qui venait de se produire.

La jeune femme le dévisagea, la respiration saccadée.

Elle paraissait aussi stupéfaite que lui.

Dieu qu'elle était belle ! Et très dangereuse pour un homme, comme il venait de le découvrir de façon amère !

La passion qui couvait en elle et qu'il suspectait dès leur première rencontre avait failli avoir raison de lui.

Jamais une femme ne lui avait procuré un tel embrasement avec un simple baiser !

Quel imbécile il avait été ! Il avait fait preuve d'une trop grande arrogance en l'entraînant dans ce sentier, se condamnant lui-même aux flammes de l'enfer !

À cet instant, les premiers feux d'artifice explosèrent au-dessus d'eux en une myriade de couleurs, mais ni l'un ni l'autre n'y prêtèrent attention.

Erin frissonna malgré la douceur de l'air et croisa les bras sur sa poitrine.

Elle attendait avec espoir une parole du jeune homme qui lui prouverait que le baiser qu'ils venaient d'échanger était tout sauf ordinaire. Certes, elle manquait d'expérience en la matière, mais elle ne pouvait se leurrer sur le lien singulier qui les avait unis. Il l'avait forcément ressenti lui aussi, sinon il ne l'aurait jamais embrassée avec autant d'ardeur !

Mais Alex détourna la tête, se dérobant au regard d'Erin.

Cette dernière sentit un courant glacé l'envahir face à l'indifférence de ce coureur sans principes.

Ainsi, ce qu'ils venaient de partager ne signifiait absolument rien pour lui ! Elle n'était qu'une femme parmi tant d'autres à se retrouver séduite par ce vil de débauché dans une allée de Vauxhall !

C'est exactement ce dont Alex tentait également de se persuader de son côté.

Mlle Callaghan n'avait été qu'un moment de plaisir, un bref intermède parmi toutes ses nombreuses maîtresses.

Et il était hors de question que la belle Écossaise nourrisse quelques rêveries romantiques à son égard, comme il le pressentait !

Alex n'était pas l'homme qu'il lui fallait ! Il n'avait ni l'étoffe d'un preux chevalier, ni l'envie de le devenir.

Par chance, il devait quitter Londres dans quelques semaines et ne reverrait sans doute plus jamais la jeune femme avant son départ.

Erin s'efforça d'étouffer la déception qui lui nouait la gorge.

Le silence pesant du jeune homme était sans équivoque, et elle reçut cette certitude comme un violent coup de fouet.

Peu à peu, la honte la submergea.

Elle n'aurait jamais dû se laisser aller à une telle intimité dans les bras d'Alexander Morgan !

Elle devait le fuir, avant qu'il soit trop tard. Et surtout, avant qu'il perçoive sa douleur et le dégoût qui s'emparait progressivement d'elle à l'idée de s'être laissée aller dans ses bras séducteurs. Ce fourbe ne le méritait pas !

Elle s'efforça d'adopter un ton glacial lorsqu'elle s'adressa à lui en serrant les poings dans les plis de son jupon.

— Si vous en avez fini avec moi, je vous prie de me reconduire immédiatement auprès de mes amies.

Alexander émit un rire sans joie.

— Si vous attendez une quelconque excuse de ma part, n'y comptez pas ! Vous désiriez tout autant que moi ce qui vient de se passer !

Erin redressa son menton avec fierté et asséna de façon sèche en maîtrisant les tremblements de sa voix :

— Dois-je comprendre que je ne suis qu'une innocente

de plus que vous amenez dans ce repaire pour satisfaire vos bas instincts ?

Alex quitta sa posture nonchalante pour se rapprocher d'elle.

D'un geste désinvolte, il replaça derrière son oreille une boucle évadée de son chignon lors de leur folle étreinte.

Il la sonda un instant, de son regard azur si perçant qu'Erin eut l'impression de se liquéfier sur place.

Pourquoi avait-il un ascendant aussi puissant sur elle ?

Elle demeurait incapable d'avoir la moindre pensée cohérente en sa présence.

— N'ayez crainte, mademoiselle Callaghan ! Votre vertu n'a jamais été en danger avec moi.

Puis se penchant à son oreille, il souffla :

— Vous n'êtes pas du tout le genre de femmes destinées à me satisfaire ! Les vierges timides finissent toujours par m'ennuyer !

Erin blêmit sous l'insulte et recula d'un pas.

Tout cela n'avait été donc qu'un jeu pour lui depuis le début ? Comme c'était cruel de sa part !

Mais à quoi s'attendait-elle donc ?

Il lui avait signifié dès leur première rencontre qu'il n'était pas un homme d'honneur ! Quelle idiote elle avait été de s'être laissée piéger ainsi et d'avoir pendant un instant espéré le contraire !

Des larmes brûlantes effleurèrent ses paupières. Mais elle ne lui donnerait pas la satisfaction de voir à quel point il l'avait blessée !

— Je suis navrée de vous avoir fait perdre votre temps, monsieur Morgan ! Et d'avoir perdu le mien par la même occasion.

Elle le fusilla de ses beaux yeux qui prirent la teinte de l'orage sous la colère.

— Vous n'êtes pas non plus le genre d'hommes destinés à me satisfaire !

Sur ces dernières paroles cinglantes, Erin se détourna sans même attendre la réponse d'Alex. Elle s'éloigna en courant dans la pénombre, comme si elle avait le diable aux trousses. Sa fierté lui interdisait de lui demander une nouvelle fois de l'aide. Elle finirait bien par retrouver seule le bon chemin qui la ramènerait auprès de Louise en sécurité.

Alex émit un sifflement amusé en regardant la délicieuse silhouette disparaître dans le chemin. Mis à part ses sœurs, Mlle Callaghan était la première femme à oser lui tenir tête ainsi. Dommage qu'il ne dispose pas suffisamment de temps pour mieux connaître cette jeune Écossaise impétueuse ! La vie ne devait pas manquer de piquant à ses côtés.

Alex se rembrunit à l'idée qu'il ne serait pas cet homme qui partagerait sa vie. Qu'il en soit ainsi !

Il était déjà bien assez perturbé par le fait qu'elle ait failli le mettre à genoux d'un seul baiser. Cela ne devait plus se reproduire !

Quoi qu'il se passe à l'avenir, il se promit de ne jamais laisser une femme, aussi splendide soit-elle, le détourner de ses projets.

Chapitre 8

D'un pas assuré, Nicholas suivit le majordome de Lord Clarindon dans le long corridor que même le roi Louis XIV n'aurait pas désavoué avec son épaisse moquette bordeaux et sa collection de miroirs et d'œuvres d'art.

Une opulence qui seyait parfaitement à son hôte !

Le domestique s'arrêta devant une porte en chêne derrière laquelle s'échappait un brouhaha feutré, avant de s'effacer pour le laisser entrer dans le salon principal qui accueillait ce soir toute la crème masculine de Londres.

Le jeune Américain navigua habilement entre les différents groupes qui s'étaient formés durant la soirée. Il salua de la tête des connaissances, sans toutefois se mêler aux conversations, qui, il le savait, se concentraient essentiellement sur le conflit qui déchirait son pays.

N'ayant aucunement l'envie de défendre ses choix politiques en ce début de soirée, il choisit de rester discret. Après s'être saisi d'un verre de whisky qu'un serveur lui présentait sur un plateau d'argent, Nick se dirigea sans hésiter vers le second salon où l'ambiance, bien plus réservée, demeurait plus à sa convenance. Un léger voile de fumée flottait dans l'atmosphère, telle une âme égarée venant hanter les joueurs réunis autour des cinq tables rondes qui agrémentaient la vaste pièce.

Un bref silence se fit à son entrée, mais le bourdonnement des voix et le glissement des cartes ne tardèrent pas à reprendre lorsque Lord Clarindon s'approcha de lui pour l'accueillir.

— Hamilton, soyez le bienvenu parmi nous !

— Tout le plaisir est pour moi, milord, répondit poliment Nicholas en inclinant légèrement la tête pour saluer son hôte.

Le parfum d'un tabac de qualité vint lui chatouiller les narines, et il accepta aussitôt le cigare que Clarindon lui tendait avant d'effectuer une rapide mise en revue des convives.

Il émit un bref sourire en observant ces derniers, très concentrés, miser et abattre les cartes avec régularité, voire avec une certaine dévotion.

La plupart d'entre eux n'étaient pas là pour gagner, mais seulement pour le plaisir et l'excitation que provoquaient les jeux de hasard. Il fallait d'ailleurs jouer avec un certain détachement pour pouvoir gagner. Ceux qui venaient mettre leur vie en jeu et qui espéraient un heureux revirement du destin finissaient toujours par perdre leur sang-froid. Il était alors facile pour un œil averti de les repérer et de les anéantir.

Nicholas ne faisait pas partie des personnes qui aimaient ce type de mise à mort orchestrée. Mais il ne refusait pas une partie de cartes de temps à autre, surtout lorsque de potentiels clients se trouvaient autour de la table comme c'était le cas ce soir.

Le comte de Butterford repéra le jeune Américain et le héla sans plus attendre :

— Hamilton ! Qu'attendez-vous pour vous joindre à nous ?

Alors que ce dernier prenait place au côté de Butterford, il sentit un drôle de picotement lui parcourir la nuque. Alors qu'il relevait la tête, son regard rencontra un visage à la fois familier et détestable.

Gavin MacDonald !

Comment diable avait-il pu obtenir une invitation au milieu des dandys les plus en vue de Londres ?

Bien que vêtu avec recherche d'un costume noir de très bonne facture, d'une chemise et d'une cravate d'un blanc immaculé, le jeune nordiste ne parvenait pas à faire totalement illusion. Le regard mauvais et aguerri dont il le gratifia à cet instant même ressemblait à s'y méprendre à celui qui a passé le plus clair de sa jeunesse dans la rue et pour qui la notion de survie est loin d'être une donnée négligeable.

MacDonald était issu d'une famille de petites frappes bien connue des bas-fonds de Philadelphie et d'ailleurs, mais dont la réussite fulgurante et inattendue en avait étonné plus d'un. Allistair MacDonald, le patriarche, s'était lancé dans les affaires commerciales avec succès. Il possédait l'un des deux grands magasins principaux de la ville, tous deux situés sur Market Street, et comptait autant d'amis que d'ennemis. Il se murmurait également qu'il contrôlait avec une facilité déconcertante les quartiers les plus pauvres de la ville et détenait les secrets des citoyens les plus huppés que comptait Philadelphie, grâce à un réseau efficace mais très controversé d'espions dans tous les milieux. Il n'était d'ailleurs pas rare de voir MacDonald associé à quelques scandales, faillites, dettes et maux divers dont certaines grandes familles se seraient bien passées.

Il arrivait aux deux hommes de se croiser au cours de certaines soirées où la famille MacDonald mettait un point d'honneur à afficher sa réussite. Mais Nick n'était jamais parvenu à se défaire du malaise qui l'habitait à chaque fois qu'il affrontait le regard de Gavin MacDonald. Ce dernier lui faisait l'effet d'un serpent venimeux prêt à mordre. Sa sournoiserie n'avait d'égal que sa bêtise.

Nicholas s'interrogea sur la présence de l'Écossais chez Lord Clarindon, tout en se remémorant la dernière fois qu'il avait entendu parler de cet exécrable individu, ici même à Londres. Justin, son cousin, avait alors été à deux doigts de se battre avec ce dernier alors qu'il venait de violenter la nièce du duc de Grey dans l'un des jardins du Crystal Palace.

MacDonald était un homme qu'il valait mieux éviter de son vivant, et Nicholas eut du mal à dissimuler son agacement de le voir assis à la même table de jeu que lui.

L'Écossais lui adressa un rictus moqueur, signe que leur aversion était réciproque.

La partie de poker débuta juste après.

Sans grande surprise, Nicholas observa MacDonald battre les cinquante-deux cartes avec habileté avant de les poser sur la table et de les couper. Il était évident que son compatriote avait pour habitude de fréquenter les salons de jeu.

La suite lui donna raison.

Au cours de l'heure qui suivit, le ténébreux Écossais emporta de fortes mises, ravivant la méfiance de Nick à son égard. Il était certain que ce dernier trichait, encore fallait-il le prendre sur le fait !

D'un œil averti, il observa le marquis de Canterwood s'éponger discrètement le front avec un mouchoir de baptiste. Quant à son voisin, le comte de Susseix, la rougeur vive qui colorait ses joues, menaçant de mettre le feu à ses favoris, témoignait de sa nervosité croissante tandis que les jetons s'accumulaient devant MacDonald, tout comme les dettes des autres protagonistes.

Plus les minutes passaient, plus les joueurs autour de la table jouaient gros.

Ce loup de MacDonald n'allait faire qu'une bouchée de ces fortunés Anglais !

De son côté, Nicholas conservait le comportement distant et flegmatique des Hamilton, ce qui semblait fortement agacer son compatriote, même s'il parvenait à cacher ses sentiments hostiles sous un vernis poli.

— Messieurs, on dirait bien que la chance me sourit ce soir ! s'esclaffa l'Écossais en portant un cigare cubain à ses lèvres alors que des regards sombres et muets lui répondaient en retour.

C'était à nouveau au tour de MacDonald de battre les cartes.

Nicholas observa le mouvement de ses grandes mains couper et mélanger avec acuité. Il crut le voir distribuer la deuxième ou la dernière carte à la place de la première. À force de scruter ses gestes habiles, ses doutes s'amplifièrent et, lorsqu'il vit l'Écossais poser ses deux mains à plat très près du bord de la table, Nick comprit.

Il se redressa sur son siège avant de déclarer calmement :

— Messieurs, je crois qu'un tricheur se trouve assis autour de cette table.

Aussitôt, un murmure réprobateur s'éleva dans la salle, Nicholas s'étant exprimé suffisamment fort pour capter l'attention de tous les dandys présents.

Il vit MacDonald plisser légèrement ses yeux de rapace avant que ce dernier l'apostrophe avec virulence :

— J'espère que tes accusations sont fondées, Hamilton, sinon je ne donne pas cher de ta réputation ce soir !

Nick lui répondit par un rictus moqueur :

— Je vais te demander de lever gentiment tes deux mains au-dessus de la table.

— À ta guise ! répliqua MacDonald en s'exécutant lentement.

Mais une légère pâleur avait envahi ses traits.

Un brouhaha se fit entendre tout autour d'eux.

Nicholas tiqua en notant qu'aucune carte n'avait été dissimulée. Ce qui ne l'empêcha pas de conserver une calme assurance.

Quant à MacDonald, il jubilait.

Une idée lui vint.

Avec la souplesse d'un félin, Nick s'écarta de sa chaise et contourna la table pour venir se placer devant l'Écossais.

— Lève-toi !

Une rougeur envahit le front de son adversaire.

— Il suffit, Hamilton ! Il n'est pas question que je m'abaisse à ramper à tes pieds, espèce de salopard !

— Lève-toi ! répéta Nick d'une voix glaciale.

Tous les regards convergeaient vers eux, la plupart empreints d'animosité. Il n'était pas de bon ton de tricher au sein de la coterie anglaise. MacDonald le savait également.

Ce dernier s'exécuta avec une certaine raideur, tout en effectuant sur le final une petite courbette à l'intention de tous les invités.

— Tout va bien, messieurs ! s'excusa-t-il en levant une main à la façon des grands orateurs. Il me semble bien qu'il y a eu méprise !

Sur ce, il enveloppa Nick d'un regard sombre et assassin.

— Je n'en ai pas fini avec toi, MacDonald ! Aurais-tu

l'obligeance d'écarter maintenant les jambes ? rajouta Nick sans se départir de son sang-froid.

Le sourire de l'Écossais se figea soudain.

— Tu vas trop loin, Hamilton ! Tu risques de le payer très cher !

— Allons MacDonald ! intervint Lord Clarindon en se rapprochant des deux hommes. Si vous n'avez rien à vous reprocher, cessez cette pantomime et obtempérez afin que chacun ici présent puisse retourner à son jeu !

— Je vois, répliqua MacDonald en affichant un air sinistre. Vous ne me laissez guère le choix !

Avant qu'aucun puisse réagir, il sortit un revolver de son veston et tira sur Nicholas.

Heureusement, le duc de Grey qui se trouvait à la table d'à côté et qui était arrivé au cours de la soirée parvint de justesse à détourner le bras du nordiste, si bien que la balle alla se ficher dans une moulure du plafond. De minuscules bouts de plâtre s'éparpillèrent sur les costumes sombres des convives, au milieu des exclamations stupéfaites.

MacDonald profita de la confusion et de l'agitation provoquées par le coup de feu pour s'enfuir sans demander son reste par l'une des portes-fenêtres restée entrouverte pour aérer le salon.

Quelques invités tentèrent de le poursuivre mais revinrent quelques instants plus tard sans avoir réussi à le rattraper.

— Vous l'avez échappé belle, Hamilton ! s'exclama le duc de Grey en s'approchant de Nicholas. Nous allons veiller à ce que ce fumier ne quitte pas Londres sans être inquiété !

— Je ne sais comment vous remercier, Votre Grâce ! répondit Nick en retour. Sans votre intervention, je serais peut-être en train de négocier une partie de cartes avec notre Seigneur ! ajouta-t-il, sur un ton ironique.

— Quand je pense que cet individu m'a chaudement été recommandé par Lord Gangerfield ! s'exclama Lord Clarindon, une fois le calme revenu. Je ne manquerai pas de l'alerter sur ses fréquentations !

Soudain, il fronça les sourcils en apercevant une tache blanche qui dénotait sur la moquette couleur bleu nuit.

— Mais qu'est-ce que… ?

L'aristocrate se baissa aussitôt sous la table, poussé par la curiosité.

Lorsqu'il se releva, il tenait une paire d'as entre ses doigts.

— Hamilton, je ne peux que vous donner raison ce soir ! fulmina-t-il. Ce tricheur de MacDonald ne perd rien pour attendre ! Ici ! Sous mon propre toit !

Il posa une main sur l'épaule de Nicholas.

— Au nom de tous les invités, je vous remercie.

Nick inclina la tête.

— Avec plaisir, Lord Clarindon. La réputation de Gavin MacDonald n'est malheureusement plus à faire chez nous, à Philadelphie ! Je suis navré que vous en ayez subi les conséquences ici aussi, milord !

Sur ces mots, il prit congé.

— Je vais me retirer à présent. La soirée a été longue.

Alors qu'il s'apprêtait à quitter le salon, le duc de Grey l'interpella :

— Nicholas ! Transmettez mes amitiés à Justin lorsque vous serez de retour chez vous !

Le jeune homme acquiesça gravement.

— Si Dieu le souhaite, et si Justin n'a pas été mobilisé d'ici là, Votre Grâce !

Il se remémora immédiatement sa rencontre l'année précédente avec la famille du duc, originaire de la Louisiane.

Nick se reprit aussitôt.

— Je suis désolé, Votre Grâce ! Je manque de délicatesse à l'égard de votre famille en vous rappelant les récents faits qui déchirent notre pays.

Le duc hocha la tête d'un air grave.

— Une guerre fratricide peut-elle encore être évitée selon vous ?

Le regard de Nicholas s'assombrit.

— J'en doute fortement, Votre Grâce. Nous ne pouvons que prier dorénavant pour nos familles respectives.

— Puisse le ciel vous entendre, monsieur Hamilton !

Sur ces mots, le duc s'éloigna, non sans lui avoir lancé un dernier regard où se mélangeaient accablement et bienveillance.

Erin souffla sur la tasse de chocolat chaud qu'elle tenait entre ses mains glacées et se pelotonna plus confortablement dans le fauteuil de velours bleu. Depuis que Louise l'avait raccompagnée à leur domicile sur Upper Brook Street, la jeune femme ne cessait de repenser à sa désastreuse soirée.

Elle se doutait que le sommeil la fuirait cette nuit.

C'est pourquoi elle s'était rendue directement à la bibliothèque. Être entourée de livres l'avait toujours apaisée lorsqu'elle était enfant mais, ce soir, même la sérénité de la pièce ne pouvait calmer son agitation.

Erin poussa un gémissement de frustration tandis que les souvenirs jaillissaient avec acuité. Elle porta les mains à son visage brûlant et secoua la tête, comme si ce simple geste était suffisant pour effacer son comportement scandaleux.

Elle s'était littéralement jetée à la tête d'Alexander Morgan !

Il n'avait pas tort, elle avait voulu ce baiser autant que lui !

Jamais encore elle n'avait agi de manière aussi irréfléchie, en particulier avec un homme. Cela ne lui ressemblait pas !

Que lui arrivait-il ?

Depuis qu'elle avait rencontré le séduisant étudiant, elle semblait avoir perdu toute raison. Il était devenu son pire péché, dès lors qu'elle avait posé les yeux sur lui à la *Boat Race*. Et comme Adam, elle avait mordu dans la pomme de la luxure sans en mesurer les conséquences.

Ses joues s'enflammèrent au souvenir de leur étreinte passionnée. Elle ressentait encore la chaleur de son corps contre lequel elle s'était abandonnée et la douceur de ses lèvres sur les siennes.

Comment allait-elle parvenir à oublier ces instants volés ?

À ce moment-là, elle entendit la porte d'entrée s'ouvrir alors que l'horloge de la bibliothèque sonnait 1 heure. Puis Nicholas entra d'un pas vif dans la pièce, ayant sans doute aperçu la lumière qui filtrait dans l'entrebâillement de la porte.

— Erin ? Que se passe-t-il ? Es-tu souffrante ?

La jeune femme s'empressa de le rassurer.

— Non, tout va bien, Nick, ne t'inquiète pas ! J'ai simplement du mal à trouver le sommeil.

Le jeune homme s'affala dans le fauteuil à côté du sien

et fit sauter les premiers boutons de sa chemise pour se mettre à l'aise.

— As-tu passé une bonne soirée avec tes amies ?

— C'était… divertissant.

— Vraiment ? répliqua son cousin en fronçant les sourcils. Vauxhall a-t-il répondu à tes attentes ?

Erin avala une gorgée de chocolat avant de peser chaque mot.

— Oui… Je crois que oui. C'est un endroit surprenant et splendide.

Nicholas étouffa un bâillement. Il paraissait éreinté. Que s'était-il passé chez Lord Clarindon ?

Voyant qu'Erin le dévisageait avec insistance, le jeune homme lui demanda sur un ton badin :

— As-tu eu l'occasion de rencontrer de charmants jeunes hommes ?

L'image d'Alex s'imposa dans l'esprit d'Erin qui s'empressa de la chasser.

— Non ! répondit-elle, un peu trop vivement. Je les trouve plutôt exaspérants. Tout est tellement codifié ! Je ne comprendrai jamais ces Anglais !

Elle but une nouvelle gorgée de chocolat et se délecta de son onctuosité.

— Et toi, Nick ? As-tu trouvé une ravissante Londonienne pour égayer tes soirées ?

Le regard de ce dernier se voila un instant.

— Aucune qui puisse me correspondre.

Erin ne put s'empêcher de taquiner son cousin à son tour.

— Ah oui ? Et quelle est ta femme idéale ?

— Des yeux aussi bleus que le lac Placid. Des traits

délicats, une chevelure de miel, une douceur extrême, répliqua-t-il sans hésiter.

Erin lui sourit, surprise que son cousin lui donne une description aussi précise de l'élue de son cœur.

— On dirait que tu l'as déjà rencontrée, souligna-t-elle, une pointe de curiosité dans la voix.

Nick haussa les épaules.

— C'était une rencontre éphémère. Mais je pense encore parfois à elle.

Erin comprit qu'il n'en dirait pas plus.

Nick se passa une main lasse sur le visage.

— Que se passe-t-il, Nicholas ? Tu as l'air préoccupé.

Elle vit son cousin hésiter.

— Disons que ma partie de cartes a été écourtée par la présence d'un sinistre individu tristement célèbre chez nous… Gavin MacDonald.

Erin se redressa brusquement dans son fauteuil.

— Je vous ai parfois entendus en parler en des termes peu élogieux avec Justin et Chris, mais je n'ai jamais eu l'occasion de le rencontrer. Qu'a-t-il encore fait ?

Nick lui narra sa soirée, sans cacher son agacement de savoir MacDonald libre dans les rues de Londres.

— Penses-tu qu'il va être arrêté ?

— Il est trop tôt pour le dire. La police mène l'enquête et le recherche suite aux nombreuses plaintes déposées ce soir, la mienne y compris.

Une ride d'inquiétude se creusa sur son front.

— En attendant, nous allons devoir faire preuve de vigilance ! MacDonald est capable des pires bassesses, je le crains. Il se pourrait très bien qu'il cherche à se venger. Je me suis fait un nouvel ennemi ce soir…

Erin préféra taire ses craintes. Il était inutile d'accabler davantage son cousin à cette heure de la nuit.

Nicholas soupira et se redressa.

— La soirée a été longue pour nous deux, nous devrions aller nous coucher.

— Tu as raison. Bonne nuit, Nick, répondit Erin en l'embrassant sur la joue avec tendresse.

— Bonne nuit, mon ange.

Chapitre 9

Une semaine plus tard

Erin s'apprêtait à monter se coucher lorsque plusieurs coups déterminés retentirent à la porte d'entrée. Leur majordome s'étant déjà retiré pour la nuit, la jeune femme alla elle-même accueillir l'impudent visiteur et se retrouva nez à nez avec un jeune garçon qui ne devait pas avoir plus de dix ans.

— J'apporte un message urgent à remettre à m'sieur Hamilton… Nicholas Hamilton.

— M. Hamilton est absent mais je m'appelle Erin Hamilton. Je m'occuperai de lui transmettre cette missive dès que possible.

Le garçon secoua la tête.

— Le capitaine Steel, il a dit que M. Hamilton devait lire ce message tout de suite !

— Steel ? s'alarma Erin.

L'enfant confirma ses dires par un hochement de tête.

Erin sentit les battements de son cœur s'accélérer.

Si Elliot Steel prenait la peine de les déranger aussi tard, c'est qu'il devait s'agir d'un problème important.

— Tu dois me faire confiance. Donne-moi ce courrier, s'il te plaît !

Sur ces mots, elle alla chercher une pièce de 1 guinée dans sa bourse, qu'elle lança ensuite au jeune garçon.

— Tiens ! C'est pour toi.

Le garçon la regarda comme si elle venait de lui tendre un coffre rempli de pièces d'or. Cela sembla le satisfaire.

— Merci m'dame ! dit-il en lui tendant la lettre.

Puis il détala sans demander son reste.

Erin décacheta la missive et lut rapidement son contenu en fronçant les sourcils.

Elliot Steel, le capitaine du *Seawolf*, informait Nicholas qu'il avait aperçu des mouvements suspects aux environs du bureau de la compagnie et qu'il avait prévenu la police. Il requérait la présence de ce dernier le plus rapidement possible.

La gorge d'Erin se serra.

Que signifiait cette missive ?

Nicholas devait encore se trouver au bureau, son cousin l'ayant prévenue de ne pas l'attendre pour se coucher car il devait encore régler certains détails avant leur départ pour Philadelphie !

Or, si Elliot Steel avait envoyé ce message, c'est qu'il pensait Nicholas absent de toute évidence. Il aurait pourtant dû apercevoir des lumières filtrant au niveau des fenêtres du siège de la Hamilton Company à cette heure de la soirée. À moins que…

Le souffle lui manqua.

Nicholas était-il en danger ?

La semaine précédente, Scotland Yard les avait avertis qu'il leur avait été impossible de retrouver la trace de Gavin

MacDonald. L'inspecteur chargé de l'enquête supposait que ce dernier était parvenu à quitter finalement l'Angleterre.

Mais peut-être se trompait-il ?

Et si c'était lui qui cherchait à s'en prendre à Nicholas ?

Erin éprouva soudain un sombre pressentiment.

Folle d'angoisse, la jeune femme décida de se rendre sur les docks. Il était hors de question qu'elle reste sagement à la maison alors que la vie de Nicholas était peut-être menacée !

Elle remonta en courant dans sa chambre et s'habilla avec soin. À cette heure de la nuit, le port était bien trop dangereux pour n'importe quelle femme. Elle devait se montrer très prudente.

La jeune Écossaise banda sa poitrine puis revêtit une chemise empruntée à son cousin. Celle-ci, même trop longue, ferait l'affaire. Elle enfila ensuite son pantalon de cavalière et sourit en repensant à une remarque faite par son frère Justin lorsqu'il l'avait découverte pour la première fois dans cette tenue.

— Mais qu'est-ce que vous avez toutes à porter ces satanés pantalons ? s'était-il écrié avec humeur en levant les bras au ciel.

Erin n'avait pas compris avec quelle femme Justin l'avait comparée, sans doute l'une de ses nombreuses maîtresses. Mais cela l'avait rassurée de savoir que d'autres jeunes filles n'hésitaient pas à braver des interdits absurdes érigés par la bonne société, aux dépens du confort féminin. Depuis qu'elle montait à cheval en pantalon, Erin se sentait libre et en accord avec elle-même. Et elle était d'ailleurs en passe de lancer une nouvelle mode à Philadelphie, certaines de ses amies prenant modèle sur elle. Être une Hamilton avait parfois ses avantages, obligeant régulièrement les dames respectables de Philadelphie à fermer les yeux sur ses incartades !

En tout cas, elle avait eu une excellente idée de glisser ce vêtement dans ses bagages !

Tout en se félicitant, Erin coiffa son opulente chevelure en un chignon serré sur le bas de la nuque qu'elle dissimula ensuite à l'aide d'une casquette empruntée à Harry, leur cocher. Puis elle se dirigea vers le miroir afin d'examiner sa tenue.

L'image que lui renvoya la glace la fit soupirer. Elle ressemblait encore beaucoup trop à une fille, son déguisement n'occultant pas ses traits délicats !

Soudain, elle eut une idée.

Elle s'approcha de la cheminée et, avec une grimace, elle passa la main sur le bord du conduit avant de s'enduire le visage de suie.

Le changement fut radical. Elle avait maintenant l'apparence du parfait ramoneur !

Erin descendit vivement l'escalier et gagna la rue. Elle choisit d'interpeller un fiacre plutôt que d'utiliser la voiture familiale dont l'élégance risquait d'attirer les esprits malveillants.

Tout en prenant place sur le siège, Erin tenta de calmer ses inquiétudes. Elle se doutait que Nicholas n'apprécierait sans doute pas les risques qu'elle encourait ce soir.

Quant à Elliot Steel, il aurait probablement une attaque en la voyant arriver dans un tel accoutrement !

Mais peu importe, elle était une Hamilton !

Nicholas était peut-être en danger, il n'était pas question de l'abandonner. De toute façon une fois sur *Le Seawolf*, elle serait en sécurité avec le capitaine Steel et son équipage, et elle pourrait facilement se débarrasser de son déguisement.

Le conducteur du fiacre s'arrêta à quelques rues de l'endroit où était amarré leur navire, refusant de s'aventurer près du quai car les chevaux montraient des signes de nervosité à cause du mauvais temps.

Erin ouvrit la porte de la voiture et jeta un coup d'œil prudent à l'extérieur.

Ce qu'elle vit manqua de la faire renoncer à son imprudente sortie.

Le brouillard avait recouvert les docks d'un rideau gris épais, métamorphosant le port en un endroit lugubre où le moindre bruissement prenait la forme d'une menace. Une odeur d'humidité et de fumée imprégnait l'atmosphère, comme pour donner corps à cette ambiance digne de l'antre de l'enfer.

Erin frissonna.

Elle pouvait encore faire demi-tour et retrouver la sécurité et le confort de leur demeure londonienne.

Mais ce serait mal la connaître !

Elle n'avait pas pour habitude de se laisser intimider par un quelconque obstacle, surtout lorsque ce dernier se résumait à une météo anglaise capricieuse !

Elle devait absolument s'assurer que Nick allait bien, c'était tout ce qui lui importait ce soir.

Après avoir pris une profonde inspiration, Erin demanda au cocher de l'attendre et s'enfonça dans l'obscurité en direction du quai. Pour cela, elle se laissa guider par son ouïe fine et le léger tintement des gréements qu'elle percevait au loin.

À cet instant, elle entendit des éclats de voix suivis de bruits sourds qui évoquaient une bagarre. Elle pensa aussitôt à Nicholas.

Elle s'approcha avec précaution et finit par apercevoir

trois silhouettes qui se mouvaient dans la brume. Elle comprit rapidement que l'individu avec la haute stature était la cible de l'attaque.

— Qu'est-ce que vous attendez de moi ?

Erin sursauta.

Ce n'était pas la voix de Nicholas, et elle fut un instant rassurée.

Ses pensées revinrent aussitôt à l'inconnu lorsque ses assaillants lui demandèrent de l'argent et des bijoux.

Des voleurs ! C'était bien sa chance !

Erin ne saisit pas la réponse de l'homme mais bientôt un bruit de lutte retentit dans le silence des docks.

Erin se rapprocha du ballet d'ombres qui se mouvaient dans le brouillard, n'ayant aucun mal à déterminer qui étaient les assaillants du fait de leurs silhouettes trapues et de leur langage familier.

La jeune femme observa l'inconnu tenter d'évincer les deux larrons en se tordant nerveusement les mains.

Devait-elle lui porter secours ?

Malgré toute sa bonne volonté, ce dernier semblait en mauvaise posture, se retrouvant seul contre les autres. Sans une aide extérieure, il avait peu d'espoir de ressortir du port vivant.

Soudain, de nouvelles ombres apparurent !

— Allez, approchez ! Qu'est-ce que vous attendez ? Un gars comme moi ne doit pas vous effrayer, bande de mauviettes !

Erin retint un gémissement.

Cet homme était complètement insensé ! Les défier ainsi alors qu'il se trouvait seul contre tous ! C'était bien sa chance !

Des voleurs et un fou !

Erin regarda de tous côtés en se mordant la lèvre, le cœur battant. Il n'y avait pas une seule âme vivante pour lui venir en aide ! Elle ne pouvait tout de même pas laisser cet homme mourir sous ses yeux sans réagir !

Cela lui pèserait sur la conscience toute son existence !

Mais avait-elle la témérité nécessaire ?

Elle n'avait jamais eu aussi peur de sa vie !

La jeune femme recula près du mur, les jambes tremblantes, encore indécise.

Sa main rencontra alors un objet dur, qu'elle tâta du bout des doigts avant de le soulever. Le bois ressemblait à une espèce de pieux autour duquel une corde était enroulée. Soudain sûre d'elle, elle se pencha et se hâta de défaire l'amarrage avant de saisir son arme fortuite à bout de bras.

Cela ferait l'affaire ! pensa-t-elle en le soupesant.

Puis sans réfléchir, de peur de changer d'avis, elle s'élança dans la brume en poussant un cri décidé qui se répercuta dans la nuit.

Alex pénétra d'un pas déterminé dans la salle bondée de l'auberge du Coq d'Or, une taverne située dans le quartier des docks. Dans cette partie de la ville, les chances de survie s'amenuisaient au fur et à mesure que le brouillard prenait possession des rues, ce qui était le cas ce soir.

Alex ne tenait pas à s'éterniser dans cet endroit sordide où la violence et la grossièreté se côtoyaient au quotidien. Le jeune homme s'empressa donc de gagner le fond de la pièce où l'attendait son destin ou plutôt l'homme qui allait décider de son avenir.

Il trouva ce dernier adossé dos au mur devant une pinte de bière, le haut du visage dissimulé par son chapeau.

Lorsque Alex prit place face à lui, l'homme leva le bras et fit signe à l'aubergiste d'apporter une seconde chope.

Alex le remercia d'un hochement de tête.

Il rencontrait le dénommé Sparks pour la troisième fois et il espérait que cette entrevue serait la dernière avant leur départ.

Ce dernier but une longue gorgée de bière avant d'engager la conversation :

— Alors, gamin, t'es toujours décidé à te battre ?

Alex détestait la façon dont il s'adressait à lui, comme s'il doutait de ses capacités au combat. Mais il préféra ne pas répliquer, de peur que Sparks ne change d'avis à son sujet.

— Comme je vous l'ai déjà répété, je suis prêt à tout pour avoir une chance de défendre mon pays !

— Tu me sembles bien présomptueux pour un blanc-bec qui n'a jamais mis les pieds sur un bateau ! Ça va pas être du gâteau pour toi, mon gars, même si d'après ce que j'ai vu, t'as une sacrée carrure ! La mer, c'est comme une femme ! Faut savoir la prendre si tu veux qu'elle te le rende bien !

Il laissa éclater un rire graveleux.

Alex préféra ignorer la grossièreté de Sparks.

— Je suis déterminé et j'apprends vite ! Je ne décevrai pas le capitaine Pierce, soyez-en certain !

Le silence s'éternisa tandis que Sparks finissait lentement sa chope et continuait de jauger Alex.

Ils ne vont pas me prendre, ils ne me font pas confiance, songea Alex qui sentit une sueur froide couler le long de son dos.

Sparks était sa seule chance de regagner la Louisiane et de prendre part au conflit !

Le recruteur reposa sa chope puis, après s'être essuyé la bouche avec la manche de son manteau, il finit par répondre :

— Rends-toi demain à 5 heures au niveau du dock n° 24 afin d'embarquer avec les autres sur *Le Manchester* ! Sois bien à l'heure et prends peu de bagages avec toi ! Je suis assez clair ?

Le cœur d'Alex fit une embardée dans sa poitrine.

Il avait réussi !

Il arrivait à peine à y croire !

— Je vous remercie pour la confiance que vous m'accordez, monsieur !

Sparks secoua la tête.

— Ne me remercie pas de t'envoyer au casse-pipe ! Un p'tit minet dans ton genre serait mieux à arpenter les salons à la recherche d'une jolie épouse plutôt que de se jeter dans une guerre sanglante et stupide !

— Elle n'a rien de stupide à mes yeux ! s'enflamma Alex. Il en va de notre liberté et de notre honneur !

Sparks ricana.

— L'honneur n'est rien quand on se retrouve dans une tombe à ton âge, mon gars ! Ne l'oublie pas !

Sur ces paroles encourageantes, il s'éloigna sans un regard en arrière.

Alex resta un instant à contempler sa chope de bière à laquelle il n'avait même pas touché.

Sparks se trompait. Il serait au contraire fier de mourir pour défendre son pays.

Le jeune homme posa les mains à plat sur la table et respira lentement. Son sort était dorénavant scellé. Demain à l'aube, il embarquerait sur *Le Manchester* en direction de La Nouvelle-Orléans.

Enfin, il rentrait chez lui !

C'est avec un mélange d'appréhension et d'excitation qu'il quitta l'auberge quelques minutes plus tard.

Le brouillard recouvrait maintenant la ville de son épais manteau sombre, obscurcissant partiellement la lumière des quelques réverbères qui se trouvaient le long des docks. Seuls les rires tonitruants provenant des tavernes environnantes et le cliquetis des mâts qui ondulaient au gré de la marée montante venaient rompre un silence pesant.

Alex s'engagea dans une ruelle attenante à l'auberge. Il releva les pans de son manteau et hâta le pas à la recherche d'un fiacre, ce qui n'était pas une chose aisée étant donné qu'il ne voyait pas à trois mètres.

Deux ombres émergèrent d'un entrepôt et lui emboîtèrent le pas.

Alex perçut l'écho des pas sur les pavés derrière lui et se tendit, sans ralentir sa marche. Il porta la main au poignard qu'il avait pris soin d'emporter, espérant qu'il n'aurait pas à s'en servir pour protéger sa vie. S'ils en voulaient à sa bourse, les brigands allaient être déçus car il ne possédait rien sur lui.

Il se retourna, prêt à faire face lorsque les pas s'accélérèrent, sans apercevoir l'ombre qui survenait derrière lui.

Un violent coup sur le crâne l'envoya à terre puis il reçut un fort coup de pied dans le ventre, qui lui coupa la respiration.

Il roula sur les pavés en grognant.

— Alors, beau gosse, tu fais moins l'malin, loin de tes riches quartiers !

L'autre comparse s'esclaffa bruyamment.

— Qu'est-ce que vous attendez de moi ? demanda Alex en haletant, tout en attendant le bon moment pour contre-attaquer.

— Ton pognon et tes bijoux pour commencer !

Alex émit un ricanement sec.

— Désolé les gars, mais je n'ai rien qui vous intéresse !

— Sans blague ?

— Toi qui es si malin, tu n'as qu'à vérifier par toi-même !

Ils le prenaient sans doute pour un jeune dandy sans défense.

Eh bien ils allaient voir !

— Vas-y, Jack, qu'est-ce que t'attends ? On est deux contre lui, il peut rien nous faire.

— T'as entendu mon frère ? Si t'essayes de jouer au plus fort avec moi, tu risques de l'regretter !

Alex laissa le dénommé Jack s'accroupir près de lui et lui fouiller les poches sans broncher.

— Il dit pas d'conneries, y a rien sur lui ! s'exclama-t-il avec une certaine tension dans la voix.

— Pas tout à fait, mon vieux !

Alex décocha un solide coup de poing à Jack qui roula à terre dans un hurlement de douleur.

— Espèce de salopard ! J'crois bien qu'il m'a pété le nez !

D'un mouvement vif, Alex se redressa et fit face au second larron.

— Tu as aussi l'envie d'en découdre avec moi ?

La plus grande ombre s'approcha et commença à attaquer.

L'homme se déplaçait avec agilité dans l'épais brouillard comme en plein jour, ayant sans doute grandi dans les docks, ce qui n'était pas le cas d'Alex. Le jeune homme était obligé de parer chaque attaque au dernier moment.

Il devait donc se montrer plus rusé que son attaquant s'il voulait garder l'avantage et le vaincre.

Alex choisit de se déplacer plus vite afin que son assaillant ait des difficultés à le localiser, tout en frappant avec puissance pour l'obliger à reculer. Certains coups atteignirent sa cible mais cette dernière ne demeura pas en reste. Il décocha à Alex un violent uppercut à la mâchoire, qui l'envoya contre le mur.

— J'crois qu'il est temps d'en finir avec toi !

Alex aperçut un éclair rapide et comprit que son assaillant était armé.

N'ayant plus rien à perdre, le jeune homme sortit son poignard et attaqua en premier afin de jouer de l'effet de surprise. D'un geste assuré, il lança son bras droit devant lui. L'homme s'écroula à ses pieds en poussant un cri de douleur tandis qu'un bruit de course retentissait dans la nuit.

— Il a eu Curtis ! Espèce de salaud, on va te régler ton compte !

Apparemment, ses attaquants étaient plus nombreux que ce qu'il avait escompté au départ.

Acculé contre le mur, Alex était piégé.

Mais il refusait de perdre la vie sur le sol anglais, pas maintenant qu'il lui était possible de rentrer chez lui !

— Allez, approchez ! Qu'est-ce que vous attendez ? Un gars comme moi ne doit pas vous effrayer, bande de mauviettes !

L'un des gaillards s'avança, et Alex aperçut l'éclat d'une lame.

Avec un rugissement de colère, il s'élança en avant. Il réussit à repousser le premier individu d'un coup de pied et para de justesse l'attaque du second avec son bras gauche. Un solide crochet du droit l'envoya rouler à terre mais il se redressa aussitôt.

Le souffle court, Alex comprit que seul, il ne tiendrait pas encore longtemps !

Quelqu'un sembla alors entendre sa prière silencieuse.

L'instant suivant, il perçut un cri sauvage, suivi d'un bruit sourd.

Incrédule, Alex observa l'une des brutes s'affaisser lentement à ses pieds.

Surpris, son compagnon se retourna et fut à son tour victime de l'attaque fantôme, recevant un violent coup dans l'estomac, porté, lui sembla-t-il, à l'aide d'un long morceau de bois.

Son assaillant poussa un hurlement de douleur et tomba à genoux.

— Venez ! Nous n'avons pas de temps à perdre !

Alex sentit une main l'attraper par la manche tandis qu'une petite silhouette cherchait à l'entraîner derrière elle. Sans réfléchir, le jeune homme saisit la main tendue et s'élança à la suite de son mystérieux sauveteur en direction du quai.

Des pas de course résonnèrent derrière eux alors que leurs agresseurs s'élançaient à leur poursuite.

Les poumons en feu, Erin n'en continuait pas moins sa course effrénée dans l'espoir de retrouver le fiacre qu'elle avait laissé à quelques mètres de là où ils se trouvaient. Elle bénit son sens de l'orientation qui ne l'avait jamais trompée, même si elle devait reconnaître qu'il était beaucoup moins aisé de se déplacer dans le port la nuit, surtout avec cet épais brouillard.

Au moment où elle aperçut avec soulagement l'ombre de la voiture, son pied buta contre un pavé irrégulier.

La jeune femme fut projetée durement au sol.

L'homme qu'elle venait de sauver s'arrêta aussitôt et s'accroupit à sa hauteur.

Erin fut brusquement assaillie par un troublant parfum de bruyère alors même qu'une voix grave et douloureusement familière résonnait à son oreille :

— Ça va ? Tu n'as rien ?

La jeune Écossaise ne put retenir un gémissement de frustration et de douleur mêlées.

Pourquoi, parmi tous les hommes qui se trouvaient à Londres, avait-il fallu que ce soit celui-là même qu'elle sauve d'une mort certaine ?

— Nous ne pouvons pas rester là ! Tu peux te relever ?

Erin hocha la tête, incapable de parler.

Le fait de découvrir qu'elle se trouvait en présence d'Alexander Morgan était bien plus qu'elle ne pouvait le supporter !

Il l'avait tutoyée.

Sans doute la prenait-il pour un enfant ?

Elle n'eut pas d'autre choix que de s'accrocher au bras qu'il lui tendait.

Au moment où elle se mit debout, sa cheville l'élança si violemment qu'elle poussa un hurlement et s'affaissa contre Alex qui la retint contre son torse rassurant.

Erin ressentit une brûlure si familière au creux de son ventre qu'elle en fut mortifiée. Un seul léger contact avec cet ange déchu et elle s'enflammait comme une torche. Elle en oubliait même qu'ils n'étaient pas encore hors de danger !

Alex comprit rapidement que son jeune compagnon était blessé. Il ne pouvait pas le laisser à la merci de ses attaquants après tout ce qu'il venait de faire pour lui !

Sans réfléchir, il le prit dans ses bras.

Il le trouva très léger pour un garçon. Sans doute ne mangeait-il pas à sa faim tous les jours ?

S'ils s'en sortaient, Alex ferait en sorte de lui trouver un emploi pour le remercier de lui avoir sauvé la vie.

Il sentit que le garçon le tirait par la manche de son manteau avec empressement. Il suivit la direction du doigt qu'il pointait et aperçut à son tour le fiacre qui stationnait tout près.

Sans hésiter, il s'élança et ordonna au cocher :

— Au 32, Hanover Square ! Dépêchez-vous !

Sur ces mots, Alex ouvrit la porte et déposa Erin sur le siège avant même que cette dernière ait eu le temps de réagir.

Hanover Square ?

La jeune femme se mit à paniquer !

Il n'était pas question qu'elle se rende là-bas ! Et encore moins en compagnie d'Alexander Morgan !

Tournant la tête de tous côtés, son esprit se mit à tourbillonner à plein régime à la recherche d'une solution pour fausser compagnie au bel étudiant et rejoindre *Le Seawolf*.

Mais ses pensées demeurèrent vides, comme paralysées.

Atterrée, elle observa l'homme grimper à son tour dans le fiacre et s'installer en face d'elle.

Elle s'empressa de baisser la tête, bénissant l'obscurité qui la dissimulait parfaitement aux yeux du jeune homme. Elle resta parfaitement immobile, n'osant même plus respirer par crainte de se trahir.

La jeune femme se retrouvait dans une situation inextricable.

Elle ne doutait plus qu'il s'agissait bien d'Alexander Morgan.

Sa voix envoûtante. Son parfum, son torse rassurant et si familier. Sans compter les réactions mordantes de son propre corps ! Elle ne pouvait pas se tromper, même si elle ne pouvait prendre le risque de le dévisager à cet instant.

Où l'emmenait-il ?

Sans doute à son domicile si elle se fiait à l'adresse qu'il avait transmise au cocher. Hanover Square était la résidence d'un bon nombre de membres de l'aristocratie anglaise. Elle ne s'était donc pas leurrée sur les origines aisées de son séduisant étudiant.

Soudain, elle repensa avec angoisse à Nicholas, que sa mésaventure lui avait fait momentanément oublier !

Elle ne pouvait pas rester là ! Il fallait absolument qu'elle regagne le quai et sache ce qu'il était advenu de son cousin !

Sans réfléchir, elle porta la main à la portière pour s'enfuir, alors même que le jeune homme demandait au cocher de démarrer en trombe.

La voiture s'ébranla, fuyant les cris de colère qui résonnaient dans la nuit.

Les brigands !

Elle était si perturbée par l'homme qui se trouvait en face d'elle qu'elle les avait complètement occultés !

Elle devait donc maintenant choisir entre mourir sous la lame d'un poignard ou supporter la présence d'un odieux individu.

Un choix plutôt facile finalement ! songea-t-elle avec une certaine ironie.

À cet instant, elle aperçut deux mains se tendre à travers

la vitre et elle comprit que leurs assaillants les avaient retrouvés ! Il s'en était fallu de peu ! Elle se rencogna au fond du siège, momentanément vaincue.

Le fiacre prit de la vitesse, et bientôt ils n'entendirent plus que le claquement des roues sur les pavés luisant d'humidité.

Erin se mordit la lèvre inférieure, anéantie.

Piégée ! Voilà ce qu'elle était !

Des larmes de frustration perlèrent à ses paupières alors qu'ils s'éloignaient des docks et de Nicholas.

Elle émit une prière muette pour son cousin. Pourvu qu'il soit sain et sauf ! Cette incertitude était insupportable ! Comment cette soirée avait-elle pu prendre un tour aussi désastreux ?

Et que dire de la présence de l'homme qui se trouvait en face d'elle ?

— Comment t'appelles-tu ?

Le ton autoritaire d'Alexander la tira de ses sombres pensées.

Erin secoua négativement la tête et fit mine de ne pas comprendre la question.

Alex soupira et pointa un doigt en direction de son cœur.

— Je m'appelle Alexander Morgan.

Le cœur d'Erin manqua un battement, même si elle le savait déjà.

— N'aie pas peur ! Tu es en sécurité avec moi !

Non, certainement pas !

Puis il pointa ce même doigt en direction d'Erin.

— Et toi ?

Erin prit soin de déguiser sa voix.

— Tom ! lâcha-t-elle dans un souffle.

Puis pour faire illusion, elle se mit à s'exprimer en écossais :

— *Leig leam falbh*[1] !

Alex posa une main rassurante sur son bras, ce qui fit violemment sursauter Erin.

Le jeune homme retira aussitôt sa main et s'excusa :

— Je ne connais pas la langue dans laquelle tu t'exprimes. Je sais que tu es effrayé, mais tu n'as rien à craindre de moi ! Est-ce que tu comprends ce que je suis en train de t'expliquer ?

Erin hocha timidement la tête.

— Bien. Je n'ai pas encore eu l'occasion de te remercier pour ton aide précieuse. Tu as été très courageux, et je te dois la vie !

Erin opina à nouveau de la tête, ce qui arracha un rire à Alex.

— Tu n'es pas très loquace, comme garçon !

La jeune femme enfonça un peu plus sa casquette sur ses yeux.

Dieu du ciel ! Comment allait-elle se sortir de cette situation rocambolesque sans y laisser des plumes et sa fierté ?

La douleur lancinante au niveau de sa cheville gauche ne la rassurait pas et compromettait sérieusement sa fuite à l'arrêt de la voiture.

Erin comprit qu'elle ne pourrait pas échapper facilement à Alexander Morgan, quoi qu'elle tente.

Maudit soit-il de s'être trouvé sur le port cette nuit !

Ce n'était vraiment pas sa chance !

1. « Je dois partir ! » (NdT)

La jeune Écossaise poussa un faible gémissement de désespoir en se prenant la tête entre les mains.

Ce fut une erreur !

Alex s'alarma aussitôt.

— Ta cheville te fait souffrir ? Montre-moi ça !

Avant même qu'Erin ait eu le temps de protester, le jeune homme s'accroupit et saisit sa jambe dans sa main.

— *Cha*[1] *!* hurla Erin en le repoussant brusquement.

Alex la dévisagea, surpris.

— Allons, ne me dis pas qu'un gamin aussi courageux que toi peut se montrer aussi sensible qu'une fille ! Je veux seulement regarder ta cheville.

Erin secoua vivement la tête.

Mais Alex ne tint pas compte de son refus et commença à dénouer les lacets de ses chaussures.

Si le jeune homme parvenait à lui ôter sa botte, il serait sans doute alerté par la finesse de son pied et risquait de découvrir la supercherie.

C'était décidément l'homme le plus obtus qu'Erin ait rencontré jusqu'à présent !

À l'exception de Justin peut-être. Erin songea que l'homme qui la tourmentait depuis leur première rencontre lui ressemblait à bien des égards.

Alex observa le jeune garçon avec attention.

Ce gamin avait des réactions étranges et cela l'intriguait. Il ressentait de curieux picotements à son contact, qu'il ne parvenait pas à expliquer.

Par Dieu ! Il n'avait pourtant jamais été attiré par les garçons comme certains de ses camarades étudiants.

Que lui arrivait-il ?

1. « Non ! » (NdT)

À cet instant, le fiacre s'arrêta dans un long grincement.

Erin prit peur et se fit toute petite contre le dossier.

C'était une chose de jouer la comédie à Alexander Morgan dans une complète obscurité. Mais une fois chez lui, il lui serait plus difficile de le duper !

Alex ouvrit la porte et sauta sur le trottoir avant de se retourner vers elle.

— Je vais te porter jusqu'à la maison.

— *Cha*[1] ! hurla-t-elle à nouveau.

Erin recula au fond de la voiture.

— Vas-tu cesser de faire l'idiot ? Une fois à l'intérieur, je pourrai mesurer l'étendue de ta blessure et faire venir un médecin si besoin ! Je te dois bien cela !

Le garçon exprima un nouveau refus véhément.

Alex n'avait jamais rencontré un gamin aussi exaspérant.

— Très bien ! Tu ne me laisses donc pas le choix !

Sur ces mots, il se pencha dans la voiture avec détermination.

1. « Non ! » (NdT)

Chapitre 10

Erin poussa un cri en voyant Alex bondir à nouveau dans le fiacre.

Au moment où le jeune homme se courbait pour la saisir par la taille, elle lui envoya un coup de pied dans le tibia avec sa jambe valide.

Alex poussa un hurlement de douleur.

— Bon sang ! Mais qu'est-ce qu'il te prend ?

Erin essaya de lui échapper en arpentant le siège à quatre pattes. Avec sa cheville blessée, elle savait qu'il la rattraperait facilement dans la rue mais elle ne pouvait demeurer sans rien faire !

À l'instant où elle atteignit la portière, Alex, qui s'était remis de son attaque, l'agrippa par son pantalon et la souleva avec une facilité déconcertante. Erin se débattit et tenta de lui donner de nouveaux coups de pied, sans pour autant atteindre sa cible.

— Il suffit ! tonna Alex. Tu commences sérieusement à me fatiguer, gamin !

Alex fit descendre Erin du fiacre sans ménagement en la ceinturant par la taille et une fois à terre, il la jeta sur ses épaules comme un vulgaire sac de jute.

— *Thu rascal ! Leig leam an-dràsta*[1] !

Erin bourra le dos du jeune homme de coups de poing qui n'eurent aucun effet sur lui.

Alex s'esclaffa.

— Ma parole, tu es un vrai chat sauvage ! Notre armée aurait bien besoin de petits gars aussi hargneux que toi !

Erin suspendit brusquement son geste, désorientée par les dernières paroles d'Alex.

Mais de quelle armée parlait-il ?

Elle n'eut pas le temps d'y songer plus amplement.

Déjà Alex poussait la porte d'une élégante demeure en briques rouges. Puis il s'engagea dans les escaliers.

Où la conduisait-il ainsi ?

Comme s'il lisait dans ses pensées, Alex lui donna l'explication qu'elle attendait.

— Je t'emmène dans un endroit où je suis certain que tu ne pourras pas m'échapper !

La jeune femme se mordit la lèvre en entendant cette menace à peine voilée. Son cœur s'emballa à l'idée de se retrouver seule avec lui, et elle fut mortifiée de constater que son corps la trahissait de nouveau.

Elle recommença à se tortiller pour lui faire lâcher prise, tout en sachant que ses efforts étaient vains. Il la maintenait d'une poigne de fer implacable alors qu'il gravissait les escaliers avec une facilité déconcertante.

Alex finit par ouvrir une nouvelle porte et pénétra avec autorité dans une pièce où rougeoyaient dans l'âtre de la cheminée de petites flammes mourantes.

Erin faillit s'étrangler en découvrant ce qu'elle représentait. Une chambre !

1. « Espèce de racaille ! Lâchez-moi immédiatement ! » (NdT)

Et pas n'importe laquelle !

Le jeune homme posa Erin sans douceur sur un lit.

Son lit ! corrigea-t-elle mentalement, au comble du désespoir.

À cette idée inacceptable, Erin se redressa comme si ce dernier comportait des milliers de charbons incandescents. Elle entendit alors un léger cliquetis et comprit qu'Alexander venait de verrouiller la porte pour éviter qu'elle s'échappe.

Le misérable !

La jeune femme l'observa avec méfiance se mouvoir dans la pièce faiblement éclairée avant d'allumer plusieurs chandelles.

Une douce clarté envahit alors la chambre à coucher, typiquement masculine, mettant Erin à nu. Elle recula vivement contre le dossier du lit et baissa la tête pour lui dissimuler son visage.

Terrorisée, elle ne parvenait plus à réfléchir !

Elle l'entendit se déplacer dans la pièce puis le matelas plia sous son poids tandis qu'il s'asseyait sur le lit à ses côtés. Elle le vit tendre la main vers elle et paniqua !

D'instinct, Erin bondit de l'autre côté du lit mais avant qu'elle ait pu l'atteindre, le jeune homme se jeta sur elle et la plaqua sur le matelas.

Quand leurs deux corps se retrouvèrent en contact étroit, ils furent traversés l'un et l'autre par une onde dévastatrice qui leur causa un véritable choc.

Alex sentit son cœur cogner plus vite dans sa poitrine.

Une certitude lui fouetta le visage.

La rondeur des fesses qui emboîtaient délicieusement son bas-ventre ne pouvait pas appartenir à un garçon.

Il demanda d'une voix altérée :

— Mais qui es-tu ?

Seul un souffle précipité lui répondit.

Alex se souleva et retourna sans douceur le corps qui se trouvait sous lui, avant de le chevaucher pour le retenir prisonnier entre ses jambes.

Son regard rencontra alors deux prunelles pâles, d'un bleu presque gris.

Des yeux lumineux, qui venaient le hanter chaque nuit depuis la *Boat Race*, l'empêchant de trouver le sommeil.

— Par tous les saints !

Malgré la suie qui recouvrait son adorable visage, il ne pouvait pas se tromper ! Il n'avait rencontré qu'une seule femme avec des yeux semblables !

Son corps, quant à lui, semblait l'avoir parfaitement reconnue, s'il se fiait à la soudaine brûlure qui lui mordait le ventre.

La jeune femme se tenait immobile sous lui, les bras relevés au-dessus de sa tête, et le dévisageait avec une lueur de défi.

Erin Callaghan !

Combien de fois avait-il songé à elle depuis Vauxhall ?

Et voilà que la demoiselle en question se retrouvait sous lui ! À sa totale merci…

Un éclair de désir comme il n'en avait jamais connu foudroya Alex à cette idée.

D'un geste exaspéré, il lui arracha sa casquette et son chignon, libérant ainsi sa chevelure flamboyante qui se déploya comme une corolle automnale de fleurs sur la courtepointe.

Alex la contempla de longues secondes en silence avant de déclarer d'un ton légèrement voilé :

— Mademoiselle Callaghan ! Je dois vous avouer que je vous trouve de plus en plus fascinante.

Erin s'arracha au regard brûlant d'Alexander Morgan et sembla recouvrer ses esprits.

— Ce qui est loin d'être mon cas ! s'enflamma-t-elle. Libérez-moi immédiatement, espèce de brute !

Elle se mit à se débattre sous lui, tout en tentant de le repousser avec les mains.

Mais son geste n'eut pas l'effet escompté, rallumant la flamme qui brûlait entre eux. Interdite, elle se paralysa lorsqu'elle sentit l'excitation flagrante d'Alex frotter à travers le tissu de son pantalon.

— Cela suffit ! s'exclama ce dernier, le souffle court, en lui immobilisant à nouveau les deux bras au-dessus de la tête pour l'empêcher de bouger.

Le jeune homme n'était déjà que trop conscient du corps de tentatrice allongé sous lui. En se débattant, Erin n'avait fait qu'attiser sa fièvre, et il avait un mal fou à rester lucide !

Tremblant d'une colère contenue, il se pencha au-dessus d'elle, sa bouche à quelques centimètres de la sienne.

— Il me semble que vous me devez une explication, mademoiselle Callaghan !

Même avec son visage noirci, sa beauté restait intacte, la suie accentuant l'éclat farouche de ses yeux magnifiques.

Son corps tout entier semblait prendre feu au contact de celui d'Erin, et Alex dut faire appel à toute sa volonté pour ne pas s'emparer de sa bouche rose framboise dont il se rappelait la douceur et le plaisir fou qu'elle lui avait procuré.

— Je vous en prie, lâchez-moi ! le pria-t-elle, cette fois dans un murmure.

— *Cha*[1] *!* répliqua-t-il durement, comme pour la punir de s'être moquée de lui dans la voiture.

La facilité avec laquelle elle l'avait dupé l'exaspérait !

Cette jeune femme singulière demeurait une énigme pour lui, et cela le troublait.

Il aurait pourtant dû se méfier ! Il se rappelait maintenant qu'elle s'était exprimée dans un anglais irréprochable sans dissimuler sa voix féminine lorsqu'elle l'avait incité à le suivre. Mais dans leur fuite, cela lui était complètement sorti de l'esprit !

Lorsqu'il repensa aux risques qu'elle avait encourus pour lui porter secours et avec quel courage elle avait fait face à ses assaillants, la bile lui monta à la gorge. Cette petite sorcière aurait pu se faire tuer, bon sang !

Maintenant qu'il connaissait sa véritable identité, il était d'autant plus admiratif de la témérité et de l'audace dont elle avait fait preuve.

Mais il était hors de question de l'encourager à risquer sa vie ainsi ! Elle aurait pu tomber sur un homme avec beaucoup moins de scrupules que lui, bien qu'il dût admettre ne pas en avoir beaucoup à cet instant.

— Est-ce ainsi que vous me remerciez de vous avoir sauvé d'une mort certaine ? le défia Erin dans un souffle.

Décidément, cette fille ne manquait pas de cran !

Et elle lui plaisait de plus en plus.

Alex émit un rire bref et se redressa pour la libérer de son poids, sans toutefois la lâcher.

— À cet instant, j'ai plutôt envie de vous donner la plus grosse correction de votre vie pour vous ôter toute

1. « Non ! » (NdT)

tentation de vous mettre à nouveau en danger ! Que faisiez-vous donc dans le port ainsi accoutrée ?

— Cela ne vous regarde pas !

Alex lui lança un regard dur.

— Votre cousin est-il au courant de vos incartades nocturnes ?

Erin grimaça.

— C'est bien ce que je pensais ! Si ces hommes avaient découvert que vous étiez une femme, que croyez-vous qu'il se serait passé avant qu'ils vous suppriment ?

Il vit Erin se mordre la lèvre inférieure, signe qu'elle avait parfaitement compris l'allusion.

— C'était une décision stupide et très dangereuse ! s'emporta-t-il.

— Vous êtes mal placé pour me faire une leçon de morale ! Sans moi, vous goûteriez déjà aux flammes de l'enfer ! Une vie pour une autre ! Nous sommes quittes maintenant, monsieur Morgan !

Erin vit le regard d'Alexander s'assombrir.

— Hum… Pas tout à fait. C'est donc à mon tour de vous devoir un baiser, mademoiselle Callaghan.

Ces quelques mots résonnèrent comme une promesse dans le silence de la chambre.

Erin s'affola.

Oh ! non ! Pas question de se trouver à nouveau au contact de cet agaçant aristocrate !

Leur dernière étreinte à Vauxhall était encore bien trop vivace dans son esprit et dans son cœur ! Elle n'était pas certaine de survivre à un autre assaut d'Alexander Morgan, d'autant plus qu'elle se retrouvait seule dans sa chambre. Et dans son propre lit qui plus est !

— Non ! cria-t-elle. Laissez-moi partir ! Je ne veux rien de vous, si ce n'est ma liberté !

La libérer était bien la dernière chose qu'il désirait à cet instant, alors qu'il n'avait qu'à se pencher davantage sur elle afin de capturer ses lèvres tentatrices et mêler son souffle au sien comme il en mourait d'envie depuis qu'il lui avait ôté cette affreuse casquette.

Erin Callaghan semblait faire ressortir le pire en lui à chacune de leurs rencontres, le privant de raison dès que leurs deux corps s'épousaient en une parfaite harmonie, que ses yeux couleur de pluie le retenaient captif et que la soie de sa bouche lui faisait oublier tout ce qui n'était pas elle. Voilà la vérité.

Il la voulait, plus que jamais !

Mais pas ainsi. Pas alors qu'elle le dévisageait avec un mélange de colère et de panique comme s'il était un monstre, ce qui lui fit brusquement l'effet d'une flèche décochée au milieu de sa poitrine.

Tout en réprimant un grondement primitif, il relâcha les poignets d'Erin et roula sur le côté, le souffle court et le cœur battant alors que son corps tout entier réclamait l'assouvissement d'un désir réprimé depuis trop longtemps.

Aussitôt, la jeune femme se redressa sur ses coudes, tout en lui lançant un regard méfiant.

— Vous n'avez rien à craindre de moi pour ce soir, crut bon de rajouter Alex, tout en lui tendant la main en signe de trêve.

Malgré la suie qui barbouillait ses traits délicats et

l'évidente réticence qu'elle ressentait à l'idée même de pactiser avec le diable en personne, il ne put s'empêcher de la trouver adorable et désespérément attirante.

Il vit Erin hésiter un court instant avant d'accepter de glisser timidement sa paume dans la sienne. Leurs doigts se joignirent tandis que d'un geste assuré il l'attirait vers lui pour l'aider à s'asseoir.

Une plainte sourde s'échappa des lèvres d'Erin lorsqu'elle mobilisa sa jambe, leur rappelant leur fuite dans les ruelles sombres du port.

— Laissez-moi regarder votre cheville, souffla-t-il, tout en prenant place à ses côtés.

La jeune femme secoua doucement la tête.

— Non ! Je vous en prie, ce n'est pas la…

Elle s'arrêta brusquement, l'air stupéfait.

Alex suivit son regard étonné et pour la première fois de sa vie il sentit son visage s'empourprer devant une femme en découvrant ce qui avait provoqué la surprise de sa compagne.

Non seulement leurs doigts étaient toujours étroitement enlacés, mais d'une façon totalement inconsciente, son pouce était en train de caresser la peau satinée et sensible au creux du poignet d'Erin avec de légers cercles, en un geste doux et intime qu'il n'avait jamais eu pour aucune de ses conquêtes jusqu'à ce soir.

Comme si tenir la jeune femme ainsi était pour lui la chose la plus naturelle du monde. Comme s'il était à sa juste place auprès d'elle, et que plus rien d'autre n'avait d'importance.

Pendant de longues secondes, il n'osa pas la regarder, de peur de perdre le contrôle. Son cœur battait à un rythme assourdissant tandis qu'il luttait contre les puissantes émotions qu'il ressentait à son simple contact.

— Alex…

Ce n'était qu'un murmure, et pourtant il lui sembla qu'Erin avait hurlé son prénom dans la pièce devenue étrangement silencieuse.

Le jeune homme releva vivement la tête et dévisagea cette dernière, qui paraissait aussi perdue que lui.

Elle aurait dû lui lâcher la main ! Oui, c'est ce qu'elle aurait dû faire. Le repousser ! L'invectiver comme elle savait si bien le faire !

Au lieu de cela, elle pencha la tête, les lèvres légèrement entrouvertes en un appel muet.

Il n'en fallut pas plus à Alex pour oublier ses récents principes. Il lui était impossible de résister au désir qu'il lisait dans les yeux de l'affriolante créature qui se tenait face à lui, vêtue d'une chemise d'homme et d'un pantalon qui ne cachait rien de ses formes parfaites.

Sa main libre remonta le long du bras d'Erin jusqu'au creux de son cou avant de glisser en une lente caresse derrière sa nuque.

Désormais, il ne répondait plus de rien. Elle serait sienne cette nuit… même s'il serait certainement damné pour ce qu'il s'apprêtait à faire.

Erin se tenait parfaitement immobile, extrêmement sensible au sillon de feu tracé par la paume d'Alex alors qu'elle remontait le long de son avant-bras jusqu'à la base délicate au creux de son épaule, là où son cœur pulsait à vive allure.

Elle aurait dû s'enfuir loin de lui dès qu'il l'avait relâchée, comme sa raison le lui criait.

Mais contre toute attente, elle avait murmuré son prénom. Presque un appel désespéré.

Parce qu'il lui avait semblé impossible de faire autrement à cet instant.

Même si elle lui avait affirmé le contraire avec toute l'indignation dont elle était capable lorsqu'il l'avait emprisonnée sous lui, il lui avait suffi d'un seul geste ensuite pour faire fondre sa résistance comme du beurre sous le soleil d'été.

Sa façon de lui tenir la main l'avait profondément bouleversée, et pendant quelques secondes, des images d'un bonheur inespéré et véritable auprès d'Alexander Tyron Morgan s'étaient imposées avec force dans ses pensées. Une intime conviction, qui l'avait laissée sans souffle. C'est à cet instant précis qu'elle l'avait appelé.

Alors que les doigts du jeune homme caressaient avec douceur et sensualité la base de ses cheveux, dans le creux sensible de sa nuque, elle comprit qu'elle serait incapable de le repousser.

Elle le voulait, de toutes les fibres de son être. Elle voulait sentir sa bouche sur la sienne, elle voulait connaître encore la sensation délicieuse de ses bras autour d'elle, de son corps pressé contre le sien. Elle voulait désespérément croire à cet instant précis qu'elle représentait bien plus pour lui que ce qu'il voulait bien lui avouer. Que lui aussi avait senti ce lien singulier lorsque leurs mains s'étaient unies.

Elle n'eut pas le loisir d'y réfléchir davantage.

D'un geste sûr, Alex la fit basculer au-dessus de lui et s'empara aussitôt de la bouche d'Erin avec une ardeur impitoyable. Il ne souhaitait plus qu'une chose, calmer la tempête qui grondait en lui depuis Vauxhall.

Il cueillit le gémissement de la jeune femme contre ses lèvres, heureux qu'elle ne le repousse pas cette fois. Au contraire, il la sentit vibrer d'une même fièvre, ce qui le rendit fou de désir. Il avait l'impression qu'il ne pourrait jamais se rassasier de sa saveur unique et de la douceur de sa bouche contre la sienne.

Une onde de chaleur enflamma ses reins, le rendant fébrile.

Il en rêvait depuis si longtemps !

Elle agissait comme une drogue sur lui, échauffant son sang et créant un besoin lancinant et douloureux. Il ne pouvait pas la laisser partir maintenant !

Alex enfonça ses mains dans l'épaisse chevelure cuivrée afin d'empêcher la jeune femme de se dérober à son baiser.

Mais Erin n'en avait aucune intention.

De tout son cœur, elle appelait la bouche d'Alex, ses mains, son corps, cherchant à retrouver les sensations merveilleuses qu'il avait fait naître en elle à Vauxhall.

Elle se mit à onduler sous lui, alors que ce dernier explorait la moindre parcelle de sa peau, la laissant avide de sensations jusque-là inconnues. Ses mains remontèrent sous sa chemise, pour se faire plus exigeantes.

Alex émit un juron étouffé contre sa bouche lorsqu'il rencontra le tissu rugueux des bandages qu'elle avait utilisés pour dissimuler sa poitrine. Avec des gestes sûrs, il glissa ses mains dans le dos d'Erin et dénoua sans difficulté sa camisole fragile.

Lorsque sa main frôla le velouté de sa peau et la rondeur de sa poitrine, Erin prit brusquement peur !

Tout ceci allait trop vite !

Alexander Morgan. Le plaisir qu'il lui procurait avec sa bouche et ses mains !

Qu'était-elle en train de faire ?

Il n'était qu'un inconnu pour elle, un séducteur terriblement dangereux qui avait probablement l'habitude d'arriver à ses fins ! Elle devait l'arrêter avant qu'il soit trop tard !

La conscience lui revint peu à peu, l'exaltation faisant place à l'effroi et à la panique.

— Alex ! Je t'en supplie, arrête ! murmura-t-elle d'une voix éraillée par le désir, qu'elle-même ne reconnut pas.

Le jeune homme releva la tête, et leurs regards se croisèrent.

— Erin, je…

À ce moment-là, des coups impérieux retentirent à la porte de la chambre.

Puis la poignée s'abaissa plusieurs fois, sans succès.

— Alex, ouvre-moi ! Je sais que tu es rentré ! J'ai aperçu de la lumière sous ta porte.

Erin se figea sous Alex au son de cette voix féminine et très déterminée qui résonna derrière le battant.

Ce dernier se redressa vivement en poussant un juron.

N'obtenant aucune réponse, l'inconnue persista.

— Alexander Tyron Morgan ! Ne fais pas la sourde oreille ! Tu sais que je peux me montrer très obstinée quand je le veux !

— Je ne peux pas ! s'agaça le jeune homme en lançant un regard noir en direction de la porte.

— Vraiment ? Ouvre-moi, pour l'amour du ciel ! Il faut absolument que je te parle !

— Pas maintenant, Kate !

La voix extérieure se fit plus douce.

— S'il te plaît ! C'est important.

Les yeux d'Alex se posèrent sur Erin, indécis.

Les joues brûlantes de honte, la jeune femme essaya de remettre de l'ordre dans sa tenue et croisa les bras sur sa poitrine.

Il y eut un silence terrible avant qu'Alex décide de se lever.

D'une démarche assurée, il se dirigea vers la porte et l'entrebâilla.

— Kate ! Si tu n'étais pas ma tendre cousine, je t'étranglerais ! J'espère que tu as une bonne raison de me déranger au beau milieu de la nuit !

— Pourquoi as-tu tant tardé à m'ouvrir ?

— Je dormais.

— Avec la lumière ?

— Kate ! fit Alex d'un ton menaçant. Viens-en au fait !

— Laisse-moi entrer !

— Non !

Kathleen ne se laissa pas décourager par son ton glacial. Elle le connaissait trop bien !

Soudain elle comprit.

— Tu n'es pas seul ! l'accusa-t-elle.

Un éclair de surprise traversa son regard.

— J'ai raison ? Oh mon Dieu, Alex ! Ne me dis pas que tu as ramené l'une de tes maîtresses à la maison ! Si maman le découvre, elle ne s'en remettra jamais !

Le brusque silence de son cousin ressemblait fort à un aveu.

Kate se tordit le cou pour essayer d'apercevoir ladite jeune femme par-dessus l'épaule d'Alex.

Ce dernier se rapprocha pour lui dissimuler entièrement la pièce.

— Kate, peux-tu me rendre un service ? J'aurais besoin de t'emprunter l'une de tes robes.

Sa cousine ouvrit la bouche de stupéfaction mais aucun son n'en sortit.

C'était bien la première fois qu'Alex réussissait à lui clouer le bec, et il savoura sa courte victoire ! Il adorait Kate mais elle avait le chic pour fourrer son nez partout dans des moments inopportuns.

— Pourquoi ? finit-elle par demander.

— S'il te plaît, Katycat, ne discute pas ! répliqua-t-il d'un ton suppliant.

Il savait Kate incapable de lui refuser quoi que ce soit.

— D'accord ! capitula-t-elle. Mais je n'en ai pas terminé avec toi pour autant ! s'exclama-t-elle, un index vengeur pointé en direction de son torse.

Alex lui adressa son plus beau sourire.

— Merci, ma douce.

Il l'entendit marmonner tandis qu'elle s'éloignait.

— Vous, les Morgan, et vos satanés secrets ! Vous ne valez pas mieux les uns que les autres !

Alex referma la porte et se tourna vers Erin, qui le dévisageait de ses grands yeux gris. Elle paraissait si fragile, ainsi recroquevillée dans son lit.

Son regard caressa son corps qu'il avait été à deux doigts de posséder. Sans l'intervention fortuite de Kate, il aurait sans doute commis une terrible erreur.

L'horloge située dans le hall d'entrée sonna 2 heures.

Alex se passa une main sur le visage.

Il était soudain très las. Il lui restait peu de temps

avant son départ. Et voilà qu'il devait gérer une situation imprévue qui menaçait tous ses projets !

Le jeune sudiste devait admettre qu'il évoluait en pleine confusion depuis qu'il avait rencontré Erin Callaghan, sans compter que cette dernière ne lui facilitait pas la tâche. Il agissait comme si la belle Écossaise comptait pour lui.

Ce qui n'était pas le cas, bien entendu ! Il la connaissait à peine.

Ce qui venait de se passer entre eux ne devait surtout pas interférer dans la décision qu'il avait prise.

Déterminé, il refusa de penser aux émotions troublantes que la jeune femme provoquait en lui à chacune de leurs rencontres. Il n'y avait aucune relation possible entre Mlle Callaghan et lui.

— Je vais rentrer chez moi, l'informa-t-elle.

— Pas dans ces conditions, Erin.

La jeune femme tressaillit violemment.

— Je veux rentrer chez moi ! martela-t-elle à nouveau.

— Laissez-moi vous aider ! affirma-t-il calmement en repassant au vouvoiement.

La jeune femme lui lança un regard noir.

— Je ne veux pas de votre aide !

À ce moment-là, Kate frappa à nouveau à la porte, et Erin détourna la tête pour fuir le regard scrutateur d'Alex. Elle l'entendit échanger avec la jeune femme à voix basse.

L'instant d'après, il se tenait devant elle.

— Tenez ! C'est pour vous.

La robe qu'il lui présenta était magnifique. Elle était d'un vert profond avec des manches évasées qui se terminaient aux poignets par une dentelle d'une grande finesse. Erin eut du mal à ne pas effleurer de la main le drapé soyeux du tissu qui brillait tel un joyau dans les bras d'Alex.

Ce dernier déposa soigneusement le vêtement raffiné à ses côtés, puis il repartit chercher une cuvette en porcelaine et un linge afin qu'elle puisse ôter la suie qui couvrait son visage. Erin n'osa songer à l'image qu'elle devait lui renvoyer, le visage sale, les cheveux emmêlés, à moitié vêtue d'une tenue d'homme.

Sa prévenance la toucha plus qu'elle ne le souhaitait.

La jeune femme sentit les larmes affleurer. Cette soirée était plus qu'elle ne pouvait le supporter !

À cet instant, elle éprouva une profonde haine pour Alexander Morgan ! Sa beauté ravageuse. Son arrogance. Son obstination. L'emprise qu'il avait sur elle et qui annihilait sa raison.

La jeune femme nettoya son visage avec soin avant de saisir la robe.

— Laissez-moi, murmura-t-elle.

— Non.

Pendant un instant, ils s'affrontèrent du regard, comme deux chats défendant un territoire.

— Comme vous voudrez.

Avec toute la dignité dont elle était capable, Erin se redressa.

Lorsqu'elle posa le pied à terre, un éclair douloureux traversa sa cheville. En grimaçant, elle s'agrippa au montant du lit et claudiqua dans un coin de la pièce.

Elle remarqua que la chambre comprenait peu d'effets personnels d'Alex, comme s'il ne l'avait pas investie. Ce détail piqua sa curiosité malgré elle.

Erin fit rapidement glisser sa chemise à terre, le cœur battant. Elle sentait le regard d'Alex dans son dos. La brûlure sur sa peau devenant plus intense, elle se dépêcha d'enfiler sa robe par-dessus son pantalon, qu'elle refusa de quitter.

Passant les bras derrière son dos, elle se débattit avec les minuscules boutons qui fermaient le bustier. Elle perçut alors deux mains chaudes et habiles qui vinrent remplacer les siennes.

Ce contact furtif de leurs mains, le souffle léger du jeune homme sur son dos nu suffirent à réveiller les sensations qu'elle tentait désespérément d'opprimer. Elle devait fuir cet endroit au plus vite !

Alex procéda avec lenteur, conscient qu'il voyait la jeune femme pour la dernière fois. Il ne parvenait pas à se rassasier de la soie de sa peau nue qu'il sentait contre ses doigts. Il aspira son entêtant parfum de jasmin, luttant pour ne pas enfouir son visage dans sa chevelure et se perdre dans sa douceur. Son souffle s'accéléra malgré lui.

Après avoir refermé le dernier bouton, il remit soigneusement en place les longues boucles cuivrées dans son dos.

Il était temps d'en finir.

Erin lui fit face, décontenancée par la douceur de ses gestes.

Alex tourna rapidement la tête, jouant l'indifférence.

Mais elle avait eu le temps de voir la lueur dans ses yeux. Une lueur qui ne saurait mentir.

Alex se pencha sur Erin et la saisit dans ses bras, la prenant par surprise.

— Mais que faites-vous ? s'exclama-t-elle.

— Je vous conduis à notre voiture. Vous n'êtes pas en état de marcher.

Contre toute attente, Erin ne protesta pas. Sa douleur était sans doute bien réelle.

Alex sortit dans le couloir, essayant d'occulter le corps souple qui se blottissait contre lui, sous le regard médusé de Kate.

Erin adressa un pâle sourire à la très belle jeune femme blonde qui les dévisageait avec curiosité.

— Bonsoir, je m'appelle Erin Callaghan. Je vous remercie pour la robe, c'est très généreux de votre part. Je vous la rendrai dès que possible.

— Je vous en prie, mademoiselle Callaghan. Je suis Kathleen de Grey, la cousine de ce vaurien d'Alexander ! (Elle appuya sur ces mots.) Si vous avez besoin de quoi que ce soit à l'avenir, répondit-elle en foudroyant le jeune homme du regard, n'hésitez pas à venir me trouver !

Erin hocha la tête.

— Je vous remercie, Lady de Grey.

Alex la porta jusqu'à l'élégant carrosse ducal qui les attendait devant le perron et l'installa sur le siège avec douceur.

Ainsi sa famille possédait un duché. Elle ne s'était pas fourvoyée en l'imaginant très fortuné lors de leur seconde rencontre à Vauxhall.

La main d'Alex lui effleura le bras en une légère caresse. Leurs yeux s'aimantèrent, refusant de se lâcher.

— Prenez soin de vous, mademoiselle Callaghan. Il serait plus prudent de montrer votre cheville à un médecin.

Erin sentit une boule se former dans sa gorge, en proie au plus grand désarroi.

Malgré sa détresse, elle ne parvenait pas à se résoudre à quitter Alexander Morgan. Elle était comme poussée par une force incompréhensible, un sentiment d'urgence qui lui comprimait la poitrine, comme si elle était prise dans un étau.

— Alex…

Le jeune homme se figea.

Ce n'était qu'un murmure mais qui lui fit l'effet d'un coup de poignard en plein cœur.

Erin le contemplait de ses grands yeux bleu argent, lui demandant quelque chose qu'il ne pouvait lui promettre. Il pouvait y lire le doute mais aussi une lueur plus douce qui lui laissait entrevoir la possibilité d'un bonheur auquel tout homme aspire.

Pourquoi ne voulait-elle pas comprendre qu'elle ne pouvait pas faire partie de sa vie ?

Il était trop tard de toute façon ! Il ne pouvait plus faire machine arrière !

La jeune femme parut vouloir rajouter quelque chose mais Alex se déroba et referma doucement la porte, l'empêchant de prononcer les mots qu'il refusait d'entendre.

Erin reçut le rejet du jeune homme comme une gifle cinglante et s'effondra sur le siège, la main sur la bouche pour s'empêcher de crier.

La voiture s'ébranla lentement.

Lorsqu'elle fut certaine qu'Alex ne pouvait plus la voir, elle s'autorisa enfin à donner libre cours à son chagrin.

Alex demeura sur le trottoir alors que le carrosse s'éloignait dans l'obscurité, emportant la jeune femme hors de sa vie.

Furieux contre lui-même, il enfonça ses mains dans ses poches et s'efforça d'ignorer l'acide qui semblait soudain s'écouler à flots dans ses veines.

Il ne devait plus penser à Erin Callaghan ! Ni au vide qu'il ressentait soudain et qui le laissait glacé jusqu'aux os.

Il ne devait plus penser du tout !

Il finit par rentrer d'un pas décidé.

Kate l'attendait toujours devant sa porte, les bras croisés et le regard furibond.

— Je crois que tu me dois maintenant quelques explications, Alex !

Ce dernier pénétra dans sa chambre.

— Pas maintenant, Katy ! s'exclama-t-il avec colère. Pas maintenant !

Et il lui claqua la porte au nez, en prenant soin de la verrouiller.

— Comme tu voudras ! s'enflamma sa cousine à travers le battant. Mais je ne te laisserai pas en paix tant que tu refuseras de me dire qui est cette jeune femme !

Seul le silence lui répondit.

Kate croisa les bras et ne résista pas à l'envie de lui envoyer une dernière pique avant de s'éloigner.

— Au fait, tu devrais faire un brin de toilette ! Tu as de la suie plein le visage !

Voyant que son cousin ne prenait toujours pas la peine de lui accorder son attention, elle l'invectiva à travers le battant, au comble de la fureur :

— Au cas où cela t'intéresse, je voulais t'annoncer que ce soir Thomas a demandé ma main à père !

Nouveau silence.

— Franchement ? Je ne te savais pas aussi égoïste, Alex !

Kate finit par s'éloigner, profondément blessée par l'indifférence du jeune homme.

Ce dernier posa le front contre le bois, les poings serrés, en s'excusant silencieusement auprès de sa cousine. S'il lui ouvrait maintenant, il était perdu !

Avec un petit soupir, il repensa à l'annonce qu'elle venait de lui faire. Kate devait être aux anges, et pendant un instant il envia le couple aimant qu'elle formait avec le comte de Blakestone.

Puis il se détourna rapidement et se dirigea vers l'armoire pour préparer ses bagages.

L'horloge du salon sonna 3 heures.

Alex quitta silencieusement la pièce, sans penser qu'il ne reverrait peut-être plus jamais cet endroit. Ni ceux qu'il chérissait de tout son cœur…

Lorsque Kathleen se présenta le lendemain matin dans sa chambre, elle trouva la pièce déserte. Le lit était soigneusement fait, l'armoire était vide de tout vêtement. Il ne subsistait plus aucune trace d'Alex.

La jeune femme fouilla méticuleusement la pièce à la recherche d'une lettre ou d'un indice. En vain.

Accablée par le chagrin, elle se précipita hors de la chambre et courut avertir ses parents.

Erin descendit de la voiture d'un pas mal assuré, encore bouleversée par les quelques secondes qui avaient précédé le moment où Alexander Morgan avait refermé la portière sur elle. La lueur désolée qu'elle avait brièvement aperçue dans son regard ne pouvait pas la tromper, tout comme le lien puissant qui les avait enchaînés l'un à l'autre au cours de la nuit !

La jeune femme porta une main tremblante à son cœur, tout en prenant appui sur l'un des réverbères qui bordaient l'avenue à intervalles réguliers, comme un collier de perles dorées.

La douleur lancinante au niveau de sa cheville ne cessait de lui rappeler les événements de la nuit, ce qui accentuait son désarroi.

Une larme solitaire roula sur sa joue, qu'elle s'empressa d'effacer d'un geste rageur. Dire adieu à Alexander Morgan n'aurait pas dû lui procurer un tel chagrin !

Et pourtant !

La porte de leur demeure s'ouvrit brusquement, la faisant sursauter.

— Erin !

La voix de Nicholas lui procura un tel soulagement qu'elle en oublia un instant sa blessure et les émotions perturbantes qui lui étreignaient la poitrine comme des bras fantômes. Sans réfléchir, elle s'élança dans les bras de son cousin qui descendait les marches à sa rencontre.

— Oh mon Dieu, Nick ! J'ai eu si peur !

De longs sanglots la secouèrent.

Le jeune homme lui rendit son étreinte, en se demandant pour quelle raison sa cousine était si bouleversée. Il ne lui avait encore rien dit !

Quand elle fut enfin plus calme, il finit par l'éloigner à bout de bras, le regard furieux, aussi sombre qu'un ciel sans étoiles.

— Bon sang Erin ! Où étais-tu passée ? J'ai cru mourir une seconde fois en découvrant que tu avais disparu de la maison ! J'ai aussitôt imaginé le pire !

Stupéfaite, la jeune femme dévisagea Nicholas, tandis que les quelques mots qu'il venait de prononcer prenaient corps dans son esprit.

Mourir une seconde fois. Que voulait-il dire ? Avait-il réellement été en danger comme elle l'avait supposé ?

— Louise m'a invitée à souper. Comme tu devais travailler tard, j'ai oublié de te prévenir. Lorsque je suis rentrée, j'ai trouvé le billet d'Elliot. J'ai cherché aussitôt à regagner *Le Seawolf* pour avoir de tes nouvelles. Mais le cocher s'est perdu dans le brouillard. Je suis vraiment désolée que tu te sois inquiété pour rien, Nick, souffla-t-elle en affichant un air contrit qu'elle espérait convaincant.

Elle s'en voulut de mentir aussi facilement à son cousin.

La jeune femme remarqua alors seulement la profonde entaille qui barrait le côté de son front ainsi que la tache sombre qui ombrait le haut de la manche de sa chemise.

La joie de retrouver son cousin vivant laissa place à une terrible angoisse en découvrant ses blessures.

— Nick ! Que s'est-il passé ? Ton bras !

Nicholas ferma brièvement les yeux, le visage soudain marqué par une profonde lassitude.

— Nous ferions mieux de rentrer ! Je vais tout te raconter.

Erin fit de son mieux pour lui dissimuler sa douleur, soucieuse de ne pas accabler davantage Nicholas.

Lorsqu'ils pénétrèrent dans le hall, Erin fut surprise par l'animation inhabituelle qui régnait à cette heure de la nuit dans la demeure. Il était un peu plus de 2 heures du matin ! Tout ce petit monde aurait dû se trouver bien au chaud dans son lit. Au lieu de cela, les domestiques couraient en tous sens, les bras chargés de leurs bagages.

Erin lança un coup d'œil interrogateur à Nicholas.

— Qu'est-ce que tout cela signifie ? demanda-t-elle d'une voix teintée d'inquiétude.

— Nous quittons Londres au petit matin.

D'une main sûre dans le bas de son dos, il conduisit la jeune femme dans le petit salon. Erin prit place sur le sofa, attendant avec une certaine impatience que Nicholas ait terminé de se verser un généreux verre de whisky. Après avoir fait tourner quelques secondes le liquide ambré sur lui-même, il l'avala d'un trait.

— Alors que je me trouvais au bureau à signer

les derniers contrats, j'ai entendu un bruit suspect au rez-de-chaussée. Lorsque je suis descendu, une bande de plusieurs individus masqués m'attendait, armés comme des soldats. L'un d'entre eux a ordonné de me descendre, l'ordre était assez clair ! Je n'ai même pas eu le temps de saisir mon revolver avant d'être touché. Ensuite…

Les muscles de sa mâchoire se contractèrent.

— Ma tête a dû heurter la rambarde de l'escalier car par la suite, je ne me souviens plus de rien.

— Oh Nick !

Erin se leva et vint poser une main sur la sienne.

— Lorsque j'ai repris connaissance, j'étais sur *Le Seawolf*. J'ai eu beaucoup de chance, la balle n'a fait qu'effleurer l'épaule. C'est Elliot Steel qui m'a trouvé alors qu'un début d'incendie commençait à lécher les murs du rez-de-chaussée. Saisi d'un doute, il a préféré vérifier que personne ne se trouvait encore dans le bâtiment. Malgré l'intervention de l'équipage et des marins des environs, il ne reste plus rien des bureaux de la Hamilton Company à cette heure-ci !

Il frappa le mur d'un poing rageur.

— Ces salopards ont tenté de tout détruire ! Heureusement pour nous, l'entrepôt n'a pas été touché et il était pratiquement vide. Aucune cargaison n'a été endommagée !

Nicholas s'éloigna d'Erin et alla appuyer ses deux mains sur le manteau de la cheminée, fixant les flammes rougeoyantes sans les voir.

— Ils m'ont laissé pour mort en espérant sans doute que je disparaîtrais dans l'incendie…

Erin se rapprocha de lui et glissa sa main dans la sienne.

— Mais pour quelle raison ?

Son cousin se passa une main lasse sur le visage puis il secoua la tête.

— MacDonald ! Je ne vois que lui !

Erin émit un hoquet étouffé.

Ainsi Nick ne s'était pas trompé ! L'Écossais avait certainement cherché à se venger !

Nicholas se tourna vers la jeune femme et lui caressa la joue du pouce.

— Nous ne sommes plus en sécurité ici, j'en suis maintenant persuadé ! C'est pour cela que nous lèverons l'ancre dès l'aube. *Le Seawolf* est prêt à appareiller. De son côté, Scotland Yard continue son enquête. Et j'ai demandé à Nolan Crowd, notre avoué, de s'occuper des procédures et de la réfection des bureaux en notre absence.

Erin acquiesça en silence.

Cette nuit avait été source de bien de maux, certains déroutants, d'autres effrayants. Elle avait hâte de se retrouver en sécurité sur le navire, loin de Londres et des événements qui les avaient tous précipités dans une angoissante obscurité.

L'amertume et la culpabilité se lisaient clairement sur le visage de Nicholas tandis qu'il quittait le petit salon pour donner les derniers ordres aux domestiques. Son cousin était si préoccupé par l'urgence de les mettre à l'abri qu'il n'avait même pas songé à demander à Erin de plus amples explications sur son absence cette nuit.

C'était aussi bien car elle ne se sentait pas prête à lui dire la vérité.

Quelques heures plus tard, malgré la douleur persistante au niveau de la cheville, elle se retrouva sur le pont du *Seawolf* pour regarder Londres disparaître doucement alors que les lambeaux roses et orangés de l'aube se déposaient au sommet des bâtiments comme des drapeaux chatoyants.

Il régnait un étrange silence alors que le navire glissait sur les eaux grisâtres de la Tamise, comme si la ville elle-même cherchait à se faire oublier, pour ne pas leur rappeler les souvenirs trop douloureux qui s'y rattachaient.

Erin finit par lui tourner le dos avant de ne plus pouvoir contenir les vives émotions qui serraient sa gorge comme un étau. Elle devait oublier Alexander Tyron Morgan dorénavant. Elle n'avait plus d'autre choix.

Son regard se porta alors sur Nicholas qui lui aussi fixait l'horizon. Depuis qu'ils étaient montés sur le bateau, son cousin s'était retranché derrière un mur impénétrable. C'est donc seule qu'elle affronta ce départ rempli d'amertume.

Une forte bourrasque la fit vaciller, signe qu'ils prenaient de la vitesse.

Erin resserra les pans de son manteau et leva la tête vers le ciel qui se parait progressivement de lumière.

Elle aurait dû être heureuse de retrouver sa famille et Philadelphie.

Pourtant à cet instant, elle eut l'intime conviction que les ombres qu'ils fuyaient avec un tel empressement n'étaient que le début d'une longue errance dont ils ne sortiraient pas indemnes.

Chapitre 11

La Nouvelle-Orléans, juillet 1861

Alex contempla la ville encore silencieuse et endormie qui ressemblait à un joyau brut au milieu de l'écrin velouté aigue-marine du Mississippi. Au loin, la cathédrale Saint Louis, emblème du Vieux Carré, veillait paisiblement sur le sommeil des habitants de La Nouvelle-Orléans. La musique cristalline de sa cloche ne tarderait pas à retentir dans les rues encore désertes, avant qu'une foule hétéroclite prenne possession des lieux en un joyeux désordre.

Alex sentit son corps vibrer d'une nouvelle énergie tandis que le soleil étendait ses longs rayons dorés sur la ville. Il était heureux de se retrouver à nouveau chez lui. Depuis qu'il avait débarqué un matin alors que les premières lueurs de l'aube faisaient reculer les ombres, dévoilant la splendeur des façades en stuc du quartier français, il avait compris qu'il avait fait le bon choix.

Il n'avait qu'à fermer les yeux pour retrouver le parfum sucré des orangers, du jasmin et des magnolias. La moiteur ambiante, la vapeur des steamers qui quittaient l'embarcadère pour remonter le Mississippi, la végétation luxuriante des jardins, tout lui rappelait cruellement ce qu'il avait été forcé de quitter. La Louisiane vibrait dans son sang tandis que la colère qu'il avait mis des mois à retenir remontait en lui avec une force dévastatrice.

Parviendrait-il seulement un jour à pardonner à son père de l'avoir exilé loin des siens ? Cela faisait maintenant un mois qu'ils se trouvaient en Louisiane après avoir réussi à tromper la vigilance des premiers croiseurs nordistes qui commençaient à patrouiller dans le delta du Mississippi. Et son ressentiment était toujours assez vif, même s'il disposait de peu de temps pour analyser les vives émotions qui le terrassaient parfois sans prévenir.

Dès leur arrivée, *Le Manchester*, dont le nom avait été choisi pour endormir la méfiance des bateaux espions durant leur longue traversée à travers l'Atlantique, avait repris sa véritable identité, devenant *Le Virginia*. Ils n'avaient ensuite disposé que de quelques semaines pour rendre le navire efficient et embarquer des provisions suffisantes avant d'éveiller les soupçons.

Désormais solidement armé de canons de huit pouces, le vapeur attendait maintenant une occasion favorable pour forcer la ligne du blocus établie par les navires fédéraux, dont le redoutable vapeur nordiste, l'*USS Philadelphia*.

Leur équipage était au complet.

Outre le capitaine Pierce, commandant, il comprenait deux lieutenants, quatre enseignes, des canonniers, des voiliers, douze soldats, dont Alex faisait partie, et soixante marins.

Durant ce temps d'inaction forcée, l'équipage ne cédait pas pour autant à l'ennui, s'entraînant sans relâche afin d'être prêt le jour de la grande évasion, qui leur semblait bien compromise pour l'instant.

L'ennemi était partout.

En effet, trois navires de guerre fédéraux stationnaient à la passe à l'Outre ainsi que deux autres bateaux à la passe du Sud-Ouest, verrouillant impitoyablement la moindre issue vers la mer. Il leur était inutile de tenter de fausser compagnie aux redoutables Yankees dans ces conditions et d'opter pour une mission suicide vaine.

Alex était du même avis que le capitaine Pierce, alors qu'il contemplait les patrouilleurs qui mouillaient à quelques encablures du *Virginia*, leur bannière étoilée flottant dans la brise.

Au même moment, la corne d'un bateau à vapeur se mit à rugir à l'entrée du port, provoquant l'envol de deux cormorans qui somnolaient sur un tas de filets de pêche.

Alex pensa une nouvelle fois à sa famille.

Dire que seulement une centaine de kilomètres le séparait de Willmore !

Ses sœurs et son père avaient-ils fêté avec enthousiasme la victoire des troupes confédérées à Manassas quatre jours auparavant ?

Cette première grande bataille, menée sur les rives du Bull Run, avait vu les Yankees capituler devant un ouragan gris sous le regard effaré d'une foule de civils venus de Washington pour l'occasion, persuadés de la toute-puissance fédérale.

Depuis, les journalistes sudistes s'en donnaient à cœur joie, arguant que cette défaite allait obliger le Nord à renoncer à ses tentatives de soumission.

Alex était loin de se montrer aussi enthousiaste, pressentant que Lincoln n'allait pas aussi facilement abdiquer. Néanmoins, cette bataille leur avait prouvé à tous que le Sud avait la capacité de se défendre. Leur foi inébranlable et leur volonté de protéger leur liberté ne pouvaient que leur donner force et raison face à l'envahisseur nordiste.

Alex espérait seulement que les batailles resteraient essentiellement cantonner aux environs de la capitale. Dans le cas contraire, le jeune homme ne s'inquiétait pas pour ses sœurs, car son père saurait les protéger quoi qu'il advienne. De toute façon, il n'y avait aucune chance que l'armée nordiste parvienne à remonter le fleuve jusqu'à Baton Rouge.

À ce moment-là, une mouette atricille piqua à quelques mètres de lui en direction des vagues, avant de frôler avec rapidité de son ventre rond la surface verdâtre de l'eau. Alex la vit disparaître derrière une crête écumeuse puis émerger quelques secondes plus tard, un poisson argenté dans son bec. D'une pirouette gracieuse, elle s'éleva à nouveau dans les airs sans le moindre effort avec son précieux déjeuner, les ailes déployées afin de laisser la brise la guider vers la côte.

Le volatile le ramena vers d'autres horizons, à Londres, plus exactement, lorsque ces mêmes oiseaux leur tenaient compagnie lors de leurs entraînements sur la Tamise.

Son cœur, lui, ne se souvenait que d'une chose…

Erin Callaghan.

Son souvenir demeurait bien trop présent, malgré l'intense activité qui régnait de jour comme de nuit sur le bateau à vapeur. La jeune femme faisait irruption dans son esprit au moment où il s'y attendait le moins. Il revoyait ses yeux d'un bleu pâle singulier, son visage aux traits délicats, sa bouche tentatrice et son allure régalienne. Et certaines nuits, il pouvait presque sentir la douceur de son corps contre le sien, comme si elle avait imprégné sur lui sa marque à jamais.

Il ne parvenait toujours pas à expliquer son incapacité à oublier la belle Écossaise malgré la distance et le temps. Ces quelques heures passées en compagnie de la jeune femme cesseraient certainement de le tourmenter lorsqu'il se retrouverait plongé au cœur de la guerre.

Comme tous ses camarades, il espérait que cette longue attente prendrait bientôt fin. Tous étaient prêts au combat et impatients de prendre la mer afin d'aller se frotter aux navires de l'Union.

— Vous me paraissez bien songeur, Morgan.

Alex salua son officier.

— Capitaine Pierce !

— Repos, soldat !

— À vos ordres, capitaine !

Son supérieur vint s'accouder à ses côtés.

Après un long silence, il déclara :

— Je vous ai bien observé, Morgan, depuis votre arrivée. Vous abattez seul le travail de dix hommes et vous portez un vif intérêt à ce navire. Sans parler de vos remarques pertinentes qui nous ont permis de procéder à certains aménagements essentiels comme la création de nouvelles soutes pour le charbon. Vous ne tarderez pas à monter les échelons, soldat, et je suis fier de vous compter parmi les membres de mon équipage !

— Je vous remercie, capitaine ! J'ai hâte de prendre part à cette guerre !

— Comme nous tous !

Le capitaine Pierce saisit sa longue-vue et scruta la rade avec attention.

Soudain, il se figea avant d'abaisser le précieux instrument devant lui.

Un large sourire s'afficha au centre de sa barbe lorsqu'il se tourna vers Alex.

— Je crois que votre souhait va être exaucé, Morgan ! *Le Philadelphia* vient de quitter le port pour aller pourchasser un autre navire. L'occasion ne se représentera pas deux fois ! Nous levons l'ancre immédiatement ! À votre poste, soldat !

— À vos ordres, capitaine !

Alex gagna le gaillard d'arrière en courant et scruta l'horizon avec impatience. Il distingua la fumée lointaine qui s'échappait de la cheminée de l'imposant croiseur nordiste et poussa un cri de joie, sitôt imité par l'ensemble de l'équipage qui s'activa aussitôt à la tâche avec une ardeur renouvelée.

Le capitaine Pierce était réputé pour son audace, si bien que *Le Virginia* ne perdit pas de temps. Quelques minutes plus tard, il s'engagea vers la barre, lançant ses machines à toute vapeur.

Néanmoins, l'*USS Philadelphia*, toujours sur le qui-vive, ne tarda pas à s'apercevoir de la supercherie. Il abandonna sa proie sur-le-champ pour se lancer à la poursuite du navire et lui barrer la route.

Une course effrénée vers l'étroit passage débuta entre les deux bâtiments de guerre.

La canonnière nordiste prit rapidement de la vitesse et réduisit en un clin d'œil l'écart avec le vapeur confédéré, ses canons pointés en sa direction.

Le soleil était maintenant haut dans le ciel lorsque *Le Philadelphia* ralentit brusquement son allure.

Alex, qui se tenait toujours sur le pont arrière, comprit que les fédéraux passaient à l'offensive.

Pierce en arriva aux mêmes conclusions. Il abaissa brusquement sa longue-vue et hurla :

— À tribord toutes ! Ces fumiers sortent les canons ! Ne les laissons pas faire !

Alex observa l'*USS Philadelphia*, tous les muscles tendus. Ils étaient si près de réussir l'impossible !

— Allez mon beau ! murmura-t-il à l'adresse de leur navire. Montre-nous ce que tu as dans le ventre !

— Augmentez la vapeur au maximum ! ordonna Pierce. Nous devons nous retrouver hors de portée de leurs tirs !

La cheminée se mit à vomir un énorme nuage noir, tandis que le battement des hélices retentissait avec puissance sous les flots mouvementés. Jamais Alex ne les avait vues tourner aussi rapidement.

Quelques secondes plus tard, une première décharge retentit, bientôt suivie d'un deuxième tir.

Fort heureusement, les deux boulets échouèrent dans les eaux profondes sans atteindre le navire qui continua sa course par-dessus les flots, les voiles gonflées par le vent qui ce jour-là était un allié précieux.

— Encore ! s'écria le capitaine confédéré. Nous y sommes presque !

Le Virginia sembla soudain voler au-dessus des vagues, creusant cette fois un tel écart avec le croiseur fédéral que ce dernier n'eut pas d'autre choix que d'abandonner la poursuite.

Alors que le nordiste effectuait lentement un demi-tour, vaincu, le bateau séparatiste continua sa course effrénée et franchit la barre sous un soleil radieux, ce qui représentait aux yeux du capitaine Pierce un excellent présage pour leurs missions à venir.

Un cri d'allégresse retentit sur tout le navire lorsque ce dernier gagna l'océan et sa liberté.

Alex sauta dans les bras de ses compagnons, tout en ayant encore du mal à croire en leur victoire.

Ils avaient réussi l'impossible ! Fausser la compagnie aux fédéraux après cette course exaltante était une douce victoire qu'ils avaient amplement méritée !

Leur véritable voyage débutait.

Le Virginia rentrait enfin en guerre.

Erin gagna le jardin afin de fuir le brouhaha entêtant des conversations, qui s'élevait depuis la terrasse. En cette chaude soirée d'août, elle n'était pas la seule à préférer la tiédeur de l'air à la salle de bal surchauffée d'où s'élevaient les notes mélancoliques des violons. De nombreux couples déambulaient dans les allées pour profiter de la douceur de l'air, si bien qu'Erin choisit de s'aventurer un peu plus loin dans le parc, dans l'espoir de trouver un peu de tranquillité.

Avisant un banc solitaire, la jeune femme s'y installa avec un soupir d'aise.

Laissant la brise légère lui rafraîchir le visage, elle contempla le jardin endormi de Mme Lamberton, leur hôtesse, décoré avec beaucoup de goût à l'occasion de l'anniversaire de sa fille, Sarah. Des petites lanternes chinoises éclairaient d'une lumière tamisée les allées dans un kaléidoscope de couleurs. Le parfum des roses embaumait l'air, se mêlant à l'odeur sucrée des orangers et des citronniers. Au loin, les grillons s'en donnaient à cœur joie, célébrant l'été de leur chant puissant.

Depuis que la guerre avait éclaté, Erin était prise

dans un tourbillon de bals de charité et d'événements caritatifs en tout genre, orchestrés pour la plupart par Elizabeth Hamilton elle-même, si bien qu'elle avait parfois l'impression que sa propre vie lui échappait. La demeure familiale ressemblait dorénavant à une usine de textile, avec ses nombreuses caisses remplies de bandes de coton, de charpie et de flanelle destinées aux services de soin. Dans la bibliothèque et le petit salon, réquisitionnés par Elizabeth pour l'occasion, s'entassait la moitié des dons que comptait Philadelphie à destination des soldats. Vêtements, couvertures, matériel de première nécessité, ustensile de cuisine, savons se mélangeaient dans un bazar hétéroclite avant d'être soigneusement empaquetés par les nombreuses petites mains volontaires qui abondaient jour après jour après avoir répondu à l'appel patriotique lancé par le maire de la ville.

Dans les rues régnait la même ferveur. Des régiments défilaient tous les jours au son enjoué de la fanfare, des milliers de petits drapeaux aux couleurs de l'Union flottaient aux fenêtres pour encourager les soldats volontaires venus par milliers pour réparer l'affront causé par certains États sudistes dont il était d'ailleurs interdit de prononcer le nom librement.

Pourtant ce soir, le conflit qui déchirait les États du Nord et du Sud semblait bien loin des pensées des invités dont les rires et les échanges enjoués constituaient aux yeux d'Erin presque une insulte envers les courageux soldats et officiers qui se battaient sur le front.

Elle était d'autant plus sensible à l'indifférence des convives que son frère Justin s'était engagé dès le début de la guerre dans la marine fédérale. Il était déjà parti à leur retour de Londres, et la jeune femme souffrait de ne pas avoir pu lui dire au revoir. Elle ne s'expliquait toujours pas pour quelle raison son frère aîné s'était précipité dans ce conflit qui n'était censé durer que quelques semaines.

Or le pari risqué de Lincoln de voir la rébellion sudiste rapidement opprimée n'avait pas obtenu l'effet escompté.

L'été n'avait apporté aucun espoir de paix tandis que les journaux ne cessaient de relater l'horreur qui régnait sur les premiers champs de bataille. Acculé par certaines victoires des troupes confédérées, le président nordiste ne reculait pas devant les dépenses pour renforcer le pouvoir de l'Union. Les usines tournaient à plein régime, dont celles de la famille Hamilton, deux d'entre elles s'étant transformées en fonderies de canons par la force des choses. Uniformes, armes, denrées alimentaires. L'effort de guerre était devenu considérable, créant une véritable révolution économique au sein des États fédéraux.

— C'est donc ici que tu te caches !

Erin se retourna vers Sarah, sa plus proche amie, qui venait d'apparaître à ses côtés telle une fée de la forêt.

— J'avais besoin de m'isoler un moment.

— Ou plutôt de fuir ! soupira cette dernière en prenant place aux côtés d'Erin. Je t'ai vue refuser une valse pour la quatrième fois alors qu'il s'agit de ta danse préférée.

— Elle l'était en effet.

Jusqu'à Vauxhall.

Erin baissa la tête en se mordant la lèvre inférieure alors qu'une profonde tristesse l'envahissait soudain.

Depuis son retour, elle évitait avec soin tout ce qui pouvait lui rappeler Londres… et surtout, Alexander Morgan.

— Tu penses toujours à lui, n'est-ce pas ?

Erin acquiesça doucement. Mentir à son amie ne servait à rien, elle la connaissait trop bien.

En réalité, la jeune femme pensait à Alexander tout le temps. Le matin, l'après-midi et surtout la nuit quand les souvenirs n'avaient plus nulle part où se cacher. Elle n'avait plus jamais trouvé le repos depuis qu'Alex l'avait embrassée pour la première fois à Vauxhall. Se retrouver si loin du bel aristocrate lui déchirait le cœur et lui laissait un trou béant dans la poitrine, malgré son intime conviction que leur relation aurait été vouée à l'échec même si elle était demeurée à Londres.

Elle se doutait que le séducteur impénitent qu'il était l'avait déjà oubliée et remplacée par une nouvelle conquête beaucoup moins innocente qu'elle. Alexander lui avait fait clairement comprendre ce qu'il attendait d'elle. Sans l'interruption de Lady de Grey, aurait-elle fini par capituler face au jeune homme dont la force de persuasion et les baisers passionnés l'auraient sans doute conduite à sa perte ?

Erin avait appris à ses dépens auprès d'Alex que la passion pouvait s'avérer destructrice. Et elle en payait le prix chaque jour, depuis la nuit où elle avait quitté le jeune homme.

Lorsque Nicholas avait fini par l'interroger plus précisément sur son absence le soir du drame, Erin n'avait pas pu lui avouer toute la vérité. Nicholas avait accepté une nouvelle fois ses mensonges sans difficulté, bien trop préoccupé par le conflit naissant qui déchirait le pays et le récent engagement de Justin dans la marine. Il n'avait pas non plus remarqué ce soir-là les armoiries ducales sur le carrosse qui avait raccompagné Erin à leur hôtel particulier. C'était sans doute mieux ainsi.

Depuis leur retour, il s'enfermait la plupart du temps dans un profond mutisme et se faisait de plus en plus rare dans la demeure familiale. Erin le soupçonnait de mener son propre combat, mais elle n'osait pas l'interroger, attendant que son cousin face le premier pas.

La jeune femme avait pensé à tort que leur voyage en mer l'aiderait à effacer leurs souvenirs douloureux. Elle découvrait avec amertume quelques mois après qu'il n'en était rien.

Sarah la tira de ses pensées en lui pressant doucement la main.

— Tu dois arrêter de te torturer pour cet homme, Erin ! D'après ce que tu m'as rapporté, il ne le mérite pas.

— Tu as raison, Sarah ! Je suis injuste de m'apitoyer sur mon sort alors qu'il s'agit de ta fête d'anniversaire !

Son amie se leva et la tira à sa suite en souriant.

— Je viens de faire la connaissance d'un charmant jeune homme ! Il s'agit du neveu de Mme Wilcox !

— Son neveu ?

Sarah opina de la tête et joignit les mains devant elle, visiblement conquise.

— Il s'appelle Jason Hartman, souffla-t-elle, le regard soudain perdu au loin. Oh ! Erin ! Je n'ai jamais rencontré un homme aussi séduisant ! Il m'a déjà invitée deux fois à danser ! Il faut absolument que je te le présente !

Erin ébaucha un léger sourire devant l'enthousiasme non feint de sa meilleure amie. Elle lui enviait son insouciance à cet instant.

— C'est son dernier séjour à Philadelphie avant qu'il rejoigne son régiment, continua cette dernière sans remarquer le trouble d'Erin. Quel dommage ! Mais je compte bien profiter de sa compagnie ce soir !

Erin soupira.

— J'espère que cette guerre inutile prendra fin

rapidement afin que nous n'ayons plus à craindre pour la vie de nos proches !

Le sourire de Sarah s'effaça brusquement.

— Oh ! Erin ! Je suis désolée. Quelle sotte je suis de te rappeler tout cela ce soir ! Justin doit beaucoup te manquer !

— En effet. J'adore Chris et Nicholas, mais c'est de Justin dont je suis le plus proche, et il ne se passe pas un jour sans que je m'inquiète pour lui.

— Papa n'arrête pas de dire que nos troupes auront tôt fait d'écraser l'insurrection sudiste ! J'espère que l'avenir lui donnera raison.

— Je l'espère de tout cœur moi aussi.

Pourtant au fond d'elle, elle ne put s'empêcher de ressentir la même angoisse qui lui avait étreint la poitrine lors de leur départ précipité de Londres, comme un voile noir jeté sur ses épaules dont elle ne parvenait pas à se défaire au fil des jours. Sa famille allait au-delà de grandes souffrances, elle en était dorénavant persuadée.

Et elle ne pourrait rien entreprendre pour les protéger.

Chapitre 12

Alex frotta ses mains l'une contre l'autre pour tenter de les réchauffer. Malgré ses gants de cuir, le froid mordant de ce mois de janvier atteignait ses articulations, lui créant une douleur aussi vive qu'une lame de couteau.

Le jeune homme avait de la peine à croire qu'il se trouvait sur *Le Virginia* depuis plusieurs mois déjà. Il avait fêté Noël en plein cœur de l'océan avec ses nouveaux compagnons et débutait cette année 1862 sous un ciel épais et sombre agrémenté d'un fort vent d'est glacial. Il pleuvrait sans doute avant la nuit.

Néanmoins, il avait de quoi se réjouir malgré ces températures polaires.

En peu de temps, *Le Virginia* était devenu le navire corsaire le plus redouté de la flotte yankee. Les ordres du président Davis étaient très clairs. Il leur fallait détruire, couler ou brûler tous les navires de l'Union qui croiseraient leur route en pleine mer, dans les eaux neutres.

Le vapeur abordait les bateaux ennemis, essentiellement commerciaux, en utilisant toujours la même tactique. Pour éloigner tout soupçon et afin d'endormir ses proies, *Le Virginia* déployait les couleurs anglaises afin d'approcher ses victimes au plus près sans attirer les soupçons.

Puis au dernier moment, le drapeau confédéré était hissé tandis que retentissaient les premiers coups de canons.

Généralement, les équipages nordistes se rendaient sans faire d'histoire, bien trop pris au dépourvu pour se défendre ou prendre la fuite.

Les officiers sudistes appréhendaient ensuite le bateau vaincu après avoir évalué la cargaison et s'être approprié ce qu'il y avait de plus précieux et de facilement transportable.

L'équipage recevait la moitié du butin.

Parfois, les officiers capturés étaient obligés de signer des engagements avec une forte somme, aux alentours de 228 000 dollars, payable à la fin de la guerre. Le navire était alors relâché.

Alex pour sa part n'était pas partisan de cette façon presque chevaleresque de traiter l'ennemi, car à ses yeux elle représentait une source hypothétique de revenus. Les nordistes n'étant pas pourvus du même code d'honneur que ses compatriotes, le jeune homme n'avait aucune confiance en leurs paroles vaines. Leur capitaine semblait partager le même point de vue si bien que lors des attaques du *Virginia*, les navires étaient ensuite soit brûlés, soit conduits dans un port neutre avec l'équipage. Les grandes puissances européennes ayant reconnu les États confédérés comme des belligérants et proclamé leur désir de demeurer impartiales, certaines îles représentaient un point d'attache particulièrement judicieux et lucratif pour les corsaires sudistes. Une fois autorisé à mouiller dans le port, la cargaison était ensuite proposée au marché noir ou confiée aux navires confédérés qu'on appelait les « briseurs de blocus ».

Le Virginia avait ensuite pour habitude de disparaître comme un fantôme pour resurgir là où les fédéraux s'y attendaient le moins, si bien que parmi les nombreux navires nordistes lancés à ses trousses, aucun n'avait encore réussi l'exploit de prendre le petit vapeur par surprise.

— Lieutenant ? Tenez ! C'est pour vous !

Alex remercia Simon, l'un des commis de cuisine, et accepta avec gratitude la tasse de soupe fumante que le garçon lui tendait.

Le jeune homme ne s'était toujours pas habitué à son nouveau grade, ni à sa fausse identité. Lorsque le lieutenant Forester était décédé d'une forme grave de pneumonie le mois précédent, Alex ne s'attendait certainement pas à lui succéder.

Au fil des jours, il avait gravi les échelons et acquis la reconnaissance de ses pairs et notamment du capitaine Pierce, désormais surnommé Smith lors des attaques, qui voyait en lui l'avenir de la marine confédérée. Alex vouait en retour un respect quasi religieux au vieux capitaine qui lui avait transmis toute son expérience et sa sagesse, lui répétant souvent qu'il était le fils qu'il n'avait jamais eu et qu'il était fier de ce que le jeune officier était devenu.

Si seulement son propre père avait pu penser la même chose !

— Voile à tribord ! s'exclama soudain la vigie.

Alex plissa les yeux et aperçut au loin la fumée noire d'un navire qui formait un nuage dense, telle une tache d'encre versée sur un ciel de cendres. Cela faisait plusieurs jours qu'ils n'avaient pas effectué de prises, du fait du mauvais temps.

Un peu d'action serait donc la bienvenue !

L'équipage se mobilisa aussitôt avec une ardeur qui faisait plaisir à voir.

Le drapeau britannique apparut en haut du mât. Puis

les tambours signalant le branle-bas retentirent sur *Le Virginia* comme un compte à rebours funeste. Le capitaine Pierce ordonna l'ouverture des sabords et la préparation des canons. En un clin d'œil, le pont se métamorphosa en une fourmilière géante se préparant au combat.

La proue du *Virginia* fut tournée de façon à couper la marche au bateau à vapeur signalé, chacun prenant son poste avec détermination.

Le navire suspect s'approcha du petit vapeur confédéré avec lenteur, son pavillon rouge et bleu flottant furieusement dans le vent. Peu à peu, le pont se dessina, et les pointes brillantes de baïonnettes apparurent clairement dans la pénombre. Il fut alors possible de déchiffrer également le nom du navire.

L'*USS Philadelphia*.

Alex jura.

Nom de Dieu ! Encore lui !

L'*USS Philadelphia* n'était pas un simple navire marchand, mais bel et bien un croiseur militaire de l'Union ! Et pas n'importe lequel ! Celui-là même qu'ils avaient vaincu lors de leur fuite de La Nouvelle-Orléans et qui était sans doute pressé de reprendre sa revanche !

Depuis, ils n'avaient encore jamais eu à affronter de navire armé ! L'enjeu était donc de taille.

Au dernier moment, le croiseur yankee, flairant sans doute un piège, vira brutalement de bord et tenta de se soustraire à la poursuite. Ses hélices se mirent à tourner plus rapidement tandis que le museau sombre des canons affleurait soudain la coque.

Mais *Le Virginia*, qui bénéficiait de l'effet de surprise, lança l'attaque en premier.

— Feu ! hurla le capitaine Pierce.

Un premier coup de canon retentit alors, frôlant la grande cheminée du *Philadelphia*, alors que le drapeau confédéré se hissait dans toute sa gloire.

Le second coup, tiré presque simultanément afin d'exprimer clairement les intentions du *Virginia*, décapita le grand mât du yankee et le mit à nu.

Ainsi démembré, il ne représenta plus le moindre danger.

Les fédéraux durent parvenir aux mêmes conclusions.

Très rapidement, la proue du navire nordiste s'immobilisa peu après, et un drapeau blanc, signe de reddition, fut hissé.

L'équipage ne cacha pas sa joie lorsque *Le Philadelphia* se retrouva vaincu, pour la seconde fois.

L'affaire semble presque trop facile ! se réjouit Alex en montant dans une chaloupe en compagnie du capitaine Pierce.

Lorsqu'ils parvinrent sur le pont, une quarantaine de soldats en uniforme bleu marine les attendaient, leur visage exprimant une rage si intense qu'Alex se demanda s'ils sortiraient vivants de cette entrevue malgré la présence du drapeau blanc.

Il observa le capitaine du croiseur fédéral s'approcher avec l'un de ses lieutenants.

Mais au moment où ils effectuèrent le salut militaire, Alex eut l'impression de recevoir un uppercut dans l'estomac.

Son regard croisa à cet instant les yeux gris de l'officier nordiste dont l'éclat métallique glacial le transperça aussi sûrement qu'une épée.

— Je suis le capitaine Hamilton et voici le lieutenant Miller.

— Capitaine ! Lieutenant !

Pierce leur rendit leur salut.

— Capitaine Smith ! Et voici le lieutenant Taylor ! rajouta-t-il en désignant Alex qui se tenait à ses côtés, les muscles tendus à l'extrême face à l'attitude hostile de Justin.

En tant que corsaires, chacun se devait de dissimuler sa véritable identité au contact de l'ennemi. Ainsi, aucun ne portait de signe de reconnaissance pouvant les trahir afin de protéger leur famille respective s'ils étaient faits prisonniers, leur nom d'emprunt ne suffisant pas toujours à les protéger.

Les quatre hommes se dévisagèrent en silence.

Alex sentait toujours le regard appuyé de Justin sur lui, auquel il répondit par une indifférence calculée, même si au fond de lui la présence de celui qu'il avait appris à apprécier le perturbait au plus haut point.

Le jeune Yankee allait-il le trahir ? Quel autre choix avait-il alors qu'ils se faisaient dorénavant face en ennemis ?

Il ne l'avait pas revu depuis le jour où il avait embarqué sur l'un des navires de la famille Hamilton en partance pour Londres. Il ne put s'empêcher de songer que peut-être, sans ce maudit conflit, Justin et lui auraient-ils pu devenir proches, chacun ayant fait preuve de respect envers l'autre malgré les dissensions qui les opposaient ?

Alex retint un sourire amer.

La vie était parfois cruelle !

Mais le Sud n'avait pas demandé cette guerre qui séparait des familles, des frères, des amis.

— Qu'allez-vous faire de nous, capitaine Smith ? finit par demander Justin d'un ton ferme en détournant son regard d'Alex.

— En tant que prisonniers de guerre, nous allons vous conduire à bord du *Virginia* où vous serez mis aux fers en attendant que je décide de votre sort. Quant à votre navire, il sera brûlé, bien entendu.

Alex aperçut Justin serrer les poings tandis que les muscles tendus de sa mâchoire trahissaient une colère contenue. Mais pas un instant Justin chercha à le confondre, ce qui lui permit de relâcher progressivement la peur qui lui nouait le ventre. Il préféra ne pas s'appesantir sur ce que cela signifiait, déterminé à ne pas laisser ses sentiments prendre le dessus sur son devoir.

C'est avec soulagement qu'il vit Justin embarquer avec le capitaine Pierce dans la chaloupe tandis que lui-même se chargerait du reste de l'équipage.

Alex s'efforça par la suite d'oublier Justin Hamilton pour se consacrer à leur mission.

À la nuit tombée, l'*USS Philadelphia* fut incendié, comme prévu.

De loin, Alex observa, cette fois sans réelle joie, les flammes rougeâtres lécher les agrès et ramper comme des serpents le long du mât restant, vomissant des étincelles qui s'envolaient au gré du vent pour disparaître dans le ciel d'encre.

Au fil des heures, la lumière blafarde provoquée par l'incendie finit par mourir, noyée dans une mer sombre qui engloutit les restes du bateau dans un silence lugubre. Pour autant, cette victoire revêtait un goût amer pour Alex, du fait de la présence de Justin à quelques mètres de lui.

Peu avant la destruction du *Philadelphia*, le capitaine Pierce avait informé les Yankees qu'ils seraient débarqués prochainement dans l'archipel des Bahamas qui appartenait à l'Angleterre.

Le fait que ce dernier ne fasse pas couler le sang ennemi inutilement avait grandement contribué au fait qu'Alex était fier de servir sous ses ordres. En digne défenseur des valeurs sudistes, Pierce réclamait la justice pour son pays, mais pas à n'importe quel prix.

En cela, il représentait le parfait exemple de l'abysse considérable qui séparait les deux camps adverses, l'honneur et la liberté face à l'acharnement et l'oppression.

Alex fit son possible pour éviter Justin durant tout le temps que dura leur voyage. Les officiers fédéraux avaient bénéficié d'un traitement particulier et ne se trouvaient pas en fond de cale avec le reste des soldats. Pierce leur avait attribué une cabine exiguë qui servait de geôle, mais qui les laissait libres de leurs mouvements.

Enfin, par une matinée claire et pure, le rivage de l'île de New Providence, autrefois repaire du célèbre pirate Barbe-Noire, se dessina à l'horizon, avec ses longues plages de sable blanc et sa végétation luxuriante.

Le Virginia pénétra avec sérénité dans l'enclave du port de la ville de Nassau dont l'allégeance allait clairement aux États du Sud, malgré la déclaration de neutralité de l'Angleterre. En effet, les chantiers navals de la ville fabriquaient la plupart des bateaux confédérés qui servaient aux corsaires.

Nassau n'avait donc pas tardé à devenir le point d'ancrage privilégié des trafiquants et des briseurs de blocus sudistes, accroissant sa richesse grâce au marché noir et notamment la vente d'armes.

Le capitaine Pierce, toujours très à cheval sur les codes de l'honneur et de la politesse, avait obligeamment invité le capitaine Hamilton et le lieutenant Miller à partager sa table avant le débarquement des marins nordistes, geste que les fédéraux avaient semblé apprécier.

De cette guerre maudite naissaient parfois des moments

de grâce comme celui-ci. L'absurdité du conflit entre le Nord et le Sud décidé par une poignée de politiciens inconscients n'empêchait pas ces hommes, autrefois réunis sous la même bannière, d'éprouver un respect mutuel.

Après le dîner, le jeune officier croisa le capitaine Pierce et le lieutenant Miller sur le pont. Justin brillait par son absence.

Alex décida de profiter du fait que ce dernier se trouvait enfin seul dans la cabine pour aller le retrouver.

Il marqua un temps d'hésitation devant le battant, soudain très nerveux à l'idée de la confrontation qui ne manquerait pas de suivre.

Tu ne lui dois rien ! se rappela-t-il.

Alors pourquoi se sentait-il aussi tendu ?

À sa vue, le jeune Yankee bondit de sa couchette.

Pendant un instant, ils se mesurèrent du regard, comme les deux ennemis qu'ils étaient.

Puis Justin rompit le silence pesant qui régnait dans la pièce exiguë.

— Quelle surprise ! railla l'officier. Qu'ai-je donc fait pour mériter enfin la visite du brillant lieutenant Taylor ?

Il prononça avec une lenteur exagérée l'identité erronée d'Alex, comme s'il avait encore du mal à lui donner corps.

L'amertume de son ton n'échappa pas à Alex.

Ce dernier s'appuya contre l'encadrement de la porte dans une position nonchalante qui était loin de refléter ses véritables émotions.

— Penses-tu vraiment que j'avais le choix, Justin ? répliqua-t-il en croisant les bras sur sa poitrine, la voix déformée par la rage. Qu'est-ce que tu attendais ? Que je clame haut et fort que nous nous connaissons et que je t'invite à partager ma cabine ?

Il ignora le regard ombrageux de l'homme qui lui faisait face et poursuivit d'une voix acerbe :

— Nous sommes en guerre, nom de Dieu ! Et toi, tu es devenu l'un de ces salopards qui menacent la paix de ma famille et de ma patrie ! Je ne sais pas ce qui me retient de t'envoyer immédiatement par-dessus bord pour aller nourrir les requins ! Un Yankee de moins, c'est toujours ça de gagné, n'est-ce pas, capitaine Hamilton ?

Justin se passa une main sur le visage dans un geste agacé, comme pour soustraire Alex à sa vue.

— Arrête Alex ! Tu ne penses pas ce que tu dis !

— Vraiment ? Qu'est-ce que tu en sais ?

L'ancien avocat afficha un sourire moqueur.

— Je n'ai jamais douté que tout au fond de toi tu m'apprécies ! Et tu sais qu'il en est de même pour moi !

Il se dressa face à lui, un éclair de colère dans ses yeux gris.

— Tout ceci ne rime à rien ! Nom de Dieu, Alex ! Sans cette foutue guerre, nous aurions certainement pu devenir des amis proches, voire même des fr…

Justin s'interrompit brusquement, mais le sous-entendu n'avait pas échappé à Alex qui se rembrunit.

Justin disait la vérité, mais il lui était difficile de l'admettre devant lui.

Aussi, il préféra contre-attaquer en changeant subitement de sujet.

— Es-tu amoureux d'Anna ?

Les traits de Justin s'assombrirent considérablement.

— C'est une question à laquelle j'ai perdu le droit de répondre, il me semble ! fulmina-t-il en détournant rapidement les yeux.

— Pourtant, j'exige une réponse sincère de ta part !

Les épaules de Justin se tendirent brusquement.

— Qu'est-ce que cela peut te faire, Alex ? Ta sœur m'a clairement fait comprendre ce qu'elle pensait de moi !

— En te voyant sur l'*USS Philadelphia*, j'ai compris que tu étais à La Nouvelle-Orléans en juillet l'année dernière. Lorsque nous sommes parvenus à nous échapper.

Il vit Justin serrer les mâchoires avant de lui faire face à nouveau.

— En effet ! J'ignorais alors que tu te trouvais sur ce fichu navire confédéré qui nous a bernés comme des gamins !

Alex sourit à ce souvenir, mais Justin ne sembla pas goûter à la plaisanterie.

Pendant quelques secondes, il le sonda, avant de finir par avouer :

— J'ai reçu récemment l'ordre d'y retourner, Alex. Cette fois, il ne s'agira pas de patrouiller…

Alex enregistra l'information en silence et lui lança un regard pénétrant, signe qu'il n'était pas dupe de la mission de l'ancien avocat.

Ainsi, il ne s'était pas trompé ! L'Union cherchait à tout prix à s'emparer de La Nouvelle-Orléans et dominer ainsi le sud du Mississippi. Si les Yankees parvenaient à conduire ce projet fou, sa famille risquait de se retrouver en danger.

C'est pourquoi, il poursuivit :

— Tu vas sans doute me faire croire que c'est le hasard qui te conduit précisément sur ce navire à destination de la Louisiane.

— Je ne fais qu'obéir aux ordres, Alex ! s'emporta Justin.

— Cesse de me prendre pour un imbécile ! s'énerva

Alex à son tour, en s'approchant de l'officier nordiste. Je vais te dire ce que je pense, moi, de ta fameuse mission ! J'ai dans l'idée que tu t'es porté volontaire, car tu sais que votre armée a pour dessein d'envahir la Louisiane !

Le jeune Yankee émit un rire sans joie.

— Tu me prêtes des intentions chevaleresques erronées !

Alex se retint de justesse de lui envoyer son poing dans la figure.

— Vraiment ? Je vous ai observés, Anna et toi, lors de ton séjour à Willmore. Et je suis certain d'une chose ! Ennemi ou pas, tu ne pourras pas t'empêcher de revenir vers ma sœur ! J'en mets ma main au feu !

Justin ne chercha pas à le détromper cette fois et soupira.

— Qu'attends-tu de moi, Alex ?

— Votre petit séjour à New Providence n'est qu'un malheureux contretemps avant que tu puisses reprendre la mer et regagner la Louisiane. Une fois là-bas, je ne te demanderai qu'une seule chose ! Fais ton possible pour protéger ma famille !

Justin ironisa.

— Crois-tu que cela sera aussi facile ?

Mais Alex eut le temps d'apercevoir une ombre qu'il sut parfaitement interpréter, celle du regret.

— Non, certainement pas. Mais aussi fou que cela puisse paraître, j'ai confiance en toi ! Ai-je tort, Justin ?

— Non, finit par admettre le capitaine de l'Union. Je peux seulement te promettre de faire de mon mieux. J'ai beaucoup d'affection pour ta famille comme tu le sais. Et ce conflit qui nous déchire ne me réjouit pas plus que toi. Nous allons au-devant d'un immense désastre dont aucun d'entre nous ne sortira indemne.

Il lança un regard appuyé à Alex.

— Et toi, as-tu conscience de la mission suicidaire dans laquelle tu t'es engagé ?

Ce dernier soupira.

— Je n'ai jamais caché mes véritables intentions si nous rentrions en guerre ! Mon père a bêtement cru que m'éloigner sur un autre continent suffirait à m'empêcher de m'engager ! Il se trompait !

— Tu ne lui as toujours pas pardonné n'est-ce pas ?

Le silence du jeune sudiste était éloquent.

— Ton père a seulement souhaité te protéger ! Ouvre les yeux, Alex ! Nous vous sommes supérieurs dans bien des domaines ! Nous détenons l'arsenal, les moyens financiers et humains pour mener à bien cette guerre ! Que crois-tu qu'il va se passer pour vous ? Votre foi ne sera pas suffisante pour vous conduire à la victoire ! Ton père en est bien conscient lui aussi ! C'est pourquoi il t'a offert une chance de rester en vie en t'envoyant à Londres !

Alex donna un violent coup de poing contre le mur.

— Tais-toi ! Je me fiche de votre opinion à tous les deux ! Je suis fier de mon engagement et de ce que nous accomplissons tous les jours au nom du Sud !

Justin fit deux pas dans sa direction.

— Vous jouez avec le feu ! Tôt ou tard, vous finirez par trouver plus fort que vous, et je doute que la marine fédérale se montre clémente envers vous ! Tu sais très bien quel sort vous sera réservé, nom de Dieu !

— C'est ce que nous verrons ! fulmina Alex.

Il se passa nerveusement la main dans les cheveux.

— Cette conversation ne nous mène nulle part, Justin ! Nous sommes ennemis dorénavant ! Il est préférable que je m'en aille !

Au moment où il actionnait la poignée, le capitaine yankee l'arrêta.

— Tu n'as pas peur que je dévoile ta véritable identité aux autorités fédérales à mon retour ?

Alex se retourna et répliqua d'un ton ferme.

— Tu ne le feras pas.

— Comment en es-tu si sûr ?

— Par égard pour ma famille… Et pour Anna ! Les fédéraux crèvent d'envie de mettre la main sur *Le Virginia* ! Si on venait à découvrir mon identité, les conséquences pour les miens seraient désastreuses ! Et tu le sais aussi bien que moi ! Dieu sait de quoi ces fumiers de bleus seront capables pour parvenir à leur fin !

Il oublia un instant qu'il s'adressait à l'un d'entre eux.

— Je sais que tes sentiments pour Anna t'empêcheront de lui faire le moindre mal ! finit-il par conclure.

Justin choisit d'ignorer l'insulte à peine déguisée envers son uniforme yankee.

Alex disait vrai.

Il tenait beaucoup trop à Anna et sa famille pour leur causer le moindre tort.

Le capitaine de l'Union observa longuement le lieutenant sudiste qui lui faisait face. Alex n'était plus le jeune garçon qu'il avait quitté à Philadelphie. Il était à présent un homme, officier confédéré, et aussi obstiné et intrépide que sa sœur !

Que Dieu le protège de tous les Morgan réunis !

— Tu as ma parole d'honneur, Alex ! finit-il par répondre.

— Bien. Je vois que nous nous comprenons, répliqua ce dernier en ouvrant la porte.

— Alex !

Le jeune homme dévisagea une dernière fois le visage familier qui était devenu tout ce qu'il abhorrait.

— Fais bien attention à toi !

— Toi aussi, Justin. Adieu !

Le battant se referma doucement sur ces dernières paroles, remplies de regrets et d'incompréhension mutuels.

Chapitre 13

Philadelphie, septembre 1862

Erin inclina légèrement son ombrelle pour se protéger du soleil.

L'été indien s'était installé durablement sur Philadelphie, amenant les habitants à profiter de la douceur de l'air, très agréable en cette saison.

C'est ainsi que la jeune femme s'était retrouvée en compagnie de Jordan Adams, dont la famille entretenait depuis longtemps des liens amicaux avec les Hamilton, pour une charmante promenade dans les allées du Fairmount Park.

— Tu es très en beauté aujourd'hui, Erin.

La jeune fille coula un regard en coin vers son compagnon, très élégant comme à son habitude dans son costume anthracite.

— Allons Jordan ! Tu me fais le même compliment à chaque fois que nous nous voyons !

— Parce que je le pense sincèrement et tu le sais.

Erin émit un rire cristallin.

— Bien plus qu'Elise Forrester ? le taquina-t-elle.

Cette dernière semblait bien décidée à intégrer la famille Adams dont la fortune égalait celle des Hamilton.

Jordan leva les yeux au ciel.

— Ne me parle plus de cette harpie, je t'en prie ! Je ne peux plus faire un pas sans tomber sur elle ! Elle semble connaître mon emploi du temps mieux que moi-même !

Erin eut un sourire indulgent.

— Peut-être a-t-elle soudoyé l'un de vos employés ? Tu devrais mener ton enquête !

— Cesse de te moquer de moi, s'il te plaît !

— Voyons Jordan ! Il y a bien pire dans la vie que d'être poursuivi par les plus grandes beautés que compte Philadelphie !

— Presque toutes les beautés, corrigea le jeune homme avec gravité en s'arrêtant brusquement.

Erin choisit d'ignorer le sous-entendu.

Mais son ami refusa de capituler.

Jordan posa la main dans le creux des reins de la jeune femme et la conduisit presque avec autorité dans un coin reculé du parc où une haie de buis taillée avec soin leur conférait plus d'intimité.

Erin se raidit imperceptiblement.

Les hommes étaient décidément tous les mêmes ! Il fallait toujours qu'ils s'imposent d'une manière ou d'une autre, et ce, sans le moindre égard pour la femme !

Cela lui rappela aussitôt une valse au milieu d'un jardin magnifique, comme si ce moment appartenait à une autre vie.

Erin s'empressa de verrouiller ses souvenirs, avant qu'une douleur trop aiguë survienne.

— As-tu réfléchi à ma proposition de mariage, Erin ? Je ne supporte plus cette attente !

La jeune femme posa la main sur son bras.

— Jordan…, commença-t-elle.

Les mots se bloquèrent dans sa gorge. Jordan était son meilleur ami. Ils se connaissaient depuis qu'ils étaient enfants, et elle n'avait aucune envie de lui faire du mal. Et pourtant, ce qu'elle s'apprêtait à lui dire allait sans doute mettre fin à leur amitié. Elle ne désirait pas le perdre lui aussi et elle lui en voulait de la pousser à prendre une décision irrévocable pour tous les deux.

— Je ne… Je ne souhaite pas t'épouser.

Jordan eut un mouvement de recul.

— Pourquoi, Erin ? Tu sais que je ferai tout pour te rendre heureuse ! Je serai un mari généreux et attentionné. Tu ne manqueras de rien. Notre complicité constituera une base solide pour notre couple…

— Et l'amour dans tout cela ? le coupa-t-elle. Qu'est-ce que tu en fais ?

Jordan saisit les deux mains d'Erin et les porta à son cœur.

— Je crois que je suis tombé amoureux de toi dès l'instant où je t'ai aperçue sur la balançoire, tes longues tresses cuivrées flottant dans le vent. Tu riais aux éclats tandis que tu t'envolais toujours plus haut ! Cette image est restée gravée en moi.

La jeune femme détacha doucement ses mains des siennes et se tourna à demi.

— Je suis désolée, Jordan, mais je ne partage pas les mêmes sentiments à ton égard.

Jordan lui saisit le menton et l'obligea à lever son visage vers lui.

— Que sais-tu de l'amour, Erin ?

Son regard était sombre, empli d'un désir contenu.

— Donne-moi une chance ! S'il te plaît ! Avec le temps, peut-être…

Et il posa ses lèvres sur les siennes, d'abord légèrement, puis avec plus de passion, emprisonnant sa nuque pour presser son visage contre le sien.

Erin recueillit la caresse de sa bouche sans le moindre émoi.

Le baiser de Jordan était agréable mais très différent de l'ivresse provoquée par ceux d'Alexander Morgan. La jeune femme ne prenait aucun plaisir à se retrouver ainsi dans ses bras, et elle mit rapidement fin à cette étreinte en repoussant son ami avec fermeté.

— Jordan ! Arrête, je t'en prie ! Tu es en train de te faire du mal ! De nous faire du mal à tous les deux !

Le jeune homme recula, comme si brusquement il ne supportait plus sa vue.

— À cet instant, tu es l'unique responsable de la douleur qui est la mienne ! Je pensais… J'ai toujours pensé que tu finirais par éprouver des sentiments pour moi et que nous pourrions être heureux ensemble !

Erin posa une main qu'elle voulait apaisante sur l'avant-bras de Jordan.

— Tu es comme un frère pour moi, et notre amitié m'est très précieuse ! J'espère que tu finiras un jour par me pardonner !

Le jeune homme se détourna, furieux.

— Je ne sais pas, Erin ! Je ne sais plus !

Le cœur de la jeune fille se serra.

— Jordan…

Ce dernier retint son regard prisonnier.

— Erin, je viens de m'engager dans le corps de cavalerie de l'armée du Potomac ! Je pars dans trois semaines…

La jeune femme tressaillit.

— Non, Jordan ! Tu avais dit que…

— Je ne pensais pas à ce moment-là que ce fichu conflit s'éterniserait au-delà de quelques semaines ! la coupa-t-il. C'est aussi bien comme cela ! Tu seras débarrassée de moi, et au moins je n'aurais plus le temps de penser à toi sur le champ de bataille !

— Tes paroles sont injustes, et tu le sais aussi bien que moi ! s'enflamma la belle Écossaise en le fusillant de ses yeux bleus. Comme si je pouvais souhaiter ta mort ! Cette guerre est une tragédie pour nous tous !

Elle lui saisit la main.

— Je t'en prie, Jordan, promets-moi de faire très attention.

Mais son ami détourna le regard, mettant fin à la conversation.

Les deux jeunes gens reprirent leur promenade en silence, désormais séparés par un gouffre si profond qu'Erin n'était pas certaine que Jordan puisse lui pardonner un jour son refus de l'épouser.

— Erin, tu n'as pas osé faire cela ! s'exclama un peu plus tard Sarah en arpentant le salon comme un ours en cage, sa tasse de thé oscillant dangereusement dans sa soucoupe.

Cette dernière garda le silence.

— Es-tu certaine que tu ne risques pas de regretter cette décision ? continua son amie dans sa lancée. Jordan est l'un des plus beaux partis de Philadelphie ! Il est séduisant, riche, cultivé, gentil et profondément amoureux de toi ! Que te faut-il de plus ?

Sarah surprit le regard lointain d'Erin et comprit aussitôt.

— Oh non !

Elle posa avec brusquerie sa tasse sur le guéridon avant que celle-ci finisse par tacher le beau tapis d'Aubusson en chutant.

— Ne me dis pas que tu penses encore à ton bel apollon anglais ? Mais enfin, Erin, que t'arrive-t-il ? Jusqu'à l'année dernière, tu étais encore la plus raisonnable de nous deux !

— J'ai changé, Sarah. Lorsque Jordan m'a embrassée dans le parc, je n'ai rien ressenti. Absolument rien ! Pas le moindre frisson, ni même cette douce folie qui te fait perdre pied avec la réalité ! Comment dès lors veux-tu que j'envisage de passer ma vie à ses côtés ? C'est impossible pour moi ! Pas maintenant que j'ai découvert…

Elle s'arrêta, de peur de trop en dévoiler.

— Par tous les saints, Erin ! Tu es tombée amoureuse de ton mystérieux étudiant, n'est-ce pas ?

— Non, c'est impossible ! Je le connais à peine ! L'amour a besoin de temps pour s'épanouir.

Sarah afficha une expression dubitative.

— Certaines rencontres sont d'une telle évidence qu'elles ne laissent place à aucun doute !

Elle lui prit la main avec un enthousiasme non feint.

— Il t'a sauvé la vie, Erin ! Et toi la sienne ! N'est-ce pas incroyablement romantique ? Sans compter qu'il n'a pas caché son désir pour toi !

— Tu oublies que c'est le garçon le plus arrogant que je n'ai jamais rencontré ! Il maîtrise parfaitement l'art de la séduction, ce qui en fait un homme dangereux !

— Mais troublant ! Je donnerais tout ce que j'ai au monde pour rencontrer au moins une fois cet Alexander Morgan qui t'a fait perdre la raison et connaître la passion dont nous rêvons toutes en secret ! Je t'envie presque, tu sais !

Erin laissa échapper un rire triste.

— M'envier mes insomnies, ma perte d'appétit et le fait que je ne sois plus que l'ombre de moi-même ? Crois-moi Sarah ! Je ne souhaite pas que tu te retrouves condamnée à languir d'amour pour un vil débauché qui ne mérite même pas les tourments dans lesquels il m'a jetée !

— Peut-être te leurres-tu à son sujet ?

— Bien sûr que non ! Alexander Morgan a été sincère à mon sujet. Ma personne ne l'a jamais intéressé. Je n'étais qu'un amusant défi ! N'oublie pas que c'est un compétiteur ! Dans le sport, comme avec les femmes !

Sarah prit le temps de boire une gorgée de thé.

— En es-tu persuadée ?

Erin lui jeta un regard surpris.

— Qu'est-ce que tu essayes de me faire comprendre, Sarah ?

— Peut-être devrais-tu retourner à Londres, juste pour en être absolument certaine ? Tu connais maintenant son adresse. Le retrouver sera un jeu d'enfant !

Erin porta la main à son front, tout en réfléchissant.

— Je doute que Daniel et Elizabeth voient d'un bon œil ce voyage à cause des récentes attaques de vaisseaux corsaires confédérés.

— Tu n'es pas obligée de leur expliquer la raison de ton séjour à Londres. N'oublie pas que tu diriges maintenant la Hamilton Company depuis le départ de Nicholas. Ton prétexte est tout trouvé ! Quant aux attaques de pirates, elles ont lieu bien plus au sud, là où se trouvent les forceurs de blocus ! Tu n'as rien à craindre !

Ses arguments semblèrent atteindre leur cible, plongeant Erin dans l'incertitude.

Elle se mordit la lèvre avec nervosité.

— Sarah, c'est de la folie ! Je n'oserai jamais !

— Es-tu prête à continuer à vivre dans les regrets ? Tu dois avancer Erin et savoir exactement ce qu'il en est de ta relation avec Alexander Morgan ! Va à Londres, retrouve-le, jette-toi dans ses bras ou administre-lui une gifle magistrale ! Peu importe ! Mais je ne supporte plus de te voir te morfondre à longueur de journée ! La vie est trop fragile pour la gâcher inutilement. Si Justin était ici, il te dirait sans doute la même chose.

Erin eut un faible sourire en pensant à Justin.

L'envoi régulier de ses missives avait fini par la rassurer d'une certaine mesure, son frère aîné leur ayant assuré qu'il jouissait d'une relative sécurité à bord de son navire.

— Tu te trompes ! Si Justin avait appris la vérité, il se serait sans doute rendu immédiatement à Londres pour régler ses comptes avec Alex ! Je n'ose d'ailleurs pas imaginer ce qui aurait pu se passer entre eux !

Elle ressentit un bref frisson le long de sa colonne vertébrale à cette idée.

— Ni lequel des deux serait sorti vainqueur de cet affrontement ! termina-t-elle en soupirant.

— Tu n'es peut-être pas Justin, mais tu restes Erin Callaghan-Hamilton ! Va lui montrer de quoi les Écossais sont capables !

Erin se tordit les mains avec angoisse.

Et si son amie avait raison ?

Cela faisait plus d'un an qu'elle avait quitté Londres et elle n'avait toujours pas oublié le jeune homme. Sa relation avec Alexander lui laissait comme un goût d'inachevé. Et elle ne parvenait pas à faire taire dans sa tête cette petite voix qui lui soufflait qu'elle n'avait pas imaginé le lien puissant qui semblait les pousser dans les bras l'un de l'autre à chaque rencontre.

Alex avait complètement bouleversé le cours de sa vie !

Sans cette rencontre, elle aurait sans doute fini par accepter la demande en mariage de Jordan. Mais maintenant…

Dieu du ciel ! Elle n'arrivait pas à croire qu'elle s'était entichée d'un homme aussi inconstant et irrespectueux que lui ! Il représentait tout ce qu'elle détestait, du moins, tout ce qu'il lui avait donné à voir de lui.

Mais dès leur première rencontre, elle avait senti cette part d'ombre chez Alex qu'elle brûlait d'envie de connaître. Sa raison avait beau lui crier qu'elle se trompait, son cœur, lui, jouait une tout autre mélodie. Devait-elle l'écouter ?

— D'accord, tu as gagné. J'espère seulement ne pas le regretter !

— Vivre signifie prendre certains risques, tu ne crois pas ?

Erin prit Sarah dans ses bras et l'embrassa sur la joue.

— Que ferais-je sans toi, ma Sarah ?

— Tu finirais sans doute vieille fille, entourée d'une dizaine de chats pour seule compagnie.

Les deux jeunes femmes éclatèrent de rire à cette idée.

L'espoir fit à nouveau frémir le cœur d'Erin à l'idée de revoir bientôt Alex.

Après tout, qu'avait-elle encore à perdre ?

Chapitre 14

Au même moment, Alexander se trouvait en compagnie du capitaine Pierce dans une voiture à destination de Birkenhead, dans le comté du Merseyside en Angleterre.

La brillante carrière du *Virginia* avait pris fin au cours de l'été 1862.

Le bâtiment, devenu beaucoup trop vétuste, avait été déclaré impropre à la mer et mis en vente. L'équipage avait réussi à le mener jusqu'à Gibraltar dans l'espoir de pouvoir ensuite gagner un port anglais ou français afin d'effectuer les réparations nécessaires. Mais *Le Virginia* s'était retrouvé bloqué dans l'enclave espagnole par un croiseur yankee, l'*USS Michigan*.

N'étant plus en état de combattre, l'équipage s'était vu contraint d'abandonner le navire et avait été renvoyé vers les États confédérés, à l'exception de quelques officiers dont Pierce et Alex faisaient partie.

Une missive de Bulloch leur avait en effet ordonné de se rendre en Angleterre où un nouveau navire militaire se trouvait en cours de construction.

En ce début d'après-midi, leur périple prit fin lorsque les deux officiers parvinrent à Birkenhead.

Ils furent accueillis par un fort vent d'ouest et des rafales de pluie si puissantes qu'ils furent trempés en un instant.

— Bienvenue en Angleterre, Morgan ! Ce temps de chien ne me manquait pas !

Les deux hommes coururent vers l'entrepôt de MM. Ashton et fils où ils furent reçus chaleureusement par M. Ashton en personne.

— Messieurs, j'espère que le voyage n'a pas été trop pénible !

— Je pense que le navire que vous êtes en train de construire vaut bien ce genre de désagrément ! répliqua le capitaine Pierce en serrant la main de M. Ashton. Laissez-moi vous présenter le lieutenant Morgan.

— Enchanté, lieutenant.

— Tout le plaisir est pour moi, monsieur Ashton.

— Je suppose, messieurs, que vous êtes impatients de découvrir le nouveau jouet de la marine confédérée !

— En effet.

— Dans ce cas, suivez-moi !

Ashton poussa une lourde porte en métal puis les invita à entrer.

Les deux hommes furent accueillis par le bruit assourdissant des marteaux, des cris témoignant d'efforts soutenus, et par une prégnante odeur de peinture fraîche. Charpentiers, menuisiers, accastilleurs-gréeurs s'activaient avec énergie comme des abeilles autour d'une ruche afin que le bâtiment soit prêt dans les temps.

Alex ne put retenir un sifflement appréciateur en détaillant le navire qui se dressait fièrement devant eux.

Entièrement construit en bois, le sloop à vapeur était de toute beauté, avec des lignes épurées qui permettraient au bateau d'allier force et rapidité.

— Ce navire est un petit bijou, commenta M. Ashton en s'avançant vers le bâtiment. Appelé pour le moment le numéro 282, il mesure 220 pieds et comprend deux magnifiques machines à vapeur de 300 chevaux ! Sa drisse dormante est faite de cordes métalliques, et nous avons opté pour trois voiles basses à cornes et des voiles carrées classiques. Le pont, quant à lui, est percé de douze canons.

Les trois hommes contemplèrent un instant le bâtiment majestueux dans un silence religieux.

— Ce navire est un vrai chef-d'œuvre, monsieur Ashton ! finit par acquiescer le capitaine Pierce.

— En effet ! Je vous laisse maintenant effectuer la visite. Je serai dans mon bureau si des questions surviennent.

Impressionné par le travail effectué, Alex monta à bord à la suite du capitaine, pressé de découvrir les secrets de ce majestueux bâtiment.

Après avoir arpenté le pont, il gagna les quartiers des officiers, caressant les fines courbes du vapeur avec autant de dévotion que s'il caressait une femme. La cabine de poupe demi-circulaire, réservée au capitaine, était agrémentée d'un petit salon de réception et d'une cabine spacieuse. Un peu plus loin, on apercevait une vaste la salle à manger. S'ensuivaient d'autres petites cabines puis la timonerie.

Le capitaine Pierce rejoignit Alex.

— Qu'en pensez-vous, lieutenant Morgan ?

— Vous devez être très fier que l'on vous confie le commandement d'un bateau aussi splendide, capitaine ! souffla Alex, encore impressionné par le navire majestueux.

Pierce le dévisagea, le regard soudain brillant.

— Hélas, lieutenant, je ne serai pas le capitaine du numéro 282 !

Alex se retourna vers ce dernier, surpris par sa réponse.

— Je vous demande pardon ?

— Je suis bien trop vieux pour poursuivre cette

aventure ! Notre action avec *Le Virginia* a comblé toutes mes espérances. Mais il est temps à présent que je cède ma place !

— Mais capitaine…

— Laissez-moi finir, lieutenant ! Je prends ma retraite l'esprit léger, car je sais déjà que mon successeur se montrera à la hauteur de la tâche que je vais lui confier. Il y a quelques mois, j'ai écrit à l'Amirauté afin de leur proposer que vous soyez promu capitaine et j'ai l'honneur de vous informer que ma demande a été acceptée ! Toutes mes félicitations, capitaine Morgan !

Alex fut si stupéfait que les mots se bloquèrent dans sa gorge.

Comprenant son intense émotion, le capitaine Pierce poursuivit :

— Vous avez toutes les qualités nécessaires, Alexander, pour mener à bien cette mission qui va vous être confiée ! J'ai toujours effectué des rapports exemplaires à votre encontre tout au long de votre service. Il ne m'a pas été difficile de les convaincre, croyez-moi !

Le cœur d'Alex se mit à battre à coups redoublés. Il avait encore de la peine à croire que ce navire était à présent à lui.

— Je ne sais comment vous remercier, capitaine Pierce !

Le vieux loup de mer lui tapa amicalement sur l'épaule.

— Continuez ce que nous avons si bien commencé, c'est tout ce que je vous demande, capitaine Morgan ! Les fédéraux méritent de continuer de trembler devant notre force sudiste !

— À vos ordres, capitaine ! Je ne vous décevrai pas !

— J'en suis certain ! Il nous reste cependant un détail important à régler. Nous ne pouvons continuer à nommer ce navire le 282, c'est lui faire injure ! En tant que nouveau maître à bord, je vous laisse lui trouver le nom qu'il mérite !

Alex hocha la tête, tandis qu'un tourbillon d'émotions enflait dans sa poitrine, mêlant joie intense et doutes quant à l'ampleur de la mission à venir.

Serait-il à la hauteur ?

— Je vais vous laisser seul quelques instants pour aller régler certains détails avec M. Ashton. Venez nous rejoindre lorsque vous serez prêt.

Alex parcourut à nouveau le pont, aussi excité qu'un enfant le matin de Noël.

Puis il gagna le gouvernail situé près du mât d'artimon où une inscription attira son attention.

Honneur et liberté.

Ces trois mots résumaient à eux seuls tout ce en quoi il croyait !

Alex effleura avec respect les lettres dorées tandis que le nom du navire lui apparaissait avec une extrême facilité.

L'Annabella.

Ses mains serrèrent avec force le cerclage de bois tandis qu'il cherchait à réprimer les émotions qui l'accablaient soudain.

Le jeune homme éprouvait toujours autant de culpabilité de ne pas se trouver auprès de ses sœurs, surtout depuis que les Yankees avaient pris possession de la Louisiane au mois de mai. Il avait été rassuré d'apprendre que cette invasion s'était faite plutôt de façon pacifique et que sa famille ne se trouvait pas au sein d'affrontements sanglants, comme cela pouvait être le cas dans d'autres États du Sud, notamment en Virginie. Ne pas pouvoir leur écrire et avoir de leurs nouvelles restait pour lui une torture, mais il en allait de leur sécurité. Il espérait que Justin avait réussi à gagner la

Louisiane et qu'il faisait son possible pour veiller sur sa famille et tenir sa promesse.

À la fois troublé et heureux, Alex répéta le nom du navire à voix haute, comme pour lui donner corps :

— *L'Annabella* !

Tout ce qui lui était le plus cher se trouvait symbolisé dans ce nom unique. Anna. Bella. Willmore. La Louisiane.

Il sut à cet instant qu'il se montrerait digne de la confiance de ses supérieurs.

Les jours suivants, les nouvelles fonctions d'Alex lui laissèrent peu de repos. L'*USS Annabella* était à présent terminé et prêt à quitter l'entrepôt même si son gréement restait incomplet.

Afin de respecter la neutralité de l'Angleterre, le nouveau croiseur confédéré devait quitter l'île sans être armé, sous un nom d'emprunt. Cette opération délicate devait se réaliser dans le plus grand secret et avec promptitude.

Pendant cette longue période de préparation, Alex évita de songer qu'il se trouvait si près de Londres.

Cela faisait plus d'un an qu'il avait quitté la capitale sans laisser d'explication, et sa disparition avait dû plonger sa famille dans le plus grand désarroi. Il aurait aimé pouvoir les rassurer, leur dire que tout allait bien pour lui et qu'il était encore en vie. Mais c'était impossible. Il pensait surtout à Kate dont il avait toujours été proche. Il aurait tant voulu se confier à elle avant son départ. Néanmoins, il savait que son secret aurait été trop lourd à porter et il n'avait pas désiré plonger sa cousine dans l'embarras. Peut-être lui pardonnerait-elle cette trahison lorsqu'elle comprendrait qu'il n'avait pas d'autre choix que lui dissimuler son projet ?

Alex prenait également soin de ne pas évoquer la belle Erin Callaghan qui continuait régulièrement à occuper ses pensées, malgré toutes ses tentatives pour l'oublier. Même les magnifiques créatures des Bahamas n'étaient pas parvenues à rivaliser avec son étonnante fée écossaise et à apaiser le feu qui brûlait en lui depuis leur toute première rencontre.

Encore aujourd'hui, il la maudissait de continuer à avoir un effet dévastateur sur lui, alors que des milliers de kilomètres le séparaient d'elle ! Il l'imaginait mariée, et peut-être même mère de famille, menant une vie préservée qu'il aurait été de toute façon incapable de lui offrir.

Enfin, le 30 septembre 1862, l'ancre du numéro 282, baptisé *L'Émeraude* le temps du voyage pour ne pas éveiller les soupçons des espions nordistes, fut levée. Le vapeur prit la mer en direction de Terceira dans les Açores pour y recevoir son armement et devenir officiellement un navire de l'armée confédérée.

Durant cette course qui dura une dizaine de jours, le vent du sud ne cessa de souffler, mais aucune voile yankee n'apparut à l'horizon, au plus grand soulagement de l'équipage.

Alex se montra très satisfait du navire qui confirma toutes ses qualités en mer. Il avait hâte de pouvoir repartir au combat.

Une fois à Terceira, *L'Émeraude* fut accueilli avec bienveillance, la loyauté du gouverneur allant aux États sudistes depuis le début de la guerre.

Il fallut ensuite plusieurs semaines pour que le navire soit fin prêt à prendre la mer et qu'une cinquantaine d'hommes soient recrutés.

Enfin, le 8 novembre 1862, l'*USS Annabella* sortit

fièrement des eaux de neutralité, ses douze canons étincelants sous le soleil, sa cale pleine de provisions de charbon et de vivres pour un mois grâce à l'*Albatros*, un bateau ravitailleur.

Quatre cloches résonnèrent joyeusement au niveau du gaillard avant. L'ensemble de l'équipage se retrouva sur le pont afin d'entendre le capitaine Morgan, désormais appelé capitaine Cleveland durant tout le temps que durerait leur mission, lire l'ordre de mission établi par le président Jefferson Davis lui confiant officiellement le commandement de l'*USS Annabella*.

La gorge serrée, Alex prêta serment devant ses hommes avant que chacun d'entre eux fasse de même.

Il eut une pensée émue pour son père.

Si seulement il pouvait être présent aujourd'hui !

J'espère qu'un jour vous pourrez être fier de ce que j'ai accompli.

Le canon tonna à la fin de la lecture de la commission, puis le drapeau anglais s'abaissa lentement, laissant place au fier drapeau de la Confédération, sa croix bleue étoilée sur fond rouge flottant avec légèreté dans la brise. Au même moment, la musique entraînante de Dixie s'éleva dans les airs, mêlée de hourras retentissants qui se perdirent dans le fracas de l'écume contre la proue du navire.

Chapitre 15

2 décembre 1862

Erin leva la tête vers les grands mâts qui oscillaient dans le ciel plombé de gris, leurs larges voiles blanches gonflées sous le vent.

Une forte rafale manqua de lui faire perdre l'équilibre, et sa jupe s'emmêla dans l'accastillage. D'un geste délicat pour éviter toute déchirure, elle délivra le tissu fragile et, en bonne Écossaise, pesta contre les conditions météorologiques qui l'empêchaient de profiter pleinement de sa promenade matinale.

Tout en se dirigeant vers la dunette pour se mettre à l'abri, la jeune femme chassa les mèches de cheveux qui lui fouettaient le visage. Le temps maussade qui s'était installé depuis plusieurs jours ne faisait qu'aggraver son humeur déjà sombre.

N'était-elle pas en train de commettre une terrible erreur en se rendant à Londres ?

Chaque jour qui la rapprochait de l'Angleterre la jetait dans des tourments immodérés.

Elle n'était même pas certaine d'être prête à revoir

Alexander Tyron Morgan… Sans compter qu'elle allait sans doute se ridiculiser !

Pourtant, elle ne voyait pas d'autre moyen de faire taire l'incertitude qui la rongeait comme un doux poison depuis son départ de la capitale anglaise plus d'un an auparavant.

La jeune femme frissonna et resserra les pans de son épais manteau de laine bleu marine, tout en s'écartant de la dunette afin d'offrir son visage aux embruns salés. Elle ferma les yeux un instant et s'accrocha au bastingage, prise d'un soudain vertige.

Elle n'avait rien oublié !

Les lignes pures du visage parfaitement sculpté d'Alex, l'azur de son regard, son sourire ravageur et sa maudite fossette, la chaleur de son contact. Le sentiment de sécurité qu'elle ressentait à chaque fois qu'elle se retrouvait dans ses bras.

Tout lui revenait avec une facilité déconcertante, même après tous ces longs mois de séparation.

Une force peu commune semblait la pousser vers le jeune homme, agissant comme si son cœur lui seul détenait les réponses à ses interrogations.

Doux Jésus !

Sa détresse était presque risible alors qu'au même moment elle imaginait sans mal Alex arpenter les bals au bras des plus belles femmes, sans être inquiété par le souvenir éphémère d'Erin ! Quelle sotte elle était ! Elle courait droit vers une immense déception !

La jeune femme ouvrit brusquement les yeux, chassant ces idées déplaisantes de son esprit. Il était trop tard pour faire demi-tour. Elle devait assumer le choix qu'elle avait fait sur les conseils de Sarah.

Elle avisa alors Dean Campbell, leur capitaine, qui

contemplait l'horizon avec sa longue-vue. Elle le vit abaisser la lunette en fronçant les sourcils, pour la reporter aussitôt à son visage.

Troublée par son comportement, elle se porta à sa rencontre.

— Que se passe-t-il, Dean ? Vous avez l'air préoccupé !

Le capitaine lui adressa un rapide coup d'œil puis il pointa son bras vers une minuscule tache blanche qui pointait à l'horizon.

— Le navire que vous apercevez au loin semble suivre la même trajectoire que nous depuis ce matin.

— Beaucoup de bâtiments commerciaux font route vers l'Angleterre à cette période de l'année !

— En effet, c'est une possibilité, acquiesça-t-il, sans pour autant sembler convaincu.

Erin remarqua les rides soucieuses qui lui creusaient le front.

— Mais vous envisagez qu'il puisse également s'agir d'un navire corsaire, n'est-ce pas ?

Le capitaine soupira, impressionné par la perspicacité de la jeune femme.

— Vous savez tout comme moi ce qui s'est passé lors du dernier voyage du *Dreamaway*. Je ne peux m'empêcher de faire le rapprochement, bien que nous nous trouvions actuellement très loin de la zone d'attaque. Le corsaire confédéré qui a abordé le *Dreamaway* naviguait bien plus au sud.

— Que pouvons-nous faire, s'il s'agit bel et bien d'un corsaire ?

— Rien, malheureusement ! D'après Elliot Steel, le bateau qui les a attaqués, l'*USS Annabella*, était si rapide qu'il ne leur a laissé aucune chance de s'échapper ! Le

Dreamaway n'avait pas l'agilité du *Seawolf* qui était alors en réparation ! Et ses cales étaient pleines de sacs de grains ! Elliot m'a rapporté que le corsaire sudiste a fondu sur eux en pleine nuit tel un fantôme surgissant des ténèbres ! Il leur a coupé la route, les obligeant à se rendre sans même avoir eu besoin d'user de la force !

Erin frissonna.

— Les journaux décrivent des histoires terribles sur ces corsaires, mettant en avant leur comportement sanguinaire et sans pitié ! Pourtant, Elliot évoque un capitaine plutôt courtois qui les a faits prisonniers sur parole avant de les débarquer sur une île des Bahamas. À aucun moment il n'a fait part de mauvais traitements ni même…

Elle préféra ne pas terminer sa phrase, de peur que les derniers mots ne leur portent malheur.

— Espérons donc que ces satanés pirates agissent tous avec la même ligne de conduite ! grogna Campbell.

— La nuit ne va pas tarder à tomber, commenta simplement la jeune femme. Nous ne tarderons pas à le savoir.

Le capitaine se frotta la barbe du plat de la main, geste qui trahit son inquiétude.

— En effet. Il est préférable que vous regagniez votre cabine, maintenant, mademoiselle Hamilton ! Sachez que je ferais tout ce qui est en mon pouvoir pour vous protéger.

Le silence qui suivit en dit plus que de longues phrases. Erin savait que Dean Campbell ne prendrait aucun risque tant qu'elle se trouverait à bord.

La nuit s'annonçait longue et angoissante.

Nonchalamment appuyé contre la lisse, Alex scrutait l'horizon, attendant avec une certaine impatience que la vigie lui fournisse des détails minutieux sur le navire qui avait attiré leur attention dans la matinée. Ils n'avaient rencontré aucun bateau depuis plusieurs jours, et l'ensemble de l'équipage rongeait son frein en attendant une nouvelle attaque.

— Capitaine ! C'est une superbe goélette à trois mâts ! Mais son drapeau n'est pas visible.

Alex sourit.

C'était une prise de choix, à condition bien sûr qu'il s'agisse d'un bateau yankee ! Cela valait le coup de tenter l'aventure et d'aborder ce navire.

Le jeune homme se redressa et regagna la barre tout en lançant ses ordres :

— Préparez la chaudière ! Messieurs, nous rentrons dans la course !

Des éclats de joie lui répondirent.

Le propulseur fut aussitôt baissé. Puis la proue de *L'Annabella* se tourna lentement, de façon à couper la marche au vaisseau signalé.

Les deux pales de l'hélice se mirent à fonctionner à plein régime, faisant bondir le bâtiment sur d'énormes vagues. *L'Annabella* gagna de la vitesse, ne tardant pas à se rapprocher de sa proie.

Alex adorait agir à la nuit tombée, ce qui désarçonnait leurs victimes qui se sentaient sans doute plus vulnérables face à l'ennemi qu'elles redoutaient. Il savait que la presse avait surnommé l'*USS Annabella* « le fantôme des tropiques », ce qui faisait l'objet de nombreuses plaisanteries au sein de l'équipage.

La tactique d'Alex avait parfaitement fonctionné.

Concentrer les attaques dans cette zone n'avait été qu'une ruse pour éloigner les croiseurs yankees qui patrouillaient dans l'Atlantique, laissant libre la route maritime qui reliait les États du Nord à l'Europe. L'ingénuité des fédéraux avait permis à Alex d'effectuer de très belles prises en toute tranquillité. Et il comptait bien continuer à tenter le diable en capturant cette goélette qu'il surveillait depuis plusieurs heures !

Une chasse acharnée débuta, alors que le soleil amorçait sa lente descente, se préparant à mourir comme tous les soirs dans l'immensité des flots.

Les deux navires faisaient route toutes voiles dehors, chacun pour des motifs très différents.

Alex ne put s'empêcher d'admirer la ténacité du vaisseau ennemi qui utilisait le vent avec intelligence pour gagner de la vitesse.

Le jeune capitaine sourit devant autant d'audace. Il adorait ce genre de défis, sans douter un instant de leur succès !

Malheureusement, cela ne suffirait pas à leur échapper.

Malgré sa maniabilité et ses voiles auriques et carrées, la goélette ne pourrait jamais rivaliser avec le système de propulsion de *L'Annabella*.

Le jeune homme avait hâte de rencontrer le capitaine qui osait leur tenir tête ainsi. C'était sans conteste un excellent marin dont le courage induisait le respect, ennemi ou pas.

Bientôt l'énorme balancier de leur victime se dessina, lui permettant de déchiffrer son nom.

Le Starlight.

Il y avait une forte possibilité qu'il s'agisse d'un navire américain. La chance était donc de leur côté !

Alex ne quittait pas la goélette du regard.

C'était un superbe bâtiment, à la fois élégant et puissant. Il regrettait presque de devoir le brûler.

Alex choisit de patienter encore un peu, laissant *L'Annabella* continuer lentement à s'approcher de sa puissante proie.

L'équipage se tenait derrière les sabords, impatient de faire feu.

Finalement, Alex ordonna de dresser le drapeau fédéral étoilé et rayé pour leurrer *Le Starlight*, demandant ainsi au navire étranger de faire de même.

Mais ce dernier refusa d'obtempérer et de montrer ses couleurs. Il continua sa folle course à travers des eaux de plus en plus houleuses.

Le jeune capitaine confédéré serra les poings.

Nom de Dieu !

S'il cherchait l'affrontement, il n'allait pas être déçu !

Alex fit signe aux canonniers.

Aussitôt, un coup à poudre fut tiré en guise d'avertissement.

Le vapeur ennemi ignora cet appel et continua sa course avec résolution pour se soustraire à l'abordage.

Alex serra les dents. Cette lutte de vitesse ne pouvait durer plus longtemps !

Des nuages noirs de plus en plus menaçants avalaient comme des monstres voraces les traînées pastel qui embellissaient le ciel, annonçant tous les signes d'une nuit orageuse.

Alex était certain à présent de se trouver face à un navire yankee. Son comportement défensif attisait sa curiosité. Il se demanda ce que le bateau protégeait avec autant de zèle. Sans doute une cargaison de grande valeur !

Il était hors de question pour lui de le laisser s'échapper !

L'Annabella se rapprocha dangereusement de sa proie.

— Il est grand temps de dévoiler à ce plaisantin qui nous sommes ! Hissez le drapeau confédéré !

Le pavillon rouge, blanc et bleu se déplia dans les airs, battu par le vent violent.

Cependant, cela n'eut pas l'effet escompté sur la goélette.

Alex ne cacha pas son agacement et décida d'opter pour des arguments plus offensifs pour arrêter le yankee.

— Tirez à boulets !

L'Annabella fit feu aussitôt.

L'obus alla couper en deux le mât de misaine, faisant voler des éclats de bois sur le pont.

Cette fois, c'en était fini pour l'élégant navire !

Alex patienta, le regard rivé à son ennemi.

Le Starlight s'immobilisa enfin, accompagné par le chant funeste du vent.

L'officier soupira.On peut dire que le voilier lui avait donné du fil à retordre !

C'était la première fois qu'il rencontrait autant de résistance ! Il était impatient de rencontrer le capitaine dont le courage intimait le respect.

Quelques minutes plus tard, Alex prenait place dans une chaloupe en compagnie de son lieutenant et d'une vingtaine de soldats afin de monter à bord du navire ennemi.

Un silence de plomb régnait sur le pont lorsqu'ils y parvinrent.

Les marins nordistes les dévisageaient, encore médusés par cette attaque impromptue.

Le capitaine du *Starlight* se porta aussitôt à leur rencontre.

— Capitaine Campbell. À qui ai-je l'honneur ?

— Capitaine Cleveland, de la marine confédérée, répondit Alex dans un salut militaire.

Puis il lui tendit la main en un geste courtois, afin de rassurer ce dernier sur ses intentions.

Il vit l'homme l'observer un instant avec méfiance avant d'abdiquer de mauvaise grâce.

— Vous avez refusé de montrer vos couleurs, capitaine Campbell !

— En effet.

— D'où venez-vous ?

Alex vit Campbell hésiter, ce qui l'intrigua. Que pouvait-il protéger avec autant d'ardeur ? De l'or ? Une cargaison d'armes ?

— De Philadelphie, finit par concéder ce dernier avec réticence.

Le cœur d'Alex fit un bond dans sa poitrine.

— Voilà qui est intéressant, capitaine Campbell ! Je ne peux que louer votre courage et votre habileté à la barre, même si cela s'est avéré insuffisant. Vous êtes un sacré navigateur !

Campbell accepta le compliment d'un hochement de tête.

— Et vous, un adversaire redoutable, capitaine Cleveland ! Les journaux ne mentent pas quand ils évoquent l'intrépidité des corsaires sudistes !

Alex se tourna vers l'équipage et déclara tranquillement :

— Messieurs, vous êtes à présent prisonniers de la marine confédérée ! Nous allons vous conduire à bord de l'*USS Annabella* pour être mis aux fers. Votre traitement dépendra ensuite de votre comportement. Sachez que je…

À ce moment-là, la porte du gaillard avant s'ouvrit avec fracas.

— Laissez-moi passer ! J'ai deux mots à dire à ce maudit capitaine confédéré !

Erin écarta avec humeur le jeune mousse qui tentait de lui barrer le passage et se dirigea au pas de course vers le capitaine de l'*USS Annabella*, bien décidée à dire le fond de sa pensée à ce vaurien.

La jeune femme était hors d'elle !

La façon dont le vaisseau corsaire les avait forcés à interrompre leur course était déloyale, même si au fond d'elle elle admirait l'ingéniosité du capitaine qui ne leur avait laissé aucune chance.

Finalement, le navire n'avait pas attendu la nuit pour lancer son attaque perfide, sans doute à cause des mauvaises conditions météorologiques qui annonçaient une tempête.

Une certaine excitation s'était emparée d'elle quand la chasse avait débuté. Elle avait même cru pendant un instant qu'ils allaient réussir à échapper au puissant navire.

Mais la jeune femme n'avait pas imaginé que les corsaires iraient jusqu'à utiliser la force pour les obliger à se rendre. Le capitaine sudiste savait pertinemment que *Le Starlight* n'était pas un navire militaire ! Et pourtant, il n'avait pas hésité à user des canons, prenant le risque de blesser les personnes innocentes qui se trouvaient à bord lorsque le mât s'était effondré !

Cette crapule devait sans doute considérer que la guerre lui donnait tous les droits, ce qui était vrai d'une certaine manière. Cependant, Erin n'était pas prête à accepter leur défaite aussi facilement !

Elle n'avait aucune idée de la façon dont ils allaient être traités mais elle ne comptait pas se laisser faire. Corsaire ennemi ou pas, elle tenait à lui faire part de sa colère !

La jeune femme se rua sur l'officier qui lui tournait le dos.

— Vous ! le héla-t-elle avec véhémence en s'arrêtant à quelques centimètres de l'homme, nullement impressionnée par sa haute taille et sa carrure athlétique qu'elle percevait sous le long manteau gris.

Le capitaine confédéré se retourna vers elle et la fustigea de son regard azur aiguisé, avant de se figer comme une statue de glace.

Erin recula brutalement, terrassée par une douleur si intense qu'un cri lui échappa.

— Non !

La jeune femme porta une main tremblante à sa poitrine et fut prise d'un violent vertige, comme aspirée dans un puits sans fond.

Elle chancela sous l'effet de la surprise et recula de quelques pas, tout en dévisageant, encore incrédule, les séduisants traits du corsaire confédéré, si douloureusement familiers.

Ce regard bleu unique et intense, cette mâchoire volontaire et cette bouche à l'arc parfait ne pouvaient appartenir qu'à un seul homme, même si son esprit refusait encore de le réaliser !

Un flot d'émotions et de souvenirs remonta à la surface.

Le sentiment de quiétude qu'elle avait ressenti dans ses bras lors de la *Boat Race*. La valse à Vauxhall. Leurs étreintes passionnées. La demeure de Hanover Square.

Un voile noir obscurcit momentanément ses pensées.

Elle ne comprenait plus rien !

Alexander Morgan ne pouvait pas être le capitaine d'un navire corsaire !

Un sudiste ? Un rebelle ?

Un ennemi… Leur ennemi.

À cette pensée, son cœur se retrouva comprimé, comme prisonnier dans un étau de glace. C'était impossible !

Et pourtant, c'était bien Alex qui se tenait devant elle,

toujours aussi beau et dangereux, dans l'uniforme gris confédéré, les trois étoiles jaunes cousues sur le col de son manteau confirmant son grade de capitaine.

La vérité la gifla, aussi cinglante qu'un coup de cravache porté sur son visage.

Elle dut faire appel à toute sa fierté pour ne pas s'effondrer devant lui et lui montrer sa douleur.

Alex de son côté demeurait immobile, les traits impassibles. Seuls ses yeux, dans lesquels brillait un feu ardent, témoignaient du fait qu'il l'avait parfaitement reconnue.

Au prix d'un effort surhumain, elle se redressa et s'avança vers lui avec dignité, tentant d'occulter le regard bleu troublant qui semblait la pénétrer jusqu'aux os.

Combien de fois avait-elle imaginé leurs retrouvailles ?

Mais jamais, même dans ses pires cauchemars, elle n'avait songé à une confrontation aussi désastreuse !

La jeune femme fut sauvée par l'intervention du capitaine Campbell qui se précipita à ses côtés.

Il la saisit par le bras, le serrant légèrement en guise d'avertissement. Sans doute craignait-il que son apparition ne modifie le dessein de leur ennemi, sans imaginer le drame qui se déroulait à cet instant sur le pont.

— Tout va bien, Erin. N'ayez crainte, lui souffla-t-il.

Chapitre 16

Tout va bien ?

Non ! Alex était loin de partager l'avis du capitaine Campbell !

Il vivait même un véritable cauchemar depuis qu'Erin Callaghan avait fait une irruption très remarquée sur le pont supérieur du bâtiment yankee !

La présence de femmes sur les navires qu'ils attaquaient était toujours problématique. Mais là ! Il ne s'agissait pas de n'importe quelle femme !

Par tous les saints ! Que faisait-elle sur un bateau de l'Union ?

Alex avisa la splendide jeune femme qui se tenait devant lui dans un élégant ensemble bordeaux, les mains sur les hanches, le regard étincelant et le menton fièrement relevé.

Oui, il n'y avait aucun doute ! C'était bien sa jolie fée écossaise dont le souvenir le tourmentait inlassablement.

Sauf que la jeune femme était aujourd'hui bien réelle !

Il ne s'attendait pas à revoir Erin Callaghan un jour, si bien que rien n'aurait pu le préparer au choc de leurs retrouvailles, au beau milieu de l'océan Atlantique et surtout en position ennemie.

L'air posé du jeune homme ne trahissait en rien l'agitation intérieure qui grondait comme une tempête.

La présence d'Erin Callaghan sur le bateau plongeait Alex dans une situation inextricable, d'autant plus que la jeune femme connaissait sa véritable identité.

Erin était toujours d'une beauté saisissante et sauvage, ses yeux bleus prenant une teinte ardoise sous l'effet de la colère.

Malgré le danger que lui faisait courir la jeune femme, il ne put s'empêcher de détailler avec avidité les traits fins de son visage, son petit nez parsemé de taches délicates et ses lèvres aux courbes enjôleuses qui savaient si bien allumer en lui un feu dévastateur. Il ne pouvait nier la violente chaleur qui s'était diffusée dans ses veines dès qu'il avait reconnu la jeune femme, ni les battements sourds de son cœur qui semblait vouloir voler hors de sa poitrine.

Un désir violent lui tordit le ventre.

À cet instant, malgré le désastre qu'il pressentait, il n'avait envie que d'une chose : la prendre dans ses bras et l'embrasser à perdre la raison. C'était comme si tout son corps appelait la douceur de la jeune femme et le plaisir qu'elle lui avait procuré lors de leurs étreintes volées.

Dieu qu'il lui en voulait de toujours posséder ce pouvoir sur lui, comme si seulement quelques jours les séparaient de leur dernière rencontre !

Alex serra violemment les poings.

Il ne devait surtout pas se laisser guider par ses émotions, bon sang ! Ni oublier qu'ils étaient en guerre et qu'Erin se trouvait sur un navire ennemi ! Cela aurait dû lui suffire pour la maudire le restant de ses jours. Alors pourquoi diable ressentait-il ce bonheur intense qui paraissait se distiller dans ses veines à une vitesse fulgurante ?

Alex s'obligea à respirer lentement. Il avait une mission à accomplir. Rien d'autre ne devait compter.

Même si au cours de ces derniers mois il avait compris qu'Erin représentait sans doute bien plus pour lui qu'il ne voulait l'admettre, la réalité venait de le frapper de plein fouet. Dorénavant, Erin Callaghan lui était interdite ! Et les faibles espoirs qu'il avait pu nourrir disparurent aussi rapidement que le sable qui s'écoule entre les doigts.

Le silence qui s'étirait à présent entre eux était si intense qu'on aurait pu entendre un papillon voler.

Alex s'efforça de recouvrer son sang-froid avant qu'elle s'aperçoive de son trouble. Il devait à tout prix l'empêcher de dévoiler la vérité devant les marins nordistes qui l'accompagnaient.

Il s'inclina galamment devant cette dernière.

— Permettez-moi de me présenter, mademoiselle. Capitaine Cleveland, pour vous servir !

Ses yeux cherchèrent ceux d'Erin et s'y accrochèrent longuement dans une supplique silencieuse, lui intimant de ne pas le trahir. Il avait parfaitement conscience de jouer sa vie et celle de ses hommes à cet instant, se remettant entièrement au bon vouloir de la très belle femme qui lui faisait face.

Pourvu qu'il ne se soit pas trompé…

La voix grave d'Alex résonna dans le cœur d'Erin comme le glas d'une église.

Cleveland ? Qu'est-ce que cela signifiait ?

Elle se remémora aussitôt leur rencontre à Vauxhall, et un doute s'empara d'elle, s'enroulant avec perfidie autour de son corps comme un boa autour de sa proie.

Qui était vraiment Alexander Morgan, enfin, s'il s'appelait bien ainsi ?

Elle l'avait tour à tour rencontré sous les traits d'un rameur de l'équipe d'aviron d'Oxford, puis d'un aristocrate anglais, du moins l'avait-elle alors pensé. Et voilà maintenant qu'il se présentait comme le capitaine d'un vaisseau confédéré, sous une nouvelle identité qui plus est !

La jeune femme sentit ses poumons se priver d'air. Elle avait l'impression de se débattre au sein d'une mer agitée qui menaçait à tout instant de l'engloutir.

Elle avait entrepris ce voyage pour retrouver Alex et comprendre les émotions qui la torturaient depuis qu'elle avait posé les yeux sur lui. En quittant Philadelphie, jamais elle n'aurait imaginé y parvenir aussi rapidement, ni dans des circonstances aussi dramatiques. Certes, c'était bien le même homme qui se tenait à présent devant elle. Et pourtant, il lui semblait totalement étranger.

Cleveland !

Ce nom l'agressait et lui donnait envie de hurler ! Pourquoi lui avait-il menti ?

Elle avait envie de se laisser tomber à terre et de pleurer de désespoir sur ses rêves brisés. Leur rencontre n'avait-elle été qu'un terrible mensonge, une illusion ? Alex avait-il été au moins une fois sincère avec elle ?

La jeune femme s'efforça de réfléchir calmement tandis que ce dernier continuait à l'emprisonner de son regard azur.

D'une parole elle comprit qu'elle pouvait sceller l'avenir d'Alex… leur avenir à tous les deux !

Aurait-elle seulement le courage de le trahir ? Ou l'envie ?

La réponse lui apparut aussi clairement qu'un arc-en-ciel après une averse. Elle naquit au fond de son cœur et se déploya comme un papillon hors de son cocon douillet.

Non.

Elle en était incapable, malgré la déception cruelle qui la rongeait !

Le fait qu'Alex soit devenu un corsaire dans le camp adverse lui interdisait désormais d'éprouver le moindre sentiment pour lui, même s'il était sans doute trop tard pour cela.

Mais de là à le condamner à la prison, voire, pire, à la mort, elle ne pouvait s'y résoudre. Elle connaissait la loi fédérale. Les juges ne laisseraient aucune chance à Alexander Morgan, ou Cleveland ! Peu importe qui il était réellement ! Elle refusait d'être responsable du sort funeste de l'homme qui lui faisait face. Ennemi ou pas.

Alex, de son côté, pouvait apercevoir dans les yeux d'Erin les interrogations qui l'assaillaient. Elle paraissait à la fois perdue et blessée de le découvrir sous les traits d'un corsaire confédéré, et pendant une courte seconde, il sentit le poids de la culpabilité sur sa poitrine.

Néanmoins il se ressaisit aussitôt en revêtant son masque d'officier avant de laisser d'autres émotions bien plus dangereuses l'envahir.

Il ne devait aucune explication à la belle nordiste. Il accomplissait son devoir, un point c'est tout.

Ce faisant, il s'efforça de continuer, imperturbable :

— Veuillez me pardonner pour ces désagréments, mademoiselle ! En tant que capitaine, je vous promets de faire tout ce qui est en mon pouvoir pour que la suite de ce voyage se passe dans les meilleures conditions possible, compte tenu de votre nouveau statut à bord de mon navire.

Erin plongea son regard dans le sien.

— Dois-je comprendre, capitaine Cleveland (elle

insista sur son identité), que nous devons à présent nous considérer comme des prisonniers de guerre ? ironisa-t-elle, en sortant enfin de son silence.

L'étau dans la poitrine d'Alex se relâcha.

Erin venait de faire son choix. Elle ne le trahirait pas. Avait-elle mesuré les risques encourus ? Ou bien l'avait-elle fait pour lui ?

Les réponses viendraient plus tard.

Un bref sourire effleura la belle bouche d'Alex mais cela suffit à Erin pour faire battre son cœur de façon démesurée. La jeune femme fut profondément agacée d'être toujours aussi sensible au charme de ce vaurien, même s'il représentait à présent l'ennemi.

— J'en ai bien peur, mademoiselle.

Erin le fusilla de ses beaux yeux bleus.

— Que comptez-vous faire du *Starlight*, capitaine Cleveland ? l'interrogea Dean Campbell à brûle-pourpoint.

Alex s'arracha au regard d'Erin pour se retourner vers ce dernier.

— Il sera brûlé cette nuit.

Erin suffoqua à cette annonce, énoncée d'un ton impersonnel.

Comment pouvait-il agir aussi froidement après tout ce qu'ils avaient vécu ensemble ?

La réponse lui vint aussitôt, accablante et douloureuse.

Parce que tu ne représentes rien pour lui !

— Vous ne pouvez pas faire cela ! s'exclama-t-elle en lui attrapant le bras, oubliant où elle se trouvait et son statut de prisonnière.

Une rage intense monta du plus profond d'elle-même,

bouillonnant comme la lave d'un volcan avant l'éruption fatale. Était-ce à cause du navire ? Ou de la trahison d'Alex ?

Elle avait l'impression de se noyer en pleine incertitude.

Alex se dégagea sèchement, imposant une distance infranchissable entre eux.

Il ne pouvait supporter qu'elle le touche ! Le seul fait de sentir la main d'Erin sur son bras et son parfum féminin suffisait à raviver des souvenirs qu'il croyait éteints.

— C'est pourtant ce que je vais faire, que vous soyez d'accord ou non, mademoiselle !

Son geste mortifia Erin qui sentit ses paupières la brûler.

— Espèce de fumier, vous ne…

Le capitaine Campbell décida d'intervenir avant que le tempérament impétueux d'Erin envenime la situation. Il connaissait la jeune femme depuis qu'elle était enfant et savait de quoi elle était capable. Il devait à tout prix l'empêcher de continuer à provoquer la colère du corsaire sudiste pour leur bien à tous !

— Capitaine Cleveland ! la coupa-t-il. Puis-je avoir votre parole qu'aucun mal ne sera fait à Mlle Hamilton ?

Alex tourna brusquement la tête vers Erin, refoulant la sourde angoisse qui le prit à la gorge en entendant ce nom.

— Hamilton ? répéta-t-il d'un ton crispé.

Soudain, le jeune capitaine sudiste plissa les yeux et dévisagea intensément la femme au regard orageux qui se tenait devant lui, comme s'il la voyait pour la première fois.

Il sentit une sueur glacée couler le long de sa colonne vertébrale.

Hamilton !

Qu'est-ce que cela signifiait, bon sang ?

Erin le vit blêmir et pincer les lèvres tandis que son regard glacial la clouait sur place.

Elle se réjouit de son air contrarié.

M. Morgan n'était pas le seul à ne pas avoir été honnête ! Erin avait également ses secrets, même si elle ne comprenait pas pour quelle raison sa véritable identité semblait soudain le mettre en rage !

— En effet, capitaine Cleveland ! Laissez-moi me présenter à mon tour. Je m'appelle Erin Callaghan-Hamilton, de Philadelphie, énuméra-t-elle lentement, en se délectant de cette petite victoire inattendue.

Erin Callaghan-Hamilton ! De Philadelphie !

Alex crut que le ciel lui tombait sur la tête.

Il se remémora aussitôt les propos de Justin lors d'un dîner donné en son honneur chez son oncle et sa tante, deux ans auparavant. Justin avait en effet évoqué une sœur adoptive. Se pouvait-il que… ?

Non, c'était impossible !

Erin adressa à Alex un sourire éblouissant. Un sourire audacieux qui lui signifiait clairement qu'il n'avait pas été le seul à jouer de faux-semblants et qui lui confirmait ses pires craintes.

Mais pour quelle raison lui avait-elle caché sa véritable identité à Londres ?

Nom de Dieu ! S'il avait su qu'elle appartenait à la famille Hamilton et qu'elle était la sœur adoptive de Justin, il aurait mis fin à leur valse à Vauxhall et il n'aurait jamais tenté de la séduire par la suite !

Il se remémora avec une certaine ironie la nuit où il avait failli déshonorer Erin et n'osa s'interroger sur la réaction qu'aurait eue Nicholas Hamilton, le fameux cousin qui accompagnait sans aucun doute cette dernière à Londres lors de leur dernier séjour. Il l'aurait certainement tué sans aucun remords. Et comment lui en vouloir ? Alex aurait agi de même si Justin avait manqué de respect à Anna lors de sa venue à Willmore.

Quel crétin prétentieux il avait été ! Il avait lui-même tendu la corde au bourreau et voilà qu'il en payait amèrement le prix aujourd'hui.

Extrêmement contrarié, Alex faillit perdre son assurance. La situation était encore pire que ce qu'il avait imaginé !

Il n'arrivait pas à croire qu'il venait de capturer l'un des clippers si chers à Justin ! Il comprenait mieux l'enthousiasme du jeune Yankee lors de son séjour chez son oncle. Un navire d'une telle prestance ne pouvait sortir que du chantier naval de sa famille !

Sa famille !

Une intense colère le gagna en songeant à la jeune sœur de Justin qui l'affrontait devant tous ses hommes sans la moindre appréhension alors qu'ils étaient ennemis.

Erin était une Hamilton ! Et lui, un Morgan !

Nord contre Sud ! Quel beau gâchis !

Depuis le départ, il savait que cette fille ne lui apporterait que des problèmes ! Mais il avait persisté, trompé par une belle innocente aux yeux couleur de pluie qui avait fait bien plus que se jouer de lui sur ses origines.

De ce fait, le désir de la punir était de loin préférable à la blessure béante qui semblait s'agrandir un peu plus à chaque minute dans sa poitrine depuis qu'il l'avait reconnue sur le pont adverse. Au fond de son cœur, il en connaissait très bien les raisons, même s'il lui était encore difficile de se l'avouer. S'il lui en voulait autant à cet instant précis, c'était qu'en lui dissimulant une partie de la vérité, elle venait de lui ôter tout espoir qu'un jour il puisse peut-être la retrouver et laisser libre cours aux sentiments qu'il avait eu tant de mal à réprimer à Londres chez son oncle. Erin Callaghan-Hamilton ne devait jamais découvrir combien refermer la portière sur elle ce fameux soir en lui disant adieu lui avait coûté ! Ni les nuits d'insomnie qui l'avaient poursuivi alors qu'il regagnait la Louisiane.

Il avait perdu Erin une première fois à Londres.

Et aujourd'hui, en découvrant qu'elle appartenait à la prestigieuse famille Hamilton, il la perdait une seconde fois. Cette fois, pour toujours.

Parfaitement inconsciente des sombres tourments qui habitaient les pensées d'Alex au même moment, Erin de son côté ne boudait pas son plaisir en constatant l'agitation soudaine de ce menteur de capitaine sudiste.

Les rôles semblaient dorénavant inversés, bien qu'elle ne parvienne pas à en appréhender la raison.

À la manière dont il serrait les poings, Erin devina qu'Alex se contenait à grand-peine, elle avait appris à le connaître. Et elle était ravie de lui avoir fait perdre son flegme. Il l'avait bien mérité !

Les traits figés en un masque impénétrable, Alex asséna d'un ton caustique :

— Les Hamilton de Philadelphie disposent d'une fortune colossale. À votre avis, combien votre famille sera-t-elle prête à payer pour vous retrouver en vie, mademoiselle Hamilton ?

Erin tressaillit.

Ainsi, il comptait demander une rançon à sa famille ! Le traître !

Elle ressentit à son tour une rage froide.

— Comme c'est courageux de votre part, capitaine Cleveland ! Je n'en attendais pas moins de la part d'un corsaire sudiste ! fulmina-t-elle, le visage blême.

Alex haussa les épaules.

— En temps de guerre, tous les coups sont permis, n'est-ce pas, mademoiselle Callaghan ?

Le sous-entendu n'échappa pas à Erin, qui eut l'impression de recevoir un seau d'eau glacée en plein visage.

Elle croyait avoir déjà vu Alex en colère.

Elle était loin du compte.

Sa métamorphose était si frappante que pendant un instant elle douta.

Allait-il lui faire du mal, finalement ?

Mais son esprit rebelle l'emporta sur ses craintes. Si Alex croyait qu'il allait réussir à l'impressionner avec ses menaces, il se trompait !

— Si vous me gardez prisonnière sur votre fichu rafiot, je jure de faire de votre vie un enfer, capitaine Cleveland !

Alex se pencha vers elle, les narines frémissantes, signe qu'il se contenait visiblement à grand-peine.

— Vous n'êtes pas en position de me menacer, mademoiselle Hamilton ! Dois-je vous rappeler que je n'ai pas encore décidé de votre sort ? Si vous continuez ainsi, je pourrai fort bien prendre une décision regrettable, pour vous et votre équipage ! C'est ce que vous souhaitez ?

Erin se mordit la lèvre inférieure.

Le fourbe ! Il ne reculait devant rien !

Elle avait oublié à quel point il pouvait parfois se montrer arrogant. Et obtus.

Mais elle refusa de se laisser impressionner et lui fit face les poings sur les hanches, le défiant de ses yeux pâles.

— Faites ce que bon vous semble, capitaine Cleveland ! Cela m'est parfaitement égal !

Alex n'en revenait pas !

L'aplomb dont Erin faisait preuve méritait le respect.

Il savait déjà que la jeune femme ne manquait pas de courage, comme elle le lui avait démontré à Londres. Mais cette fois-ci, son caractère intrépide mettait le jeune officier dans une position délicate. Ses hommes l'observaient avec curiosité. Il était hors de question de laisser passer cet affront.

— Croyez-moi, mademoiselle Hamilton, je ne tiens pas plus que vous à vous avoir à bord de mon navire !

Il insista sur ces derniers mots.

— Alors, laissez-nous partir !

Le regard d'Alex prit la teinte de la tempête qui couvait à l'horizon.

— Pour que vous puissiez me dénoncer tranquillement aux autorités fédérales ? C'est hors de question !

— Je vous donne ma parole que je n'en ferais rien si vous nous laissez libres.

— Je n'ai que faire de la parole d'une femme ! Et encore moins quand elle provient d'une Yankee !

Sa cruelle accusation déchira l'air, creusant un peu plus le fossé entre eux.

Erin releva fièrement le menton.

— Vous avez peut-être gagné cette première bataille, capitaine Cleveland ! Mais certainement pas la guerre contre l'Union !

Le regard d'Alex se durcit comme une pierre.

— Mesurez vos paroles, mademoiselle Hamilton,

répliqua-t-il d'un ton doucereux. J'ai le pouvoir de faire de votre vie un enfer moi aussi. N'oubliez pas que vous êtes désormais ma prisonnière ! Je suis donc libre de disposer de vous comme bon me semble !

Les joues d'Erin s'enflammèrent sous le regard intense d'Alex qui était sans équivoque.

— Parfait ! Je vois que vous saisissez.

— Vous n'oseriez pas ? souffla-t-elle, tandis que le souvenir de leurs étreintes passionnées envahissait ses pensées.

Ses yeux la déshabillèrent lentement de la tête aux pieds.

— En êtes-vous certaine ?

Sur ces derniers mots, il se détourna, comme si la simple vue d'Erin lui était insupportable.

— Lieutenant Evans ! Veuillez conduire ces gens sur *L'Annabella* ! Nous avons déjà assez perdu de temps !

Le jeune officier se porta en avant.

— À vos ordres, capitaine !

Quelques instants plus tard, Erin foulait le pont de *L'Annabella* avec colère, laissant une poignée de soldats emprisonner Dean Campbell et l'équipage dans les cales du navire corsaire. Alexander Morgan brillait par son absence, ce qui était tout aussi bien.

Le lieutenant Evans la conduisit dans le quartier des officiers et s'effaça devant la jeune femme afin de la laisser entrer dans la pièce.

— Le capitaine m'a demandé de vous installer dans sa cabine, mademoiselle Hamilton.

— Comme c'est pratique ! ironisa Erin avec froideur. Prisonnière et catin, voilà un rôle que je ne m'attendais pas à jouer !

Le lieutenant devint rouge comme une pivoine.

— Oh non, mademoiselle Hamilton ! Vous vous méprenez ! Le capitaine Cleveland désirait seulement vous intimider. C'est un vrai gentleman du Sud et un homme d'honneur ! Jamais il ne lui viendrait à l'esprit d'abuser d'une femme, même en temps de guerre.

Erin émit un rire sans joie.

— Un homme d'honneur ? Combien de femmes ont-elles déjà partagé cette cabine avec le capitaine, lieutenant Evans ?

Erin avait conscience que sa question était déplacée mais elle était si en colère que plus rien ne l'effrayait.

Le bel officier se racla la gorge, soudain mal à l'aise d'avoir une conversation aussi intime avec une dame.

— Euh… À vrai dire, vous êtes la première, mademoiselle Hamilton.

Une joie simple envahit Erin à cette réponse. Mais elle s'empressa de la chasser, peu désireuse de comprendre ce que cela signifiait.

— Je vois ! Et où va dormir le capitaine Cleveland dans ce cas ?

— Le capitaine dort très peu, mademoiselle Hamilton !

— Ce que fait votre capitaine m'est complètement égal ! s'emporta Erin. Dites à votre supérieur que je désire le voir immédiatement !

— Bien, madame. Je vais vous laisser vous installer à présent, répondit-il poliment, en désignant les bagages qu'Erin avait dû préparer à la hâte.

Et il s'empressa de refermer la porte, visiblement soulagé de mettre fin à cet entretien. Diable ! Il n'enviait pas Alex de devoir affronter une telle furie !

Lorsque la jeune femme entendit la clé tourner dans la serrure, sa fureur ne connut plus de limite. Un mélange de frustration et de déception jaillit en elle comme un torrent de montagne.

Le monstre !

Dans un accès de rage, Erin se saisit d'une cuvette en porcelaine et la lança de toutes ses forces contre le battant de la porte !

— Fumier ! hurla-t-elle, en vain.

Anéantie, la jeune femme tomba à genoux, la tête entre les mains.

Elle s'en voulait de ressentir un tel déchirement pour cet homme qu'elle connaissait à peine ! Elle avait le sentiment de n'être plus qu'une coquille vide, comme si la présence d'Alex sur l'*USS Annabella* avait aspiré la moindre étincelle de vie.

Puis elle éclata en sanglots, le corps secoué de violents soubresauts. Elle pleura longtemps, notamment à cause des espoirs qu'elle avait nourris dans ce voyage et qu'Alex venait de briser en quelques secondes.

Erin demeura longtemps prostrée sur le plancher, laissant sa respiration reprendre peu à peu un rythme normal.

Elle avisa alors les minuscules morceaux de céramique qui gisaient à présent dans la cabine, pâles symboles de ces dernières heures qui marquaient un brusque virage dans son existence. Dieu qu'elle en voulait à Alex !

Avec un long soupir, elle finit par se redresser au bord de la couchette avant de s'y allonger, désireuse d'oublier cette journée cauchemardesque.

Épuisée, elle s'endormit instantanément.

Elle ne vit ni les lueurs orangées qui s'élevaient dans le ciel menaçant, ni *Le Starlight* sombrer en silence dans l'océan.

Chapitre 17

Erin ne revit pas Alex de la nuit.

Un fort orage s'abattit sur eux, aussi puissant que le désespoir qui avait ravagé la jeune femme quelques heures plus tôt.

La pluie se mit à tomber à torrents tandis que *L'Annabella* luttait contre la tempête. Des éclairs zébraient le ciel de leur éclat lumineux, presque irréel, transperçant le cœur des nuages qui couraient dans un ciel d'encre.

Le navire ne cessait de plonger et de rebondir en émettant des craquements sinistres, accompagnés du cri déchirant du vent et du fracas assourdissant de l'océan qui se révoltait contre la coque.

Des vagues d'une hauteur terrifiante s'élevaient contre le bateau, si bien que pour la première fois, Erin se mit à craindre pour leur vie. Elle n'avait jamais eu à affronter une telle tempête, et la peur finit par l'emporter sur la fureur.

Le fait de savoir qu'Alex se trouvait actuellement sur le pont à la merci des éléments déchaînés la terrifiait. L'angoisse qui lui tordait le ventre ne pouvait mentir. Il était évident qu'elle nourrissait toujours des sentiments ambivalents pour lui !

Maudit soit-il !

Il était sa faiblesse, malgré sa trahison, et toute la

déception qu'elle ressentait envers le beau capitaine sudiste vibrait en elle comme les cordes d'un violon sous l'archet.

Au cours de cette nuit mouvementée où la mort les frôla à plusieurs reprises, Erin eut tout le loisir de réfléchir au tournant que venait de prendre sa vie.

Agenouillée devant la couchette, elle ne cessa de prier pour elle, pour sa famille, pour Alex et pour tous les marins qui luttaient pour leur survie.

Jusqu'aux lueurs du jour. Jusqu'à ce que la tempête s'essouffle.

Enfin, *L'Annabella* cessa progressivement d'être ballotté en tous sens au fur et à mesure que le grondement assourdissant du tonnerre s'éloignait.

Puis le calme revint avec le mouvement régulier du navire, autorisant enfin la jeune femme à sombrer à nouveau dans l'apaisement.

Le fracas de la porte réveilla Erin en sursaut.

Elle se redressa, désorientée.

Elle aperçut alors Alex.

Le jeune homme se tenait dans l'encadrement de la porte, trempé et transi par le froid. Les traits tirés de son beau visage et les cernes bleutés qui apparaissaient sous ses yeux éteints témoignaient de la lutte acharnée qu'il avait menée toute la nuit pour maintenir *L'Annabella* à flot.

Leurs regards s'accrochèrent, et un intense courant les lia l'un à l'autre. Comme autrefois.

Erin était tellement soulagée de le savoir encore en vie qu'elle faillit se jeter dans ses bras.

Mais au moment où elle tendit la main vers lui, Alex eut un mouvement de recul si vif qu'elle en fut profondément blessée. Une nouvelle fois. Elle laissa retomber sa main sur le drap.

Le visage d'Alex se ferma.

— Veuillez me pardonner pour mon arrivée impromptue ! gronda-t-il. J'ai encore des difficultés à réaliser que cette pièce vous appartient désormais.

— Je peux vous laisser un instant si vous désirez vous changer, vos vêtements sont…

— Non ! la coupa-t-il sèchement. Cela ne sera pas nécessaire.

Erin le vit gagner son armoire et sortir un nouvel uniforme avec des gestes brusques.

La jeune femme était furieuse.

De quel droit lui en voulait-il ?

Il était l'unique responsable de cette situation !

Elle se redressa aussitôt et lissa sa robe froissée du mieux qu'elle put, honteuse de paraître devant lui aussi négligée.

Alors qu'il s'apprêtait à ressortir de la cabine sans un regard pour elle, la jeune femme l'arrêta et vint se planter devant lui.

— Attendez ! Avez-vous l'intention de revenir ensuite ?

La jeune femme était déterminée à lutter contre Alex. Cela l'empêcherait de réfléchir à ses propres sentiments et de donner corps à une réalité qu'elle refusait encore.

Alex prit une profonde inspiration et darda sur Erin un regard courroucé.

Se rendait-elle compte de l'effort qu'il faisait pour ne pas l'approcher et l'embrasser comme il en mourait d'envie ?

À l'idée de retrouver le goût exquis de sa bouche, ses sens s'embrasèrent, ce qui le mit en rage !

Alex se pencha sur elle, menaçant.

— Le navire a été sérieusement endommagé suite à la

tempête ! Je n'ai pas le temps d'écouter vos récriminations maintenant !

Erin émit un son étouffé et lui lança un regard outré, bien déterminée à ne pas laisser passer cet affront.

Comment osait-il lui parler sur ce ton ?

Elle s'apprêtait à lui dire sa façon de penser lorsque Alex l'écarta avec brusquerie et referma la porte avec force.

Erin frappa avec humeur le battant, sachant que le jeune capitaine pouvait encore l'entendre.

— Tu ne perds rien pour attendre, Alexander Morgan !

Ce dernier s'adossa contre le mur, le souffle court, et ferma les yeux, cherchant à retrouver son calme.

Cette nuit avait été particulièrement éprouvante pour l'équipage et pour lui-même.

La lutte qu'il avait menée pour empêcher *L'Annabella* de sombrer l'avait aidé à museler ses sentiments et à oublier la présence d'Erin Callaghan-Hamilton sur son bateau, si bien qu'il n'avait pas envisagé de se retrouver nez à nez avec elle en rentrant dans sa cabine.

Sa seule vue le plongeait dans une profonde colère, sans savoir si celle-ci était dirigée contre la jeune femme ou contre lui-même.

Il était toujours sensible à la beauté éclatante d'Erin Hamilton. Mais l'attrait que la jeune femme exerçait sur lui allait bien au-delà des apparences, comme si leur rencontre était une évidence, comme s'il n'avait finalement jamais eu le choix. Le destin semblait s'acharner à les pousser l'un vers l'autre, et il ne savait pas s'il devait se réjouir ou non de ce clin d'œil du ciel.

Comment allait-il pouvoir garder la tête froide en la sachant à quelques mètres de lui ?

Elle était la sœur de Justin, bon sang !

Une Yankee. L'ennemi qu'il pourchassait inlassablement jour après jour.

Cela aurait dû être suffisant pour provoquer son dégoût.

Alors pourquoi la désirait-il encore aussi violemment ?

Alex remonta sur le pont et rejoignit Clayton Evans qui était en train d'inspecter les dommages causés par la tempête.

La grand-voile et la voile de hune étaient fendues mais réparables. Le désordre qui régnait sur le pont ainsi que les immenses flaques d'eau témoignaient de la véhémence des éléments qui s'étaient abattus sur le vapeur confédéré. Ils devaient tous s'estimer heureux d'être encore en vie !

Alex redressa un tonneau d'eau douce et se rapprocha de son lieutenant. Il était fier de *L'Annabella* qui s'était comporté merveilleusement au cœur de l'orage, confortant la première impression qu'il avait éprouvée en découvrant le navire.

Alex remarqua que Clayton lui lançait des coups d'œil furtifs tandis qu'il examinait la toile à son tour, encore luisante de pluie malgré le soleil qui dardait maintenant ses rayons sur le pont.

Au fil du temps, une amitié sincère s'était installée entre les deux hommes.

— As-tu quelque chose à me dire en particulier ?

Son ami se racla la gorge avant de répondre :

— La jeune femme sur le bateau yankee… Tu as réagi d'une façon surprenante.

Alex se massa la nuque. Il devait à Clay la vérité.

— Mlle Hamilton et moi-même avons fait connaissance

à Londres l'année dernière, un peu avant que les États du Sud fassent sécession. J'ignorais tout de sa famille et de ses origines à cette époque, je pensais alors qu'elle était écossaise ! Quel imbécile j'ai été ! Non seulement Erin Hamilton connaît ma véritable identité, mais elle est également la sœur d'un brillant officier de la marine fédérale.

Clayton émit un long sifflement.

— Je comprends mieux ta réaction ! Crois-tu qu'elle pourrait nous trahir une fois libérée ?

— Sincèrement, Clay, je ne sais pas. Une partie de moi aimerait lui faire confiance, mais il faut admettre que je ne la connais pas suffisamment pour juger de sa sincérité. Et je ne peux prendre aucun risque. Elle pourrait mettre en péril notre mission et notre couverture. Sans compter la vie de nos familles !

— Que comptes-tu faire d'elle, Alex ?

Le jeune capitaine émit un sourire sardonique. Il aurait bien aimé le savoir lui-même !

Il s'agenouilla et tenta de dénouer un immense nœud dans lequel la corde du point de voile et le cordage d'écoute s'étaient enroulés dans tous les sens.

— Je ne pense pas que Mlle Hamilton ait eu le temps d'échanger avec le capitaine Campbell. Malgré cela, je ne peux permettre qu'elle soit libérée en même temps que le reste de l'équipage lorsque nous parviendrons à Terceira.

— Tu comptes la garder à bord ! s'exclama Evans, stupéfait. Enfin Alex, c'est du suicide !

— Ai-je vraiment le choix, Clay ? s'emporta Alex en tirant sur la corde avec force. Ce n'est que l'affaire de quelques semaines. J'espère que d'ici là le Sud aura gagné la guerre. Je pourrai alors rendre Mlle Hamilton à sa famille.

— Et si ce n'est pas le cas ?

— J'aviserai en temps voulu !

— Bon sang, Alex ! La place d'une femme n'est pas à bord de *L'Annabella* ! C'est un navire de guerre, je te rappelle ! C'est beaucoup trop risqué ! Sans compter que sa beauté risque de mettre tous nos hommes en émoi ! La situation va vite devenir ingérable. Y as-tu pensé ?

Alex se rembrunit.

L'Annabella ne se livrait pas à des combats armés, enfin la plupart du temps, ce qui rendait le bateau assez sûr pour la jeune femme. De plus, il lui rendrait sa liberté dès qu'il jugerait le moment opportun. Garder Erin Callaghan auprès de lui était une folie mais avait-il seulement le choix ?

Il préféra malgré tout éluder la dernière question de son ami, qui faisait écho à ses propres doutes.

— Je crois qu'il va falloir couper ce nœud au couteau. Peux-tu aller en chercher un ? demanda-t-il d'un ton abrupt, souhaitant mettre fin à la discussion.

— Quel genre de relation entretenais-tu exactement avec la demoiselle à Londres ? poursuivit cependant le premier lieutenant.

Alex tourna la tête et lança à Clay un regard tranchant.

— Clayton, si tu n'étais pas mon ami, je te mettrais aux fers pour insubordination !

Ce dernier ne se laissa pas impressionner par l'éclat de son capitaine. Alex devait entendre raison !

— Mlle Hamilton est une très belle femme, et je n'aimerais pas me retrouver à ta place, mon ami, bien que le jeu en vaille certainement la chandelle. Mais prends garde à ne pas te laisser aveugler par tes sentiments, Alex ! Nous sommes en guerre, nom de Dieu, et elle représente notre ennemi ! Rien de bon ne pourra ressortir de cette histoire si tu la retiens captive !

— Tu as terminé ?

— Alex !

— Rompez, lieutenant Evans !

Ce dernier lui lança un regard noir.

— À vos ordres, capitaine !

Clayton finit par abdiquer, peu désireux d'affronter le courroux de son supérieur à qui il devait le respect, au-delà de leur amitié. Mais il n'en avait pas terminé avec lui. Alex finirait bien par se rendre compte qu'il commettait une terrible erreur en retenant Mlle Hamilton prisonnière.

S'il tenait à la jeune femme comme Clayton le pensait, Alex allait au-devant de graves ennuis.

Alex s'acharnait toujours à défaire le nœud lorsqu'une ombre se profila au-dessus de lui.

— Clay, aide-moi à tenir le cordage de cette manière !

Deux mains d'albâtre d'une douceur incroyable se posèrent sur les siennes.

Son cœur fit un bond dans sa cage thoracique.

L'officier sudiste s'arracha aussitôt à cette subtile caresse en jurant et tomba sur son séant.

Erin se redressa lentement, un éclat victorieux dans ses beaux yeux bleus, avant de se poster devant lui, si près que les volants de son jupon effleurèrent ses bottes.

— Mademoiselle Hamilton, puis-je savoir par quel miracle vous êtes parvenue à sortir de votre cabine ? l'interrogea-t-il, sans cacher sa contrariété.

Erin lui adressa un sourire innocent.

— Vous avez oublié de refermer la porte à clé dans votre hâte à me fuir !

Alex plissa un instant les yeux.

— Je ne vous fuyais pas.

Erin l'enveloppa d'un regard moqueur.

— Vraiment ?

Le jeune capitaine se releva avec agilité sans prendre la peine de lui répondre. Puis il la saisit par le bras pour la reconduire à sa cabine, sous les yeux médusés des marins et des soldats présents sur le pont, qui n'avaient rien raté de leurs échanges.

— Lâchez-moi, espèce de brute !

Erin tenta de se débattre alors qu'il l'entraînait à sa suite dans la coursive mais il la maintenait trop fermement.

— Je crois qu'une explication s'impose, mademoiselle Hamilton ! fulmina Alex en la faisant entrer sans ménagement dans la pièce au décor sans conteste masculin.

Le parfum fleuri de la jolie nordiste lui brouillait les idées. La sentir si près de lui était un supplice. Il était prêt à vendre son âme au diable pour se libérer du besoin qu'il avait d'elle. Un besoin douloureux, qui le consumait lentement.

Erin lui fit face, les yeux flamboyants, sa splendide poitrine se soulevant au rythme de sa respiration saccadée. Mais Alex était bien trop en colère pour s'en préoccuper.

— De quel droit me traitez-vous ainsi ? s'emporta-t-elle tandis qu'Alex refermait la porte d'un violent coup de pied.

Le beau corsaire se pencha sur elle, la dominant de toute sa hauteur. Dès qu'il se trouvait près d'elle, il semblait avoir beaucoup de difficulté à dissimuler sa contrariété, comme si elle était responsable des derniers événements !

Eh bien, il n'était pas le seul ! Elle en avait assez de son caractère autoritaire !

— Qu'est-ce qu'il vous a pris de quitter cette cabine sans protection ? Êtes-vous inconsciente ou tout simplement stupide ?

Alex vit Erin blêmir sous l'insulte mais il n'en continua pas moins afin qu'elle réalise qu'elle s'était mise en danger en s'aventurant toute seule sur le pont.

— Nous ne sommes pas à l'une de vos garden-parties où vous pouvez vous pavaner sur ce navire sans être inquiétée ! Mes hommes ne sont pas des gentlemen (il insista bien sur le mot) mais des soldats qui ont quitté leurs familles pour défendre leur liberté et lutter contre l'envahisseur nordiste ! Contre vos semblables ! Croyez-vous que leurs pensées seront charitables en vous voyant ? Sans compter qu'ils n'ont pas connu de femmes depuis fort longtemps !

Les joues de la jeune femme se colorèrent subitement, et Alex comprit qu'il venait de toucher un point sensible.

Contrite, Erin se mordit nerveusement la lèvre inférieure, comme à chaque fois qu'elle était irritée ou déstabilisée, ce qui lui arrivait souvent en sa présence, nota Alex dans son for intérieur.

De son côté, et même si cela lui était pénible, Erin ne pouvait ignorer la véracité des propos d'Alex. Elle était tellement habituée à évoluer parmi les marins qu'elle n'avait pas réfléchi aux conséquences, d'autant plus sur un vaisseau ennemi.

— Vous avez raison. Je ne… je n'avais pas vu les choses ainsi. Je suis désolée.

Les excuses inattendues d'Erin désarmèrent Alex et calmèrent aussitôt son ressentiment. Il continua d'un ton plus conciliant :

— Mademoiselle Hamilton, vous garder enfermée dans cette cabine est avant tout pour moi un moyen de garantir votre sécurité tant que vous vous trouverez sur l'*USS Annabella* !

Et un excellent moyen de la tenir éloignée de lui et des sentiments dérangeants qu'elle faisait naître dans son cœur. Mais cela, elle n'avait pas besoin de le savoir.

Erin sonda les magnifiques yeux couleur azur du capitaine sudiste et sut qu'il était sincère. Mais elle ne pourrait pas supporter longtemps sa condition de prisonnière.

Sa prisonnière.

— Que va-t-il se passer maintenant ?

Ils se dévisagèrent un long moment, partageant un instant de complicité inattendu, avant qu'il se détourne. Elle le sentit reprendre ses distances.

— Cela ne vous regarde pas.

Erin posa instinctivement sa main sur le bras d'Alex, ce qui les fit sursauter tous les deux. Ce simple contact ranima aussitôt la flamme qui les habitait l'un et l'autre.

Erin découvrit avec surprise qu'Alex n'était peut-être pas aussi indifférent à sa présence sur le bateau qu'elle ne le pensait. Elle décida d'en avoir le cœur net et se rapprocha de lui.

Ce dernier se raidit et lui lança un regard méfiant.

Elle éprouva une étrange satisfaction.

— J'ai besoin de savoir ce qu'il va advenir de nous. S'il vous plaît. Alex…

Elle prononça son prénom d'un ton enjôleur.

Il ne la regardait toujours pas.

Erin attendit dans un silence pesant.

Enfin, Alex soupira, comme s'il répugnait à lui dire la vérité.

— Nous nous dirigeons vers Terceira, dans les Açores. Une fois sur l'île, votre équipage sera débarqué et libre. Je ne vous cache pas que la sympathie du gouverneur portugais va à la cause sudiste. Vos hommes ne trouveront donc aucun soutien auprès de lui. Quant aux navires marchands yankees, ils sont peu à mouiller aux Açores. Il risque de s'écouler beaucoup de temps avant que vos amis puissent rejoindre Philadelphie.

— Pourquoi ne pas me libérer également ?

Alex la dévisagea longuement.

— Parce que vous connaissez ma véritable identité.

Erin lui dissimula son soulagement. Il ne lui avait donc pas menti à Londres. Il était vraiment Alexander Tyron Morgan, même s'il n'était pas de nationalité anglaise, comme elle l'avait supposé à tort.

— Ma famille a dû découvrir ma disparition et doit être très inquiète à mon sujet ! Laissez-moi au moins leur écrire afin de les rassurer et leur dire que je vais bien.

Erin scruta le visage d'Alex, en quête du moindre signe de compassion.

Mais il demeura inflexible.

— C'est impossible, Erin !

La jeune femme sentit la frustration bouillonner en elle. L'émotion lui brûlait la gorge, les yeux, la poitrine.

— N'avez-vous pas la moindre pitié pour moi ? le supplia-t-elle.

Alex choisit d'éluder sa question.

— Je ne peux que vous assurer que vous serez bien traitée tant que vous serez sur ce navire !

— Je n'ai que faire de vos belles paroles ! s'indigna la jeune femme. Je veux rentrer chez moi ! Rendez-moi à ma famille, je vous en prie ! Je ne trahirai pas votre secret ! Je le jure sur leurs têtes !

L'officier demeura imperturbable.

— Le sujet est clos, mademoiselle Hamilton.

Son ton ne tolérait aucune contradiction.

Cet homme avait-il un cœur ? Comment pouvait-il lui faire cela après tout ce qu'ils avaient partagé à Londres ?

Les yeux bleu pâle d'Erin le fusillèrent.

— Avez-vous oublié la dette que vous avez envers moi ? Pourquoi êtes-vous si cruel ? N'avez-vous pas vous-même une famille qui vous attend désespérément quelque part ?

Une ombre voila le regard d'Alex.

Il finit par répondre d'une voix atone :

— Ma parole est tout ce que je peux vous offrir actuellement, il faudra vous en contenter, mademoiselle Hamilton.

— Que vaut la parole d'un corsaire confédéré ? s'emporta-t-elle.

Pour la première fois, un léger sourire effleura les lèvres du capitaine.

— Autant que la parole d'une jeune femme yankee !

Sa remarque fit mouche.

— Oh ! je vous maudis, Morgan ! Cleveland ! Peu importe qui vous êtes !

Alex se rembrunit. Il lui prit le menton et inclina son visage vers elle.

— Vous n'avez pas toujours dit cela en ma présence, mademoiselle Callaghan-Hamilton.

Le rappel perfide de leurs étreintes fut la goutte d'eau qui fit déborder le vase.

Erin recula comme s'il l'avait brûlée.

Sa peau la picotait encore là où ses doigts s'étaient posés. Un simple contact d'Alex et elle s'embrasait.

— Je vous interdis de me toucher à nouveau !

Le sourire d'Alex s'élargit, découvrant la petite fossette

qui affola le cœur d'Erin. La jeune femme en fut profondément agacée. Elle ne pouvait pas se permettre de se montrer sensible à son charme alors qu'il se moquait ouvertement d'elle et la gardait prisonnière sur son maudit navire corsaire !

De rage, elle saisit le tabouret et le lança sur Alex.

— Mufle !

Le jeune homme l'esquiva avec adresse.

Puis il vit avec inquiétude Erin se saisir du sextant posé sur son bureau.

Son sourire s'effaça. Il savait de quoi elle était capable !

Alex se précipita sur elle pour la désarmer et lui saisit fermement les poignets dans le dos, tout en prenant garde à ne pas lui faire mal.

Erin finit par lâcher l'objet en métal qui tomba sur le sol dans un bruit sourd sans qu'aucun des deux y prête la moindre attention.

Les deux jeunes gens se mesurèrent du regard, leurs souffles emmêlés, chacun ayant une conscience aiguë du corps de l'autre pressé contre le sien.

Malgré elle, Erin fixa la bouche d'Alex, se souvenant avec acuité des merveilleuses sensations qu'elle savait lui procurer.

Pourquoi avait-il fallu qu'elle le retrouve sous les traits d'un corsaire ennemi ?

Ce n'était plus le bel athlète qui lui avait volé son cœur par une matinée de printemps qui se tenait devant elle.

Non !

C'était un soldat. Un homme engagé et fervent qui luttait contre les siens à cause de convictions opposées.

Un sudiste !

Il n'y avait désormais aucun avenir possible entre eux !

Ce qu'elle semblait oublier à chaque fois qu'elle se trouvait en sa présence, bien trop troublée par l'attraction qu'il exerçait sur elle au-delà de tout discernement.

Cependant, la flamme qu'elle aperçut à cet instant dans le regard d'Alex l'interrogea.

Était-il en proie aux mêmes doutes qu'elle, aux mêmes tiraillements ?

La jeune femme obtint la réponse qu'elle espérait lorsque Alex cessa de lutter.

— Erin ! murmura-t-il dans un souffle.

Sa bouche vint s'écraser sur la sienne, implacable et exigeante, effaçant tous ces longs mois de séparation.

En quelques secondes, Alex perdit le contrôle de la situation.

Cette fille l'ensorcelait. Il la voulait, malgré tout ce qu'elle représentait ! La douceur de ses lèvres, son goût de miel, son corps à damner un saint. Tout lui avait manqué.

Elle lui avait manqué !

Dieu que c'était bon de la tenir à nouveau dans ses bras !

Raffermissant son étreinte, Alex poussa la jeune femme contre le mur, collant son corps au sien afin de mieux l'épouser.

Arrête-toi, bon sang ! Arrête-toi avant qu'il soit trop tard ! Elle n'est pas pour toi !

Il ordonna aussitôt à sa conscience de se taire, bien trop grisé par les émotions qui engourdissaient tous ses principes.

Erin de son côté savait qu'elle n'aurait pas dû céder à ce baiser interdit.

Mais lorsqu'il s'agissait d'Alex, la raison n'existait plus. Elle ne put que s'abandonner, laissant son corps reprendre vie comme après un long sommeil. Aussi affamée que lui, elle accueillit sa bouche en gémissant. Son cœur battait à tout rompre, le désir pulsant dans ses veines au fur et à mesure que la langue d'Alex imprimait la danse de l'amour.

Leurs corps se joignirent avec la même évidence qu'autrefois, leur passion ne connaissant plus de limite.

Alex lui libéra les mains.

Erin glissa aussitôt ses doigts dans ses cheveux pour l'attirer encore plus près. Chaque baiser échangé devenait plus parfait que le précédent. Elle se blottit un peu plus contre lui, absorbant sa force et sa chaleur. Mais cela n'était pas encore suffisant. La jeune femme tira la chemise d'Alex hors de son pantalon et glissa sa main sous le tissu, effleurant les muscles de son ventre qui se contractèrent sous cette légère caresse.

Alex avait conscience de jouer avec le feu mais il se sentait incapable de mettre fin à ce baiser. Il aurait pu la tenir ainsi toute une vie.

Tout ce qui n'était pas Erin disparut.

La Louisiane, la famille Hamilton, la guerre qui les séparait. Plus rien n'avait d'importance en cet instant.

Soudain, de violents coups frappés à la porte les tirèrent tous deux du tourbillon fébrile dans lequel ils s'étaient jetés à corps perdu.

— Capitaine ! Capitaine ! Le timonier vous demande !

Alex maudit l'interruption du maître d'équipage. Quelques secondes de plus et…

Il s'arracha aux bras d'Erin avec un grognement primitif.

— J'arrive immédiatement ! s'écria-t-il avec humeur en couvant la jeune femme d'un regard prédateur.

Erin se redressa, les yeux rivés aux siens. Seule sa respiration saccadée rythmait le silence. Dieu qu'elle était belle ainsi auréolée de ses boucles flamboyantes, les lèvres gonflées par ses baisers et les yeux brillants de désir !

Alex dut faire appel à toute sa volonté pour s'éloigner d'elle et ne pas finir ce qu'il avait si bien commencé.

Il s'écarta lentement de la jeune femme et se passa une main sur le visage, comme si cela suffisait à effacer l'image d'Erin et sa conduite inconcevable. Il était furieux contre lui-même d'avoir perdu le contrôle encore une fois. Son corps avait beau essayer de l'oublier, il se réveillait dès qu'elle l'approchait !

Bon sang ! Il avait toujours son goût de miel sur les lèvres ! Le goût de la transgression !

Il ne devait plus jamais commettre une telle folie avec la jeune femme !

Ses yeux prirent le regard de la pierre alors qu'il réajustait sa chemise avec des gestes abrupts.

— Je suis désolé, mademoiselle Hamilton. Ce qui vient de se passer entre nous est une regrettable erreur ! asséna-t-il d'un ton déterminé avant de gagner la porte.

Mais il commit la bêtise de se retourner une dernière fois avant de quitter la pièce. Pendant un instant, leurs regards fusionnèrent avec la même émotion indicible.

Un muscle palpita le long de sa mâchoire. Puis il tourna les talons et disparut dans le couloir.

Erin serra ses bras tremblants contre sa poitrine et regarda le battant se fermer doucement, soudain en proie à une terrible solitude.

Elle venait de se jeter dans les bras d'un confédéré !

Comment avait-elle pu oublier en quelques secondes qu'il s'agissait de l'ennemi et trahir ainsi les siens ?

L'image de Justin s'imprima dans son esprit, et elle

ressentit un violent haut-le-cœur. Que penserait-il de son comportement scandaleux ?

Les larmes affleurèrent à ses paupières mais elle les chassa du revers de la main.

Les jambes encore tremblantes, elle s'appuya contre le bureau, comme si elle avait été terrassée par une puissante vague qui l'avait rejetée loin sur le rivage.

Elle s'obligea à réfléchir calmement et à faire le tri dans les émotions contradictoires qui l'accablaient.

La réalité se confondait avec le passé avec la même intensité.

L'homme charmeur qui lui avait sauvé la vie. Le courage et la force qui couvaient en lui. L'impression de se trouver en sécurité dans ses bras.

D'un autre côté, elle ne pouvait occulter son intransigeance et le gris de son uniforme, qui lui rappelait que chacun se trouvait du mauvais côté.

Et au milieu de tout cela, il y avait la magie de leurs étreintes, qui n'avait pas disparu avec le temps. Bien au contraire ! Elle se déployait à chacun de leurs baisers, telles des voiles gonflées par les alizés, gagnant en puissance au-delà de toute raison.

Elle passa ses doigts sur ses lèvres, qui gardaient l'empreinte de l'officier.

Se pouvait-il que Sarah ait raison ? Pouvait-on tomber amoureuse d'un homme en quelques secondes ?

Songeuse, Erin saisit sa brosse à cheveux et commença à peigner machinalement ses longues boucles, encore sous le choc de ces révélations.

C'était impossible !

Elle ne pouvait pas aimer Alexander Morgan ! Il représentait tout ce qu'elle abhorrait. Un homme arrogant, autoritaire. Un corsaire sans état d'âme qui la retenait contre son gré et qui ne partageait ni ses convictions ni son mode de vie.

Non !

Aimer Alex serait se condamner aux affres de l'enfer et renier ses origines et sa patrie. Il était hors de question qu'elle le laisse s'approcher à nouveau d'elle.

Chapitre 18

Erin n'eut aucun mal à respecter sa promesse car elle ne revit pas Alex les deux semaines suivantes. Visiblement, elle ne semblait pas être la seule à vouloir garder ses distances. Le plus triste, c'est qu'elle était incapable de décider si elle devait se réjouir ou non de cette situation.

L'escale à Terceira avait été brève. La jeune femme n'avait même pas pu faire ses adieux à l'équipage du *Starlight*. Jusqu'au dernier moment, elle avait espéré qu'Alex revienne sur sa décision et finisse par la libérer. Lorsqu'elle avait compris que le jeune capitaine ne dérogerait pas à son devoir, même pour elle, un profond désespoir l'avait envahie.

Reverrait-elle seulement un jour sa famille ?

Depuis, ses journées s'étiraient laborieusement, seulement ponctuées par les visites du vieux Dickby, le second en cuisine, qui venait lui apporter ses repas. Toutes les tentatives d'Erin pour amadouer le vieux loup de mer ou pour amorcer un échange s'étaient soldées par un échec cuisant. Le marin demeurait sur la réserve, ce qui exaspérait Erin et la condamnait au plus grand isolement. Elle finit même par soupçonner Alex d'avoir donné des ordres bien précis à l'équipage ! Si son objectif était de la rendre folle, il était en passe de réussir ! Elle ne supportait plus d'être enfermée entre quatre murs, même si la cabine était spacieuse et confortable.

Son statut de prisonnière lui donnait tout le loisir de réfléchir à sa situation peu enviable et de penser à son séduisant geôlier. Parfois trop à son goût…

Même si elle le maudissait la plupart du temps (du moins essayait-elle de s'en convaincre), elle espérait secrètement qu'il finirait par lui rendre visite. Ses confrontations avec le jeune corsaire lui manquaient. Tout, plutôt que cette solitude terrible à laquelle il la condamnait depuis deux semaines !

C'est pourquoi chaque jour elle guettait le moindre bruit de pas dans le couloir.

En vain.

La jeune femme paraissait être le cadet des soucis de ce satané capitaine sudiste !

Il faut dire qu'Alex paraissait fort occupé.

Depuis leur altercation, Erin avait compté pas moins de onze attaques. Avec le temps, elle avait appris à reconnaître les signes qui annonçaient l'abordage. L'agitation fébrile. Les pas de course. Le raclement des canons sur le pont.

Les noms des navires yankees au destin funeste défilaient sous ses yeux comme une chaîne de fourmis emportant leur précieux butin vers leur dôme de brindilles.

L'Emily Farnum. Le Brilliant. Le Dunkirk…

À chaque fois son humeur s'assombrissait, et il lui était difficile d'ignorer à chaque incendie les lueurs orangées qui dansaient sur les murs de la cabine comme des ombres fantomatiques.

Au moins, Alex se montrait clément envers les équipages. L'absence de sang versé et le fait qu'aucune exécution ne soit perpétrée par le vaisseau corsaire rassuraient la conscience d'Erin. Elle n'aurait pas pu supporter qu'Alex commette de tels actes envers ses compatriotes sous ses yeux, même si la guerre permettait les pires ignominies.

À sa plus grande surprise, le capitaine de l'*USS Annabella* semblait être un homme juste et respectueux, et elle avait du mal le détester, du moins pour cette raison-là. En revanche, elle regrettait qu'il ne lui accorde toujours pas sa confiance… ni sa liberté.

En ce matin de Noël, sa captivité lui apparaissait encore plus cruelle.

Elle imaginait sans peine l'angoisse et la douleur que sa disparition avait dû causer à ses proches. Peut-être même la croyaient-ils morte ?

Connaissant Daniel, il devait remuer ciel et terre pour la retrouver, jouant de sa fortune et de son influence dans de nombreux milieux.

Ses parents avaient-ils informé Justin de sa disparition, à condition que le service courrier fonctionne encore ? D'ailleurs, son frère était-il seulement encore en vie ? Et Nicholas ?

Elle ne savait même pas où en était le sordide conflit qui déchirait le Nord et le Sud !

Le fait d'être éloignée de sa famille décuplait son angoisse et ravivait son ressentiment envers Alex. Sans leur funeste rencontre à Londres, rien de tout cela ne serait arrivé ! Et elle serait actuellement bien au chaud, dans le salon familial, entourée de ceux qu'elle chérissait !

La jeune femme ferma les yeux et fit revivre les Noëls d'autrefois, lorsqu'ils étaient tous réunis autour du grand sapin. Elle pouvait percevoir comme si elle y était la douceur de l'âtre et la senteur boisée de l'arbre majestueux décoré avec soin au milieu des éclats de rire et de vieilles chansons qu'ils fredonnaient, accompagnés au piano par Elizabeth. Elle imaginait Cory, leur cuisinière, disposer consciencieusement sur la table illuminée par les chandeliers la dinde dorée et juteuse, et le plum-pudding qui fondait dans la bouche. Ces souvenirs si heureux étaient tout ce qui lui restait à présent.

Le cliquetis de la serrure tira Erin de ses pensées moroses. Elle chassa rageusement ses larmes et prit soin de se retourner, refusant que Dickby aperçoive ses yeux rougis et son teint blême, et fasse un rapport affligeant à son précieux capitaine.

Alex se tenait devant la porte de sa cabine, immobile et silencieux. Si sa situation n'était pas aussi critique, il aurait presque ri de la soudaine nervosité qui s'était emparée de lui en se saisissant de la clé qu'il portait en permanence dans la poche de son uniforme. Lui, qui était devenu le corsaire le plus redouté de la flotte fédérale, tremblait comme un jeune adolescent à l'idée de rentrer dans sa cabine et affronter la beauté orageuse qui l'occupait dorénavant.

Depuis deux semaines, il luttait comme un forcené pour ne pas revenir vers Erin. Il lui suffisait de penser à elle pour qu'un désir impétueux lui enflamme les sens. Les moments qu'ils avaient partagés le torturaient inlassablement, le privant d'un sommeil réparateur. Il était de plus en plus clair qu'ignorer son attirance pour la jeune femme ne fonctionnait pas. Il avait beau enchaîner les tours de garde, la présence d'Erin sur *L'Annabella* ne lui laissait aucun répit. Seuls les moments de chasse lui offraient la paix tant désirée. Mais celle-ci était trop brève pour lui apporter une quelconque satisfaction.

Le jeune corsaire soupira.

Il était pris au piège ! Garder Erin Hamilton auprès de lui s'avérait impossible dans ces conditions, mais la libérer et la perdre l'était tout autant. Quelle ironie du sort !

Alex avait abrégé leur séjour à Terceira afin de se débarrasser au plus vite de l'équipage du *Starlight* et alléger quelque peu sa conscience vis-à-vis de la jeune femme.

Une fois les provisions de vivres et de charbon chargées, il s'était empressé de reprendre la route en direction des côtes nordistes, effectuant des prises fructueuses en chemin. *L'Annabella* voguait actuellement au large de la Virginie, redescendant en direction des îles du Sud où le climat serait plus clément.

Il avait conscience de se conduire comme un monstre avec Erin, lui infligeant une captivité que lui-même n'aurait jamais tolérée. C'était un acte de pur égoïsme de sa part afin de la garder près de lui. Ou bien de grande lâcheté ?

C'était la première fois qu'il se sentait autant fragilisé, et ce, par un petit bout de femme qui le mettait à genoux dès qu'elle posait ses splendides yeux bleus sur lui. Jamais il n'aurait cru en arriver là !

En ce jour de Noël, il ne pouvait ignorer Erin plus longtemps. Connaissant la jeune femme, il se doutait qu'elle ne l'accueillerait pas dans les meilleures dispositions.

Par politesse, il prit soin de frapper à la porte comme s'il effectuait une simple visite de courtoisie.

Erin lui tournait le dos. Ses épaules raides révélaient à elles seules toute la tension qui l'habitait.

— Bonjour, Erin.

La jeune femme eut un léger sursaut.

Le cœur d'Erin fit une embardée dans sa poitrine au son de la voix d'Alex.

Pourquoi était-elle secrètement aussi heureuse de sa visite ?

Quelle sotte ! Elle ne devait pas laisser son corps la trahir une nouvelle fois.

Elle s'obligea à adopter une attitude détachée pour affronter son séduisant bourreau et lui cacher à quel point sa proximité l'affectait.

Alex s'efforça d'ignorer la tension qui embrasait tout son être à proximité de la jeune femme dont le parfum l'ensorcelait à chaque fois qu'il l'approchait. Il pouvait sentir ce puissant courant de chaleur entre eux, même sans la toucher.

Erin se contenta de tourner légèrement sa tête dans sa direction, sans se retourner.

— Capitaine Cleveland, que me vaut l'honneur de votre visite ? demanda-t-elle, sarcastique.

Alex fut soulagé de retrouver le caractère impétueux de la jeune femme.

Le ton était donné. Les mots tranchants qu'Erin savait manier avec beaucoup d'habileté étaient préférables à un combat au corps à corps qu'il savait perdu d'avance.

— Nous sommes le jour de Noël. Je… Hum… J'ai conscience à quel point cela doit être difficile pour vous de vous retrouver loin de votre famille à cette occasion.

Erin éclata d'un rire sans joie.

Comment pouvait-il se moquer d'elle ainsi ? Ne soupçonnait-il pas de ce que sa captivité lui coûtait ?

Elle se retourna, ses yeux bleu-gris le transperçant d'un éclat aussi puissant que la foudre.

— Comment osez-vous vous présenter devant moi et faire semblant de compatir à ma condition alors que vous êtes l'unique responsable de mes tourments ?

— Je comprends votre colère et j'en suis désolé, Erin ! Je n'ai jamais souhaité que nous en arrivions là. Nous sommes victimes l'un et l'autre d'un fâcheux concours de circonstances qui m'ont conduit à prendre des mesures radicales à votre encontre. J'aurais aimé pouvoir agir autrement, croyez-moi !

Erin se rapprocha dangereusement d'Alex et pointa un index rageur dans sa direction.

— Allez au diable avec votre sollicitude et laissez-moi tranquille ! Je vous déteste ! Je ne veux plus jamais vous revoir !

Bien qu'elle se soit juré de ne pas lui montrer son désarroi, elle ne put lutter contre les larmes qui l'assaillirent soudain.

Le jour de Noël. Sa captivité et sa solitude. Ses sentiments ambivalents pour Alex.

Son désespoir l'étouffa.

Erin tomba à genoux et éclata en sanglots. Son corps, secoué de violents tremblements, trahissait l'ampleur de son chagrin. Elle offrait un tableau si touchant ainsi courbée sur le sol, le taffetas soyeux de sa robe gris argent l'entourant comme une corolle de fleur qu'Alex sentit sa gorge se serrer. Jamais il ne s'était senti aussi désemparé ! Il aurait tellement voulu pouvoir faire disparaître la douleur de la jeune femme. Chaque larme était pour lui comme des chardons qu'on lui enfonçait dans la peau.

Sans réfléchir, il s'agenouilla et prit Erin dans ses bras,

même s'il s'attendait à une violente rebuffade de la jeune femme.

Mais cette dernière ne fit rien pour le repousser.

Au contraire, elle se lova dans ses bras et continua à pleurer, mouillant sa chemise d'un chagrin trop longtemps contenu.

Alex lui caressa longuement les cheveux qui retombaient en boucles désordonnées dans son dos, s'émerveillant encore une fois de leur douceur. Il ne put s'empêcher d'enfouir son visage dans son cou, respirant ce parfum qui n'appartenait qu'à elle.

Peu à peu, la chaleur d'Alex enveloppa Erin, l'apaisant comme un baume sur ses plaies à vif. Elle pouvait entendre les battements réguliers du cœur d'Alex faire écho au sien, dans une parfaite communion. Étrangement, elle se sentait protégée par la puissance qui émanait de lui, et à sa place dans ses bras… À sa place et comblée.

Les barrières qui se dressaient entre eux commencèrent à s'affaiblir.

— Pourquoi, Alex ? Pourquoi ? murmura Erin contre son torse.

Alex déposa un baiser sur ses cheveux.

— Certaines choses nous dépassent parfois.

Erin releva son visage et riva son regard à celui d'Alex.

À cet instant, il lui sembla qu'elle pouvait lire clairement dans ses pensées. Le jeune homme semblait l'implorer de le comprendre. Le pouvait-elle ?

Non ! S'abandonner à Alex et lui accorder sa confiance étaient bien trop dangereux !

Erin finit par s'écarter, honteuse de sa faiblesse.

Privée de sa chaleur, elle frissonna et alla saisir sa cape sur la chaise, comme si le vêtement soyeux pouvait également la protéger d'Alex.

— Vous avez raison. Vous feriez mieux de me laisser à présent.

Alex se releva à regret, faisant appel à tout son sang-froid pour ne pas se jeter sur elle et laisser libre cours au feu qui courait dans ses veines.

Mais s'il l'embrassait à nouveau, il n'était pas certain de pouvoir s'arrêter cette fois-ci. Erin Callaghan-Hamilton était une femme bien trop séduisante pour sa tranquillité d'esprit. Elle avait sans doute raison de le congédier. Sa place n'était pas ici à ses côtés. Il devait absolument sortir de cette cabine avant de céder à ses pires démons.

— Comme vous voudrez.

Alex saisit le petit paquet emballé qu'il avait posé sur le bureau en entrant.

— C'est pour vous, dit-il en lui offrant le présent.

Surprise, Erin tendit la main en hésitant. Leurs doigts s'effleurèrent brièvement.

Alex demeura immobile à ses côtés tandis qu'elle ouvrait le paquet. Elle découvrit un magnifique collier de perles en cyanite bleue, d'une couleur identique à celle de ses yeux.

Ce dernier se racla la gorge et affirma d'une voix légèrement enrouée :

— Quand je les ai vues, j'ai immédiatement pensé à vous.

Le cœur d'Erin se serra.

— Je… je ne sais pas quoi dire.

Leurs regards s'aimantèrent quelques secondes de trop.

— Joyeux Noël, Erin.

La jeune femme baissa la tête pour lui cacher son trouble. Elle ne voulait pas ressentir cet élan de joie qui pétillait dans sa poitrine comme des bulles de champagne.

— Je n'ai rien à vous offrir en retour.

Il lui caressa la joue et lui releva le menton avec douceur.

— Détrompez-vous.

Erin tressaillit. Que cherchait-il à lui faire comprendre ? La douceur de ses yeux bleus à cet instant lui réchauffa le cœur qui s'affola comme un oiseau prisonnier d'une cage.

— Je vais vous laisser à présent.

Au moment où il s'apprêtait à fermer la porte, elle le rappela :

— Alex !

— Oui ? répondit-il en se retournant.

— J'ai une faveur à vous demander.

Elle vit le jeune homme froncer les sourcils, soudain méfiant.

Elle se rapprocha de lui, suffisamment pour voir l'ombre d'une barbe sur sa mâchoire, et fut surprise de le voir retenir son souffle.

— Laissez-moi libre de mes mouvements ! Je vous promets que je ne vous causerai aucun ennui ! Mais par pitié ! Je ne supporte plus de rester enfermée dans cette cabine à longueur de journée ! Je vous en prie ! Dites-moi que vous allez réfléchir à ma demande ?

Alex ferma un instant les yeux.

— Erin, je vous ai déjà expliqué que c'était bien trop dangereux pour vous !

— Pas si vous êtes là pour me protéger ! lâcha-t-elle dans un souffle.

Les yeux d'Alex prirent la couleur de l'orage.

— Vous rendez-vous compte de ce que vous me demandez ?

Erin se rapprocha encore et posa la main sur sa poitrine en inclinant légèrement la tête.

— N'êtes-vous pas le capitaine de ce navire ?

Elle vit Alex déglutir péniblement sans répondre.

Ses yeux sondèrent les siens. Elle pouvait facilement y lire la bataille qui se livrait dans son esprit.

— Je vous en prie, répéta-t-elle simplement.

— Très bien, capitula-t-il finalement. Mais sous certaines conditions. Une fois sur le pont, vous resterez près de moi ou du lieutenant Evans. Certaines parties du bateau vous seront strictement interdites ainsi que le pont, lors de nos offensives. Est-ce que c'est clair pour vous ?

Il eut la surprise de voir Erin se jeter à son cou.

— Oh ! merci Alex !

Pendant quelques instants, il savoura le bonheur de l'avoir dans ses bras et resserra son étreinte.

— Je suppose que je dois prendre cela pour un assentiment, déclara-t-il d'un ton bourru, en sachant pertinemment qu'il commettait une énorme erreur.

Mais il n'avait plus envie de la voir si malheureuse en ce matin de Noël.

Erin releva la tête, si bien que leurs visages se retrouvèrent tout près l'un de l'autre.

Un sourire lumineux éclaira les traits de la jeune femme.

— Oui, je ferai tout ce que vous me demanderez !

Elle se rendit soudain compte de la portée de ses paroles, et ses joues s'enflammèrent.

Le sous-entendu n'avait pas non plus échappé à Alex. Il sembla soudain la transpercer de son regard ardent.

Elle le vit pincer les lèvres avant qu'il s'écarte brusquement.

— Je viendrai vous chercher quand l'occasion se présentera, affirma-t-il d'un ton détaché avant de quitter précipitamment la cabine pour ne pas commettre une nouvelle erreur.

Les jours suivants, Alex tint ses promesses.

Erin savoura le plaisir simple de sentir à nouveau le vent caresser ses cheveux, d'entendre le cri des goélands au-dessus de sa tête et de contempler les couleurs changeantes de l'océan. La jeune femme demeurait sur le pont à proximité d'Alex ou du lieutenant Evans, même si elle savait que le capitaine avait énoncé en sa présence des menaces très claires à l'encontre des soldats et des marins qui lui manqueraient de respect. Mis à part quelques hommes qui lançaient un regard noir à son passage et qu'elle ne pouvait blâmer, la plupart de l'équipage la traitait avec égard lorsqu'elle les croisait.

Erin s'étonna de se sentir aussi en sécurité alors qu'elle se trouvait sur un navire confédéré. Elle en vint presque à oublier la guerre entre leurs deux patries et à apprécier réellement le voyage. Elle devait admettre que le jeune capitaine de l'*USS Annabella* n'était sans doute pas étranger à son récent bonheur.

Ses bonnes résolutions n'avaient pas tardé à être mises à mal, Erin ayant de grandes difficultés à ignorer la présence du charismatique capitaine. La jeune femme passait beaucoup de temps à admirer Alex à la dérobée. Plus elle l'observait, plus elle découvrait sa fascinante personnalité.

Ce matin ne faisait pas exception à la règle.

Erin contempla le profil aquilin d'Alex alors qu'il consultait sa carte en compagnie de Clayton Evans. Le soleil levant auréolait son visage d'un halo doré, accentuant la beauté de ses traits qui troublait Erin comme au premier jour. Alex paraissait parfaitement à son aise dans son rôle de capitaine corsaire et semblait maître de toutes les situations. Il dirigeait ses hommes avec poigne et justesse, et tous lui témoignaient le respect qu'il méritait. Elle qui avait cru à Londres avoir affaire à un homme sans honneur et sans principe découvrait qu'il se battait au quotidien pour ses convictions et son amour pour le Sud. Malgré leurs différences et le fait qu'il l'exaspérait parfois avec son comportement obtus et arrogant, il lui était de plus en plus difficile de le haïr.

Bien au contraire.

Chaque jour, elle devait lutter contre les sentiments contradictoires qu'Alex faisait naître en elle. Son cœur battait plus vite dès qu'elle apercevait le jeune homme sur le pont ou tenant solidement la barre, mais aussi quand elle sentait la caresse de son regard lorsqu'il croyait qu'elle était occupée et ne pouvait le voir.

Son esprit se mettait à vagabonder de rêveries interdites dès qu'il l'approchait, ce qui arrivait rarement dorénavant. Depuis Noël en effet, Alex se comportait en sa présence avec une distance polie. Il s'arrangeait pour l'éviter, la laissant aux mains de Clayton, qui somme toute se révélait d'agréable compagnie. Un lien complice s'était tissé entre la jeune femme et le premier lieutenant, rendant sa capture beaucoup plus supportable. En revanche, cela ne l'empêchait pas de rechercher en permanence la proximité du séduisant capitaine de l'*USS Annabella*.

Erin ne retrouvait plus dans ses beaux yeux bleus la lueur sensuelle qui la faisait trembler. Alex ne la touchait plus qu'avec une extrême prudence, sa main reposant à peine quelques secondes sur son bras lorsqu'il l'escortait sur le pont. Il la traitait avec une telle déférence qu'elle aurait dû se réjouir. N'était-ce pas ce qu'elle souhaitait après tout ?

Elle n'en était plus tout à fait certaine à présent.

Alex lui manquait tout simplement, et elle souffrait de la distance qu'il avait instaurée entre eux.

Au fil des jours, elle découvrait autour de sa bouche des plis amers qu'elle ne lui connaissait pas, comme si une certaine tension l'habitait en permanence. Elle aurait aimé le voir sourire plus souvent. Les occasions étaient rares, mais lorsque Erin apercevait cette petite fossette qui l'avait tant émue lors de leur rencontre, elle ressentait une furieuse envie de se jeter dans ses bras et d'oublier tous ses principes. Son cœur se retrouvait tiraillé entre deux loyautés. Et elle était incapable de dire qui de son amour pour sa famille ou des sentiments qu'elle sentait croître pour Alexander Morgan finirait par l'emporter.

Alex de son côté observait Erin d'un œil morose.

Il n'avait pas fallu beaucoup de temps à la jeune femme pour envoûter tout l'équipage. Il ne pouvait plus ignorer les sifflotements joyeux de ses hommes à chaque fois qu'elle montait sur le pont. Erin égayait leur journée de son sourire ensorcelant.

La jeune femme riait à ce moment même en lançant de tous côtés des miettes de pain aux mouettes qui se battaient entre elles, chacune désireuse d'emporter le précieux butin. Alex avait l'impression que cela faisait des années qu'il n'avait pas entendu un rire aussi pur qui lui rappelait les jours insouciants de son enfance.

Savait-elle à quel point elle était belle en souriant ainsi, auréolée par les rayons de soleil qui allumaient des flammes dans sa chevelure opulente ?

Outre sa beauté remarquable, elle irradiait de douceur et de féminité tout en cachant en elle une force surprenante.

Erin Hamilton était le rêve de tout homme... qui pouvait partager avec elle les mêmes valeurs et qui ne se battait pas dans le camp opposé à celui de sa famille. Ce qui n'était pas son cas. La distance qu'il avait instaurée entre eux rendait la situation supportable, du moins en apparence. Mais une profonde amertume lui nouait le ventre.

Le jeune homme plia son sextant et roula sa carte en soupirant, sous l'œil goguenard de Clay. Il ressentait un trouble indicible à chaque fois que la jeune femme se trouvait à proximité, trouble qu'il avait vraisemblablement du mal à dissimuler, s'il se fiait aux remarques de son ami.

Malgré tous ses efforts, Erin s'infiltrait sous sa peau, dans ses pensées, dans son cœur jour après jour. Il devait admettre qu'il s'était habitué à la compagnie de la jeune femme. Même si leurs échanges se révélaient dorénavant assez succincts, il appréciait chaque instant passé avec elle. Par sa présence lumineuse, elle rendait sa mission plus légère, malgré le fait qu'elle symbolisait l'ennemi contre lequel il luttait tous les jours.

Erin avait changé sa conception de la guerre qu'il menait contre le Nord. Celui-ci avait désormais une âme et un visage magnifique qui éveillait en lui les désirs les plus fous. L'idée qu'elle ne puisse jamais lui appartenir lui devenait intolérable au fil des jours. Et il avait beau se torturer l'esprit, il ne voyait aucune solution satisfaisante se profiler. Quoi qu'il décide vis-à-vis de la jeune femme, il sortirait perdant de cette relation vouée à l'échec.

Le cri de la vigie le tira brusquement de ses pensées.

— Voile à l'horizon !

Le jeune homme sourit à Clay avec un regard de connivence.

Cela faisait plusieurs jours qu'ils n'avaient croisé aucun navire. Il était temps pour lui de se recentrer à nouveau sur leur mission et d'oublier pendant un instant la jeune femme.

Cette nouvelle année 1863 commençait sous les meilleurs auspices.

Erin vit Alex s'appuyer sur la lisse et scruter l'horizon avec sa longue-vue. Encore une fois, elle fut émue de la force qui se dégageait de lui. Elle savait ce que sa posture signifiait. *L'Annabella* avait ferré un nouveau poisson.

Alex afficha un sourire de conquérant et se mit à lancer des ordres précis, les bras croisés derrière le dos. Tous les marins se ruèrent aussitôt à leur poste.

Son regard turquoise se posa sur Erin, et son sourire se figea. Il la rejoignit d'un pas décidé.

— Mademoiselle Hamilton ! Il est temps pour vous de regagner votre cabine !

— Je vous en prie, Alex. Laissez-moi rester ! Je vous promets de ne pas vous déranger et de me faire toute petite dans un coin.

Alex demeura stupéfait par l'aplomb de la jeune femme qui discutait ses ordres, contrairement à la promesse qu'elle lui avait faite.

Il lui prit le bras en murmurant tout bas :

— Ce n'est pas un jeu, Erin ! Nous ne savons pas à qui nous avons affaire ! Je ne veux pas prendre le risque que vous soyez blessée !

— Allons Alex, les bateaux que vous attaquez se rendent immédiatement sans combattre. Je ne cours aucun danger ! Laissez-moi assister à la course !

Alex n'en crut pas ses oreilles.

Avait-elle oublié que ces bateaux, comme elle les nommait, se battaient dans le même camp qu'elle ? Il n'allait certainement pas laisser ce petit bout de femme le défier ouvertement !

— C'est un ordre, Erin !

La jeune femme pointa son petit menton vers lui.

— Qu'allez-vous faire ? le défia-t-elle. Me mettre aux fers ?

Alex soupira.

Dieu qu'elle pouvait être têtue ! Il n'avait aucune envie de se disputer avec elle maintenant et il lui en voulut de le faire passer pour un tyran sans cœur.

— S'il le faut, oui !

— Pourquoi faut-il toujours que vous me menaciez ? demanda-t-elle en se plantant devant lui, les mains sur les hanches.

Ils se mesurèrent du regard.

— Parce que vous êtes la femme la plus entêtée et la plus exaspérante qu'il m'ait été donné de rencontrer !

— Sans doute parce que les femmes se sont toujours prosternées à vos pieds, ce qui n'est pas mon cas !

— Non, en effet, mademoiselle Hamilton ! C'est loin d'être votre cas ! répondit sèchement Alex.

Les joues d'Erin se colorèrent subtilement.

— Oh ! vous… vous…

— Je vois que vous êtes à court d'adjectifs abjects me concernant ! la coupa Alex. Rassurez-vous, vous allez avoir tout le loisir d'y réfléchir à présent. Edwards ! Reconduisez immédiatement Mlle Hamilton à sa cabine ! Si elle cherche à en sortir, je vous laisse prendre les mesures qui s'imposent.

Puis il pointa un doigt accusateur vers la jeune femme.

— Quant à vous, recommencez une fois à défier mes ordres, et je vous tiens enfermée à vie dans cette cabine que vous avez appris à détester. Me suis-je bien fait comprendre ?

Erin se hérissa. Elle était certes sa captive, mais cela ne lui donnait pas le droit de lui parler aussi durement.

— Je suis peut-être stupide, capitaine Cleveland, mais je ne suis pas sourde !

Et elle se détourna dans un envol de jupons, sans laisser à Alex le temps de répliquer.

Clayton vint lui taper sur l'épaule en riant sous cape.

— Eh bien mon vieux, je te plains sincèrement ! Qui aurait cru que le Nord et le Sud allaient batailler sur notre propre navire ! J'avoue que je suis impatient de voir lequel de vous deux va sortir vainqueur de cette guerre que vous menez contre vos propres sentiments.

Alex le fusilla du regard.

— On ne t'a rien demandé, Evans !

— C'est vrai ! Mais je te donne mon avis quand même ! Certaines vérités sont parfois difficiles à entendre !

Sur ces derniers mots, il regagna son poste en sifflotant.

Chapitre 19

Erin se posta près du hublot en lançant toute une série d'imprécations funestes en direction du capitaine de *L'Annabella* qui l'empêchait d'assister à la course entre les deux navires. Elle souhaitait plus que tout observer Alex dans l'action et frémir avec l'équipage afin de retrouver le même sentiment d'euphorie qu'elle avait éprouvé lors de la *Boat Race*.

Puis elle se rendit compte de l'absurdité de ses pensées.

Était-elle devenue folle ?

Voilà qu'elle se réjouissait d'une attaque contre son propre camp, comme si elle faisait à présent partie des Séparatistes !

Elle éprouva une telle honte à cette pensée qu'elle cacha son visage entre ses mains.

Depuis qu'elle avait rencontré Alex, elle ne reconnaissait plus la jeune femme qui vibrait en elle.

Elle préféra s'éloigner du hublot et saisit sur le bureau un livre de Dickens que lui avait prêté le lieutenant Evans pour la distraire durant les longues journées. Mais au bout de quelques pages, sa curiosité fut la plus forte, et elle ne tarda pas à revenir à son premier poste d'observation.

Le bateau yankee, si elle se fiait au drapeau qui flottait joyeusement dans la brise, ne se trouvait plus qu'à quelques lieux de l'*USS Annabella*. Elle ne distinguait pas encore son nom, mais sa ligne élancée l'interpella, comme si elle se trouvait en présence d'un bâtiment familier. Plus elle scrutait le navire, plus un doute l'assaillait. Se pouvait-il que ce fût un bateau de leur compagnie ?

Son cœur s'accéléra.

Erin plissa les yeux, mais la lumière trop vive du soleil l'empêchait de distinguer clairement le navire. Elle devait se montrer patiente, même si une sourde angoisse lui enserrait progressivement la gorge.

Son attente fut bientôt récompensée.

L'Annabella finit par se rapprocher et coupa la route au navire nordiste qui s'immobilisa aussitôt au milieu des flots.

Erin ne put retenir un cri en apercevant enfin le nom du bateau.

Le Seawolf !

Elle ne s'était donc pas trompée !

Le cœur au bord des lèvres, elle se précipita vers la porte et se mit à frapper violemment le battant. Elle tenait enfin une chance de retrouver sa famille. Elle devait absolument rejoindre Alex sur le pont.

— Laissez-moi sortir ! Je dois immédiatement parler au capitaine Cleveland ! Vous m'entendez ?

La proximité d'un bateau de leur compagnie rendait la douleur intolérable !

— Je vous en conjure ! hurla-t-elle à nouveau.

Erin frappa et frappa encore, le corps secoué de sanglots tandis que ses cris demeuraient vains.

Vaincue, elle retourna près du hublot et scruta le pont du *Seawolf* à la recherche d'un visage familier. Elle était si tendue qu'elle ne sentait même plus ses ongles s'enfoncer dans la chair tendre de sa paume, laissant des petits croissants rouges sur sa peau délicate. Toute son attention était tournée sur le pont du bateau yankee qui ondulait légèrement sous la houle, vaincu.

Elle aperçut tout d'abord Elliot Steel, le capitaine du *Seawolf*.

Puis son regard se porta sur les trois jeunes femmes qui se trouvaient à ses côtés. Erin ne les avait jamais vues. Qui étaient-elles ? Et surtout que faisaient-elles sur un navire de leur compagnie commerciale ?

Seuls les membres de sa famille étaient autorisés à voyager sur ce type de bâtiments. Or ces jeunes femmes n'en faisaient clairement pas partie !

L'une d'entre elles en particulier retint son attention. Elle portait un manteau gris très élégant bordé d'hermine. Sa longue chevelure couleur miel flottait librement dans le vent et venait caresser les traits fins de son visage dont la grande beauté frappa Erin.

Qui que soient ces femmes, Erin ne pouvait laisser Alex leur faire subir un sort identique à celui de l'équipage du *Starlight*. Elle devait trouver le moyen d'intervenir.

Soudain, la ravissante jeune femme se rapprocha du bord et sembla s'adresser à une personne sur *L'Annabella*. Alex ?

Erin secoua la tête. Cela n'avait aucun sens. Elle devait absolument voir ce dernier avant qu'il soit trop tard !

La jeune femme avisa le tabouret en bois qui se trouvait prêt de la couchette. Sans hésitation, elle le saisit et alla se poster derrière la porte.

— À l'aide ! Je me sens mal ! Venez vite, s'il vous plaît !

Erin rajouta quelques gémissements de douleur afin d'être plus crédible.

Elle eut aussitôt la satisfaction d'entendre la clé tourner dans la serrure.

Apercevant la tête du soldat Edwards dans l'entrebâillement, Erin abattit de toutes ses forces le tabouret sur le pauvre homme qui s'écroula à ses pieds dans un grognement.

Après avoir marmonné de rapides excuses en direction du malheureux soldat, Erin enjamba le corps inerte et se précipita dans les escaliers. Elle ouvrit brusquement la porte qui donnait sur le pont supérieur.

— J'exige de parler immédiatement au capitaine Cleveland ! s'exclama-t-elle avant d'être happée brutalement par des bras qui l'enserrèrent dans un étau d'acier.

— Erin ! Mais qu'est-ce qui vous prend, bon sang ? Le capitaine va vous écharper !

La jeune femme fut soulagée de reconnaître la voix du lieutenant Evans.

— Lâchez-moi, Clayton ! Il faut que je voie Alex de toute urgence !

Elle commença à se débattre, et des larmes de frustration jaillirent sans qu'elle puisse les retenir.

Mais Evans refusa de relâcher son étreinte.

— Je suis désolé, Erin, mais c'est impossible ! Alex est occupé et m'a donné des ordres clairs vous concernant ! D'ailleurs, comment êtes-vous sortie de votre cabine ? Où est Edwards ?

La jeune femme eut la décence de rougir avant d'avouer son crime.

— Je crois que je l'ai assommé.

Evans la regarda, bouche bée.

— Vous avez assommé Edwards ? répéta-t-il, incrédule.

Erin haussa les épaules et usa de l'expression favorite d'Alex :

— La fin justifie les moyens, lieutenant Evans !

Clayton saisit fermement Erin par le bras.

— Vous vous êtes fourrée dans un sacré pétrin, Erin ! Je redoute la réaction d'Alex lorsqu'il l'apprendra !

— Qu'il me jette par-dessus bord si l'envie lui chante ! Cela m'est égal !

— Vous avez porté atteinte à l'un de ses hommes, Erin, c'est très grave !

— Vous ne comprenez pas, Clayton !

Elle se mit à frapper la poitrine du jeune officier.

— C'est le bateau de ma famille ! Ce... navire... appartient aux Hamilton !

— Qu'est-ce que vous dites ? répliqua Evans, stupéfait, en lui saisissant les poignets pour l'arrêter.

— Ce bateau appartient à ma famille ! répéta Erin avec un léger espoir. Clay ! Je vous en supplie ! Laissez-moi gagner le pont !

Clayton Evans était un officier juste. Elle savait qu'il n'approuvait pas sa captivité. Il allait certainement pouvoir l'aider et faire entendre raison à Alex. Il devait bien se douter que *Le Seawolf* représentait une chance unique pour elle de retrouver sa famille.

Mais ce dernier soupira.

— C'est un fâcheux incident, en effet ! Je comprends mieux votre réaction démesurée !

— C'est tout ce que vous trouvez à dire ? s'étrangla-t-elle.

— Alex est mon supérieur ! Je n'irai pas à l'encontre de ses ordres !

Erin le repoussa brutalement.

— Allez au diable, tous autant que vous êtes ! Je vous hais, vous m'entendez ? Je vous hais tous, espèces de sales gris !

Elle vit ce dernier serrer les mâchoires sous l'insulte,

mais à cet instant, elle n'avait que faire des états d'âme du beau lieutenant.

Comprenant qu'il ne céderait et qu'elle n'était pas de taille à lutter contre lui, la jeune femme se détourna et regagna sa cabine la tête haute. Elle ne se laisserait pas briser par ces maudits confédérés ! Sa fierté l'en empêchait.

En chemin, elle croisa Edwards qui sortait en titubant de la cabine en se frottant le crâne. Le soldat lui lança un regard noir, mais elle l'ignora. Elle ferait amende honorable un peu plus tard.

La jeune femme essuya rageusement ses larmes et claqua la porte avec fracas. Puis elle se jeta sur la couchette et frappa plusieurs fois l'oreiller de rage. Sa captivité ne finirait-elle donc jamais ?

Dire qu'elle était à deux doigts de retrouver les siens ! Le destin lui jouait décidément un tour bien cruel !

Soudain, elle sentit *L'Annabella* se remettre en mouvement.

Erin releva brusquement la tête, paniquée.

Qu'est-ce que cela signifiait ?

Stupéfaite, elle se précipita vers le hublot et poussa un cri en voyant *Le Seawolf* s'éloigner tranquillement avec l'équipage et les trois jeunes femmes à son bord.

— Non ! hurla-t-elle alors que s'éloignait son seul espoir de retrouver sa liberté et les siens ! Non !

Elle n'en croyait pas ses yeux !

Qu'est-ce qui avait poussé Alex à abandonner sa proie ? C'était la première fois que le jeune corsaire agissait de la sorte !

Mais ce n'était pas le moment d'aller interroger son geôlier !

Clayton avait certainement dû rapporter à Alex sa

tentative de fugue, et elle se doutait que le jeune homme ne serait pas dans les meilleures dispositions avec elle.

Erin patienta donc jusqu'au soir avant de rejoindre Alex sur le pont, même s'il ne lui en avait pas donné l'autorisation. Qu'il lui hurle dessus, elle n'en avait cure ! Elle voulait des réponses et elle comptait bien les obtenir, par n'importe quel moyen !

Auparavant, elle pria Clayton de la conduire auprès d'Edwards pour s'excuser de son comportement, ce qui ne fut pas une chose aisée. Le soldat ne se montra pas indulgent, ayant visiblement des difficultés à digérer sa traîtrise et la bosse qui pointait au sommet de son crâne. Elle dut lui promettre de lui laver son uniforme et de repriser ses vêtements durant les deux prochaines semaines pour lui arracher une ébauche de pardon.

Appuyé contre le bastingage, Alex regardait droit devant lui alors que dans toute sa gloire, le soleil s'enfonçait peu à peu dans les eaux noires.

Il était encore hanté par sa conversation avec Anna.

Revoir ses deux sœurs et Marie alors qu'il ne s'y attendait pas lui avait causé un véritable choc ! Tout comme l'annonce du mariage entre Justin et Anna, ainsi que la grossesse de sa sœur.

Les paroles de cette dernière ne cessaient de tourbillonner dans son esprit.

Que s'était-il passé pour qu'Anna soit contrainte à cette extrémité et à quitter la Louisiane à laquelle elle était si attachée, tout comme lui ? S'agissait-il d'un mariage d'amour ? Son père avait-il donné son accord ? D'ailleurs où se trouvait-il ?

Il avait tant de questions à poser à sa famille, sans être certain d'obtenir les réponses qu'il espérait. Reverrait-il seulement ses sœurs un jour ?

Le jeune homme ferma brièvement les yeux.

Un autre point le tourmentait. Le fait qu'Erin ait reconnu le bateau de leur compagnie.

Il pouvait aisément imaginer le désespoir qui avait été le sien et l'aversion qu'elle avait dû ressentir pour lui lorsque *Le Seawolf* était reparti sans elle ! Sa culpabilité était indiscutable, le torturant comme un monstre tapi dans l'obscurité.

Il n'aurait eu qu'un mot à dire afin de permettre à la jeune femme de retrouver les siens.

Mais il en avait été incapable !

Cela aurait été avouer à Erin qu'il lui avait menti. Cela aurait aussi signifié la perdre.

Il n'était pas parvenu à prendre cette ultime décision qui aurait tout changé entre eux. Savoir qu'Anna avait épousé Justin malgré sa haine pour l'Union lui avait redonné espoir. Celui de pouvoir gagner l'amour de la belle nordiste. Peut-être qu'il y avait finalement un avenir possible entre Erin et lui quand la guerre serait terminée, s'il parvenait à obtenir son pardon ? Mais peut-être ne lui accorderait-elle jamais la moindre rédemption ?

Il ne pouvait plus se voiler la face.

Il l'aimait, comme jamais il ne pensait pouvoir aimer une femme. Et parce qu'il l'aimait, il ne pouvait se résoudre à la laisser s'éloigner.

La flamme qui brillait entre eux n'était pas une chose ordinaire malgré le conflit qui les séparait, malgré les interdits. Dans ses bras, il n'arrivait plus à penser. Jamais il ne s'était senti aussi vivant qu'auprès d'Erin, comme si sa seule présence suffisait à l'inonder d'une joie pure. Elle était comme le soleil qui étire ses rayons naissant sur la nature encore endormie. Sa lumière. Son phare dans l'obscurité. Dans l'atrocité.

Tout prenait sens, comme si sa place se trouvait à ses côtés. Il avait besoin d'elle, un besoin viscéral contre lequel il ne pouvait lutter et qui le poussait à la vouloir, tout en sachant que la guerre l'empêchait de la convoiter.

Bon sang ! Si Justin recroisait sa route, il se retrouverait certainement éviscéré par le bout de son épée. Quoi qu'il fasse, il était damné !

Soudain sa nuque se raidit et son souffle s'accéléra. Il sentit son parfum de jasmin envoûtant avant même de l'apercevoir.

Alex se retourna lentement et, comme à chaque fois, il demeura hypnotisé par l'incroyable beauté de la jeune femme. Se lasserait-il un jour de la regarder ?

Erin observa le séduisant officier qui se tenait immobile, les pans de sa redingote grise battant sur ses cuisses sous l'effet du vent qui s'était levé au cours de la soirée. Elle espérait que sa colère était tombée. Mais un simple regard vers sa mâchoire crispée chassa ses illusions. La jeune femme pâlit, se méprenant sur l'origine de l'attitude distante d'Alex. Elle attendit que le jeune homme prenne la parole en premier, appréhendant cet échange qui promettait d'être orageux.

Alex emprisonna Erin de son regard, tandis qu'elle s'approchait de lui avec une certaine retenue, ce qui n'était pas habituel chez elle.

Elle ressemblait à une apparition féerique auréolée par les rayons dorés du soleil couchant. Le vent faisait voleter ses boucles autour de son merveilleux visage pendant que ses grands yeux limpides l'imploraient en silence. Alex savait ce qu'elle lui demandait. Mais lui, l'intrépide corsaire, ne trouvait pas le courage de lui dire la vérité.

Le calme apparent dont elle faisait preuve l'inquiétait. Il aurait préféré la voir furieuse et combative. Il préféra attaquer en premier :

— Vous avez assommé Edwards ! l'accusa-t-il sèchement en cachant ses véritables sentiments derrière une colère feinte.

Certes, il n'avait pas été ravi d'apprendre ce qui s'était passé avec Edwards, car cela le mettait en porte-à-faux vis-à-vis de ses hommes et méritait un châtiment. Pour autant, il comprenait son geste désespéré plus que quiconque. Cependant, ennemie ou pas Erin leur devait le respect, lui y compris ! Il était grand temps qu'elle le comprenne et qu'elle cesse de se mettre dans des situations impossibles !

La jeune femme haussa les épaules.

— Je devais absolument vous parler.

Sa petite guerrière ne manifestait visiblement aucun remords.

Il fut encore une fois impressionné par son audace et sa témérité. Mais en tant que capitaine de l'*USS Annabella*, il ne pouvait laisser son geste impuni.

— Erin, commença-t-il d'une voix douce.

Elle sursauta et leva vers lui un regard surpris, s'attendant sans doute à devoir affronter sa fureur.

— Je vais devoir prendre la mesure qui s'impose. Je ne peux accepter un tel acte envers l'un de mes soldats. Mes hommes demandent réparation !

Erin connaissait le code des marins. Elle acquiesça sans trembler.

— Je comprends. J'ai commis une erreur et je me suis déjà excusée auprès d'Edwards. Faites votre devoir !

Elle le fixait sans ciller, attendant son châtiment.

Il faillit l'embrasser et se reprit de justesse.

— En guise d'exemple, vous serez mise aux fers durant quatre jours et quatre nuits.

Elle ouvrit de grands yeux, ne s'attendant sans doute pas à une telle punition. Il savait combien elle appréhendait d'être à nouveau enfermée.

Il continua d'un ton ferme avant de flancher :

— Vous ne serez pas attachée ! Mais je ne vous cache pas que la cale n'est pas un endroit confortable, surtout pour une femme. Cependant, vous ne me laissez pas le choix !

Alex serra les poings, tout en énonçant les faits.

Savait-elle ce que ces mots tranchants lui coûtaient ?

Il était entièrement responsable de ce qui arrivait, et c'est elle qui allait devoir en payer le prix fort. Il mériterait d'être fusillé pour ses mensonges !

Erin détourna les yeux pour lui dissimuler ses larmes.

— *Le Seawolf* appartenait à ma famille.

Elle prononça ces mots d'une voix atone, comme vaincue.

C'était la première fois qu'il la voyait capituler aussi facilement, et son désespoir lui déchira les entrailles.

Comment pouvait-il infliger cela à la femme dont il était tombé amoureux ?

Parce que tu es un sale égoïste ! Comment peux-tu encore espérer gagner son amour ?

— Clayton m'en a informé tout à l'heure.

Voilà tout ce qu'il trouva à dire !

Son attitude lui donna la nausée. Quand était-il devenu aussi haïssable ?

Sa lâcheté faillit l'étouffer.

Dis-lui la vérité, maintenant, et libère-toi de cet enfer, espèce de crétin ! Il est encore temps !

Au lieu de quoi il s'entendit répondre :

— Je vais devoir vous conduire dans la cale à présent. Je suis désolé, Erin.

La jeune femme acquiesça en silence, en retenant ses larmes.

— Pourquoi Alex ? Pourquoi avez-vous laissé repartir *Le Seawolf* ?

Cette question, prononcée dans un souffle, le meurtrit aussi violemment qu'une canonnière.

Alex ne put s'empêcher de caresser la joue d'Erin avec douceur.

— La jeune femme sur le bateau m'a rappelé l'une de mes sœurs.

Il ne rajouta rien.

— Je vois, répliqua Erin en pinçant les lèvres.

Le dos raide, elle le toisa en puisant dans toute sa fierté.

— Je suis prête. Conduisez-moi dans ma nouvelle geôle !

Laisser Erin dans cette pièce lugubre et imprégnée d'une forte odeur de moisi mêlée avec le fumet des barriques de viande séchée fut sans doute l'épreuve la plus odieuse qu'Alex eut à affronter dans sa vie.

La porte se referma sur lui dans un funèbre cliquetis.

Alors seulement il se mit à frapper le mur du poing jusqu'à ce que son sang laisse une traînée écarlate, ne supportant plus l'homme qu'il était devenu.

Erin eut tout le loisir de réfléchir durant ces quatre jours de détention. Sa colère s'émoussa au fur et à mesure que les derniers événements lui apparaissaient sous un jour nouveau.

Elle aurait dû haïr Alex. Alors pourquoi n'y parvenait-elle pas ?

Le jeune homme ne pouvait pas deviner que *Le Seawolf* appartenait à sa famille. Et pour autant, lui aurait-il rendu sa liberté et ainsi pris le risque qu'elle le dénonce ?

Les faits prenaient une tout autre signification depuis qu'elle les examinait avec plus de discernement.

Elle ne pouvait que comprendre cette décision, ne devant pas oublier qu'ils étaient en guerre. Sa mission et la sécurité de ses hommes devaient passer avant tout. Elle ne devait pas s'attendre à ce qu'il agisse autrement, surtout maintenant qu'elle le connaissait mieux, lui et son sens de l'honneur et de la droiture !

Quant à elle, elle avait agi sans conséquence en attaquant un soldat confédéré. Le châtiment donné par Alex lui apparaissait relativement clément compte tenu du fait qu'elle était considérée comme leur ennemie.

Lorsque Alex lui avait énoncé qu'il la condamnait à demeurer dans la cale, elle avait pu lire dans ses yeux son amertume à l'idée de lui infliger une telle punition. Elle acceptait cette sanction. En tant que capitaine, il n'avait pas eu le choix. Des marins y étaient envoyés pour bien moins.

Alex de son côté avait fait tout son possible pour que sa réclusion soit le plus agréable possible. Il lui avait accordé plusieurs fois par jour l'intimité nécessaire à ses besoins et lui avait fourni plusieurs couvertures épaisses, rendant ces derniers jours supportables. Ces petites attentions l'avaient émue et l'avaient réchauffée en attendant sa libération.

Le cliquetis de la serrure résonna soudain dans la pièce, puis la porte s'ouvrit sur une silhouette sombre qui brandissait une lampe. Erin leva le bras pour protéger ses yeux de la lumière vive.

Surprise, elle reconnut Edwards.

Elle observa le soldat s'approcher. Celui-ci posa sa lampe près d'elle.

— Je suis venu vous libérer sur ordre du capitaine, grogna-t-il.

Sur ces mots, il se pencha en avant et aida Erin à se relever. La jeune femme lui en fut reconnaissante. Après ces longs jours d'inactivité, elle était tout ankylosée.

Avec détermination, elle épousseta ses jupes même si son geste sembla dérisoire. À cause de l'humidité, sa belle robe était fichue de toute manière.

Edwards lui fit face et se dandina d'un pied sur l'autre, visiblement très ennuyé.

— Je suis désolé, mademoiselle Hamilton. Je n'ai pas souhaité tout cela pour vous…

— J'ai mérité ce châtiment, soldat Edwards, et je n'éprouve aucune rancune ni envers vous ni envers le capitaine !

Elle lui tendit la main en signe de paix.

— J'aimerais que nous prenions un nouveau départ vous et moi !

Erin aperçut l'ébauche d'un sourire sur le visage du vieux soldat avant qu'il scelle leur pacte tacite à son tour.

— Vous êtes une sacrée dame, si j'peux me permettre ! Toute bleue que vous êtes, bien entendu !

Erin lui rendit son sourire, ravie que l'incident soit clos.

— Je vous remercie pour ce compliment, soldat Edwards !

— Le capitaine vous attend, j'vais vous conduire auprès de lui.

Erin pénétra dans la cabine du capitaine de *L'Annabella*, soudain intimidée.

Alex se trouvait près du hublot, les mains dans le dos. Il se retourna brusquement à son entrée et l'enveloppa d'un long regard.

Erin fut frappée par les cernes qui creusaient son visage, plus pâle que d'habitude tandis qu'une barbe de plusieurs jours recouvrait ses mâchoires.

— Vous n'avez pas bonne mine ! ne put-elle s'empêcher de remarquer.

Elle le vit pincer les lèvres. Alex semblait maintenir une distance glaciale entre eux, et elle se méprit sur sa colère.

— Vous êtes toujours fâché contre moi ?

Il lui lança un regard médusé.

— Si moi je suis en colère contre… Dieu du ciel, Erin ! Vous tenir emprisonnée dans cette cale sordide a été une torture que je n'espère plus jamais devoir expérimenter !

Erin se rapprocha de lui, jusqu'à sentir le souffle du jeune capitaine lui caresser le visage.

— Je l'ai mérité.

Alex émit un juron en se passant une main nerveuse dans les cheveux, créant un désordre charmant qui n'échappa pas à la jeune femme. Quand cesserait-elle d'être sensible à son allure ?

— Non, Erin ! C'est moi qui mérite le gibet pour ce que j'ai fait !

La main d'Erin vint se poser sur la joue d'Alex, aussi légère qu'une plume, et y demeura.

Le jeune homme releva la tête, surpris par son geste

spontané qui en disait aussi long que des mots. Sa paume vint aussitôt recouvrir la main d'Erin, entrelaçant ses doigts aux siens.

Leurs yeux se nouèrent en un échange silencieux et troublant qui sembla s'étirer à l'infini.

Je l'aime !

Cette certitude foudroya Erin sur place.

Quand est-ce que cela était-il arrivé ?

Peut-être dès l'instant où elle s'était retrouvée dans ses bras, lorsqu'il l'avait empêchée de mourir sous les sabots des chevaux ? Ou cette autre fois, lorsqu'il l'avait fait valser à Vauxhall avant de l'éveiller à la passion dans les allées secrètes du jardin ?

Oui. Elle aimait cet homme aux multiples facettes, ce mélange de force et de douceur qui émanait de lui, sa droiture et son courage qui le caractérisaient et qui lui rappelaient douloureusement Justin.

Arrête tout de suite ! Tu n'as pas le droit d'éprouver de tels sentiments pour lui ! Ne commets pas cette terrible erreur de t'offrir à lui !

Mais à cet instant, elle décida d'envoyer valser sa raison par-dessus bord.

Cette folie qui couvait entre eux durait depuis trop longtemps !

Maintenant qu'elle voyait clair dans son cœur, la jeune femme ne voulait plus perdre une seule seconde. Elle ne pouvait occulter ce besoin urgent d'appartenir totalement à Alex !

La guerre grondait tout autour d'eux. Tout pouvait s'arrêter d'un instant à l'autre. Elle ne voulait pas avoir de regret !

La jeune femme retint son souffle avec l'impression qu'ils

se tenaient tous deux au bord d'une falaise. Oserait-elle sauter dans le vide la première ?

Erin pouvait sentir la chaleur émanant des doigts d'Alex se communiquer à elle, la grisant comme un puissant parfum.

Son regard vibrait d'une bouleversante sincérité, amenant la jeune femme à le soupçonner d'avoir pour elle bien plus de sentiments qu'il ne le lui laissait entendre. Cela lui suffit à la convaincre qu'elle faisait le bon choix.

Elle se dressa sur la pointe des pieds et plongea sa main libre dans l'épaisse chevelure d'Alex pour l'inciter à incliner son visage vers elle. Puis d'une exquise caresse, elle effleura les lèvres du jeune homme.

Surprise par l'absence de réponse d'Alex qui demeurait comme figé, elle releva la tête et vit dans ses yeux la bataille qu'il livrait contre lui-même, comme s'il avait peur de lui faire du mal.

Comment le pourrait-il ?

Il était devenu le centre de son existence en quelques semaines.

Il lui lâcha brusquement la main, et elle le sentit se raidir, comme pour s'éloigner d'elle.

Elle le vit pincer les lèvres.

— Erin ! commença-t-il. Il y a quelque chose que je dois absolument te…

Elle le fit taire en le retenant par la manche dans un geste désespéré.

— Non ! Ne dis rien, je t'en supplie ! Ne gâche pas ce moment !

Elle vint se placer face à lui avec un air déterminé qu'il ne lui connaissait que trop bien.

— Je veux juste me retrouver dans tes bras cette nuit.

Alex ! S'il te plaît, murmura-t-elle en posant sa main sur la poitrine du jeune homme.

Il existe certains instants dans une vie où tout bascule.

Le jeune capitaine sudiste ferma les yeux, en proie à un terrible dilemme.

Dis-lui la vérité, bon sang ! Dis-le-lui avant de commettre l'irréparable. Il n'est pas encore trop tard !

Mais s'il le faisait maintenant, il la perdrait avant même d'avoir eu une chance d'obtenir son amour.

— Alex !

Voir Erin se donner librement à lui balaya en un instant ses hésitations.

Le jeune homme se retrouva hypnotisé par le spectacle qu'elle lui offrait. La lumière éclatante qui brillait dans le regard d'Erin. Sa main sur son torse qui le pressait d'assouvir ce besoin qu'il avait d'elle depuis leur première rencontre.

Refuse ce qu'elle te donne ! Tu es un homme d'honneur. Tu es…

La main d'Erin remonta vers son épaule puis glissa sur sa nuque, dont elle caressa la peau sensible du bout des doigts.

Le cœur d'Alex se mit à battre à coups redoublés.

C'était comme lutter contre le courant, au milieu d'une mer déchaînée par une violente tempête.

Son regard prit la couleur de la nuit.

— Erin…

— Oui, répondit la jeune femme en se dressant sur la pointe des pieds, plaçant ses lèvres à quelques centimètres des siennes, si près que leurs souffles s'emmêlèrent…

Erin fut surprise de sentir le cœur du beau capitaine battre sous sa paume avec intensité.

Le pouvoir qu'elle semblait détenir sur lui la grisa et lui donna l'assurance qui lui manquait encore.

La jeune femme se rapprocha encore et commença à défaire les boutons de sa chemise, un à un.

Alex eut un violent sursaut et arrêta son geste.

— Erin ! souffla-t-il. Tu ne sais pas ce que tu me demandes ! Si je te fais l'amour maintenant, tu me maudiras le reste de ta vie ! Je ne suis pas l'homme qu'il te faut. Je ne l'ai jamais été !

Oui. Il le lui avait répété, à chacune de leur rencontre !

Mais la jeune femme en avait assez de réfléchir et d'agir en fonction de ce qui était bien ou mal ! Son cœur appelait Alex de toutes ses forces, et ce soir elle voulait connaître le bonheur de lui appartenir corps et âme.

Blessée, Erin recula légèrement.

— Tu ne veux toujours pas de moi, n'est-ce pas ? Je sais que je manque d'expérience et que…

Alex la fit taire d'un baiser passionné qui la fit frémir avant de se redresser.

— Erin Callaghan-Hamilton ! Je brûle en enfer depuis que j'ai posé les yeux sur toi ! Je dois lutter à chaque instant pour ne pas laisser libre cours au désir qui me torture dès que tu te trouves à proximité ! Il suffit que tu me touches pour que je m'embrase comme une torche ! Comment peux-tu imaginer que je ne veuille pas de toi ?

Ses paroles réchauffèrent Erin dont les joues s'enflammèrent.

— Alors pourquoi ?

Alex émit un rire rauque en secouant la tête.

— Je n'ai rien à t'offrir ! lâcha-t-il en détournant les yeux. Un soldat ! Voilà ce que je suis !

Le cœur d'Erin se remplit de joie en comprenant que

l'honneur d'Alex l'empêchait de la déshonorer. Et dire qu'elle l'avait accusé autrefois d'être un homme sans scrupule ! Depuis, elle avait appris à le connaître, lui et son caractère droit et obstiné. Elle doutait de pouvoir le faire changer d'avis. À moins que…

Erin s'arracha au contact d'Alex et alla se placer à quelques mètres de lui. Puis elle passa ses mains derrière son dos et commença à dénouer les lacets qui retenaient sa robe.

Elle nota avec satisfaction l'éclair de stupéfaction qui traversa les prunelles d'Alex au même moment.

— Erin ! Bon sang ! Tu as perdu la raison !

Il baissa la tête avec obstination.

La robe tomba comme un voile soyeux aux pieds de la jeune femme en guise de réponse.

— Alex ! Regarde-moi ! souffla Erin.

Alex déglutit péniblement et lorsqu'il releva enfin les yeux, il avisa Erin debout devant lui seulement vêtue de sa chemise qui ne cachait rien de ses formes.

— Erin ! tenta-t-il à nouveau. Tu ne sais pas ce que tu fais ! Dois-je te rappeler que nous sommes en guerre et que je me bats dans le camp opposé ?

Mais sa voix manquait de conviction.

Lorsque Erin commença à relever le bas de sa chemise, Alex en perdit le souffle. Contempler la belle nordiste se déshabiller était le spectacle le plus ensorcelant qu'il lui ait été donné de voir.

La bouche sèche, il observa la jeune femme passer le fin vêtement par-dessus sa tête.

Enfin, Erin se tint nue devant lui.

Alex dut faire appel à toute sa volonté pour ne pas se jeter immédiatement sur elle et apaiser le feu qui lui rongeait le ventre comme de l'acide. Ses muscles se contractèrent, tant il faisait un effort pour se dominer.

Il ne put qu'admirer son courage. Elle était si belle à la lueur des bougies, ses longues boucles couleur de feu retombant en une vague chatoyante sur sa poitrine. Ses yeux bleu pâle, presque gris, sa bouche sensuelle, sa peau d'ivoire et son corps à faire damner un saint le rendaient fou. Il était fichu, ensorcelé par une femme moitié écossaise, moitié yankee dont la seule présence suffisait à son bonheur.

Que le ciel lui pardonne sa lâcheté !

La faire sienne serait une erreur monumentale !

Mais Alex désirait Erin comme jamais il n'avait désiré une femme. Il ne voulait ni ne pouvait penser à rien d'autre. Il ressentit comme un sentiment d'urgence, sans doute exacerbé par l'idée qu'il la perdrait dès l'instant où il lui avouerait toute la vérité. Ce qui ne manquerait pas d'arriver au regard des sentiments qu'il sentait croître en lui au contact de la jeune femme. Pourtant, elle seule comptait à cet instant précis.

C'est donc d'un pas déterminé qu'il s'empressa de réduire l'espace entre eux. Il était trop tard à présent pour faire machine arrière. Beaucoup trop tard…

Alex pressa Erin contre lui et il lui prit les lèvres avec passion, effaçant tous ces longs mois de séparation. Les martèlements de son cœur résonnaient à ses oreilles tandis que sa bouche et ses mains prenaient possession de sa magnifique prisonnière, faisant courir dans ses veines un plaisir indicible. Dieu qu'il rêvait de ce moment !

Erin de son côté bascula dans un autre monde dès que leurs bouches s'unirent, retrouvant les mêmes émotions qui l'avaient dévastée dans le jardin de Vauxhall. Elle vivait un moment parfait, baignant dans des sensations toutes plus délicieuses les unes que les autres. Son cœur battait à tout rompre, le désir pulsant dans ses veines au fur et à mesure que la langue d'Alex imprimait avec sensualité la danse de l'amour.

Une certaine urgence la gagna à l'idée de sentir sa peau contre la sienne. Aussi affamée que lui, elle laissa échapper un gémissement de frustration en se débattant avec la redingote d'Alex qu'elle finit par jeter au sol avec une certaine impatience.

Elle sentit Alex sourire contre sa bouche, visiblement satisfait de l'enthousiasme débordant de la jeune femme à son égard.

Sans plus attendre, ses mains descendirent le long du dos du capitaine avant de s'attaquer à la chemise et de s'en débarrasser avec l'aide de ce dernier.

Enfin, elle put se presser contre la peau nue et chaude de son impétueux guerrier, savourant le plaisir de se retrouver dans ses bras sans aucune barrière.

Alex s'arracha à ses lèvres et glissa une main dans ses boucles cuivrées, tout en soufflant :

— Erin, tu es si belle !

Leurs yeux se rencontrèrent un instant, et il lui sembla que ce dernier lui réclamait une dernière fois son assentiment.

— Je ne suis pas certain…

Pour toute réponse, elle lui prit la main qui caressait ses cheveux et vint la poser dans le creux de sa hanche, tout en lui adressant un timide sourire.

— Tu es tout ce que je veux à cet instant, Alex !

Et elle le pensait de tout son cœur.

Sans la quitter du regard, Alex fit alors remonter sa paume dans une lente torture le long de ses côtes jusqu'au doux renflement de sa poitrine. De l'autre, il lui saisit la nuque et reprit sa bouche, laissant libre cours au feu qui couvait en lui depuis trop longtemps.

Erin ne sut pas comment ils se retrouvèrent soudain sur la couchette, sans cesser de s'embrasser, leurs membres emmêlés dans une même frénésie.

Privée de toute pensée, elle ne pouvait que succomber aux sensations exquises que les mains d'Alex lui procuraient au fur et à mesure qu'elles progressaient sur tout son corps, conquérantes et affamées. Son cœur battait à tout rompre, le désir enflait dans son ventre comme le tonnerre avant la tempête. Son corps ne lui appartenait plus. Il appartenait à Alex. Certainement depuis le premier jour.

À cet instant, leur union lui parut la chose la plus naturelle du monde. Elle ne ressentait aucune gêne à l'idée de se retrouver ainsi nue dans les bras de ce séduisant officier qui ce soir ne représentait plus son ennemi. Seulement celui qu'elle désirait aimer de tout son cœur !

N'était-ce pas pour cela qu'elle avait entrepris de regagner Londres ?

Il lui sembla avoir soudain toutes les réponses qu'elle était venue chercher.

Erin s'émerveillait de sentir Alex sur elle, tout en caressant fébrilement ses épaules et les muscles de son dos, s'enivrant de sa force et de sa solidité. Elle sentit ses seins s'écraser contre ses pectoraux tandis que les hanches du jeune homme commençaient une danse sensuelle à laquelle elle ne tarda pas à répondre, le suppliant d'arrêter cette exquise torture.

Alex, quant à lui, luttait pour ne pas perdre le contrôle. Jamais il n'avait connu un tel embrasement avec une femme, sans doute parce qu'il n'avait jamais aimé jusque-là. Il découvrait à quel point les sensations pouvaient être merveilleuses et décuplées alors qu'il découvrait centimètres par centimètres le corps de celle qui hantait tous ses rêves.

Il ne s'était pas trompé en présumant de la passion que sa belle Écossaise tentait de dissimuler sous ses airs policés.

Ce soir, elle le comblait au-delà de toute raison, lui rendant caresse pour caresse alors qu'il l'éveillait à la sensualité. Il prit le temps de l'aimer comme elle le méritait et de l'ouvrir doucement au plaisir, décuplant le sien par la même occasion, ce qui était nouveau pour lui.

Lorsqu'elle le supplia de la faire enfin sienne, son cœur bondit hors de sa poitrine.

Un instant, il roula sur le côté et, tout en lui caressant la joue, il la contempla gravement.

— Erin, mon amour, je vais sans doute te faire mal, mais je te fais la promesse que cela ne durera qu'un instant.

Cette dernière emprisonna son regard.

— Je n'ai pas peur, Alex. J'ai toute confiance en toi.

Cet aveu innocent lui donna la nausée.

Il n'était pourtant pas digne de cette confiance ! Il pouvait encore s'arrêter, car le jour où elle découvrirait ses mensonges, jamais elle ne lui pardonnerait cette nuit !

La jeune femme choisit ce moment pour poser une main légère sur son torse avant de glisser sur les muscles de son ventre puis plus bas encore.

— Alex, s'il te plaît, répéta-t-elle tout en continuant son exploration sans le quitter des yeux, le mettant à l'agonie. Je ne veux plus attendre !

L'officier serra les mâchoires en essayant de retrouver le contrôle de la situation, le souffle saccadé.

Mais Erin lui fit oublier toute raison.

Et tout ce qu'il put faire à cet instant, ce fut de l'aimer avec son corps et son cœur pour oublier sa trahison.

D'un mouvement souple, Alex bascula sur elle et se positionna entre les jambes de la jeune femme. Puis tout en la retenant captive de ses yeux bleus, il la fit sienne sans plus attendre, tout en ayant bien conscience que désormais plus aucun retour en arrière ne serait possible.

De ses lèvres, il recueillit le gémissement d'Erin contre sa bouche. Puis lorsqu'elle s'accrocha à ses épaules, il l'embrassa avec ardeur afin qu'elle puisse à nouveau laisser le plaisir prendre possession d'elle. Ses mains reprirent leur lente caresse le long de ses courbes si féminines, et bientôt ce fut elle qui imprima la danse la plus naturelle des amants, appelant l'assouvissement que tous deux désiraient depuis leur première rencontre.

Lorsque leurs deux corps s'unirent dans la même passion, que leurs souffles se mêlèrent et que leurs peaux ne firent plus qu'une, ni le conflit qui déchirait leur pays, ni le temps, ni leurs origines n'eurent plus la moindre importance.

Juste une seule évidence. Celle d'être à leur juste place.

Aimer ou haïr. Assumer ou s'enfuir. Avouer ou trahir.

La guerre avait changé la donne, et tous deux savaient qu'ils allaient bientôt devoir faire un choix.

Mais à cet instant-là, dans l'obscurité de la cabine, on n'entendit plus que le chant des vagues contre la coque et celui de deux amants unis dans le même apaisement.

Chapitre 20

Alex roula sur le côté en entraînant doucement Erin avec lui. La jeune femme dormait d'un profond sommeil, ce qui ne l'empêcha pas de se blottir un peu plus dans ses bras en soupirant de contentement.

Alex resserra son étreinte et caressa la somptueuse chevelure d'Erin qui se déployait comme un rideau de soie sur son torse. Il se sentait incroyablement heureux, et ce, malgré leur avenir qui lui apparaissait très sombre.

Posséder Erin avait été son vœu le plus cher depuis qu'il avait posé les yeux sur elle le jour de la *Boat Race*. Mais en faisant cela, il venait de se condamner à l'enfer. Car si la guerre ne faisait pas en sorte de l'envoyer dans l'autre monde, il ne doutait pas que certains membres de la famille Hamilton s'en chargeraient à sa place, lorsqu'ils apprendraient qu'il avait déshonoré Erin !

La jeune femme remua légèrement contre lui et l'entoura de son bras, ce qui lui arracha un sourire et lui fit oublier le temps d'un soupir la situation inextricable dans laquelle il se trouvait.

Amants d'une nuit. Ennemis le jour.

Trouver le bonheur n'avait été l'espoir que de quelques heures.

Mais alors que l'aube pointait doucement le long de la

ligne d'horizon, baignant la cabine d'une lueur irréelle, la réalité lui explosa au visage, aussi dévastatrice qu'une balle Minié, terreur de tous les soldats.

L'amour ne se base pas sur un mensonge, imbécile !

Le jeune capitaine se passa une main lasse sur le visage. Il se trouvait dans une impasse et il en était l'unique responsable ! Clayton avait pourtant essayé de le prévenir, mais il s'était montré trop orgueilleux pour tenir compte de la clairvoyance de son ami. Dorénavant, il ne lui restait plus qu'à dire la vérité à Erin… et assumer les conséquences de ses actes.

Alex s'arracha au corps de cette dernière à regret alors qu'il ne rêvait que d'une chose, se rallonger sur elle et lui refaire l'amour avant le lever du jour. Ils avaient vécu une parenthèse inespérée au milieu des ténèbres dans laquelle la guerre n'avait plus de place. Mais il était temps pour lui de redescendre sur terre et de se recentrer sur sa mission.

Privée de la chaleur d'Alex, la jeune femme protesta dans son sommeil :

— Où vas-tu ? murmura-t-elle en tendant une main vers lui pour le retenir.

— Prendre mon tour de garde, répondit-il tout en se rhabillant rapidement. Rendors-toi, tout va bien.

À peine avait-il prononcé ces paroles qu'il entendit la jeune femme soupirer. Lorsqu'il jeta un nouveau coup d'œil vers la couchette, il découvrit que pour une fois dans sa vie, elle lui avait obéi sans protester.

Avec tendresse, il remonta le drap sur les épaules de celle qui avait ensorcelé son cœur. Puis profitant de son sommeil, il lui confia contre ses cheveux :

— Erin, ma douce, comment vais-je parvenir à t'oublier ?

La jeune femme bougea dans son sommeil comme si elle avait perçu son trouble, sans toutefois se réveiller.

Alex déposa un léger baiser sur ses lèvres avant de disparaître dans la nuit.

Erin se réveilla tôt le lendemain, entièrement nue sous les draps.

Une légère rougeur envahit ses joues malgré le bonheur qu'elle éprouvait à cet instant.

Dieu du ciel, elle n'avait donc pas rêvé !

Un sourire radieux illumina ses traits aux souvenirs des quelques heures passées avec Alex. Elle tendit la main vers l'oreiller et enfouit son visage dans le coussin en le serrant contre elle. Il sentait encore le parfum masculin de lande et de bruyère qui n'appartenait qu'à lui !

Elle ne désirait qu'une seule chose en se réveillant ce matin, retrouver son beau corsaire sans plus attendre !

Néanmoins, un doute l'assaillit.

Comment Alex allait-il l'accueillir après cette nuit ?

Elle savait déjà qu'elle ne supporterait pas qu'il lui oppose cette distance glaciale dont il avait pris l'habitude dès qu'elle l'approchait. Pas après les merveilleux moments qu'ils venaient de partager ensemble !

Néanmoins, elle ne savait jamais à quoi s'attendre avec Alex et elle espérait de tout cœur qu'il soit d'une humeur affable en ce début de matinée.

Après avoir fait sa toilette en chantonnant et s'être préparée avec soin, Erin revêtit sa plus belle robe, celle aux reflets bleu nuit, et prit son courage à deux mains pour monter sur le pont.

Elle repéra aussitôt le séduisant capitaine qui se trouvait

près de la barre et se dirigea vers lui. Elle le trouva plus beau que jamais avec sa chemise relevée jusqu'aux coudes et ses cheveux ébouriffés par la brise.

Elle avait de plus en plus de mal à l'imaginer en ennemi, surtout à cet instant. Elle ne voyait plus que l'homme. Un homme qu'elle avait appris à aimer. Un homme qui n'était pas responsable d'être né dans un camp opposé.

Lorsque ce dernier abaissa sa longue-vue, elle lui adressa un sourire timide. Le regard ardent dont il l'enveloppa en retour lui réchauffa instantanément le cœur.

Elle trouva alors le courage de s'approcher de lui.

Alex tendit la main vers elle et l'attira discrètement vers lui à l'abri des regards.

— Bonjour, tu as bien dormi ? murmura-t-il contre ses cheveux.

— Oui, je te remercie.

Il rajouta d'un ton espiègle au creux de son oreille :

— Mademoiselle Callaghan, les petits soupirs que vous émettez dans votre sommeil sont adorables.

Elle lui lança un regard outré.

— Mais je ne…

Elle s'arrêta brusquement en avisant son sourire malicieux et sa charmante fossette.

— Espèce de gredin ! Ce ne sont pas des choses à dire à une dame !

Elle était soulagée de le trouver d'humeur taquine à son égard.

Alex lui saisit doucement les poignets et lui glissa les mains dans le dos, tout en soufflant contre ses lèvres :

— Si nous n'étions pas sur le pont, je n'hésiterais pas à te montrer à quel point tu m'as manqué.

Erin posa une main sur son avant-bras hâlé pour reprendre

contenance. Elle n'était pas habituée à ce qu'Alex la traite avec autant d'obligeance et elle sentit ses jambes mollir en entendant sa promesse à peine voilée. Elle aussi mourait d'envie de se trouver à nouveau seule avec lui.

Alex la relâcha à contrecœur et s'écarta d'elle à une distance raisonnable en distinguant des pas approcher. Avec une nonchalance feinte, il s'accouda au bastingage, en ajoutant toutefois sur le ton de la conversation :

— Je vous trouve très en beauté ce matin, mademoiselle Hamilton.

Erin se contenta d'incliner la tête en rougissant alors qu'un marin passait près d'eux en sifflotant, une drisse dans les bras.

— Bonjour, capitaine !

Puis en faisant une courbette en direction d'Erin :

— Miss Hamilton !

— Bonjour, David ! répondit-elle dans un sourire.

Ce dernier lui lança un regard interloqué. Il ne s'attendait sans doute pas à ce que la jeune femme connaisse son identité.

— Bonne… bonne journée, madame ! bafouilla celui-ci en reculant, les oreilles en feu, comme s'il venait d'apercevoir une sirène.

Alex lui lança un coup d'œil en biais, et Erin put y lire brièvement un éclair d'admiration.

— Connaître les membres de l'équipage est important pour moi ! rajouta-t-elle à son encontre en haussant légèrement les épaules. C'est une marque de respect à laquelle je tiens.

L'officier garda le silence, mais le long regard approbateur dont il l'enveloppa suffit à lui faire perdre contenance et à lui faire battre son cœur plus rapidement.

La jeune femme leva la tête vers le soleil et laissa les premiers rayons du matin la réchauffer avec douceur. La brise fit voleter quelques mèches échappées de sa tresse, lui chatouillant la joue. Un petit sourire s'étira sur ses lèvres lorsqu'elle sentit les doigts d'Alex remettre ses boucles en place derrière son oreille. Il en profita pour lui prodiguer une caresse légère au niveau de la nuque, faisant renaître instantanément les souvenirs de la nuit.

Erin remarqua alors un bracelet de cuir qui encerclait le poignet du jeune homme et sur lequel étaient gravés des motifs tribaux compliqués.

Elle ne put cacher sa curiosité.

— Qu'est-ce que c'est ? demanda-t-elle en désignant l'objet qui avait retenu son attention.

Elle ne se souvenait pas de l'avoir encore vu sur Alex.

— C'est un porte-bonheur vaudou offert par ma gouvernante. Il est censé protéger ma vie et celle des personnes qui me sont chères.

Son regard se voila un instant.

En se réveillant ce matin aux côtés d'Erin, il avait éprouvé un incompréhensible besoin de le porter à nouveau, animé par un soudain désir de faire la paix avec son passé.

Il poursuivit avec un demi-sourire :

— Angeline adore ce genre de babioles, auxquelles elle croit dur comme fer !

La jeune femme effleura du bout du doigt le lien en cuir usé.

— Tu as l'air plutôt sceptique quant à ses effets.

Alex haussa les épaules.

— Angeline est vraiment persuadée de leur pouvoir

protecteur ! Et personne sur la plantation n'a jamais osé la contrarier, crois-moi !

— Tu le portes pourtant aujourd'hui.

— Cela me permet de me rappeler qui je suis.

La jeune femme aperçut une ombre furtive traverser son regard.

— Tu ne m'as jamais parlé de ta famille, se risqua-t-elle, désireuse d'en connaître plus sur l'homme dont elle était en train de tomber amoureuse.

Un léger sourire s'étira sur les lèvres d'Alex.

— Il n'y a pas grand-chose à dire. J'ai grandi dans une plantation de Louisiane, près de Baton Rouge, auprès de mon père et de mes deux sœurs. Ma mère est décédée juste après la naissance de ma cadette, si bien que c'est Angeline qui nous a élevés. Bien que la loi réprime fortement tout lien d'attachement entre les Blancs et les esclaves (il ignora le regard noir d'Erin à ce sujet), mes sœurs et moi lui avons toujours porté une profonde affection, au même titre que sa fille Marie qui est comme une sœur pour moi.

Ses doigts caressèrent le bracelet.

— J'ai été élevé de mon côté comme le digne héritier de Willmore, notre plantation. Mais en toute honnêteté, ma sœur aînée, Anna, mériterait bien plus que moi cette place. Elle a un lien viscéral avec notre domaine qu'elle est capable de diriger aussi bien que mon père. Je ne leur ai jamais avoué que parfois secrètement, il m'est arrivé de rêver à un autre avenir, même si je suis moi aussi profondément attaché à Willmore.

Son regard se perdit un instant dans les eaux aigue-marine qui venaient frôler la coque de *L'Annabella*, comme les battements d'ailes d'un papillon.

— Lorsque les tensions entre le Nord et le Sud sont

devenues trop importantes, mon père a préféré m'envoyer étudier en Angleterre pour m'empêcher de m'enrôler. Il avait une vision très pessimiste de ce conflit qu'il imaginait sanglant et sans issue favorable pour les deux camps.

Il serra les poings sur la rambarde de bois.

— J'ai bien peur aujourd'hui que l'avenir n'ait fini par lui donner raison !

Erin posa timidement une main sur la sienne.

— C'était une grande preuve d'amour de sa part ! osa-t-elle, tout en craignant la réaction d'Alex. Il avait sans doute très peur pour ta vie ! Quand je pense à tous ces jeunes qui se sont rendus au front comme on va au bal, en pensant que cette guerre ne serait que l'affaire de quelques jours ! Combien d'espoirs déçus ou cruellement fauchés par un canon ou un fusil ?

Alex fut surpris par la véhémence de la jeune femme. Sans doute pensait-elle à Justin à cet instant.

Il secoua la tête.

— Ce n'est pas comme cela que je l'ai perçu, et je lui en veux encore aujourd'hui de ne pas m'avoir permis de faire mes propres choix !

— C'est pourtant ce que tu as fini par faire !

Alex pinça les lèvres.

— J'ai fait ce qu'il me semblait juste !

La gorge d'Erin se serra.

— Tu es déterminé à te battre et à risquer ta vie pour tes convictions.

C'était un constat plus qu'un reproche.

Le corsaire noua son regard au sien.

— C'est ce que tout homme doit faire ! Pour moi, c'est une question d'honneur et de liberté ! Je sais que cela doit être difficile pour toi à comprendre puisque tu te trouves dans l'autre camp, mais c'est ainsi !

Le regard d'Erin se troubla. Sa main se mit à trembler légèrement dans celle d'Alex lorsqu'elle se décida à lui dire la vérité.

— Alex, je dois t'avouer quelque chose d'important… Mon… Mon frère est officier dans la marine fédérale. Ce qui fait de lui ton plus redoutable ennemi à ce jour. Peut-être même est-il à ta poursuite à ce moment même ?

Alex se rembrunit. Elle n'était pas si loin de la vérité, même s'il savait Justin occupé à d'autres desseins.

La jeune femme poursuivit avec appréhension, réalisant ce que ses dernières paroles signifiaient pour eux deux :

— Quant à Nicholas, mon cousin, il a fini lui aussi par prendre part à cette guerre monstrueuse quelques mois après notre retour de Londres, termina-t-elle dans un souffle. Après cette nuit, je te dois la vérité, au risque de provoquer ta colère ou ton mépris.

La jeune femme dévisagea Alex avec un mélange de crainte et d'espoir.

Mais ce dernier garda le silence, et elle sentit une certaine tension les envelopper. Elle prit cela pour un rejet, ce qu'elle pouvait comprendre. Par cette révélation, Erin était consciente du risque qu'elle prenait. Mais elle ne pouvait pas gagner l'amour d'Alex sans se montrer honnête avec lui.

Elle lui lâcha la main et s'éloigna de quelques pas pour lui laisser le temps d'appréhender ces informations.

— Je ne sais même pas s'ils sont encore en vie

aujourd'hui ! s'insurgea-t-elle en essuyant une larme furtive. Et cette incertitude m'est chaque jour insupportable !

Elle ne fut pas surprise de voir Alex tiquer.

Évidemment, l'idée d'avoir couché avec la sœur d'un officier yankee ne devait pas le réjouir !

— Erin, je suis désolé ! se contenta de dire ce dernier, alors qu'au fond de lui se livrait un véritable combat.

Il avait la possibilité de la rassurer, du moins sur le sort de Justin au début du conflit. Il lui suffisait de quelques mots pour apaiser son chagrin !

Alors qu'attendait-il, bon sang ? C'était le bon moment pour lui avouer la vérité !

— Erin, commença-t-il.

Cette dernière ne put lui cacher ses larmes.

Il se sentit alors incapable de la blesser encore davantage et s'enfonça dans un silence coupable.

Erin se méprit sur le trouble d'Alex et poursuivit la voix vibrante de colère :

— Cette guerre m'a pris les personnes auxquelles je tenais le plus ! Une à une ! J'ai entendu Justin utiliser maintes fois les mêmes arguments que toi ! L'honneur et la liberté !

Elle émit un rire sans joie.

— Quel gâchis ! Des hommes animés par la même foi ! Amis un jour et ennemis le lendemain ! Les uns pour une cause juste, celle de l'esclavage, les autres, pour asseoir un quelconque pouvoir.

Elle serra fort le bastingage entre ses doigts, pour retrouver son sang-froid.

— Pourquoi, Alex ? Pourquoi en est-on arrivé à cette tragédie ?

L'officier sudiste se rapprocha d'elle, le visage tourné vers l'horizon, en proie aux mêmes questionnements.

— Peu importe la raison, Erin ! Chaque homme écoute ce que sa conscience lui dicte !

La jeune femme se retourna vers lui, le regard sombre.

— Ta conscience te dicte-t-elle de te battre pour conserver le droit de posséder des hommes, des femmes et des enfants, juste pour une question de couleur ?

Alex observa Erin, stupéfait.

— Non ! Bien sûr que non ! Nous aurions fini par abandonner le système esclavage avec le…

— Votre famille, peut-être ! le coupa Erin avec véhémence. Mais cette idée était loin de remporter une majorité chez vos concitoyens ! Et tu le sais parfaitement ! J'ai lu certains articles qui faisaient état de tels sévices que cela en était inimaginable ! Prendre part à ce combat aujourd'hui, c'est avouer finalement que tu es capable de fermer les yeux sur tout cela !

Alex serra si fort la rambarde que ses jointures blanchirent.

— Non, tu te leurres à mon sujet ! Je me souviens encore de l'unique fois où je me suis rendu sur un marché de vente d'esclaves. J'ai été si horrifié par ce que j'ai vu que je n'en ai pas dormi pendant plusieurs nuits. Notre famille était parfaitement consciente qu'il fallait mettre fin à ce système, mais cette question en Louisiane est extrêmement complexe et épineuse. Tu oublies qu'il existe également à La Nouvelle-Orléans une très grande proportion d'hommes et femmes de couleur libres ou affranchis. Et certains possèdent eux-mêmes des esclaves ! Oui, je suis d'accord avec toi, les choses devaient changer et c'est ce qui aurait fini par arriver sans cette guerre sordide !

— En es-tu aussi sûr ? argua Erin. L'esclavage était bien trop ancré dans votre culture et surtout dans votre économie ! Y mettre fin constituait une perte de profits considérable pour tes semblables ! Vous n'auriez jamais obtenu la majorité sur cette question !

— Tu ne comprends pas que modifier certaines lois prend du temps, surtout quand il s'agit de notre histoire et de notre modèle économique. Mais Lincoln n'a rien voulu entendre ! Quand je pense qu'il ose évoquer la démocratie ! Il a surtout vu là un excellent moyen de priver certains États sudistes de leur indépendance et de leur liberté, ce qui aurait été préjudiciable au long terme pour les marchés nordistes !

Erin le fusilla de ses beaux yeux bleus.

— N'est-ce pas vous rendre justice que de vous faire subir à votre tour ce que vous imposez vous-mêmes à tout un peuple depuis plusieurs siècles ? Votre richesse a été construite au mépris de millions de vies !

— Celle de ta famille également ! L'esclavage a longtemps fait partie de l'ascension des états nordistes. L'as-tu oublié ?

— C'est vrai. Mais nous avons su nous repentir et changer les lois !

Alex pinça les lèvres.

Cette accusation l'ébranla plus qu'il ne le souhaitait, peut-être parce qu'il s'était interrogé un millier de fois sur ses choix depuis le début de cette guerre insensée.

Mais comment avouer à Erin qu'il se sentait parfois

perdu, pris dans un cercle infernal qu'il ne maîtrisait plus, comme un bateau au cœur d'un ouragan ?

La seule certitude qu'il possédait à présent, celle pour laquelle il restait debout jour après jour, c'était que son cœur appartenait au Sud depuis toujours. Willmore coulait dans son sang. Comment dans ce cas prendre les armes contre les siens ? Pour le Sud, il se battrait… jusqu'au bout.

Alex s'approcha de la belle nordiste, sans toutefois la toucher.

— Contrairement à ce que tu penses, je n'étais pas insensible, loin de là ! Angeline, Marie, Jack…

Il s'arrêta brusquement et prit une grande inspiration.

— Je les considère comme ma famille, poursuivit-il plus doucement.

La jeune femme n'eut aucun doute sur sa sincérité à cet instant.

Néanmoins, elle renchérit :

— Pourquoi ne pas les avoir affranchis dans ce cas ?

— Une loi nous l'interdisait. Il y aurait certes eu des moyens de la contourner en mettant de côté l'argent que chaque esclave était supposé rapporter en travaillant, mais en faisant cela, pour l'ensemble de nos gens, nous aurions été pris à la gorge. Un tel stratagème prend du temps, mais je sais que mon père s'est mis à y réfléchir de façon sérieuse lorsqu'il a compris que croire en certaines réformes était inutile.

Il secoua la tête.

— Il y a bien plus que cela. En libérant nos esclaves, nous aurions aiguillonné la haine de nos voisins et pris le risque de provoquer de violentes révoltes dans les autres plantations. Peux-tu comprendre cela ?

Erin acquiesça en silence.

Oui, elle prenait soudain conscience du dilemme auquel certaines familles sudistes étaient confrontées. Toutes ne correspondaient pas aux caricatures décrites dans les journaux nordistes, même si elles étaient loin de constituer une majorité. Si cela avait été le cas, cette guerre n'aurait aucun fondement aujourd'hui. Elle-même était lucide sur les conditions de misère des ouvriers immigrés qui travaillaient dans les usines nordistes dont celles de sa famille. Il y avait également de quoi rougir. Esclavage légal, esclavage économique. Pour la première fois, elle réalisait à quel point la frontière était ténue.

Alex se méprit sur l'expression de tristesse qui passa dans le regard de la belle nordiste. C'est pourquoi il poursuivit :

— Je connaissais les méfaits et autres sévices qui se déroulaient sur certaines plantations et qui nous révoltaient, ma famille et moi, autant que toi ! La plupart des planteurs ont toujours agi ainsi pour se protéger de possibles soulèvements qui auraient menacé leur famille et leur vie. Mais cela n'excuse pas les tortures, les châtiments et les assassinats qui ont été perpétrés, et pour lesquels nous avons gardé le silence !

Son poing frappa avec force le bastingage.

— En ce sens, oui, tu as raison, Erin, je suis coupable ! Nous le sommes tous ! Sache seulement que cela ne s'est jamais produit à Willmore ! Nous ne l'aurions jamais permis. Nous nous sommes toujours montrés justes envers nos esclaves !

— Posséder un être humain pour une raison de couleur, ce n'est pas être juste, Alex ! C'est un crime !

Le jeune officier se passa une main dans les cheveux d'un geste agacé.

— Bon sang, Erin ! Que pouvions-nous faire de plus ? Lors des dernières élections, mon père s'est engagé à corps perdu dans une campagne vouée à l'échec dans l'espoir de faire changer les mentalités et plus tard certaines lois. Mais les habitudes ont la vie dure, surtout dans le Sud ! Et il s'est heurté à un mur d'indifférence, voire de franche hostilité, de la part de nos voisins ! Certains l'ont même considéré comme un traître ! Voilà la vérité, Erin !

— Tu aurais pu choisir de combattre dans l'autre camp ! Afin que l'esclavage cesse définitivement !

— Je reconnais ne pas avoir toujours pris les bonnes décisions. Mais si j'avais fait ce que tu me demandes, cela aurait été trahir la Louisiane ! Là où je suis né, où se trouvent ma maison, ma famille et mon cœur ! C'était tout simplement impossible, Erin ! J'aimerais tellement qu'il en soit autrement…

Oui, bien entendu, une part d'elle-même le comprenait. L'ombre et la lumière. La loyauté ou la traîtrise. L'honneur ou la honte. Des choix manichéens que tout homme était amené à faire en temps de guerre. Tout ce qu'elle savait d'Alex n'ôtait en rien la certitude qu'il était digne des sentiments qu'elle éprouvait pour lui.

Mais une autre partie aurait aimé lui crier qu'il pouvait aussi faire ce choix pour elle désormais.

Pour autant, elle se contenta d'approuver.

— Je sais.

Puis en s'éloignant de quelques pas sur le pont pour lui dissimuler son amertume, elle rajouta :

— Moi aussi…

Alex observa la jeune femme se tenir immobile, le

visage offert à la brise. Il se surprit à penser qu'une telle élégance au milieu des soldats et des marins lui semblait aussi absurde qu'un éléphant dans un salon de thé. Sa place n'était pas sur un bateau corsaire ennemi… Elle ne l'avait jamais été. Par amour pour elle, il n'avait fait que prendre de mauvaises décisions aux lourdes conséquences, piétinant toutes les homériques promesses qu'il avait érigées dans son cœur à Londres pour fuir la vérité.

Alex demeura aux côtés d'Erin, respectant son silence et sa douleur, alors même que sa conscience ne cessait de le tourmenter en le traitant de lâche. Mais comment lui avouer maintenant ses mensonges sans l'accabler davantage ? Il se promit d'attendre un moment plus opportun pour se confier à elle.

— La température devient plus clémente. Où sommes-nous ?

Le jeune homme fut soulagé lorsque Erin changea de sujet.

Évoquer la guerre mettait en péril le fragile équilibre qui s'était instauré entre eux depuis quelques jours. Erin l'avait certainement également compris de son côté.

— Nous longeons les côtes de la Géorgie.

La jeune femme ne put retenir une exclamation de surprise.

— N'est-ce pas dangereux ? Avec le blocus, la côte doit grouiller de centaines de vaisseaux de guerre yankees !

Elle avait beaucoup de difficulté à cacher son inquiétude pour Alex, même si elle ne pouvait qu'admirer son courage.

Mais cet acte de hardiesse pouvait le conduire à la mort, pensée qui lui était devenue intolérable depuis qu'elle avait enfin accepté ses sentiments pour le corsaire intrépide qui lui faisait face, et qui, lui, semblait bien trop confiant à son goût.

Alex ne chercha pas à démentir ses propos.

— C'est plutôt audacieux en effet ! Mais *L'Annabella* est capable de grandes prouesses ! De toute façon, nous n'avons pas le choix ! Nous nous dirigeons vers les Bahamas afin d'approvisionner le navire en charbon et en vivres. L'île de New Providence est vouée à notre cause depuis le début du conflit qui oppose le Nord et le Sud. Une fois là-bas, nous serons en sécurité.

La jeune femme ouvrit un œil et lui lança d'un air mutin :

— Dois-je en conclure que vous me conduisez dans votre repaire de pirates, capitaine Cleveland ?

Alex lui adressa en retour un sourire lumineux.

— Si l'on peut dire, miss Hamilton.

Le jeune homme fut rassuré d'entendre Erin plaisanter sur sa captivité, signe qu'elle ne semblait plus trop souffrir de sa condition de prisonnière. En tout cas, elle ne montrait plus aucune réticence à demeurer sur le navire confédéré depuis quelques semaines. Leur récent rapprochement et leur complicité naissante y étaient sans doute pour beaucoup.

Leur relation paraissait prendre un tour inattendu. Et l'idée de la faire sienne pour toujours s'imposait de plus en plus souvent dans son esprit. Cette nuit n'avait fait que confirmer ce que son cœur savait déjà depuis longtemps.

Indifférente au trouble de l'officier, Erin poursuivit avec enthousiasme :

— Même si j'adore l'océan, me retrouver sur la terre ferme sera un luxe dont je compte bien profiter !

— Nous y resterons quelques jours en effet.

Alex lui sourit à nouveau, et sa maudite fossette affola le cœur d'Erin. Dieu qu'il était beau ainsi, même dans son uniforme gris !

Elle aimait le voir sourire, ce qui lui arrivait rarement, surtout lorsqu'il se trouvait en sa présence. Mais tout semblait avoir changé depuis cette nuit.

Erin prenait plaisir à découvrir ce qu'Alex cachait derrière son masque impassible. Elle n'avait soudain aucun mal à imaginer le jeune homme insouciant et exalté qu'il avait pu être avant de quitter la Louisiane, dont elle avait eu un aperçu lors de la *Boat Race*. Sans doute la guerre et le conflit avec son père l'avaient rendu plus amer.

En outre, par sa présence sur le bateau, Erin devait lui rappeler tout ce qu'il avait perdu. Malgré cela, Alex n'avait jamais tenu le moindre propos offensant envers elle alors qu'elle représentait ce qu'il haïssait le plus. Ce dernier se trompait quand il lui avait affirmé ne pas être un gentleman à Londres. Certaines valeurs sudistes, comme le courage, l'honneur et la loyauté, souvent méprisées par ses pairs au cours des dîners mondains auxquels elle participait avec sa famille avant la guerre, revêtaient une tout autre signification depuis qu'elle avait appris à connaître le séduisant officier confédéré. Elles étaient profondément ancrées en lui, et Erin ne pouvait que l'aimer davantage pour cela. Alex l'avait également rassurée sur son positionnement sur l'esclavage, même si elle avait compris depuis longtemps que certains choix ne lui avaient jamais appartenu. Il devait en être ainsi pour de nombreux hommes catapultés dans cet incompréhensible conflit, peu importe le côté dans lequel ils se battaient.

Elle se surprit à penser une nouvelle fois qu'en dehors de la couleur de son uniforme, Alex ressemblait beaucoup à Justin. Si la guerre leur permettait à tous de connaître une issue heureuse, elle espérait de tout cœur que les deux hommes soient capables de mettre leurs dissensions de côté pour son bonheur à elle, car elle ne voyait plus son existence sans le jeune corsaire à ses côtés.

Ses pensées se dissipèrent lorsque Alex noua discrètement ses doigts aux siens, ce qui réconforta Erin quant aux sentiments que ce dernier semblait lui porter depuis peu. Rien ne lui paraissait impossible désormais, et c'est avec un sentiment de joie pure qu'elle s'abandonna à ce lien ténu entre eux.

— Je n'ai jamais eu l'occasion de visiter l'archipel des Bahamas quand je voyageais avec mon père.

— Ton père était capitaine ?

Le regard de la jeune femme se brouilla un instant.

— Oui, le meilleur à mes yeux… Du moins jusqu'à maintenant.

Alex lui jeta un coup d'œil surpris, mais Erin continua :

— Ma mère est morte à ma naissance. C'est sur un navire que je suis née et que j'ai été élevée. La mer est toute ma vie ! J'aime explorer de nouveaux lieux et aller à la rencontre de personnes aux horizons très différents. C'est tellement enrichissant ! Lorsque mon père est mort, j'ai cessé de voyager. Les Hamilton m'ont accueillie comme leur fille par amitié et respect pour ce dernier avec qui Daniel Hamilton était ami. Ils se sont connus enfants et ne se sont jamais séparés.

Elle observa un instant le ballet de goélands qui suivaient le bateau depuis qu'ils s'étaient rapprochés de la côte.

— J'aime ma famille plus que tout ! soupira-t-elle. Mais parfois, j'étouffe au milieu de ce mode de vie protecteur et tellement codifié. Tout ce que je fais est disséqué par la bonne société de Philadelphie, si bien que j'ai souvent l'impression de ne plus m'appartenir !

Alex perçut le regret dans la voix de la jeune femme. Il était bien placé pour comprendre le besoin de liberté qu'Erin évoquait de façon subtile.

Il ne put s'empêcher d'affirmer d'un ton taquin :

— Je ne te savais pas aussi aventurière, même si ton déguisement de ramoneur aurait dû me mettre la puce à l'oreille !

Alex avait toujours soupçonné qu'Erin était une femme captivante.

Plus il la découvrait, plus elle lui plaisait. Sans cette maudite guerre…

Erin leva la main et caressa la joue du jeune homme, recouverte d'un chaume doré qui accentuait son côté canaille.

— Je ne l'étais pas autant… avant de te rencontrer !

Alex en eut le souffle coupé.

La chaleur de sa voix et sa douceur féminine lui procurèrent un profond sentiment de paix, même s'il ne connaissait pas les sentiments d'Erin à son égard.

Soudain incroyablement heureux, le jeune homme saisit Erin par la taille et la rapprocha de lui avant de se pencher vers sa bouche qui l'appelait comme un dessert savoureux.

Erin se jeta aussitôt dans ses bras.

— Je croyais que nous étions sur le pont, chuchota-t-elle, en relevant la tête vers lui.

Alex jeta un œil par-dessus l'épaule de la jeune femme. Par respect pour les soldats et les marins qui combattaient à ses côtés, il souhaitait que leur relation demeure secrète, même s'il se doutait que ses hommes n'étaient certainement pas dupes de leur rapprochement. Si certains le désapprouvaient ouvertement, ils seraient libres d'embarquer sur un autre navire une fois à Nassau.

Par chance, chacun était occupé à sa tâche, ne prêtant aucune attention au couple dissimulé à l'ombre de la grand-voile.

— Au diable mes hommes ! s'exclama-t-il, avant d'embrasser Erin lentement, savourant la sensation merveilleuse de ses lèvres contre les siennes.

— Capitaine ! hurla soudain la vigie. Une voile fait route vers nous !

Alex s'écarta dans un grondement.

Les yeux brillants, Erin avait l'air aussi contrarié que lui.

— Je crois que le devoir t'appelle, maugréa-t-elle.

— Tu ferais mieux…

— De retourner à la cabine pour ta propre sécurité ! termina-t-elle à sa place. Tu ne me laisseras pas rester cette fois ?

— Non.

— Très bien ! souffla-t-elle avant de se détourner.

Alex la regarda s'éloigner, les sourcils froncés.

Erin avait capitulé bien trop facilement, cela ne lui ressemblait pas.

— Capitaine ! le héla à nouveau la vigie.

Alex secoua la tête et sortit de l'ombre avant de saisir sa longue-vue et de la pointer sur le point désigné par le guet.

Après avoir longuement observé le navire, l'officier s'assombrit, soudain inquiet.

Le bateau qui s'approchait d'eux sans chercher à l'éviter ne se comportait pas comme les bâtiments de commerce qu'ils attaquaient habituellement.

Quelque chose clochait.

Ce dernier avançait bien trop lentement, presque avec

précaution, comme s'il cherchait à faire une reconnaissance de l'*USS Annabella*.

Clayton accourut près de lui.

— J'ai un mauvais pressentiment, Alex ! Ce navire se conduit de façon très étrange !

— J'en suis parvenu aux mêmes conclusions ! Les derniers journaux font état d'un croiseur yankee, l'*USS Delaware*, missionné par Lincoln lui-même pour mettre fin à nos attaques ! Cela ne m'étonnerait pas que nous fassions bientôt connaissance avec la dernière botte secrète de ces fichus fédéraux !

Il jeta un coup d'œil à la grand-voile pour vérifier si le vent leur était favorable.

— Laissons-le encore s'approcher pour connaître ses intentions. Et s'il nous attaque, nous saurons lui montrer de quoi *L'Annabella* est capable ! Ordonne à nos hommes de se tenir prêts ! Quant à moi, je vais prévenir Jay d'abaisser le propulseur et de préparer la vapeur.

Chapitre 21

Erin jeta un rapide coup d'œil derrière elle et fut soulagée de voir Alex occupé avec Clayton.

Parfait ! Elle en avait assez d'être mise de côté comme une poupée fragile ! Elle était bien déterminée cette fois-ci à assister à la course-poursuite à l'insu d'Alex. Si elle se montrait discrète, il ne saurait rien de sa présence sur le pont.

En silence, elle alla se dissimuler entre deux tonneaux d'eau douce et attendit patiemment que le spectacle commence.

Mais à sa grande surprise, elle sentit le navire s'immobiliser progressivement sur l'eau comme s'il attendait sa proie, ce qui ne correspondait pas à la tactique habituelle d'Alex. Inquiète, Erin plissa les yeux et scruta à l'horizon la grand-voile qui se rapprochait insidieusement, glissant sur la mer lisse comme un traîneau sur la neige.

Ils restèrent ainsi plusieurs heures.

De temps en temps, *L'Annabella* se mettait en mouvement pour s'arrêter à nouveau. Ce petit jeu dura jusqu'au soir, obligeant Erin à demeurer immobile.

La jeune femme entendit son ventre gronder. Elle n'avait rien mangé de la journée, mais pour rien au monde elle n'aurait tenté de quitter sa cachette et risquer d'être découverte par Alex ou Clayton.

Enfin, le branle-bas retentit.

Un long frisson remonta le long de la colonne d'Erin lorsqu'elle comprit ce que cela signifiait. *L'Annabella* passait à l'offensive.

L'ennemi avait fini par se rapprocher, si près que la jeune femme pouvait distinguer les contours de la proue du navire, baignés par les lueurs orangées du soleil couchant.

Elle découvrit son nom dans un silence horrifié.

L'*USS Delaware* !

Ce bateau n'avait rien d'un navire marchand ! C'était un sloop fédéral de guerre !

Au même instant, *L'Annabella* vira à tribord et fit voile sur le yankee à toute vitesse !

Un cri de stupeur mourut dans la gorge d'Erin.

Alex ne comptait tout de même pas attaquer *Le Delaware* de front !

C'était risqué et insensé ! Un vrai coup de poker pour obliger l'ennemi à changer de cap !

À aucun moment elle ne pensa au danger qu'elle-même courait sur le pont. Seuls les risques que prenait Alex comptaient. Elle craignait plus que tout pour sa vie à lui !

S'il échouait, il serait arrêté et livré à la justice fédérale ! Erin n'osait imaginer le sort qui lui serait alors réservé. Il ne lui restait plus qu'à prier pour que les Yankees soient moins courageux que les sudistes.

Les deux bateaux se rapprochaient maintenant l'un de l'autre à vive allure.

Une tension insupportable prit Erin à la gorge.

Tourne ! Tourne !

Elle ne sut pas à quel navire elle s'adressait précisément. Cela lui importait peu, du moment qu'ils demeuraient en vie ! Ce qui semblait compromis alors que le sloop fédéral fondait sur eux ! Aucun des deux bateaux ne paraissait vouloir céder, optant pour une lutte à mort.

Soudain, sa prière fut exaucée !

La proue du *Delaware* vira sur la droite au dernier moment, effleurant si près *L'Annabella* que de l'écume éclaboussa le pont.

Erin libéra son souffle et poussa un cri de joie, oubliant où elle se trouvait.

Mais le répit fut de courte durée.

Alex reprit progressivement une respiration normale.

Ils l'avaient échappé belle !

Il ne connaissait pas le capitaine du *Delaware*, mais c'était un sacré officier ! Jusqu'au dernier moment, il les avait tenus en haleine !

Mais la témérité du jeune corsaire avait fini par payer.

Pour autant, l'affrontement ne faisait que débuter.

Le jeune homme chercha à se placer en enfilade par l'arrière du navire, mais le Yankee ne se laissa pas faire et lui présenta sa bordée. Alex comprit aussitôt qu'il allait user des canons. Le capitaine se montra plus rapide et ordonna à la batterie de tribord d'attaquer. *Le Delaware* répondit immédiatement par des tirs, engageant un combat acharné contre *L'Annabella*.

Alex s'accrocha à la barre malgré le feu bien nourri de l'artillerie ennemie qui visait le pont. *L'Annabella* devait coûte que coûte gagner de la vitesse afin de pouvoir s'échapper, l'issue du combat étant encore incertaine pour le petit sloop. *Le Delaware* semblait beaucoup mieux armé qu'eux, et pour la première fois Alex douta de leur victoire.

Pour ne pas arranger les choses, le vent se mit à souffler violemment, rendant les manœuvres plus périlleuses.

Soudain, un tir ennemi toucha le grand bras et le brisa en deux. La grande vergue, qui n'était plus supportée par le bras, se plia brutalement en deux. Dans un grand craquement, la grand-voile partit à son tour au loin, sous le regard effaré d'Erin qui se trouvait à proximité, déchirant en même temps la voile de hune en morceaux.

L'Annabella se retrouva aussitôt en péril, car il ne lui restait plus de toile pour soutenir son avant et faire contrepoids contre la puissante pression de la voile d'étai du mât de hune.

Le bateau pencha dangereusement en avant, obligeant Erin à sortir de sa cachette pour ne pas être écrasée contre les tonneaux.

De son côté, Alex laissa échapper une bordée de jurons pour évacuer la tension qui l'habitait.

Impuissant de par sa position à la barre, il releva la tête, s'attendant à perdre le mât d'un instant à l'autre.

Estomaqué, il aperçut alors Erin sauter vers la vergue de la voile d'étai, sous le feu de l'ennemi qui continuait à les mitrailler sans relâche.

Son sang se figea, et son cœur cessa de battre ! Une terreur identique à celle qu'il avait ressentie à Londres le saisit brutalement quand il comprit ce qu'Erin avait en tête.

— Douglas ! hurla-t-elle. Vite, donnez-moi votre coutelas !

Le soldat la contempla, stupéfait.

— Douglas ! s'impatienta-t-elle.

D'un geste assuré, elle arracha l'arme de la ceinture du soldat sans perdre de temps.

À la fois admiratif et horrifié, Alex regarda la jeune

femme couper promptement la voile d'un geste assuré, délivrant ainsi le navire de la pression avant. *L'Annabella* bondit en arrière, déséquilibrant la jeune femme qui s'agrippa de justesse à la lisse. Elle se jeta ensuite à terre et se mit à ramper pour aller se mettre à l'abri des tirs ennemis dans la timonerie.

Alors seulement, Alex s'autorisa à respirer à nouveau, le cœur battant à un rythme assourdissant.

Par tous les saints !

Elle avait de la chance qu'il se trouve trop loin d'elle pour lui dire ce qu'il pensait de sa petite sortie improvisée qui aurait pu lui coûter la vie ! Heureusement pour la jeune femme, il avait un combat à mener avant. Mais nom de Dieu ! Elle ne perdait rien pour attendre !

Le vaisseau corsaire confédéré se remit aussitôt au vent, ce qui lui permit de s'éloigner rapidement afin de se trouver à l'abri des canons.

Soulagé qu'Erin soit enfin en sécurité, Alex retrouva son assurance et ordonna d'augmenter la vapeur.

— Allez ma belle ! Montre à ces salauds de fédéraux ce dont tu es capable !

Le Delaware les prit immédiatement en chasse !

Malgré la perte de la grand-voile, *L'Annabella* se retrouva propulsé par-dessus les vagues, aidé par la violence du vent devenu soudain un allié précieux.

Erin sentit le sloop voler au-dessus des gros rouleaux qui agitaient la surface en grondant.

Jamais elle n'aurait cru possible d'atteindre une telle vitesse alors que le bateau se retrouvait comme un oiseau amputé d'une aile ! *L'Annabella* était décidément un navire hors du commun !

Emplie d'une sourde angoisse, Erin observait à travers le hublot *Le Delaware* tenter de maintenir la distance. Mais le Yankee, beaucoup plus lourd, peinait à se montrer offensif dans cette course de vitesse devenue une question de vie ou de mort.

C'était de la folie !

Et pourtant, Erin ne put s'empêcher de penser qu'elle vivait sans doute l'expérience la plus extraordinaire de son existence, excepté peut-être sa première nuit avec Alex !

À la fois terrifiée et grisée, elle sentait son cœur tambouriner dans sa poitrine, heureuse de constater au bout de quelques heures que le croiseur nordiste ne représentait plus un danger pour eux.

Alex de son côté en était parvenu à la même conclusion.

Il ordonna de replier toutes les voiles afin de disparaître dans la nuit tel un vaisseau fantôme. Puis, les doigts serrés sur la barre, il laissa l'extrême tension qui raidissait tous ses muscles le quitter progressivement.

Cet affrontement avec l'*USS Delaware* l'avait ébranlé plus qu'il ne le voulait ! Il s'en était fallu de peu pour qu'ils se retrouvent au fond de l'océan ou emprisonnés dans une lugubre prison fédérale !

Il remercia en son for intérieur l'entreprise Ashton d'avoir imaginé et construit un navire aussi accompli que *L'Annabella* ! Même avec une voile en moins, le bâtiment s'était merveilleusement comporté, gagnant le Yankee dans cette course de vitesse effrénée. Sa seconde pensée fut pour Erin à qui ils devaient sans aucun doute cette victoire… et la vie !

Le courage et l'intelligence dont elle avait fait preuve méritaient le plus grand respect ! Alex n'aurait jamais imaginé que la jeune femme ait autant de connaissances en matière de navigation. Son père lui avait vraisemblablement transmis son savoir, ce qui lui avait permis de les sauver aujourd'hui.

Néanmoins, il ne pouvait oublier qu'elle avait désobéi à ses ordres et risqué sa vie une fois de plus ! Il ressentait encore le mélange de peur glaçante et d'impuissance qu'il avait éprouvé en la voyant se précipiter vers la voile sous les tirs nordistes !

Si elle avait été tuée sous ses yeux, jamais il n'aurait pu s'en remettre, car tout aurait été de sa faute !

Par ses actes, il avait provoqué la colère de l'Union. Il savait que désormais les fédéraux ne reculeraient devant rien pour les arrêter. Tous les journaux en parlaient. Plusieurs navires yankees étaient à leurs trousses dont *Le Delaware*, qui s'était avéré le plus dangereux. Après avoir essuyé une sévère défaite, il était fort probable que le croiseur nordiste cherche à prendre sa revanche ! Alex avait le pressentiment qu'il ne les laisserait plus en paix désormais !

C'est pour cette raison qu'il devait protéger Erin par tous les moyens ! Plus rien ne l'obligeait à la retenir sur le navire corsaire, car il avait depuis longtemps acquis la certitude qu'elle ne le trahirait pas.

L'affrontement qu'ils venaient de vivre avec le croiseur nordiste l'obligeait à prendre la décision qu'il refusait tout simplement d'envisager depuis la capture de la jeune femme.

Il n'avait plus le choix à présent. Il devait la restituer à sa famille !

Les avaries qu'ils avaient subies les forçaient à se rendre à Nassau pour effectuer les réparations nécessaires.

Ensuite, ils prendraient la direction de l'Angleterre, qui était la destination la plus sûre pour eux, afin de mettre Erin en sécurité et lui permettre de s'embarquer sur un navire en direction de Philadelphie. Les fédéraux n'auraient pas l'idée de les rechercher aussi loin dans cette zone de l'Atlantique, ce qui leur permettrait de gagner du temps.

Sa décision prise, Alex gagna le pont arrière à grands pas.

Il repéra aussitôt Erin entourée de tout l'équipage qui la félicitait avec enthousiasme. Si la jeune femme n'avait pas encore gagné le respect de ses hommes à l'unanimité, c'était probablement chose faite à présent !

À son approche, les marins et soldats présents s'éparpillèrent comme une nuée d'oiseaux, sentant sans doute la nouvelle tempête qui s'annonçait, cette fois sur le pont. En un battement de cœur, ils se retrouvèrent soudain seuls.

Erin retint son souffle et observa Alex s'approcher, se préparant à l'affrontement qui n'allait pas manquer de suivre. Elle avait appris à connaître Alex. Et elle savait qu'il ne venait pas vers elle pour la remercier simplement. Certes, elle lui avait désobéi en toute connaissance de cause. Mais cela leur avait sauvé la vie ! Elle ne manquerait pas de le lui rappeler si besoin, avant qu'il décide d'un nouveau séjour dans la cale.

Le jeune capitaine s'arrêta à quelques centimètres d'elle, assez près pour qu'elle puisse voir l'éclat dur de ses yeux bleus, ce qui était mauvais signe. Il se tenait le dos raide, les muscles tendus et la dévisageait d'un regard intense.

Cet échange silencieux s'éternisa, comme si l'officier sudiste avait besoin de temps pour retrouver le contrôle de lui-même, mettant les nerfs de la jeune femme à rude épreuve.

Enfin il prit la parole, usant d'un ton froid afin de lui dissimuler la terreur qu'il avait éprouvée en la voyant en danger. Son cœur battait encore à tout rompre alors qu'il ne pouvait effacer dans son esprit l'image d'Erin courant sous les tirs de l'artillerie ennemie.

— Ce que tu as fait aujourd'hui était téméraire, dangereux et stupide ! Tu aurais pu être blessée ou tuée ! Mais qu'est-ce qui t'a pris, bon sang ?

Erin tiqua, même si l'angoisse d'Alex était palpable derrière les propos acerbes qu'il lui adressait.

Cependant, elle ne supportait plus qu'il la réprimande sans cesse comme une enfant qui a commis une bêtise ! Elle était son égale ! Quand allait-il l'admettre ?

Les poings sur les hanches, elle ne se laissa pas démonter par son accès de colère.

— Sans mon intervention, nous étions perdus, et tu le sais aussi bien que moi !

Alex l'attrapa avec dureté par les épaules.

— Nous ? Depuis quand es-tu devenue une sudiste, Erin ? hurla-t-il. Nous sommes dans deux camps opposés ! Il n'y a pas de nous possible ! Il n'y en a jamais eu !

C'était délibéré et cruel de sa part, il en était tout à fait conscient. Mais avait-il le choix, surtout en connaissant le caractère impétueux d'Erin ?

Il devait lui faire entendre raison !

Erin ne pouvait pas faire partie de son monde ! Et chaque jour qu'elle passerait dorénavant avec lui la mettrait en danger !

Cette dernière comprit aussitôt qu'Alex ne parlait pas seulement de la guerre mais de leur relation.

— Je n'ai fait que nous sauver la vie à tous ! Pourquoi ne pas me remercier tout simplement au lieu de me hurler dessus comme tu le fais ? Je ne suis pas ton ennemie, Alex ! Je ne l'ai jamais été !

Celui-ci se passa la main devant les yeux, gagné par une soudaine lassitude.

Il hurlait parce qu'elle était la seule à lui faire perdre son sang-froid ! La seule à le rendre vulnérable !

Alex attira Erin si près de lui que leurs fronts s'effleurèrent.

— Tu passes ton temps à outrepasser mes ordres ! souffla-t-il. Cela ne peut plus continuer ! Comment veux-tu que je me concentre sur ma mission si je dois sans cesse m'inquiéter pour toi ?

La colère d'Erin s'évanouit comme par enchantement.

Ainsi, il avait eu peur pour elle ! C'est pour cette raison qu'il se montrait aussi virulent avec elle !

Elle rajouta d'une voix douce :

— Je peux très bien prendre soin de moi, Alex. Tu n'as pas à t'en soucier.

Le jeune capitaine ferma un instant les yeux. Il sentait son parfum fleuri, la douceur de ses boucles sur sa main. Elle était trop près de lui. Une tentation obsédante.

— C'est trop tard… beaucoup trop tard, Erin. Je…

Soudain, il se tut et prit son visage en coupe, la sondant de ses yeux bleus incroyables.

Puis il reprit, le souffle saccadé :

— Erin Callaghan-Hamilton, depuis que je te connais, ma vie est une vraie pagaille ! Mon esprit ne connaît plus la tranquillité, et malgré toutes les barrières que j'essaye de mettre en place, tu arrives à t'infiltrer dans les parties les plus secrètes de mon être ! Je ne peux plus continuer ainsi !

La gorge d'Erin se serra devant cet aveu inattendu.

Que signifiaient ses derniers mots ? Elle ne comprenait plus rien.

Erin vit un désir brut traverser le regard d'Alex alors qu'il se penchait vers ses lèvres. D'instinct, elle leva le visage vers lui, appelant de tout cœur le baiser qui allait suivre.

Mais le jeune homme arrêta son geste et s'écarta brusquement d'elle.

Erin battit des cils, décontenancée.

Dieu qu'elle le voulait à cet instant ! Elle le voulait tant qu'elle était prête à braver tous les interdits, la guerre et sa famille s'il le fallait !

Alex tenait à elle, elle le savait au fond de son cœur ! Elle ne supporterait pas qu'il érige encore une fois ce haut mur de pierre entre eux.

Erin le rattrapa par la main.

— Alex, attends, je t'en prie ! Qu'est-ce que tu tentes de me dire ?

Le jeune homme détacha doucement ses doigts des siens.

— Tu le sauras bientôt.

Erin se figea, essayant de ne pas réagir à cette promesse funeste qui la glaça.

Sans un regard pour elle, Alex se détourna et disparut dans la nuit noire, la laissant plus perplexe que jamais. Elle le regarda partir, se retenant de courir derrière lui.

Il était trop en colère. Trop déterminé.

Elle devait lui laisser du temps.

Chapitre 22

Erin ne revit pas Alex les deux jours suivants. Elle dormit peu, ne parvenant pas à faire taire la sourde angoisse qui la taraudait. Même si Alex ne lui avait pas fait part de ses intentions la concernant, elle le soupçonnait d'avoir pris une décision qui, elle le pressentait, allait changer le cours de leur vie à tous deux.

Sa présence lui manquait, et elle ne savait pas comment briser la distance qu'il s'acharnait à établir entre eux comme une barrière invisible depuis leur dernière altercation.

Erin se doutait que ses origines nordistes n'expliquaient pas le comportement du ténébreux corsaire, même si elle comprenait les réticences d'Alex à vouloir s'engager dans leur relation, compte tenu du contexte inquiétant et ambivalent dans lequel ils évoluaient. Elle-même avait longtemps refusé la vérité pour les mêmes raisons, jusqu'à ne plus pouvoir ignorer la puissance de son amour pour le bel officier.

Pour autant, rien ne lui garantissait que le jeune homme éprouve les mêmes sentiments à son égard. Combien de fois lui avait-il répété qu'il n'était pas l'homme qu'elle espérait ?

Néanmoins il se trompait.

Il était au contraire tout ce qu'elle avait toujours désiré, et cette certitude était maintenant solidement ancrée au plus profond de son cœur, lui donnant le courage nécessaire pour vaincre tous les obstacles qui s'élèveraient désormais entre eux.

Forte de cette conviction, Erin alla s'accouder au bastingage et observa avec un plaisir enfantin un banc de dauphins qui jouaient avec l'écume à l'avant du bateau. Les gracieux cétacés jaillissaient gaiement des flots avant de retomber dans un saut parfait dans les profondeurs turquoise qui brillaient comme du verre poli. La jeune nordiste les encouragea en frappant dans ses mains, son rire cristallin se mêlant aux sifflements enthousiastes des dauphins, pour le plus grand plaisir des marins qui travaillaient à proximité. Bientôt, un concert hétéroclite et distrayant se fit entendre sur le pont au fur et à mesure que certains se mettaient à siffloter ou à chantonner à leur tour, les laissant tous oublier l'espace d'un instant qu'ils se trouvaient sur un navire de guerre.

Alex se figea à son tour en entendant cette surprenante cacophonie alors qu'il prenait place à la barre et il laissa échapper un sourire en secouant doucement la tête, gagné par la ferveur de l'équipage. Puis son regard azur capta la silhouette menue penchée au loin par-dessus le bastingage.

Erin… Elle était à ce moment même la parfaite incarnation de ses rêves les plus fous ! De ses plus sombres tourments également…

La joie sur son visage laissa brusquement place à un masque de plomb, la douleur le terrassant aussi subitement qu'un coup de fusil Sharp dans la poitrine.

L'Annabella se rapprochait doucement de Nassau. Et

ce qu'il s'apprêtait à faire lui demanderait bien plus de courage et de force que d'affronter ensemble trois vaisseaux ennemis. Bientôt Erin découvrirait la vérité, toute la vérité. Et ses espoirs de bonheur s'envoleraient au moment même où la jeune femme sortirait de son existence.

Erin ajusta sous son menton le nœud de sa capeline tandis que le soleil dardait sur elle des rayons de plus en plus chauds. Elle pouvait déjà distinguer au loin les longues étendues de sable blanc qui semblaient se perdre dans l'eau pure et cristalline du lagon. À l'arrière, les montagnes luxuriantes formaient comme une tache émeraude dans le ciel pur. C'était une journée splendide pour accoster sur l'île de New Providence.

La jeune femme poussa un soupir. Elle se mit à espérer que leur séjour sur terre lui apporterait des moments privilégiés avec le séduisant capitaine confédéré afin qu'il puisse apaiser toutes ses craintes… À condition bien évidemment que ce dernier cesse de l'éviter comme il le faisait ces derniers jours !

Elle songea avec amertume qu'elle aurait dû se réjouir de se trouver sur l'île de New Providence. Elle pourrait peut-être trouver l'occasion d'envoyer une missive à sa famille pour la rassurer. Mais n'était-ce pas faire courir un risque à Alex et à tout l'équipage ?

Erin se mordit la lèvre inférieure, soudain indécise. À nouveau, elle se retrouvait prise entre deux feux. Sa famille ou son amour pour Alex.

Pourtant, cette fois, sa décision lui sembla aussi facile que de souffler sur une bulle de savon.

Il n'était pas question qu'elle mette la vie de l'homme qu'elle aimait en danger !

Si on lui avait dit à Londres qu'un jour elle tiendrait à Alexander Tyron Morgan plus que sa propre existence, elle en aurait certainement pleuré de rire ! Tant de choses s'étaient passées depuis. Sans aucun doute le destin leur avait joué un drôle de tour ! Mais pour rien au monde la jeune femme ne souhaitait qu'il en soit autrement.

Sa famille finirait-elle par comprendre certains de ses choix ?

Elle n'était sûre de rien. Mais pour la première fois, elle n'éprouva plus aucune crainte en y songeant.

L'Annabella rentra dans le port dans un parfait silence qui contrastait avec l'activité intense qui régnait sur le quai. Les marchands de fruits et de légumes offraient tout un kaléidoscope de couleurs. Des marins déambulaient entre les étals alléchants, seuls ou accompagnés de filles de rue dont les rires joyeux se mêlaient aux cris des chalands.

Il faisait déjà très chaud, et Erin se demanda aussitôt comment elle allait pouvoir supporter ce climat tropical. Elle n'avait emporté que des robes adaptées au rude hiver londonien, sans prévoir qu'elle se trouverait quelques mois plus tard sur une île paradisiaque, repaire de la piraterie confédérée.

Elle dut patienter plusieurs heures avant que Clay trouve un moment pour l'escorter à terre. Elle songea que ce rôle aurait dû revenir à Alex et elle lutta contre la tentation de regarder tout autour d'elle dans l'espoir d'apercevoir l'affriolant capitaine de *L'Annabella*.

Clay l'aida à monter dans une calèche avant d'enfourcher

un alezan bai. La voiture se mit en route dans un nuage de poussière au milieu de la foule colorée qui déambulait avec nonchalance. Certaines femmes portaient des paniers remplis d'épices, d'autres, des fleurs éclatantes au ton jaune ou fuchsia dont le parfum entêtant lui chatouillait les narines alors qu'ils passaient à leur côté.

— Où se trouve donc votre maudit capitaine, lieutenant Evans ? finit-elle par demander en s'installant plus confortablement dans le fauteuil capitonné, tout en protégeant son visage avec une ombrelle jaune crème que Clay lui avait dénichée sur le quai avant leur départ.

— Alex se trouve chez le gouverneur. Il nous retrouvera dès que possible, n'ayez crainte, Erin.

— Oh ! ce qu'il fait m'est égal ! Je n'ai de toute façon aucune envie de le voir ! s'empressa de rectifier la jeune femme.

Clay lui lança un regard à la fois entendu et complice, lui signifiant qu'il n'en croyait pas un mot.

Quelques minutes plus tard, ils débouchèrent sur une charmante maison à deux étages aux couleurs blanches et jaune mimosa qui contrastaient gaiement avec le bleu du ciel.

Chez Helena. Pension de famille, indiquait une pancarte en bois crème au-dessus de l'entrée.

La porte s'ouvrit aussitôt sur une jeune femme brune et pétillante, d'une beauté saisissante. Erin ne put s'empêcher de faire la moue en détaillant celle qu'elle prit instinctivement pour une rivale avec sa peau caramel et ses courbes sensuelles à damner un homme, ses grands yeux verts bordés de longs cils noirs et sa bouche pulpeuse, vive incarnation du désir.

Cette dernière ne manqua pas à son tour de dévisager

Erin lorsque la jeune femme descendit de la voiture après avoir saisi la main que Clay lui tendait.

Puis elle se précipita à la rencontre du séduisant lieutenant qu'elle accueillit avec des minauderies exagérées.

— Lieutenant Evans !

— Helena ! Vous êtes splendide, comme toujours ! s'exclama ce dernier en lui prenant galamment le bras.

— Et vous, vous êtes toujours aussi charmeur, mon cher Clayton ! Je vous ai préparé un *souse* dont vous me direz des nouvelles. Je sais que vous en êtes très friand !

— Ah ma chère ! Vous avez toujours su autant parler à mon cœur qu'à mon estomac ! affirma Clay d'un ton badin.

Helena lui donna une tape affectueuse sur le bras.

— À ce propos, où se cache donc votre intrépide capitaine ? Sait-il à quel point je me languis de lui ? Vous avez été absents si longtemps cette fois-ci ! roucoula-t-elle, en se penchant de façon à faire profiter le lieutenant de son décolleté échancré.

Clayton se racla la gorge avant de répondre, tout en lançant un coup d'œil gêné à Erin, qui commençait à bouillir :

— Hum… Chez le gouverneur.

— Le devoir avant tout, comme toujours chez Alexander !

Puis elle sembla se rappeler brusquement la présence d'Erin.

— Lieutenant Evans ! Qui est donc cette délicate demoiselle ? Ne me dites pas que vous l'avez trouvée sur l'un des nombreux rafiots yankees que vous pourchassez sans relâche !

— Mlle Hamilton est une… euh… connaissance du capitaine.

Helena fit la moue et détailla Erin des pieds à la tête,

évaluant sans doute si la jeune femme représentait ou non un danger pour elle.

Erin releva le menton et la fixa droit dans les yeux, subissant son examen sans sourciller.

— Vraiment ? railla Helena.

Pendant un bref instant, un éclair de colère traversa son beau regard vert, qu'elle remplaça bien vite par une lueur affable. Sans la présence de Clayton à ses côtés, Erin devina que leur rencontre aurait été plus tumultueuse.

La créole gratifia Erin d'un sourire victorieux, lui faisant comprendre qu'elle comptait bien se battre pour Alex.

— Enchantée, miss Hamilton.

— Moi de même, répliqua Erin, sur un ton poli, en passant devant la jolie créole.

Cette dernière lui adressa en retour un faux sourire.

— Bien. Rentrons à présent ! Vous devez avoir une faim de loup.

Erin la suivit à l'intérieur de la maison de mauvaise grâce. Son séjour à Nassau risquait de se révéler plus désagréable que prévu.

Mais la jolie brune ne perdait rien pour attendre ! Erin ne comptait pas se laisser intimider aussi facilement. Et pour Alex, elle se rendait compte qu'elle était prête à tout.

Elle fut étonnée de la sensation de fraîcheur qui régnait dans la demeure lorsque Helena les guida jusqu'à la salle à manger. La décoration, bien que simple, ne faisait état d'aucune faute de goût. Elle était à l'image de son hôtesse. Colorée et exotique.

Un fumet appétissant flottait dans l'air, réveillant les papilles d'Erin mises à rude épreuve après des semaines de viande séchée, de soupes et de galettes de maïs.

La jeune femme prit place autour de la table aux côtés de Clay.

Quant à Helena, elle mit un point d'honneur à l'ignorer, ne conversant qu'avec le beau lieutenant sudiste qui semblait complètement sous son charme. Erin n'en prit pas ombrage, trop préoccupée par l'idée qu'Alex viendrait bientôt les rejoindre. Elle était à la fois impatiente de le revoir et en colère contre lui, sans pouvoir en définir les véritables raisons.

L'objet de ses pensées arriva peu avant la fin du repas.

À sa vue, Helena émit un gloussement de plaisir avant de se jeter dans ses bras et de l'embrasser avec avidité sous le regard scandalisé d'Erin.

L'accueil chaleureux de la belle créole ne laissait planer aucun doute sur la nature de la relation qu'elle entretenait avec Alex. Ce dernier ne fit rien pour la repousser, ni pour l'encourager, au grand soulagement d'Erin. Mais lorsqu'il parvint à s'échapper des bras de cette insupportable tigresse, Alex lui accorda à peine quelques secondes, se contentant de la saluer d'un vague signe de tête, ce qui fit bouillir le sang d'Erin.

Ah, il comptait l'ignorer ! Très bien ! Elle en ferait de même !

Ayant terminé son repas, elle repoussa sa chaise avec humeur et sans un regard pour quiconque, elle quitta la pièce d'un pas décidé, mettant le plus de distance possible avec ce gredin d'Alex afin de lui cacher sa déception.

Furieuse, elle gagna l'auvent extérieur décoré de lambrequins en bois puis contourna la maison. Elle découvrit alors un ravissant petit jardin abondamment fleuri de bougainvilliers et d'hibiscus qui formaient des cascades colorées rose fuchsia et violettes retombant jusqu'à la pelouse parfaitement tondue.

La jeune femme tomba immédiatement amoureuse de cet écrin de verdure qui ferait sans doute la joie des aquarellistes avertis. Elle alla s'asseoir sur une balancelle à l'ombre d'un frangipanier et attendit avec un certain empressement qu'Alex vienne la retrouver.

Ce qu'il ne fit pas.

L'humeur de la jeune femme s'en trouva considérablement assombrie.

Lorsqu'elle rentra dans la demeure peu après, elle apprit par une domestique que Clayton était reparti sur *L'Annabella*. Quant à Alex, il semblait avoir disparu. Se trouvait-il en compagnie de cette sulfureuse Helena qui semblait elle aussi avoir déserté les lieux ?

Cette alternative laissa la jeune femme dans le plus grand désarroi. Découvrir qu'ils avaient été amants constituait déjà un supplice. À l'idée qu'Alex puisse faire l'amour à cette pimbêche et pose ses mains et sa bouche sur elle, elle ressentit une violente nausée. Elle ne pouvait croire le jeune homme capable de tels agissements, surtout pas après ce qu'ils avaient vécu ! Alex tenait à elle, elle en était certaine. Il ne pouvait donc pas coucher avec une autre, du moins pas en sa présence, n'est-ce pas ?

Cette idée la tourmenta. Après tout, le jeune homme ne lui avait fait aucune promesse d'avenir, ni même juré fidélité. Connaissant son passé sulfureux à Londres, il ne devait pas manquer de femmes prêtes à partager son lit dès qu'il faisait escale dans une île. Et pour la première fois, elle réalisa qu'elle ne valait pas mieux que ces femmes !

Je suis moi aussi sa maîtresse. Une sans doute parmi tant d'autres. Je n'ai aucun droit de me montrer jalouse.

Et pourtant, elle l'était ! Terriblement.

C'était un sentiment nouveau pour elle. Elle désirait par-dessus tout être la seule femme qui comptait pour Alex. Elle voulait son amour, son corps, ses pensées. Elle ne voulait pas être sa maîtresse. Elle voulait être sa femme !

Cette dernière pensée l'ébranla profondément mais l'aida à prendre une décision capitale. Se torturer l'esprit ne servait à rien. Si elle désirait qu'Alex lui fasse une place dans sa vie, elle devait tout mettre en œuvre pour le conquérir !

Toutefois à la fin de la journée, ces convictions faiblirent considérablement.

Alex et Helena brillaient tous deux par leur absence. Si au moins il lui avait montré une quelconque attention ou bien de tendres paroles. Au lieu de cela il lui avait opposé une distance glaciale, comme à chaque fois qu'il se retranchait derrière son masque impassible pour ne pas montrer ses véritables sentiments.

Les larmes aux yeux, Erin finit par sortir de la maison et descendit d'un pas rageur le chemin qui la menait jusqu'à la ville. Elle parcourut sans même les voir les rues aux commerces bigarrés, ignorant les sifflements et le regard appuyé des hommes sur son passage. Elle entra dans une minuscule boutique qui vendait des tenues plus adaptées à la chaleur étouffante. Erin choisit une robe blanche très simple aux manches courtes évasées dont la taille était soulignée par un ruban de soie rouge. Elle ne put résister au plaisir de l'enfiler immédiatement et se sentit beaucoup plus à l'aise. Sans regret, elle fit cadeau de son ancienne tenue à la commerçante.

Ravie de son achat, la jeune femme continua à déambuler, retrouvant sa bonne humeur au fur et à mesure de ses rencontres avec les habitants qui lui réservèrent tous un accueil chaleureux. Avec une joie enfantine, elle n'hésita pas à leur poser des questions et à goûter les spécialités locales qui ravirent ses sens. Elle était si occupée qu'elle ne vit pas la nuit tomber. En quelques minutes à peine, le soleil tira sa révérence, laissant place au son du *goombay* qui résonnait dans les ruelles.

Alors qu'elle quittait la rue principale, Erin se retrouva brutalement attirée contre un torse dur.

Elle fut aussitôt assaillie par un mélange d'odeur de transpiration et de whisky qui lui souleva le cœur. Elle tenta de se débattre, mais l'homme la maintenait d'une poigne de fer. Elle sentit ses ongles s'enfoncer dans sa peau délicate et grimaça de douleur, tout en le dévisageant. Mais le large chapeau qu'il portait, bien enfoncé sur son front, ne lui laissa pas voir les traits de l'inconnu.

— En voilà une bien jolie poupée ! Tu cherches un peu de réconfort, ma chérie ?

Erin fut étonnée de reconnaître un accent américain mais surtout yankee. Nassau n'était-elle pas une ville vouée à la cause sudiste ?

— Lâchez-moi immédiatement, espèce de pourceau ! s'indigna-t-elle en repoussant son torse de toutes ses forces.

L'homme resserra son étreinte et souffla à son oreille :

— Comme c'est surprenant ! Je reconnaîtrais cet accent américain n'importe où ! Que fais-tu, ma jolie, dans un repaire truffé de rebelles ? Les fédéraux ne te conviennent plus pour réchauffer ton lit ?

— Cela suffit ! Veuillez cesser de m'importuner, monsieur !

L'étranger émit un rire rauque.

— Allons, allons, ma beauté ! Pourquoi ne viendrais-tu

pas avec moi ? Je suis prêt à te payer une jolie somme pour pouvoir jouir de tes charmes ! Je dispose d'une grande demeure tout près d'ici, très confortable.

— Je ne suis pas à vendre, monsieur !

— Gavin ! Appelle-moi Gavin ! susurra-t-il d'une voix chargée de désir.

Il se mit à lui tirer les cheveux pour basculer son visage en arrière.

Erin leva la main et lui asséna une gifle magistrale dont le claquement résonna dans la ruelle. La jeune femme émit un hoquet de stupeur en sentant sous ses doigts la peau dure et boursouflée du visage de l'étranger. Elle songea aussitôt à des cicatrices causées par une brûlure.

— Espèce de garce ! rugit-il en lui tordant le poignet, lui arrachant un cri de douleur. Je vais t'apprendre le respect et te mater ! D'ici la fin de la nuit, tu me supplieras de t'accorder mes faveurs comme une bonne fille sait le faire.

— Ce sera plutôt à toi de me supplier de t'achever, espèce de bâtard !

Chapitre 23

Le cœur d'Erin manqua un battement.

Cette voix grave ne pouvait appartenir qu'à un seul homme.

Erin remercia le ciel en silence, ne sachant pas par quel miracle Alex venait de surgir dans l'étroite ruelle. Mais peu importe ! Il était là. Elle se sentit aussitôt en sécurité, soulagée de ne plus être seule pour affronter son agresseur.

L'étranger la relâcha brusquement avec un ricanement sinistre.

— Voilà qui devient intéressant !

Alex ne le laissa pas poursuivre. Après avoir lancé un rapide regard en direction d'Erin pour s'assurer qu'elle n'était pas blessée, il se jeta sur le nordiste dans un rugissement bestial et se mit à le frapper comme un possédé.

L'autre ne fut pas en reste.

Malgré une boiterie évidente au niveau de sa jambe gauche, il se déplaçait avec vivacité.

D'un crochet du droit, il propulsa Alex contre le mur. Mais il en fallait plus pour arrêter le jeune corsaire, la rage décuplant ses forces. Ce dernier se redressa aussitôt et envoya un puissant coup de pied dans le ventre de son adversaire qui se plia en deux dans un cri de douleur.

Un violent uppercut au niveau de la mâchoire le projeta ensuite au sol.

L'étranger se releva en titubant et essuya le mince filet de sang qui coulait de sa bouche d'un revers de la main.

— Espèce de salopard ! Si tu crois que c'est suffisant pour m'abattre, tu te trompes ! Va en enfer !

L'homme émit un long sifflement pour appeler du renfort. Puis d'un geste vif, il écarta les pans de sa veste et dégaina un revolver avant de faire feu sur Alex sans plus attendre.

La scène se déroula si rapidement que ce dernier n'eut pas le temps de bouger pour se protéger.

— Non !

Erin poussa un hurlement de terreur en voyant le jeune homme s'effondrer à genoux sur les pavés, une main sur l'épaule, tandis qu'une auréole rouge s'élargissait sur le haut de sa redingote.

Anéantie, elle se précipita vers lui en criant son prénom.

Mais au moment où elle parvenait à l'atteindre, deux bras d'acier l'encerclèrent et la soulevèrent de terre, la privant de tout mouvement.

— Lâchez-moi ! s'époumona-t-elle, en ruant comme un cheval fou alors que son regard affolé cherchait la silhouette d'Alex.

Elle se détendit en voyant ce dernier se relever avec peine.

— Grimm ! ordonna l'étranger. Amène-la à la maison immédiatement ! Je te rejoins dès que j'en aurai fini avec ce jeune bâtard !

Le colosse noir opina du chef, ses gros yeux jaunes brillant dans l'obscurité à la manière d'un gros chat.

Sur ce, il disparut dans l'ombre de la ruelle en emportant Erin qui hurla son désespoir :

— Non ! Alex !

Une peur sans nom la saisit à l'idée de laisser le jeune homme blessé à la merci de ce monstre. Mais elle eut beau se débattre comme une lionne, le géant ne céda pas d'un pouce, avançant rapidement vers une voiture sombre qui stationnait au bout de la rue.

Après avoir ouvert la portière avec sa grosse main d'ours, il jeta Erin sur le siège avant de sauter avec souplesse à ses côtés.

Sans perdre un instant, Erin bondit vers la porte opposée, mais avant même que sa main effleure la poignée, son geôlier la saisit durement par sa tresse et la tira sans ménagement à ses pieds.

Alors qu'elle lui lançait un regard meurtrier tout en se redressant, les dents blanches du colosse brillèrent au milieu de son visage sombre où un large sourire s'affichait. Depuis que son frère jumeau, Jo, avait péri dans l'incendie de l'entrepôt à cause de ces maudits Blancs, il leur vouait une haine féroce. Cette traîtresse payerait pour tous les autres, même s'il trouvait dommage d'abîmer un si joli minois !

— Toi, reste tranquille maintenant !

Mais Erin n'avait qu'une seule idée en tête. Rejoindre Alex par tous les moyens ! Même si la situation lui semblait désespérée à cet instant, jamais elle ne s'avouerait vaincue !

Pour toute réponse, elle mordit l'avant-bras du cerbère avec force et colère.

Ce dernier se mit à glapir de douleur comme un lapin, ce qu'elle aurait certainement trouvé amusant dans d'autres circonstances. Elle n'eut malheureusement pas le temps de savourer cette courte victoire. Le poing gauche du géant s'abattit sur elle avec violence, la plongeant aussitôt dans un monde noir et sans rêves.

Alex se trouvait également en mauvaise posture.

Il porta une main à son épaule et la glissa dans l'échancrure de sa chemise pour évaluer rapidement sa blessure. Une grimace lui échappa lorsqu'il sentit un liquide poisseux sous ses doigts. Dieu merci ! Il ne trouva aucune perforation, ce qui le rassura sur l'absence de gravité de la plaie, même si une douleur cuisante irradiait jusqu'à sa mâchoire et ses doigts. Heureusement pour le jeune homme, l'alcool avait émoussé les sens du Yankee et la balle n'avait fait que lui effleurer le haut du bras.

Alertés par le coup de feu, des hommes et des femmes commencèrent à s'attrouper dans l'entrée de la ruelle.

Fou de rage en découvrant Alex toujours en vie, l'inconnu vociféra, l'arme toujours pointée sur le cœur du jeune capitaine :

— Dégagez, vous tous ! Sinon, vous serez les prochains à connaître la morsure d'une balle !

Une grande confusion régna alors que le groupe s'éparpillait.

— Vous ne trouverez aucune aide parmi eux ! crut bon de rajouter ce dernier sur un ton faussement poli. Ils me craignent bien trop pour oser s'interposer ! Je suis un peu le roi des bas-fonds de cette île, voyez-vous !

Alex resta de marbre, ce qui sembla agacer son agresseur. Une grosse veine palpitait à la base de son cou, signe que ce dernier était en train de perdre patience, ce qui pouvait le rendre encore plus dangereux.

La pleine lune avait entamé sa course dans le ciel

d'encre, si bien qu'Alex n'avait aucun mal à distinguer le moindre mouvement de l'homme qui le menaçait. Seul son visage demeurait dans l'obscurité, dissimulé par les larges bords du chapeau. Alex avait néanmoins compris à cause de son accent familier qui ne ressemblait pas aux sonorités de l'île que ce dernier était sans doute d'origine nordiste, ce qui était fort étonnant dans cette ville vouée à la Confédération.

Il s'efforça de ne pas penser à Erin pour l'instant. Il avait besoin d'être entièrement maître de ses émotions s'il comptait s'en sortir vivant et la délivrer. Tant que l'homme se trouvait avec lui, la sécurité de la jeune femme était certainement assurée.

En aucun cas il ne devait le laisser s'échapper ! Dieu sait quel sort il réserverait alors à Erin !

— Qui êtes-vous ? l'interrogea Alex en plissant les yeux, interpellé par l'arrogance de son adversaire. Est-ce que nous nous sommes déjà rencontrés ?

De par ses questions, il espérait endormir la vigilance du nordiste, sachant pertinemment qu'il n'aurait jamais le temps d'atteindre son arme avant de subir le tir de son adversaire. Il ne lui restait donc qu'une ultime chance de sortir de cet affrontement inégal en vie.

— Comme je vous l'ai dit, je règne sur cette île au grand dam de ce balourd de Cummings, tellement facile à corrompre ! Voyez-vous, j'ai à cœur de savoir tout ce qui se passe sur Providence, dans les moindres détails ! Notre cher gouverneur pourrait vous en parler mieux que moi, je le retiens comme un chien en muselière avec deux ou trois petits secrets bien gardés ! Sachez que rien ni personne mettant un pied dans cette ville n'échappe à mon œil aiguisé. Y compris vous, capitaine ! Cela fait longtemps que je vous observe et j'ai enfin l'occasion rêvée pour vous régler votre compte.

Alex se figea en entendant cette révélation inattendue.

— Je dois avouer, capitaine Cleveland, que je ne porte pas les uniformes gris dans mon cœur, comme vous devez vous en douter !

Il passa une main sur l'une de ses joues, comme pour réfléchir à ses propos, et ce faisant, il écarta de longues mèches de cheveux qui lui tombaient sur un côté du visage.

Alex tressaillit en découvrant les hideuses cicatrices qui couraient de son menton jusqu'à la tempe. Des brûlures, certainement.

Mais l'autre ne sembla pas s'en émouvoir.

— Je vois que mon visage vous interpelle ! Un petit souvenir de Baton Rouge, si cela vous intéresse, alors que je me battais pour gagner le cœur rebelle d'une intrigante qui mérite dorénavant toute mon aversion !

Alex se raidit en entendant le nom de sa ville natale. Que diable faisait-il là-bas ? De la contrebande ?

Les traits du visage du nordiste se déformèrent à ce souvenir sous l'effet d'une rage contenue, rendant son allure encore plus sinistre.

— Vous devez mieux cerner à présent ma haine pour le Sud… et pour le Nord ! continua ce dernier avec un regard haineux. Car je dois mon nouveau visage (il cracha littéralement ces mots) à un salopard d'officier yankee ! Ce qui fait que nous avons contre toute attente au moins un point commun, capitaine !

Il éclata d'un rire mauvais, tout en semblant ravi de ce trait d'esprit.

Alex serra les poings, il devait à tout prix conserver son sang-froid.

— Pourquoi me confier tout cela ? répliqua-t-il avec une nonchalance qu'il était loin de ressentir.

— Afin que vous compreniez que ma répugnance demeure vive pour les deux camps, en fonction de mes intérêts ! Et ce soir, rajouta-t-il en affichant un rictus malveillant, je ferai donc d'une pierre deux coups en tuant le célèbre capitaine de *L'Annabella*, recherché par tous les fédéraux ! Et ensuite, pour fêter cela, je prendrai soin de posséder de multiples manières, dès que je serai de retour chez moi, la merveilleuse jeune femme à laquelle vous semblez tant tenir !

Sur ces mots, il laissa échapper un rire mauvais en voyant un éclat de haine traverser le regard d'Alex.

— Allons, capitaine Cleveland ! Vous pensiez sérieusement pouvoir m'échapper ? J'ai beaucoup entendu parler de vos exploits pour la marine confédérée, vous savez !

Un éclat argenté brilla dans la pénombre tandis que l'autre déplaçait légèrement son bras.

Il commence à fatiguer, songea Alex.

— Il paraît que les fédéraux rêvent de vous voir pendu au bout d'une corde ! Je ne peux que compatir ! Ma tête elle aussi est mise à prix ! Au Nord comme au Sud ! Et je compte bien ce soir gagner ma liberté en ramenant la vôtre sur un plateau ! Je suis prêt à tout pour retrouver le droit de rentrer chez moi ! Et je ne doute pas que mes compatriotes se montreront cléments avec moi si je tue le célèbre corsaire qui affole toute la flotte de l'Union !

Alex tiqua. Il devait maintenant en finir au plus vite.

— Puis-je savoir à mon tour à qui ai-je l'honneur ?

L'autre effectua une courbette exagérée et moqueuse, rendue incertaine par l'alcool, en se présentant sur un ton hautain, tombant dans le piège qu'Alex avait patiemment tendu depuis le début des échanges.

— Gavin MacDonald ! Riche marchand de Philadelphie, du moins autrefois.

Ce faisant, il commit l'erreur de relâcher quelques secondes de trop son attention.

Alex ne perdit pas de temps.

D'un mouvement souple, il récupéra le poignard dissimulé dans sa botte. Puis plaçant tout son poids sur sa jambe gauche, il leva son bras droit et plia son coude à hauteur de tête avant de lancer l'arme avec force en direction de son agresseur.

Tout alla très vite !

Alex se jeta aussitôt au sol et roula contre le mur au moment où une déflagration fendait l'air, répandant une odeur de poudre dans la ruelle.

Mais avant même que le nordiste ait pu effectuer le moindre mouvement pour s'écarter après avoir tiré une seconde fois sur Alex, le poignard alla se ficher droit dans sa gorge, ne lui laissant aucune chance.

L'homme s'effondra en émettant un sinistre gargouillis, les bras en croix sur les pavés gris.

Alex se rapprocha du corps, n'éprouvant pas la moindre émotion lorsqu'il rencontra le regard vitreux du nordiste, dont l'arrogance et l'extrême confiance l'avaient conduit à sa perte.

De la pointe de sa botte, il s'assura que l'homme était bien mort alors qu'au loin résonnait une cavalcade qui fit trembler le sol.

Quelques instants plus tard, il vit surgir Clayton au bout de la rue, accompagné de la garde du gouverneur.

Ce dernier arriva peu après, dans un carrosse digne des plus grands rois.

Après avoir descendu le marchepied avec assurance, ce dernier s'approcha de l'officier en compagnie de leurs lieutenants respectifs.

— Eh bien, capitaine Cleveland ! Que signifie cet esclandre auquel vous ne m'avez pas habitué ?

En quelques mots, Alex lui résuma les faits.

Le gouverneur Cummings lui donna une franche accolade lorsqu'il constata par lui-même la mort du nordiste.

Contre toute attente, son rire grave résonna dans la nuit.

— Béni soit le ciel ! MacDonald était une crapule de la pire espèce ! Je ne suis pas mécontent que vous nous ayez débarrassés de sa vile présence !

Alex se racla la gorge, toujours en proie à une extrême tension.

— Votre Excellence, j'ai encore besoin de votre aide !

Il s'empressa de lui relater l'enlèvement d'Erin.

Le gouverneur fronça les sourcils.

— C'est entendu, capitaine Cleveland ! Prenez avec vous tous les hommes dont vous avez besoin ! Django ici présent vous servira de guide pour vous conduire chez cet escroc ! J'espère sincèrement qu'il ne sera rien arrivé de fâcheux à la jeune demoiselle ! Venez ensuite me retrouver au palais afin de régler toute cette affaire une bonne fois pour toutes.

— Je vous remercie, Votre Excellence ! répondit Alex en s'inclinant.

Puis se tournant vers Clay, le regard sombre :

— Lieutenant Evans ! Regroupez tous les hommes ! Nous partons immédiatement à la recherche de Mlle Hamilton !

Alors qu'il enfourchait le cheval que l'un des soldats

du gouverneur lui tendait, Alex céda enfin à la sourde angoisse qui lui comprimait la poitrine. Maintenant qu'il s'était libéré de la menace que représentait MacDonald, il ne pouvait que songer au sort que le colosse avait réservé à Erin. S'il l'avait blessée ou violentée, il ne répondrait plus de lui et tuerait le géant de ses propres mains.

Tandis qu'il chevauchait à vive allure en direction de la plantation du nordiste, dissimulée sur les hauteurs de l'île au milieu des champs de tabac, une seule certitude l'assaillit. Plus jamais Erin ne se retrouverait en danger par sa faute !

Erin reprit doucement connaissance.

Alors qu'elle tentait de remuer la tête, elle fut aussitôt assaillie par une fulgurante douleur, aiguë et pulsatile au niveau de sa pommette gauche, ce qui lui arracha un long gémissement plaintif. D'instinct, elle porta une main à son visage, faisant virevolter ses doigts avec une extrême prudence sur sa peau meurtrie.

Dans quel état se trouvait son visage ?

Elle choisit de demeurer les yeux clos quelques instants encore, le temps de laisser la douleur et la nausée qui la prenait à la gorge refluer lentement.

Sous son autre joue, elle sentit la douceur du velours et les courbes moelleuses de plusieurs coussins dont elle aurait sans doute apprécié le confort dans une autre situation.

Autour d'elle régnait un profond silence et elle fut soulagée d'être seule, du moins pour le moment.

Enfin, elle trouva la force d'ouvrir les yeux et découvrit qu'elle gisait sur un sofa. Elle observa la pièce dans laquelle elle était retenue captive.

Le salon était à l'image de son propriétaire, opulent et tape-à-l'œil. Une forte odeur de whisky et de tabac froid imprégnait l'air si bien que même le parfum délicat des grappes de gingembre papillon blanc disséminées çà et là dans de grands vases de cristal ne parvenait pas à faire oublier la pestilence des lieux.

La jeune femme songea aussitôt à Alex.

Elle ne savait pas durant combien de temps elle était restée évanouie.

S'il était arrivé quelque chose de grave à l'officier sudiste, elle ne s'en remettrait jamais, car tout était sa faute ! Encore une fois, prise par les émotions contradictoires qu'il faisait naître à chaque fois en elle, elle avait agi sans réfléchir ! Si elle était restée bien sagement à la pension, rien de tout cela ne se serait produit !

Alex était-il seulement encore en vie ?

Une terrible angoisse lui serra la gorge et malgré la vive douleur qu'elle ressentait au niveau du visage, elle se redressa avec une unique idée. Elle devait s'échapper par tous les moyens.

Erin s'avança dans la pièce avec précaution, à l'affût du moindre bruit.

Elle actionna aussi discrètement que possible la poignée de la porte et découvrit sans grande surprise que cette dernière était verrouillée.

La seule issue demeurait une grande fenêtre mais là encore, il lui était impossible de s'échapper, car cette dernière était bardée de barreaux.

Soudain, elle perçut comme un grondement de tonnerre au loin qui dérangea aussitôt un groupe d'aras qui sommeillaient dans un goyavier. Ces derniers s'envolèrent brusquement dans une cacophonie virulente, leurs longues queues ondulant sous les reflets argentés de la lune comme des rubans de soie.

Le sol se mit à trembler alors que surgissait au bout de la longue allée de palmiers une vingtaine de cavaliers.

Le cœur d'Erin fit un bond monumental. Elle s'accrocha aux barreaux, ayant soudain l'intime conviction que ces derniers étaient là pour elle.

Alors qu'elle plissait les yeux afin de mieux les distinguer, la porte s'ouvrit brutalement sur le colosse qui se rua sur elle avec un rugissement de bête, une corde à la main. Erin chercha à lui échapper, mais ce dernier bondit sur le sofa et lui coupa le passage. Avant même qu'elle esquisse le moindre geste, il lui saisit les mains et les lia avec dextérité.

Au même instant, des cris résonnèrent suivis de plusieurs coups de feu qui firent sursauter Erin.

— Toi venir avec moi tout de suite !

Une fois qu'elle fut encordée, son ravisseur essaya de la tirer vers la sortie.

Mais c'était sans compter sur la détermination de la jeune femme qui chercha à entraver leurs mouvements par tous les moyens. Elle se jeta à genoux et fit tout son possible pour devenir un poids mort pour ralentir leur marche.

Dans un grognement bestial, le géant se retourna et chargea Erin sur son épaule comme un vulgaire sac de grains. Celle-ci se tortilla pour essayer de le faire lâcher et bourra son dos de coups de poing rageurs. Mais c'était comme se heurter à un mur de pierre.

Alors qu'ils parvenaient en haut des escaliers, un cri déchira l'air :

— Erin !

Le souffle lui manqua lorsque cette voix qu'elle ne pensait plus jamais entendre s'éleva jusqu'à elle comme la plus douce des musiques. Elle ferma les yeux, manquant de défaillir.

Alex était vivant, c'était tout ce qui lui importait à cet instant !

Le géant s'arrêta brutalement. Puis il bascula sans ménagement Erin devant lui, la retenant par la gorge d'une simple pression de son avant-bras noueux.

— Si toi approcher, moi briser la nuque !

Alex emprisonna le regard d'Erin, la liant à lui aussi sûrement que les étoiles à la nuit. Elle aurait dû être terrifiée. Mais en percevant la lueur déterminée dans le regard de l'officier sudiste, elle se sentit au contraire apaisée. Même si elle mourrait, elle avait maintenant la certitude qu'Alex était sain et sauf. Plus rien d'autre ne lui importait.

— Laisse-la partir ! ordonna Alex d'une voix ferme. MacDonald est mort, la maison est cernée par les gardes du gouverneur ! Tu n'as aucune chance de t'en sortir vivant !

Le géant resserra sa prise, arrachant un gémissement à Erin.

Alex demeura de marbre.

Il ne devait pas montrer au colosse noir la profonde terreur qui l'habitait à cet instant. Sans quoi il tuerait la jeune femme sans la moindre hésitation, il en avait la certitude. Il ne lui restait qu'une solution, la négociation.

— Si tu libères Mlle Hamilton, poursuivit-il, tu as ma promesse que je ferai tout ce qui est en mon pouvoir pour obtenir ta clémence auprès du gouverneur. Tu n'auras pas d'autre chance, Grimm !

Un silence pesant s'établit entre les deux hommes.

Les yeux d'Alex ne quittaient pas ceux du géant qui ne

trahissaient en rien ses pensées. Le jeune officier s'efforça de demeurer immobile, ayant parfaitement conscience que tout acte menaçant conduirait à la mort d'Erin.

Les secondes s'égrenèrent avec lenteur.

— Grimm ! tenta à nouveau Alex. Cette femme est innocente ! MacDonald ne peut plus rien exiger de toi dorénavant !

Soudain, Erin sentit la pression sur sa gorge se relâcher alors que son ravisseur effectuait un rapide mouvement sur le côté. Puis elle fut projetée durement sur le sol tandis que retentissait le cri d'Alex :

— Non !

L'instant d'après, elle se retrouva dans la sécurité de ses bras, sans vraiment réaliser qu'elle était toujours en vie !

— Erin ! s'exclama Alex en lui relevant le visage. Tout va bien, chérie ! Tout va bien !

— Alex !

Elle porta la main à la joue de l'officier, comme pour s'assurer qu'elle ne rêvait pas !

— J'ai eu si peur ! souffla-t-elle d'une voix tremblante alors que des larmes coulaient maintenant sur ses joues sans qu'elle puisse les contrôler.

Soudain, elle poussa un cri de stupeur en découvrant derrière le jeune homme le corps sans vie de son ravisseur. Ce dernier s'était tranché la gorge, désirant peut-être échapper au sort funeste qui l'attendrait une fois remis au gouverneur.

Pour toute réponse, Alex l'enlaça pour dissimuler le colosse à sa vue et l'embrassa avec ardeur, effaçant en quelques secondes toute l'horreur de cette soirée.

Une cavalcade retentit derrière eux, mettant fin à leur échange passionné.

Alex se releva et retrouva en un clin d'œil son flegme légendaire, tout en aidant Erin à se redresser.

Clayton lui adressa un sourire chaleureux.

— Eh bien, mademoiselle Hamilton ! Vous n'avez pas votre pareille pour occuper nos soirées !

Erin se jeta dans ses bras avant de l'enlacer, à la grande surprise du lieutenant. Puis elle lui adressa un regard mutin en l'embrassant sur la joue.

— Moi aussi, je suis ravie de vous revoir, lieutenant Evans !

Ce dernier émit un toussotement embarrassé avant de lui chuchoter à l'oreille avec une sincérité désarmante :

— Je le suis également, ma très chère amie !

— Lieutenant Evans ! s'impatienta Alex, plus incommodé par ces démonstrations d'affection et de complicité qu'il ne le souhaitait.

La jalousie était un sentiment nouveau pour lui, et à cet instant, il ne savait pas comment la gérer de façon raisonnée en présence de son ami et de celle pour qui il était prêt à donner sa vie.

Clayton se redressa, un petit sourire goguenard flottant sur ses lèvres, signe qu'il n'était pas dupe de l'agacement soudain de son compagnon d'arme.

— Oui, capitaine ?

— Veuillez reconduire Mlle Hamilton à la pension !

— À vos ordres, capitaine !

Puis à l'intention d'Erin :

— Je dois retourner auprès du gouverneur, mais je te rejoins dès que possible !

Cette dernière acquiesça en silence.

Alex se rapprocha de la jeune femme et lui souleva le menton avant de déposer un léger baiser sur ses lèvres.

Il sembla vouloir rajouter quelque chose, mais se ravisa au dernier moment.

Erin l'observa descendre les marches avec détermination. Elle faillit le supplier de rester auprès d'elle, mais elle était parfaitement consciente des obligations d'Alex en tant qu'officier. Leur tête-à-tête devrait attendre, même si elle était déterminée à ne plus perdre une seule seconde dorénavant.

Chapitre 24

La nuit était déjà bien avancée lorsque Alex regagna la pension.

Après une toilette sommaire, il se dirigea vers la chambre d'Erin et frappa doucement au battant.

N'obtenant pas de réponse, il actionna doucement la poignée et pénétra dans la pièce, seulement éclairée par les rayons immaculés de la lune pleine.

La jeune femme dormait d'un profond sommeil, ses longues boucles cuivrées étalées sur l'oreiller comme un tapis de feuilles d'automne. Elle paraissait si vulnérable à cet instant. Pourtant, il savait qu'il n'en était rien.

Depuis leur toute première rencontre, elle n'avait de cesse de lui prouver la force et le courage qui émanaient d'elle et qui lui rappelait non sans une certaine douleur son aînée, Anna. Les plus belles fleurs pouvaient cacher de redoutables épines quand il s'agissait de protéger ceux qu'elles aimaient. Il ne doutait pas que ses sœurs auraient sans doute beaucoup apprécié Erin si elles s'étaient rencontrées en d'autres circonstances.

Alex n'eut pas le cœur de réveiller la jeune femme, elle avait besoin de se reposer après cette éprouvante soirée. Lui-même tombait de fatigue. À cela s'ajoutait la douleur cuisante de son épaule qui le faisait grimacer à chaque mouvement.

Sans quitter celle qui représentait désormais toute sa vie, il gagna le fauteuil qui se trouvait près du lit et s'y installa avec un soupir d'aise. L'instant d'après, il s'endormit à son tour, la main posée sur celle d'Erin.

Lorsque cette dernière se réveilla le lendemain matin, elle trouva Alex assoupi dans le fauteuil qu'il avait tiré près de son lit. Abandonné ainsi au sommeil, il ressemblait au jeune garçon qu'il avait dû être autrefois, avant que les nuages sombres de la guerre viennent lui voler le peu d'innocence qui lui restait.

Son regard se porta alors sur son épaule blessée, recouverte d'un bandage sans doute effectué sans aide. Le nœud s'était défait durant la nuit, laissant apparaître une croûte de sang séché autour de la plaie qui heureusement avait l'air superficielle.

Alors qu'elle se levait, Alex bondit aussitôt du fauteuil, sur le qui-vive, son arme à la main.

Erin laissa échapper un petit rire en le rejoignant.

— Repos, capitaine Cleveland ! Tout va bien ! Ce n'est que moi !

Avec un soupir rassuré, il lui prit la main et l'attira à lui en soufflant :

— Approche !

Puis de son autre main, il lui releva le menton avant de l'inspecter de façon quasi religieuse !

Une ombre obscurcit ses beaux yeux bleus quand il aperçut l'hématome sur sa joue.

— Ce salopard de MacDonald n'a eu que ce qu'il méritait ! gronda-t-il en serrant les mâchoires sous l'effet d'une rage qu'il ne parvenait toujours pas à étouffer.

Erin se raidit aussitôt et poussa un cri.

— MacDonald !

Dans son esprit, certains souvenirs resurgirent avec une nouvelle acuité.

Gavin. C'était le prénom qu'il lui avait suggéré à l'oreille.

Elle se détourna brusquement.

Gavin MacDonald ! Cela lui apparaissait impossible, et pourtant, il ne pouvait s'agir que de lui ! Même si les circonstances de la présence du nordiste sur Providence lui échappaient complètement.

— Erin ? s'alarma Alex. Que se passe-t-il ?

Cette dernière lui fit face.

— Te souviens-tu de la nuit où nous nous sommes retrouvés sur le port ?

Comment aurait-il pu l'oublier ? L'image de la jeune femme déguisée en ramoneur était gravée au fer rouge dans son esprit… Ainsi que chaque minute qui avait suivi jusqu'à son départ pour la Louisiane.

Alex acquiesça en silence, laissant Erin lui relater les véritables causes de sa présence sur les docks ce soir-là.

— C'est terminé ! murmura Erin en emprisonnant les doigts d'Alex dans les siens. MacDonald ne nuira plus jamais aux membres de ma famille !

Le jeune corsaire se tendit à ce contact. MacDonald, certainement. Quant à lui…

Erin relâcha sa main aussitôt, soudain alarmée.

— Alex ?

Ce dernier s'éloigna vers la fenêtre et garda un long moment le silence.

En réalité, il s'en voulait de ne pas avoir été capable de

protéger suffisamment Erin comme il se l'était promis depuis qu'il l'avait enlevée sur *L'Annabella* ! Elle n'aurait jamais dû vivre tout cela, même s'il devait cependant admettre que cette dernière avait le don de se lancer dans des aventures périlleuses et de se mettre en danger, même sans son aide ! Elle le lui avait déjà prouvé auparavant.

Mais bon sang ! Elle aurait pu mourir hier soir ou subir les pires sévices ! Lui qui pensait trouver une certaine sérénité sur l'île, il s'était fourvoyé ! Peu importe l'endroit où ils se trouvaient, la noirceur planait sur lui aussi sûrement qu'un aigle avant de fondre sur sa proie, menaçant la vie de la jeune femme par la même occasion.

Une sourde colère le gagna.

Erin méritait la sécurité d'un foyer, auprès d'un homme qui serait capable de la choyer et d'assurer son bonheur et sa sécurité. Tout ce qu'il n'était pas !

De plus, la belle nordiste le rendait beaucoup trop vulnérable. Or en temps de guerre, la moindre inattention pouvait lui coûter la vie !

Il sentit la jeune femme s'approcher de lui, si près qu'aussitôt ses sens s'affolèrent. Elle aurait toujours cet immense pouvoir sur lui, celui de le mettre à genoux, sans même avoir à le toucher. Juste par sa présence solaire. Dieu qu'il l'aimait !

Mais elle ne devait surtout pas découvrir à quel point !

— Je suis désolée, se hasarda-t-elle, en se méprenant sur la tension qui semblait les envelopper comme une seconde peau. Je n'ai pas réfléchi… encore une fois.

Elle comprenait aisément qu'Alex puisse lui en vouloir pour ce qui s'était passé la veille.

Ce dernier se saisit de l'occasion pour maintenir Erin à une distance respectable de son cœur et ses pensées.

Il lui lança un regard sombre.

— Qu'est-ce qui t'a pris de quitter la pension d'Helena sans m'en avertir ? Dans une île où les pirates côtoient les mercenaires en tout genre !

Erin tressaillit, puis le gratifia d'un regard de défi, les poings sur les hanches.

— Peut-être parce que tu étais bien trop occupé avec ta séduisante maîtresse ! fulmina-t-elle, malgré la promesse qu'elle s'était faite de ne pas lui montrer à quel point son attitude l'avait blessée.

Alex en resta abasourdi.

Ainsi Erin pensait qu'il avait passé l'après-midi avec Helena ! N'avait-elle pas appris à le connaître depuis ces derniers mois ?

Néanmoins, sa jalousie était si évidente que pendant un instant il en retira un plaisir coupable ! Sa belle tenait donc suffisamment à lui pour ne pas accepter de le partager avec une autre. Il fut tenté de ne pas la détromper, juste pour la faire enrager car il adorait leurs joutes verbales autant que leurs moments de paix.

Mais il lui était impossible de lui mentir alors qu'il la sentait aussi vulnérable.

Ses bonnes résolutions de la tenir à distance fondirent comme neige au soleil.

La prenant par la taille, il se pencha à son oreille et lui murmura d'une voix rauque :

— Tu fais erreur, ma douce ! Comment peux-tu imaginer que je puisse désirer une autre femme que toi après ce que nous avons partagé ?

Erin le dévisagea, le regard rempli d'espoir.

— Est-ce la vérité ?

Alex frotta le bout de son nez contre le sien.

Erin savoura l'idée de retrouver le Alex dont elle était tombée amoureuse.

— Vous n'êtes pas facile à oublier, mademoiselle Hamilton. Le gouverneur Cummings m'a tout simplement invité à visiter une plantation d'indigo. Je suis rentré en fin de journée pour apprendre que tu t'étais enfuie ! Quand vas-tu cesser de te conduire de façon inconsciente et réfléchir un peu plus avec ta jolie tête ? N'as-tu pas appris à me faire confiance ?

— J'étais en colère ! Tu m'ignores depuis plusieurs jours déjà et je…

— Je te promets de me rattraper demain, la coupa-t-il lui caressant les cheveux pour échapper à une nouvelle dispute avec elle. Sois prête à l'aube.

Alex avait à peine énoncé cette promesse qu'il la regrettait déjà. Il savait que c'était une mauvaise décision. Mais il lui restait si peu de temps à partager avec Erin. La moindre seconde était précieuse.

Bientôt elle le quitterait. Et il ne lui resterait qu'une poignée de souvenirs.

— Où allons-nous ? l'interrogea Erin, les yeux brillants.

— C'est une surprise.

Erin lui adressa un sourire radieux. Elle ne connaissait pas la cause de ce soudain revirement, mais elle était déterminée à profiter de ces quelques heures de paix avec son précieux corsaire.

— Mais ta blessure ?

— Ne t'inquiète pas pour elle ! Helena adore jouer les infirmières ! Elle se fera un plaisir de s'occuper de moi !

Le regard malicieux qu'il lui adressa démentit ses paroles et la fit fondre.

Erin lui donna un coup de coude dans les côtes.

— Si tu laisses cette sorcière encore t'approcher, je n'hésiterai pas à user de la force !

Alex lui caressa la joue avec tendresse.

— La jalousie te sied bien… tout comme la nouvelle robe que tu portes. Je n'ai pas encore eu le temps de te complimenter, mais tu es ravissante dans cette tenue, mon cœur.

Ses paroles réchauffèrent instantanément Erin qui rougit comme une adolescente. C'était cet Alex-là qu'elle aimait par-dessus tout.

Avec bonheur, elle saisit la main que le jeune homme lui tendait.

Ils descendirent tous deux dans la salle à manger où un copieux petit déjeuner les attendait. Ils devisèrent tranquillement, d'autant plus que leur hôtesse avait quitté la pension tôt pour se rendre sur le marché, ce qui ne chagrina pas Erin le moins du monde. Avoir Alex pour elle seule était un fait si rare qu'elle savourait chaque minute en sa compagnie.

— Où as-tu appris à manier le couteau avec une telle dextérité ? lui demanda-t-elle avec curiosité, en piquant un morceau d'ananas juteux du bout de sa fourchette.

Le regard d'Alex se voila un instant.

— Ezra… C'était le menuisier de notre plantation. Outre ses talents indéniables d'artisan, c'était un véritable touche à tout, qui excellait aussi dans le maniement des armes. Il était capable de fendre une pomme à une dizaine de mètres ! C'est lui qui m'a tout appris. J'ai grandi avec son fils, Jackson, qui au fil du temps est devenu mon meilleur ami.

Il sourit à ce souvenir.

— Nous étions inséparables, toujours prêts à faire les quatre cents coups ! Je l'adorais, comme le frère que je n'avais pas ! Bien que mon père désapprouve qu'Ezra nous enseigne à devenir de véritables guerriers, cela ne nous a pas empêchés avec Jack de nous entraîner sans relâche des journées entières. Jamais je n'aurais pensé…

Sa bouche marqua un pli amer, et sans plus attendre, il repoussa sa chaise, marquant brutalement la fin de leur conversation.

Erin perçut un éclat de douleur dans ses beaux yeux couleur azur et elle comprit que ce dernier ne souhaitait plus évoquer ce sujet. Elle ne put cependant s'empêcher de se demander ce qui s'était passé entre les deux hommes pour provoquer une telle souffrance chez Alex. Mais elle n'eut pas le loisir de s'appesantir sur la question.

Le bel officier lui proposa une promenade sur les hauteurs de l'île, ce qu'elle accepta avec joie.

Erin ne put s'empêcher de sourire tout au long de la matinée. Leur relation semblait prendre un tour très agréable. Même si Alex l'avait énoncé à demi-mot, ses paroles ressemblaient fort à un serment de fidélité.

Néanmoins, elle avait le sentiment qu'il cherchait malgré tout à maintenir une certaine distance, ne la touchant que par nécessité au cours de la balade. Et il n'avait pas cherché une seule fois à l'embrasser, ce qui avait décontenancé la jeune femme ! Troublée, elle n'avait pas de son côté tenter le moindre rapprochement, par peur de rompre le fragile équilibre qui s'était instauré entre eux.

Peu importe. Elle avait pris sa décision.

Demain, elle était bien décidée à ne plus laisser les non-dits entre eux. Demain, elle lui avouerait son amour.

Demain, elle saurait enfin ce qu'elle représentait pour Alex.

Chapitre 25

Ils partirent au lever du soleil sur une barque empruntée à un pêcheur de Nassau. Aucun nuage ne venait troubler la quiétude du ciel zébré de traînées rose et or, annonçant une journée splendide.

Alex demeura extrêmement silencieux durant le voyage, ce qui intrigua Erin. Elle préféra ne pas l'interroger et profita de ce paisible moment à deux. La jeune femme plongea sa main et la laissa glisser dans l'eau tiède cristalline, admirant les nombreuses espèces de poissons colorés qui venaient frôler la barque avant de s'éloigner en de lents mouvements gracieux.

Enfin ils accostèrent sur une ravissante plage de sable blanc.

Alex sauta de l'embarcation et lui tendit la main en souriant.

— Bienvenue à Cave Cay, mademoiselle Hamilton !

Erin le contempla, le souffle court. Jamais elle ne l'avait trouvé aussi beau ! Il avait troqué son uniforme gris contre un pantalon fauve plus léger et une chemise blanche dont il avait retroussé les manches. Son hâle doré accentuait l'azur de ses yeux. Avec ses cheveux indisciplinés à cause de la brise, il lui rappelait parfaitement le premier jour de leur rencontre, lorsqu'elle l'avait aperçu dans le défilé sur le pont de Putney.

Elle l'aimait quand il lui souriait ainsi, insouciant et heureux. Elle aimait son courage et sa droiture, son expression déterminée lorsqu'il se trouvait à la barre, prêt à en découdre avec l'ennemi. Elle aimait le sentiment de liberté et de sécurité que lui seul lui faisait ressentir… Et ce, malgré la couleur de son uniforme.

Erin accepta sa main en souriant et se retrouva dans ses bras.

— Où sommes-nous ?

Alex déposa un tendre baiser sur ses lèvres, oubliant pour cette unique journée tout ce qui ne représentait pas Erin.

Cette dernière se détendit aussitôt, ravie de ce rapprochement intime. Cette sortie se présentait sous les meilleurs augures !

— Sur une île déserte qui appartient au gouverneur et qu'il a eu l'obligeance de me prêter pour la journée.

La jeune femme lui lança un regard mutin.

— Une île déserte ? Auriez-vous une idée derrière la tête, cher capitaine Cleveland ?

Les yeux d'Alex prirent une lueur flamboyante.

— Peut-être bien, en effet ! Les idées me viennent très facilement quand je me trouve en ta compagnie !

Et il embrassa à nouveau sa magnifique nordiste, cette fois dans un élan plus passionné.

Erin l'accueillit avec joie, ravie de voir Alex sortir de sa réserve. Le contact de sa bouche lui donna le vertige et la fit fondre de plaisir.

Mais alors qu'elle nouait les bras autour de son cou, il s'écarta d'elle prestement en riant.

— Un peu de patience, mademoiselle Callaghan-Hamilton. Nous avons tout notre temps !

— Oh ! espèce de vaurien ! s'esclaffa Erin en l'éclaboussant au passage alors qu'il saisissait dans la barque le panier de pique-nique et la couverture qu'il avait emportés.

Elle appréciait de plus en plus ces moments de quiétude et de complicité passés avec lui. La guerre lui semblait si loin à cet instant !

Main dans la main, ils remontèrent vers la plage, leurs pieds foulant le sable chaud. Puis ils s'enfoncèrent dans la forêt luxuriante.

Erin leva la tête et contempla le feuillage qui formait une voûte d'un vert intense, égayée çà et là par des plantes tropicales colorées et très parfumées.

— Cet endroit ressemble au paradis ! Tu es déjà venu ici ?

— Une seule fois. Pour réfléchir.

Il n'en dit pas plus.

Erin sentit que ce n'était pas le bon moment pour l'interroger. Elle commençait à bien le connaître. Elle se contenta de marcher à ses côtés et savoura la sensation agréable de sa main dans la sienne.

Ils finirent par déboucher sur un bassin d'une rare beauté, entouré d'un écrin de verdure. Des milliers de particules de diamants brillaient à la surface de l'eau là où le soleil perçait entre les branches des immenses cocotiers. Au loin, une belle cascade se déversait dans le bassin, son écume blanche se déployant comme un voile de mariée sur les roches basaltiques qui l'entouraient.

— C'est magnifique ! s'exclama Erin avec le même enthousiasme qu'un enfant devant un étal de confiseries.

Alex sentit sa gorge se serrer.

Non. C'était elle qui était magnifique avec son sourire lumineux, ses boucles couleurs de feu et ses yeux à damner l'ange le plus vertueux ! Comment allait-il pouvoir la quitter dans ces conditions ?

Erin plongea son pied délicat dans l'eau dont la couleur rappelait la pureté de l'émeraude.

— Mmm… Elle est délicieuse.

Elle se retourna vers lui avec un sourire coquin.

Puis s'en prévenir, elle délaça les lacets de son corsage dans son dos et laissa lentement glisser sa robe à terre sous le regard stupéfait d'Alex.

Sa bouche s'assécha tandis que son corps de déesse s'offrait à sa vue dans toute sa splendeur. Alex parcourut d'un air affamé ses longues jambes, son ventre plat et ses seins superbes avant que la jeune femme disparaisse dans un plongeon élégant sous la surface de l'eau.

Erin réapparut quelques instants plus tard et nagea dans sa direction.

— Qu'attendez-vous pour me rejoindre, capitaine ?

Alex ne se fit pas prier.

Il ôta ses vêtements et se jeta à l'eau, laissant à peine à la jeune femme le temps de détailler son corps superbe à la lueur du soleil. Il la rejoignit en deux brassées et la saisit par la taille pour la coller à son corps tendu tandis qu'Erin riait aux éclats.

— Voilà un comportement bien scandaleux, mademoiselle Callaghan !

— En effet ! Mon imagination ne connaît plus de limites depuis que je vous connais, capitaine Cleveland ! répliqua la jeune femme en effleurant des doigts ses cheveux épais.

— Ce n'est pas pour me déplaire, répondit Alex en faisant glisser ses mains sur ses fesses aux rondeurs parfaites.

Il l'embrassa lentement, mais bientôt cela ne suffit plus pour calmer le feu ardent qui brûlait comme toujours entre eux. Dans cette parenthèse hors du temps, ils prirent le temps de s'aimer et de se découvrir lentement, savourant le fragile bonheur qui leur était offert, comme si c'était le dernier.

Longtemps après, ils restèrent enlacés, sans éprouver le besoin de bouger et de parler, dans une union parfaite de leur corps et de leur cœur.

Enfin, Alex murmura au creux de l'oreille d'Erin :

— Me prendras-tu pour un goujat si je t'avoue que je meurs de faim ?

Il sentit les épaules de la jeune femme frémir puis entendit son doux rire.

Elle releva la tête et lui lança un regard complice.

— Capitaine Cleveland, j'attendais une réaction plus romantique de votre part après le moment que nous venons de partager ! Mais j'avoue avoir hâte moi aussi de découvrir ce que ce panier de pique-nique contient.

Il observa Erin se saisir de sa chemise avant de s'en vêtir. Puis elle s'assit sur un rocher plat, lui offrant le charmant spectacle de ses jambes nues et galbées. Jamais il ne l'avait trouvée aussi affolante qu'à cet instant-là.

Erin ne fut pas en reste.

Elle détailla le corps musclé et parfait d'Alex alors qu'il demeurait dans le bassin, de l'eau jusqu'à la taille. Comment un homme pouvait-il être plus beau que ce séduisant corsaire sudiste qui lui avait volé son cœur ?

Des gouttes d'eau s'accrochaient encore dans ses cheveux et scintillaient à la lumière comme une poussière d'or. Alors qu'il avançait vers elle, splendide et nu, ne la quittant pas d'un regard intense, elle ressentit les picotements familiers du désir et n'eut plus qu'une envie, s'offrir à nouveau à lui et retrouver le plaisir intense qu'ils partageaient dès que leurs corps fusionnaient.

Par respect pour la pudeur de la jeune femme qui avait rougi à son passage, Alex s'enveloppa la taille avec la couverture avant de lui adresser un sourire radieux.

— Bien, voyons maintenant ce que contient ce panier !

Les deux jeunes gens passèrent l'heure suivante à se régaler de pâtés de crabes, de langoustes grillées, de fruits délicieux et de pains de bananes, alternant les moments de silences paisibles et les confidences sur leurs souvenirs d'enfance.

— Pourquoi n'as-tu pas écrit à ta famille pour les rassurer, sans dévoiler forcément ta nouvelle activité ? demanda soudain Erin en croquant dans un morceau de mangue juteuse. Tu dois être très inquiet pour eux depuis que la Louisiane est occupée.

— J'y ai songé plusieurs fois avant de renoncer. J'en voulais beaucoup trop à mon père, et j'étais aussi beaucoup trop fier ! Et maintenant, il est sans doute trop tard !

Erin vint s'agenouiller devant lui.

— Tu en parles au passé. Est-ce que cela signifie que tu lui as pardonné ?

— Je ne suis plus le jeune homme arrogant et impétueux qui a quitté de force son pays. Je crois avoir trouvé la paix sur *L'Annabella*, bien plus que je ne l'aurais escompté. Tout ce que j'ai vécu depuis mon arrivée en Angleterre et mon engagement ensuite dans cette guerre… Tout cela a modifié ma vision des choses.

Ainsi que notre rencontre et mon amour pour toi.

Alex contempla la jeune femme qui lui faisait face et qui était sans doute le plus merveilleux cadeau que le destin lui avait offert.

— Ta famille doit te manquer également ! poursuivit-il, alors que les remords lui étreignaient la gorge comme un étau.

La jeune femme hocha la tête.

— Bien entendu. Mais j'ai moi aussi trouvé une forme de paix dans ce voyage.

Le regard qu'elle lui adressa était sans équivoque. Se pouvait-il qu'Erin partage les mêmes sentiments que lui ?

Le cœur d'Alex tambourina plus fort dans sa poitrine.

Erin enlaça ses doigts aux siens en lui souriant. Jamais elle n'avait été aussi sûre d'elle. Alex représentait désormais la définition du bonheur. Son bonheur. Sa vie.

Elle ne voulait plus être séparée de lui. Jamais. Quoi qu'il advienne !

Glissant la tête au creux de son épaule, elle lui caressa le torse.

— Je t'aime, Alex.

Le jeune homme cessa de respirer en l'entendant prononcer les mots qu'il espérait et redoutait à la fois. La peur prit possession de lui. Il avait appris à connaître Erin et il eut soudain la certitude que cette dernière refuserait de le quitter s'il lui avouait à son tour ses véritables sentiments.

Il n'avait plus le choix !

Le conflit entre le Nord et le Sud entrait dans sa troisième année rendant les Yankees de plus en plus offensifs. Alex savait qu'il ne pourrait pas éviter un nouvel affrontement avec l'*USS Delaware*, sans doute dans un combat à mort cette fois-ci. Et à ce moment-là, Erin ne devrait plus se trouver sur *L'Annabella* !

Il pouvait dire la vérité maintenant à la jeune femme. Elle ne pourrait que le haïr lorsqu'elle comprendrait qu'il s'était joué d'elle et tout serait fini.

Pourtant, quelque chose le retenait d'agir dans la précipitation.

Connaissant le caractère enflammé d'Erin, elle était tout à fait capable de s'enfuir une fois qu'ils seraient de retour à Nassau.

Or le temps leur était compté. Les réparations de *L'Annabella* devaient prendre fin aujourd'hui afin qu'ils puissent reprendre la mer le lendemain. Il était hors de question qu'il prenne le risque de repartir sans elle ! Il était préférable de l'informer de sa décision une fois sur le bateau. Ainsi, elle n'aurait aucune échappatoire et serait obligée de le suivre jusqu'en Angleterre.

Oui, c'était la meilleure solution ! S'il parvenait à la convaincre. Et pour cela, elle ne devait pas deviner tout ce qu'elle représentait pour lui.

Erin fut soudain prise d'une sourde angoisse.

Le silence d'Alex était éloquent et lui donnait l'impression d'une chute dans le vide à vive allure.

Dis quelque chose, Alex. Je t'en prie !

Mais les mots du jeune homme ne furent pas ceux qu'elle espérait.

— Je suis touché que tu penses à moi en ces termes, ma

douce. Mais tu es encore si innocente ! Ce que tu prends pour de l'amour n'est en fait qu'un désir charnel qui nous a permis de passer ensemble de délicieux moments. Mais tu te trompes sur mon compte ! Je ne suis pas l'homme qu'il te faut, celui que tu crois aimer.

Encore les mêmes mots ! Que cherchait-il à lui cacher ?

Erin releva la tête et affirma :

— C'est à moi seule d'en juger, tu ne crois pas ?

Alex s'écarta d'elle et se mit à genoux. Puis il la saisit par les épaules et l'obligea à se redresser pour lui faire face.

L'image qu'elle lui offrit alors dans sa chemise beaucoup trop grande pour elle faillit lui faire perdre la raison.

Jamais il ne l'avait trouvée aussi belle qu'à cet instant. Ni aussi vulnérable.

— Bon sang, Erin ! As-tu oublié qui je suis ? Un officier sudiste dont la tête est mise à prix par tes compatriotes !

La jeune femme lui saisit la main.

— Non, j'en suis parfaitement consciente ! Mais j'ai appris à connaître et à aimer l'homme qui se dissimule sous cet uniforme gris ! Et cet homme n'est pas mon ennemi !

Elle hurlait presque, essayant désespérément de convaincre Alex de la véracité de son amour.

— Cet uniforme est pourtant de la même couleur que les soldats qui menacent la vie de ton frère et de ton cousin ! Cela ne compte donc pas pour toi ? Es-tu prête à me choisir, moi, un homme avec qui tu n'as aucun avenir, un officier confédéré, et renoncer ainsi à ta famille ?

Il sut qu'il avait fait mouche en apercevant un voile de tristesse ternir les yeux bleus d'Erin.

Alex se releva et préféra détourner les yeux, de peur de

flancher face à la douleur de la jeune femme qu'il aimait plus que sa vie.

Il décida d'enfoncer le clou une bonne fois pour toutes.

— Je suis flatté des nobles sentiments que tu me prêtes, Erin ! Mais de là à parler d'amour. Non, je ne le crois pas ! Sans la guerre et les fâcheux événements qui t'ont conduite sur mon navire, tout ceci ne serait jamais arrivé !

Il vit Erin blêmir et cela lui tordit le cœur.

— Je n'ai jamais eu le désir de m'attacher à toi, car contrairement à toi, je n'arrive pas à oublier d'où tu viens ! Ton monde n'est pas le mien et ne le sera jamais ! Ne comprends-tu pas qu'il n'y a pas de futur pour nous deux ?

Erin cligna des paupières pour chasser ses larmes. Avait-elle bien entendu ?

Il ment !

C'est tout ce que son cœur trouva à lui crier.

Et pourtant, alors qu'elle le dévisageait avec espoir, elle ne trouva qu'une froide détermination dans ses yeux.

S'était-elle leurrée à ce point sur Alex ?

Elle se leva à son tour.

Le jeune homme lui caressa les cheveux, tout en maudissant les dernières paroles qui finiraient de le condamner.

— Tu es une femme magnifique, Erin, qui me procure beaucoup de plaisir lorsque nous sommes ensemble. J'éprouverai toujours pour toi une certaine tendresse, sans compter que je te dois la vie ! Mais n'attends rien d'autre de moi ! J'ai une mission à accomplir, des hommes à mener au combat ! Rien d'autre n'a d'importance pour moi.

De la tendresse ?

Ce mot brûla la jeune femme comme de l'acide.

D'un geste rageur, Erin arracha sa chemise et la lui jeta au visage.

— Ta tendresse et toi, vous pouvez aller au diable !

Ce faisant, elle tendit une main tremblante vers sa robe qu'elle enfila à la hâte.

Alors qu'elle se débattait avec les lacets de son corset, elle vit Alex s'approcher du coin de l'œil et comprit son intention.

Elle se retourna, le regard étincelant.

— Ne me touche pas ! Ne me touche plus jamais ! affirma-t-elle d'une voix glaciale.

Alex ne tint pas compte de sa menace et lui écarta les cheveux afin de terminer d'attacher sa robe. Erin se raidit à son contact, mais elle le laissa faire, même si cela lui rappelait douloureusement d'autres souvenirs, dans sa chambre à Londres.

Elle ne vit pas le manque d'assurance de ses mains, ni l'expression affligée qui ternissait ses traits d'ordinaire si parfaits.

Alex ne put résister à l'idée de humer son parfum et d'éprouver la douceur de son corps contre lui une dernière fois.

Se penchant au creux de son cou, il murmura :

— Les réparations de *L'Annabella* sont terminées. Nous reprenons la mer demain.

Il laissa échapper un léger soupir.

— Sache que j'ai parfaitement entendu ta demande, poursuivit-il d'une voix ferme. Tu peux conserver ma cabine. Je ne viendrais plus t'ennuyer.

Erin se contenta de hocher la tête, incapable de prononcer le moindre mot.

Alex s'écarta d'elle.

— Erin, tu peux me haïr si tu le souhaites ! Je le mérite sans doute bien plus que tu ne le penses ! Mais je ne t'ai jamais fait aucune promesse ! Et tu le sais parfaitement.

Oui, elle le savait ! Elle le savait depuis leur première rencontre !

Sauf qu'elle avait espéré plus ! Et que cela lui faisait mal de l'entendre prononcer ces paroles si cruelles !

Pendant un instant, elle avait cru… Quoi ? Qu'il avait fini par tomber amoureux d'elle ?

Elle faillit rire de sa bêtise alors même que les larmes menaçaient.

Son devoir. Sa mission.

Rien d'autre n'avait d'importance pour Alexander Tyron Morgan !

Et surtout pas elle.

Un calme étrange l'envahit tandis qu'Alex s'éloignait, laissant comme un trou béant dans sa poitrine.

Elle sut à cet instant précis que tout était désormais terminé entre eux.

Chapitre 26

Erin reposa le livre qu'elle était en train de parcourir lorsque la porte s'ouvrit sur Dickby. Le vieux serviteur déposa comme à son habitude le plateau sur le bureau avant de s'éclipser.

Elle le rappela alors qu'il s'apprêtait à refermer le battant :

— Dickby, attendez, s'il vous plaît !

Le vieil homme enleva son bonnet.

— M'dame ? Y a-t-il encore quelque chose que je puisse faire pour vous ?

— À vrai dire, je suis très étonnée. Cela fait un mois que nous avons repris la mer et nous n'avons encore mené aucune attaque. J'ai pourtant pu observer des voiles à l'horizon presque chaque jour.

Dickby tritura son bonnet dans ses mains calleuses, en se dandinant d'un pied sur l'autre. Il semblait soudain très mal à l'aise.

— Ma foi, vous devriez plutôt interroger le capitaine, m'dame, si j'peux me permettre !

— Votre capitaine me semble très occupé.

— Pour ça oui, il l'est !

— J'ai remarqué que nous voguions à grande vitesse depuis notre départ. C'est pour le moins inhabituel, rajouta-t-elle d'une voix douce, qu'elle espérait propice à la confidence.

— Faut croire que le capitaine a le diable aux trousses ! Il demande chaque jour que l'on pousse la vapeur au maximum. À ce rythme-là, je sais pas si *L'Annabella* tiendra encore longtemps.

Tiens ! Cette information était intéressante. Quelle mouche piquait donc Alex ?

Elle adressa un sourire de connivence au matelot.

— Pourquoi agit-il ainsi ? A-t-il le pressentiment qu'un danger nous guette ?

— Ah pour ça, il est tendu ! On l'a jamais vu d'aussi mauvaise humeur ! Il ne fait qu'aboyer des ordres, ça lui ressemble pas ! Mais c'est notre capitaine, et on a toujours beaucoup de respect pour lui !

Erin se leva pour aller s'asseoir au bureau. Elle en savait suffisamment.

— Je vous remercie, Dickby. Vous pouvez y aller à présent.

Le serviteur s'inclina.

— Je vous souhaite une bonne journée, m'dame.

— Bonne journée à vous aussi.

Songeuse, Erin porta un gobelet d'eau à ses lèvres et s'adossa dans le fauteuil de brocart vert.

Ces dernières semaines n'avaient pas amoindri la douleur dans sa poitrine. Bien au contraire. Elle évitait Alex en demeurant la plupart du temps dans la cabine. Les rares fois où ils s'étaient rencontrés, tous deux s'étaient contentés d'un salut poli et distant.

Les remarques de Dickby l'avaient intriguée, confirmant ses propres observations. Le fait qu'Alex ne cherche plus le combat l'inquiétait. Quelque chose n'allait pas.

La jeune femme renonça à aller interroger Clayton. Le jeune lieutenant se montrerait sans doute encore bien plus évasif que Dickby, faisant preuve de la même loyauté envers son ami. Seul Alex pourrait lui apporter les réponses qu'elle attendait, ce qu'il ne ferait certainement pas compte tenu de leur relation actuelle. De toute façon, elle n'était pas certaine d'avoir le courage de lui faire face sans lui montrer à quel point son rejet l'avait affectée.

Elle avait l'impression de revivre ses premières semaines sur *L'Annabella*, quand la solitude l'étouffait. Elle avait envie de se retrouver sur le pont, respirer à pleins poumons les embruns, sentir le vent emmêler ses cheveux, se laisser bercer par le cri des mouettes, des albatros et des frégates. Chaque soir également, l'équipage se réunissait au son du violon et des harmonicas qui se mêlaient aux chuchotements des gréements. Elle aimait ces instants de vie partagés, qui lui permettait de découvrir les hommes derrière l'uniforme, des hommes auxquels elle avait fini par s'attacher, chacun avec leur singularité.

Dickby et son air malicieux. Curtis, le cuisinier qui lui réservait toujours en cachette quelques petites douceurs. Josh et sa touchante sensibilité. Miles, le médecin. Edwards et ses éternels bougonnements.

Jamais elle n'aurait imaginé qu'ils deviendraient sa seconde famille.

La plupart de ces soldats et marins n'avaient jamais mis les pieds dans une plantation et ne possédaient pas d'esclaves. Et pourtant, ils étaient là, prêts à tout pour défendre leur chère terre sudiste et leur indépendance. Quel immense gâchis !

Sous ses yeux, la guerre prenait une dimension inattendue. Un conflit qui lui paraissait tellement juste au départ et qui maintenant lui semblait disproportionné. Ni le Nord ni le Sud n'en sortiraient gagnant. Elle en était désormais persuadée.

Elle songea alors à Justin et Nicholas. En étaient-ils arrivés à la même conclusion ? Étaient-ils encore seulement en vie ?

La nuit ne lui apporta aucun réconfort.

Erin resta de longues heures éveillée, sans parvenir à chasser le beau corsaire de ses pensées.

Alex lui manquait.

Le souvenir de chaque instant passé avec lui était à la fois aussi doux qu'une sucrerie dégustée lentement et aussi cruel qu'un tison incandescent apposé sur la peau. Quant à leur dernier échange, il revenait dans ses pensées comme un leitmotiv. Quelque chose l'avait dérangée, sans qu'elle puisse mettre le doigt dessus.

Elle finit par s'endormir aux premières lueurs de l'aube, plongeant dans un sommeil lourd et sans rêves.

Lorsque la jeune femme s'éveilla quelques heures plus tard, elle prit immédiatement conscience des balancements quasi imperceptibles de *L'Annabella* qui ondulait avec légèreté, comme une plume s'envolant doucement dans le vent.

Rejetant en hâte la couverture, elle se précipita vers le hublot et découvrit avec stupéfaction qu'ils étaient amarrés dans un port. Avec empressement, Erin revêtit la robe blanche qu'elle avait achetée sur l'île de Providence, celle qu'Alex aimait tant, et coiffa ses longs cheveux cuivrés d'une natte qu'elle noua avec un ruban de cuir. Puis elle gagna le pont.

Lorsqu'elle y parvint, un soleil éclatant l'aveugla,

contrastant avec la cabine sombre qui rythmait ses longues journées depuis un mois.

Dieu que c'était bon !

Erin ferma un instant les yeux et leva la tête vers le disque lumineux pour savourer ce moment, laissant le souffle tiède du vent effleurer son visage d'une caresse réconfortante. Puis la curiosité l'emportant, elle se pencha par-dessus le bastingage et scruta le port qui lui sembla vaguement familier.

L'endroit était de toute beauté avec ses eaux cristallines entourées d'une série de collines qui formait un petit écrin verdoyant. L'enclave du port se terminait par un promontoire en forme de presqu'île qui devait représenter un écran protecteur contre les violentes tempêtes de l'océan. D'imposantes fortifications militaires complétaient l'ensemble.

Marchands et marins déambulaient avec une certaine indolence, gagnés par la quiétude de l'endroit. Des étals de toutes sortes bordaient les murs, regorgeant de fruits alléchants, d'épices odorantes, de cuirs et d'étoffes soyeuses qui étaient une invite au toucher.

La jeune femme espéra de tout cœur que *L'Annabella* resterait suffisamment à quai afin de lui permettre de visiter cette ville dont la prestance l'attirait irrésistiblement.

À cet instant, les cloches de la cathédrale que l'on apercevait au loin par-dessus les toits et les murs immaculés de demeures cossues couvrirent de onze coups tonitruants le brouhaha qui s'élevait du quai.

Il était temps pour Erin de trouver Alex et d'obtenir certaines explications.

Mais elle eut beau chercher, elle ne trouva nulle part la trace du capitaine. Était-il déjà descendu à terre ?

Erin, en revanche, n'avait pas échappé à la vigilance d'Alex.

Il se trouvait sur le mât de misaine afin de vérifier les voiles lorsque la jeune femme avait fait irruption sur le pont.

À sa simple vue, son cœur se mit à battre plus vite. Elle était si belle ainsi, les rayons du soleil allumant des flammes dorées dans sa chevelure négligemment nattée.

Le sourire extatique qui lui effleurait les lèvres à cet instant lui rappela avec une intense acuité l'abandon dont elle avait fait preuve lorsqu'il lui avait fait l'amour. Ils avaient seulement passé quelques heures ensemble, volées au cœur de la guerre, et pourtant…

Erin lui manquait terriblement.

Depuis des semaines, il broyait du noir et s'énervait pour un rien. Souffrait-elle autant que lui ? Ou bien l'avait-elle définitivement classé au rang de salaud ?

Je t'aime.

Ses trois mots envahissaient toutes ses pensées depuis qu'elle les avait prononcés, le rendant à moitié fou.

Si seulement cela suffisait.

Alex serra les poings.

En renonçant à la jeune femme, il s'était condamné à l'enfer et à une vie solitaire. Mais c'était le prix qu'il était prêt à payer pour la savoir hors de danger.

Plus vite ils parviendraient en Angleterre et plus vite son supplice prendrait fin. C'est pourquoi il avait ordonné que les machines tournent à plein régime, passant certainement aux yeux de ses hommes pour un cinglé. Mais il n'avait pas d'autre choix.

Ils se trouvaient actuellement dans le port d'Angra do Heroismo, ville principale de l'île de Terceira dans les Açores, afin de réapprovisionner *L'Annabella* en charbon et en vivres. Ensuite ils reprendraient la route en direction de Londres.

Et tout serait terminé.

Alex soupira.

Il ne pouvait pas se cacher indéfiniment en haut du mât. Il était temps d'aller affronter Erin, d'autant plus qu'il était attendu dans moins d'une heure chez le gouverneur Santos.

S'accrochant aux cordages, il regagna rapidement la terre ferme et sauta sur le pont à quelques mètres de la jeune femme.

Cette dernière sursauta et se retourna vers lui.

L'éclair de surprise qu'il lut dans ses beaux yeux bleus céda rapidement la place à un voile de tristesse.

Il avait maintenant sa réponse.

Oui, sa douleur était au moins égale à la sienne. Mais au lieu de le réconforter, ce constat l'affligea.

Alex se retint à grand-peine de tendre la main vers elle et arbora un masque neutre. Il devait tenir bon face à elle.

— Bienvenue à Angra do Heroismo, dans les Açores ! fit-il en tendant un bras révérencieux en direction de la ville.

— Les Açores ? répéta la jeune femme sans cacher sa surprise. Pourquoi sommes-nous remontés si haut ?

— Par nécessité, répondit Alex sur un ton laconique qui ne poussait pas à l'échange.

Erin oublia aussitôt ses préoccupations en détaillant Alex ou plutôt ce qu'il en restait. L'homme qui lui faisait face ne ressemblait plus au séduisant capitaine de *L'Annabella* qui lui avait dérobé son cœur. Ses cheveux étaient en désordre, et il ne semblait pas s'être rasé depuis des semaines au regard de la barbe dorée qui lui mangeait le visage, masquant sa bouche si attirante. Ses traits étaient tirés, et des cernes sombres obscurcissaient son regard azur qui semblait encore plus dur qu'à l'ordinaire.

Alex s'adossa à la timonerie, les bras croisés sur sa poitrine.

— Tu semblais chercher quelque chose… ou quelqu'un ?

Erin frissonna au son de cette voix grave qui lui était devenue aussi familière que sa propre respiration.

— En effet. Je voulais te voir.

Les yeux d'Alex prirent la couleur de la pierre.

— Tiens donc ! Et pour quelle raison souhaites-tu soudain ma compagnie ?

Erin ignora la pointe de sarcasme qui perçait sous ses paroles.

— Je m'inquiète pour toi, Alex ! lâcha-t-elle dans un souffle. D'après Dickby…

— Dickby a la langue trop pendue ! la coupa-t-il froidement. Cela le perdra.

Erin ne se laissa pas déstabiliser par son brusque éclat. Elle préféra changer de tactique et s'approcha de lui jusqu'à frôler ses bottes de son jupon. Elle perçut aussitôt le malaise d'Alex qui se redressa légèrement, ce qui lui fit secrètement plaisir. Son indifférence et sa froideur n'étaient qu'une feinte de plus pour ne pas dévoiler ses émotions.

— Pourquoi ne mènes-tu plus aucune attaque de navires depuis que nous avons quitté les Bahamas ?

Alex répondit d'un ton désinvolte :

— Peu d'occasions se sont présentées.

— C'est faux ! Nous avons croisé des voiles presque chaque jour depuis notre départ de Nassau.

Contrarié, Alex plissa les yeux. La perspicacité de la jeune femme avait toujours été un problème.

— Que cherches-tu, Erin ?

— Je veux savoir ce qui se passe, Alex.

Le jeune homme se redressa et vint se planter devant elle, sa haute stature lui cachant un instant le soleil.

Le moment était enfin venu.

— Nous regagnons l'Angleterre ! asséna-t-il d'un ton ferme et décidé.

— L'Angleterre ? Mais enfin pourqu…

Elle se tut brusquement, comprenant ce que cela signifiait.

Alex lui confirma aussitôt ses doutes.

— Il est temps que tu retrouves ta famille, Erin !

Ces mots tombèrent entre eux comme le couperet d'une guillotine.

La gorge d'Erin se serra. Elle n'aurait jamais cru pouvoir éprouver une telle douleur à l'idée de retrouver enfin sa liberté.

Tout avait changé.

Son amour pour Alex avait tout changé.

— Non !

Elle tendit instinctivement la main vers Alex qui l'esquiva avec brusquerie.

Toucher Erin serait une erreur. Le seul fait de sentir son parfum était déjà une torture. Il n'osait imaginer quelle serait sa réaction si pendant un instant il cédait au désir qui le submergeait.

— J'aurais pensé que cette nouvelle te remplirait de joie ! N'est-ce pas ce que tu souhaites depuis le départ ? répliqua-t-il avec humeur.

Puis estimant que leur échange était terminé, Alex gagna rapidement la passerelle, brûlant soudain d'envie de mettre le plus de distance possible avec la jeune femme avant de lui avouer ce que cette décision lui coûtait.

C'était sans compter l'impétuosité d'Erin qui le poursuivit sur le quai.

— Alex ! Attends ! Tu ne peux pas partir comme cela ! Nous n'avons pas terminé cette conversation !

Le jeune homme s'arrêta si brusquement qu'elle le percuta. Avant d'avoir eu le temps d'esquisser le moindre geste, il s'était déjà retourné et la saisissait par ses épaules.

— Si Erin, nous en avons terminé ! Tout est terminé ! fulmina-t-il, les mots implacables traçant des sillons douloureux dans le cœur de la jeune femme.

— Tu ne peux pas conduire *L'Annabella* à Londres ! s'écria-t-elle avec colère. C'est ridicule et beaucoup trop risqué pour vous !

L'air entre eux se chargea d'électricité.

Voyant qu'ils étaient devenus le centre de l'attention, Alex la saisit durement par le bras et l'entraîna dans une ruelle obscure qui jouxtait le quai.

— Pourquoi refuses-tu de comprendre ? Je ne veux plus de toi sur ce bateau, Erin !

La jeune femme recula contre le mur dont la fraîcheur l'enveloppa comme un linceul.

— Je vois.

La douleur brute qu'il lut dans son regard glaça le sang d'Alex. Soudain, il ne supporta plus de la voir souffrir à cause de lui.

Lui encerclant la tête entre ses bras tendus, il se pencha vers elle et posa son front contre le sien.

— Non, Erin ! Tu ne vois rien du tout, rajouta-t-il d'un ton radouci. Tu n'es plus en sécurité avec moi !

Erin le repoussa brutalement et lui fit face, les poings sur les hanches, le regard orageux.

— Nous avons déjà eu cette conversation, et je t'ai déjà dit ce que j'en pensais !

— Tu n'es pas en position de décider ! s'emporta-t-il. Ma décision est prise, et je m'y tiendrai, au péril de ma vie ! Je pensais que tu serais heureuse de retrouver ta famille !

Je le pensais aussi. Mais c'était avant de tomber amoureuse de toi.

Elle osa un dernier argument.

— N'as-tu plus aucune peur que je te dénonce aux autorités fédérales ? Le capitaine de *L'Annabella* en personne ! Tu représentes désormais une valeur inestimable pour l'Union !

Alex lui lança un regard implacable.

— Tu ne le feras pas.

Son ton était catégorique.

L'idée qu'il lui fasse suffisamment confiance pour remettre sa vie et celle de sa famille entre ses mains toucha Erin profondément. Comment allait-elle pouvoir le convaincre que son projet était bien trop risqué ?

Et tout était de sa faute à elle !

Sentant les larmes qui affleuraient malgré elle, Erin détourna la tête pour cacher sa détresse à Alex.

— Non. Tu as raison. Jamais je n'accepterais de vous mettre en danger ! Après tous ces longs mois passés en votre compagnie, je ne le supporterais pas ! Ce bateau est aussi devenu ma famille, rajouta-t-elle dans un murmure.

Alex se raidit en l'entendant exprimer à la fois ses pires craintes et l'espoir insensé qu'il avait nourri en souhaitant gagner son amour. La frontière entre le Nord et le Sud avait enfin disparu entre eux. Mais à quel prix ?

— Les Yankees ne s'attendent pas à nous trouver en Angleterre. Je ne prends aucun risque.

Erin eut soudain une furieuse envie de se jeter sur lui et de le bourrer de coups de poing pour lui faire entendre raison.

— Vraiment ? Ne viens-tu pas pourtant de m'affirmer le contraire, il y a un instant ? Ne crains-tu pas pour ma vie, pour celle de tes hommes et la tienne depuis que *Le Delaware* nous a attaqués ? Les Yankees ne vont plus te laisser en paix dorénavant !

— Ma vie a peu d'importance, ce qui n'est pas ton cas ! Bon sang, Erin ! Cette guerre n'est pas la tienne ! Mes hommes et moi-même savions parfaitement ce que nous risquions lorsque nous nous sommes engagés dans cette mission ! Les journaux évoquent toute une flotte fédérale lancée à nos trousses ! Je sais que les jours de *L'Annabella* sont comptés. Il ne nous reste plus qu'à espérer que nous puissions mener notre action le plus longtemps possible !

Oh ! pourquoi fallait-il qu'il se montre aussi obstiné, alors que sa vie était en jeu ?

— Il est encore temps pour toi de tout arrêter, avant qu'il soit trop tard, Alex ! Pourquoi es-tu encore prêt à mourir pour une guerre qui a perdu tout son sens ?

Son regard se durcit.

— Pas pour moi, Erin ! J'ai prêté serment devant mes hommes ! Il n'est pas question que j'abandonne !

Bien évidemment. Il accomplirait son devoir jusqu'au bout. C'était un meneur. Elle l'avait compris dès qu'elle l'avait vu concourir lors de la *Boat Race*.

Mais à l'époque il ne se livrait pas à des actes aussi dangereux.

Vaincue, elle capitula momentanément.

— Je ne pourrais pas vivre en te sachant en danger quelque part !

Alex se rapprocha d'elle et lui releva le menton.

— Je ne te le demande pas. Dès notre première rencontre, je t'ai signifié que je ne suis pas un homme pour toi, Erin. Je ne suis qu'un corsaire. Je n'ai jamais rien eu à t'offrir. Tout ce qui s'est passé entre nous était une regrettable erreur. Je n'aurais jamais dû laisser les choses en arriver là. Je suis désolé.

Erin chassa sa main avec humeur.

— Tes excuses arrivent trop tard, Alex ! Bien trop tard !

Sur ces mots, Erin regagna l'effervescence rassurante du quai.

Alex la regarda s'éloigner en jurant. Il préférait savoir Erin en colère contre lui. Ainsi, leurs adieux n'en seraient que plus faciles.

Le jeune homme quitta à son tour l'obscurité de la ruelle en direction du palais du gouverneur, sans voir la lueur incandescente d'un petit cigarillo s'éteindre brusquement tandis qu'un rire moqueur s'élevait des ténèbres. Emboîtant le pas à Alex, l'étranger se fondit à son tour dans la foule, bien décidé à suivre le capitaine du célèbre vaisseau corsaire confédéré, *L'Annabella*. Quelque chose dans sa voix avait éveillé de lointains souvenirs. Il était certain d'avoir déjà rencontré ce maudit capitaine. Il lui fallait absolument découvrir qui il était. Et une fois qu'il aurait percé à jour sa véritable identité, il ferait payer les

Yankees au prix fort afin de recommencer tranquillement une nouvelle vie dans les Caraïbes.

— Vous ne cessez de faire parler de vous, capitaine Cleveland ! s'amusa le gouverneur Santos, en portant avec délectation un cigare cubain à ses lèvres qui disparaissaient sous une épaisse moustache poivre et sel.

Alex prit place dans un confortable fauteuil de style Louis XV.

Une brise légère faisait onduler les rideaux d'organdi, apportant la fraîcheur salutaire de l'océan à la pièce surchauffée par les rayons impitoyables du soleil.

Une ombre se profila dans l'enfoncement de la porte-fenêtre, mais ni l'un ni l'autre n'y prêtèrent attention, tout à leur conversation.

— Il ne faut pas croire tout ce que racontent les journaux, Votre Excellence ! répondit Alex en refusant d'un signe de tête la boîte en acajou remplie de cigares que lui tendait le gouverneur.

Ce dernier darda sur lui un regard moqueur.

— Toujours aussi modeste, capitaine ! Je me suis laissé dire que vous n'étiez pas seulement chanceux sur les mers… Il me semble également que vous bénéficiez d'une charmante compagnie à votre bord.

Alex se raidit.

Le gouverneur ne laissait visiblement rien au hasard.

Afin de ne pas froisser ce dernier qui leur offrait sa protection, le jeune homme pesa chacun de ses mots.

— Le voyage de Mlle Hamilton touche bientôt à sa fin.

— Comme cela doit être regrettable pour vous ! On m'a dit que la beauté de Mlle Hamilton égalait celle de notre reine Maria Pia.

— Elle est en effet ravissante. Mais sa place n'est plus sur mon navire désormais.

— Vous n'êtes pas l'homme d'une seule femme, n'est-ce pas ?

Alex afficha un sourire sardonique pour cacher au gouverneur son déplaisir. Sa relation avec Erin ne regardait que lui.

— Non, en effet. Même si je dois avouer que Mlle Hamilton a de nombreux attraits !

Le gouverneur partit d'un rire tonitruant.

— Vous avez réussi à piquer ma curiosité, Cleveland ! Venez donc ce soir au palais en compagnie de cette charmante demoiselle que vous tenez tant à protéger. Vous êtes mes invités. Puis vous pourrez profiter de l'un de mes appartements privés et offrir ainsi un véritable lit à votre... protégée.

Alex serra les dents en comprenant le sous-entendu. Il était piégé ! Une nuit contre une alliance avec Santos était un faible prix à payer, même s'il savait d'avance qu'il ne la partagerait pas avec Erin. Il n'était pas en position de refuser.

— Je vous remercie pour votre invitation si généreuse, Votre Excellence, que nous ne manquerons pas d'honorer.

Le gouverneur afficha soudain une mine grave.

— Je me dois de vous informer d'une sombre nouvelle, *amigo*. L'équipage avec lequel cette *senhora* voyageait a fini par trouver un moyen de quitter l'île, grâce à un vaisseau français qui a accepté de les prendre à son bord.

Son hôte se racla la gorge avant de poursuivre :

— Malheureusement, leur navire a été pris dans une redoutable tempête peu après leur départ... Nous n'avons retrouvé aucun survivant.

Alex se figea en réalisant ce que cette nouvelle signifiait. La famille Hamilton n'avait eu aucune chance de retrouver la trace d'Erin au cours de ces derniers mois, du fait de la disparition des seuls témoins qui auraient permis sa libération. Il n'osait imaginer la réaction des Hamilton lorsqu'ils apprendraient la vérité, ni le sort qui lui serait réservé alors s'il survivait à la guerre.

— Une nouvelle qui doit certainement arranger vos affaires, termina le gouverneur en lissant sa moustache. Du moins, tant que votre *amiga* se trouve sur votre bateau.

À ce moment-là, un coup résonna à la porte.

Un serviteur entra et vint glisser quelques mots à l'oreille du gouverneur.

Celui-ci se redressa aussitôt.

— *Obrigado*, Pietro ! Vous pouvez disposer.

Santos considéra Alex, les sourcils froncés.

— Il semble que nous ayons un léger problème, capitaine. Mes informateurs me font part d'un croiseur fédéral, l'*USS Delaware*, qui vient de pénétrer dans notre espace maritime.

Alex jura et bondit du fauteuil.

— Du calme, Cleveland ! Je vais immédiatement me porter à la rencontre du *Delaware* pour empêcher toute violation de neutralité dans mon port. Vous n'avez rien à redouter pour aujourd'hui.

— Que comptez-vous faire, Votre Excellence ?

Ce dernier fronça les sourcils, tout en réfléchissant.

— Deux options légales s'offrent à nous. Soit je lui donne l'ordre de venir à l'ancrage, et dans ce cas il devra rester dans le port un jour après votre départ, ce qui vous laissera largement le temps de prendre la fuite. Soit je lui demande de reprendre la mer et de croiser au-delà de la limite de la ligne maritime du port…

— Ce qui nous exposera à une course de vitesse pour quitter Angra, termina Alex à sa place.

— En effet. Course que vous pouvez remporter, je vous fais confiance, capitaine.

— Détrompez-vous ! *Le Delaware* est un adversaire de taille. Je suis prêt à mettre ma main à couper que son capitaine va opter pour la seconde option.

Le gouverneur vint lui taper amicalement sur l'épaule.

— Allons, cessez de vous en faire ! Nous parlons de *L'Annabella* ! Rien ne vous arrêtera, pas même un puissant vaisseau fédéral, j'en suis persuadé ! Je vous attends ce soir pour dîner avec Mlle Hamilton, comme convenu.

Sur ces mots, il raccompagna Alex jusqu'à l'allée gravillonnée qui bordait la majestueuse entrée du palais avant de monter dans sa voiture.

Au même moment, une ombre se faufila le long du mur afin de profiter de l'ouverture des grilles pour s'enfuir.

Une fois hors de l'enceinte du palais, Samuel Bennett s'adossa au mur, le souffle court. Les mains tremblantes, il sortit de sa poche une fiole en étain remplie de *verdelhlo*, un vin blanc portugais qu'il buvait comme de l'eau. Puis il essuya sa bouche d'un revers de la manche avant d'afficher un rictus mauvais.

Il ne croyait pas à sa chance depuis ce matin ! Non seulement il connaissait maintenant la véritable identité du plus célèbre corsaire au service de la cause confédérée. Mais il détenait des informations capitales qui ne manqueraient pas d'intéresser la marine fédérale. Il devait agir vite. Dans quelques heures, *Le Delaware* serait obligé de quitter le port. Il devait absolument obtenir une entrevue avec son capitaine d'ici là.

Bennett quitta les abords du palais en sifflotant.

Chapitre 27

Erin arpenta le pont d'un pas nerveux sans pouvoir faire disparaître la sourde angoisse qui la tenaillait depuis qu'Alex lui avait fait part de son projet. Elle aurait dû se réjouir de la décision du jeune homme, et dans un sens, la perspective de retrouver enfin sa famille lui réchauffait le cœur.

Mais à quoi ressemblerait sa vie sans Alex à ses côtés dorénavant ?

Elle avait entrepris ce voyage sur le conseil de Sarah pour obtenir certaines réponses. Elle les avait dorénavant.

Elle ne pouvait continuer à demeurer auprès d'un homme qui ne l'aimait pas… Si c'était vraiment le cas. Car un doute subsistait dans son esprit. L'intensité de leurs émotions, l'irrésistible attraction qui les poussait l'un vers l'autre malgré leurs origines différentes, la prévenance du jeune homme, son besoin de la protéger sans cesse. Tous les actes d'Alex lui prouvaient qu'il était attaché à elle, même s'il se donnait un mal fou afin de lui prouver le contraire.

Elle repensa aux dernières paroles du jeune capitaine.

Tu n'es plus en sécurité avec moi.

Une idée la frappa soudain. Et s'il cherchait à provoquer son dégoût et sa colère afin de l'obliger à quitter *L'Annabella* ?

L'amour qu'Erin éprouvait pour Alex l'empêcherait

d'envisager cette solution si elle avait la certitude que ses sentiments étaient réciproques. Plus rien n'aurait d'importance dans ces conditions ! Ni la guerre. Ni sa sécurité. Tant qu'elle serait avec lui. Il saurait la protéger.

Alex le savait pertinemment lui aussi ! Il avait toujours su lire en elle comme dans un livre ouvert. Cela expliquait sans doute son obstination à lui prouver qu'il n'était pas un homme de confiance.

Un timide espoir naquit au creux de son ventre. Il fallait qu'elle découvre la vérité ! Plus elle y songeait, plus elle imaginait Alex capable de dissimuler ses sentiments pour l'obliger à le quitter.

Mais il avait omis un détail. Malgré tout le mal qu'il s'était donné, il n'avait pas réussi à ternir la confiance qu'elle avait en lui.

La jeune femme s'accrocha au bastingage avec détermination. Amener Alex à lui dévoiler ses pensées les plus secrètes était un défi de taille à relever. Mais elle était prête à tout tenter pour ne pas le perdre.

Au même instant, son regard embrassa le port, et son humeur joyeuse se liquéfia.

Sous ses yeux, un élégant croiseur dansait avec grâce sur la houle.

Un cri d'angoisse s'échappa de ses lèvres.

— Non !

Incrédule et impuissante, la jeune femme contempla le drapeau de l'Union, bardé d'étoiles blanches sur fond bleu et de lignes rouges horizontales qui affrontaient fièrement le flamboyant soleil d'Angra. Les lettres dorées sur la coque ondulèrent sous ses yeux.

Le Delaware ! C'était impossible !

La rumeur qui enfla derrière elle lui apprit que les marins avaient eux aussi repéré leur redoutable ennemi.

Au même moment, elle aperçut Alex gravir la passerelle à vive allure. Malgré la menace qui planait sur eux, elle ne put s'empêcher de l'admirer une nouvelle fois dans son uniforme gris. Elle nota qu'il avait pris soin de retrouver une forme humaine avant son rendez-vous avec le gouverneur. Rasé de près, il dégageait à ce moment-là une telle prestance qu'elle comprenait aisément pour quelle raison ses hommes lui étaient aussi dévoués. Chacun était prêt à donner sa vie pour lui… elle y compris.

Erin se précipita vers lui d'un même mouvement que l'équipage.

Un silence effrayant se fit sur le pont, chacun attendant avec appréhension les paroles du capitaine de *L'Annabella*.

Alex leur rapporta aussitôt son entrevue avec le gouverneur, ce qui ne manqua pas de rassurer les marins et soldats présents. Il ordonna à chacun de regagner son poste puis saisit sa longue-vue qu'il pointa en direction du *Delaware*, épiant le moindre mouvement du croiseur yankee.

La jeune femme demeura près de lui sur le pont, scrutant elle aussi le vapeur qui jetait une ombre sur son récent bonheur.

Si Alex avait conscience de la présence d'Erin à ses côtés, il n'en laissa rien paraître.

La jeune femme préféra garder le silence. Elle sentait la tension qui irradiait d'Alex et qui se communiquait à elle comme s'ils ne faisaient qu'un.

La jeune femme avisa un voilier traditionnel quitter le

navire fédéral quelques instants plus tard pour regagner le quai. Sans doute l'embarcation du gouverneur.

L'attente lui parut ensuite interminable.

Enfin, après de longues heures d'angoisse et de tension, *Le Delaware* vira lentement à bâbord et quitta le port afin de se porter à la distance du rivage désignée par le gouverneur. Puis il s'immobilisa, guettant sans doute avec impatience que *L'Annabella* abandonne à son tour son mouillage.

Eh bien, qu'il attende !

Alex reposa sa longue-vue et regarda Erin avec une terrible intensité.

— Le gouverneur nous invite ce soir à sa table et souhaite que nous passions la nuit au palais. Je viendrai te chercher pour 19 heures.

Les yeux d'Erin papillonnèrent, surprise par ses propos.

Au lieu d'évoquer *Le Delaware*, voilà qu'Alex lui parlait d'une invitation au palais avec une parfaite nonchalance comme si la situation était normale et qu'ils ne couraient aucun danger.

— Mais Alex…

— Je n'ai pas le temps de discuter avec toi maintenant, Erin ! la coupa sèchement Alex. Je te retrouve ce soir.

Puis il rejoignit Clayton. Tous deux se penchèrent sur la carte marine, cherchant sans doute le meilleur moyen d'échapper au vapeur fédéral. Erin songea qu'Alex avait certainement renoncé à toute idée d'attaque, car le croiseur nordiste aurait largement le temps de préparer sa défense. Pourraient-ils à nouveau le vaincre de vitesse ?

La jeune femme adressa une prière silencieuse au ciel afin que la chance soit encore de leur côté.

Puis elle regagna silencieusement sa cabine, intriguée

par l'invitation d'Alex au palais. Cette dernière représentait peut-être pour elle une aubaine. Ce soir, elle était bien décidée à faire honneur au gouverneur d'Angra et à convaincre son intrépide capitaine qu'il commettait une erreur en cherchant à se séparer de la jeune femme.

Une seule nuit près de lui.

Elle n'aurait pas d'autre chance.

Samuel Bennett jubilait tandis qu'il ramait avec célérité en direction du quai. Son entrevue avec le capitaine Harper du *Delaware* avait répondu à toutes ses espérances. Sa vengeance envers le clan Morgan allait enfin être assouvie une fois pour toutes.

Il n'avait pu cacher son étonnement en découvrant que le capitaine de *L'Annabella* n'était autre que son ancien voisin, Alexander Morgan. Samuel n'avait jamais supporté les Morgan, à commencer par Alex qu'il croisait parfois aux abords du domaine ou dans les bayous. Alors que sa famille devait trimer du matin au soir pour cultiver quelques misérables lopins de terre qui les condamnaient à la famine lorsque les récoltes étaient désastreuses, les Morgan croulaient sous l'opulence. Ses frères et lui se rendaient souvent aux abords de la plantation afin de les épier. À force de voir Alexander et ses sœurs mener l'existence dont il rêvait secrètement, Samuel avait nourri une haine tenace envers les Morgan. Celle-ci n'avait connu plus aucune limite le jour où l'aînée, Anna, leur avait porté en personne plusieurs paniers de vivres alors que le père Bennett avait dû faire face à une longue période de sécheresse qui les avait laissés dans une pauvreté extrême. Elle les avait regardés avec une telle pitié dans ses beaux yeux verts qu'il était allé vomir en cachette derrière la haie de cyprès qui bordait leur modeste demeure. Jamais il ne s'était senti autant humilié ! Son cœur n'avait cessé de crier vengeance depuis ce jour-là !

Son souhait avait été exaucé quelques années plus tard avec le début de la guerre civile. Le jour où il s'était rendu à la plantation de Willmore au sein de la milice restait gravé dans sa mémoire.

Il n'avait pu cacher sa jubilation lorsque Aberdeen avait abattu de sang-froid le vieux Morgan alors qu'il prenait la défense de sa sale négresse. Et avec quelle jouissance extrême il avait frappé presque à mort cette garce d'Anna Morgan ! Stonewell n'aurait jamais dû l'arrêter ! Il avait été désolé d'apprendre une semaine plus tard qu'elle s'en était sortie. Les Morgan méritaient tous de crever, d'autant plus que selon sa mère cette traîtresse avait depuis épousé un officier yankee !

Mais voilà qu'il tenait Alexander Morgan à sa merci !

Cette fois, il allait veiller à ce qu'il paye le prix fort, celui de sa vie. Et peu importe le marché conclu avec Harper !

Bennett tâta dans la poche la lourde bourse qu'il venait d'empocher, pleine de dollars fédéraux qui lui assuraient déjà un avenir serein. Non seulement il avait communiqué au *Delaware* la prochaine destination de *L'Annabella*, mais il s'était également proposé de servir d'espion afin de prévenir le Yankee des mouvements du corsaire à l'aide de signaux codés. Ce qu'il n'avait pas précisé au capitaine de l'Union en revanche, c'est qu'il allait s'assurer personnellement que Morgan ne remettrait pas un pied sur son navire. De la terrasse où il s'était dissimulé, Bennett avait parfaitement entendu l'invitation du gouverneur. Et il comptait bien saisir cette chance pour éliminer Morgan une fois pour toutes.

Erin effectua une dernière retouche à sa coiffure et se contempla avec une certaine nervosité dans le miroir. Pour cette soirée particulière, elle avait choisi avec soin sa tenue, acquise un peu plus tôt dans la journée lors de ses déambulations dans les rues d'Angra. La robe était une somptueuse pièce gris foncé dont le profond décolleté était bordé de minuscules broderies qui formaient de délicates arabesques sur sa poitrine. Une longue traîne aux reflets argentés complétait l'ensemble et scintillait comme du givre à chaque mouvement à la lueur des bougies.

La jeune femme décida de laisser ses longues boucles cuivrées cascader librement et les fixa avec des peignes en forme de papillons, incrustés de minuscules diamants, cadeau de Nicholas pour ses seize ans. Elle ne put s'empêcher de les effleurer avec émotion en se remémorant le doux sourire de son cousin ce soir-là. Dieu qu'il lui manquait. Ils lui manquaient tous !

Erin s'efforça d'oublier la douleur qui lui mordait la poitrine à l'évocation de ses proches et s'empressa d'attacher autour de son cou le pendentif offert à Noël par Alex en espérant qu'il serait attentif à cette preuve d'amour.

Le jeune homme arriva sur ces entrefaites, très séduisant dans son uniforme d'officier. Le regard dont il l'enveloppa fut sans équivoque. Il lui donna l'impression d'être un lion prêt à se jeter sur sa proie. Ses yeux s'arrêtèrent sur chaque détail de sa silhouette, comme s'il cherchait à la déshabiller à distance.

— Tu es magnifique ! la complimenta-t-il d'une voix rauque. Nous y allons ?

D'un geste révérencieux, il lui ouvrit la porte mais prit soin de ne pas la toucher alors qu'ils avançaient dans le couloir.

Une voiture luxueuse les attendait au pied de la passerelle. Alex lui tendit la main pour l'aider à monter, mais il la relâcha aussitôt avant de prendre place sur les coussins capitonnés en face d'elle. Erin s'abîma dans la contemplation des ruelles, bien trop consciente du silence pesant qui s'était établi entre eux. L'attitude distante d'Alex ébranla ses certitudes. Sa mission s'avérait plus périlleuse que prévu.

Si elle resta éblouie par l'élégance et le raffinement qui se dégageaient du palais, elle n'en laissa rien paraître, trop préoccupée par l'homme magnétique qui marchait à ses côtés.

Le dîner chez le gouverneur Santos se révéla fort agréable. L'épouse de ce dernier, Maria, était une excellente hôtesse, au rire contagieux. Elle les gratifia d'anecdotes plaisantes sur leur histoire et leurs coutumes. Pas un seul instant elle ne montra une curiosité déplacée envers le jeune couple, ce qui rassura Erin.

Alors que le gouverneur et Alex prenaient un dernier verre dans la bibliothèque, Maria accompagna Erin jusqu'à ses appartements. La chambre qu'elle lui présenta était splendide et indubitablement féminine.

— J'espère que vous serez à votre aise ici, *senhorita* Hamilton. Cette chambre communique avec celle du capitaine Cleveland par un cabinet de commodités.

En voyant Erin s'empourprer, elle lui prit amicalement le bras.

— Ne soyez pas gênée avec moi, mon petit ! Vous

formez un très joli couple. Le capitaine est beau comme un démon ! Si j'avais quelques années de moins, j'aurais moi aussi succombé à son charme. La vie est si courte, *minha querida*, qu'il faut profiter de toutes les choses merveilleuses qu'elle a à nous offrir. Et sans attendre !

Et sur un clin d'œil complice, elle s'éclipsa.

Erin traversa la pièce et gagna le cabinet de toilette, poussée par la curiosité. Celui-ci était immense et pourvu d'une ravissante baignoire sur pieds en porcelaine.

La jeune femme émit un soupir d'envie. Depuis combien de temps n'avait-elle pas eu l'occasion de se prélasser dans un bon bain d'eau douce ?

Un petit brasero réchauffait l'espace, rendant la pièce propice à la détente et au plaisir. Des serviettes épaisses et moelleuses étaient soigneusement pliées sur un tabouret, éclairées par la lumière tamisée d'une dizaine de bougies entreposées dans chaque recoin de la pièce. Il en allait de même dans la chambre d'Erin. Maria avait pensé à tout. L'ensemble était romantique à souhait.

Pendant un instant, Erin s'imagina avec Alex dans cette même baignoire. Puis elle plaqua ses mains sur son visage en voyant où ses pensées la conduisaient.

Avec curiosité, elle entrouvrit la porte qui menait à la chambre du jeune homme avant de rebrousser rapidement chemin en distinguant des pas qui approchaientdans le couloir.

Erin se posta devant sa fenêtre et attendit le cœur battant. Le jeune homme viendrait-il la rejoindre ce soir malgré son désir de mettre fin à leur relation ? Le regard brûlant dont il l'avait couvée durant tout le dîner lui signifiait clairement le contraire.

Erin appelait de tout son être cette visite qui lui permettrait de connaître les véritables sentiments d'Alex.

Peu après, elle l'entendit pénétrer dans la chambre attenante. Une porte claqua, suivie d'un raclement comme si une chaise était déplacée. Puis le silence s'éternisa, lourd de sens.

Erin dut se rendre à l'évidence.

Alex ne viendrait pas la rejoindre.

La jeune femme soupira. Si elle voulait gagner son cœur, elle ne devait pas faire preuve de faiblesse. Il était temps pour elle d'avoir une conversation avec son séduisant corsaire.

Prenant son courage à deux mains, elle gagna le cabinet de toilette.

Soudain, elle se pétrifia en entendant une voix masculine faire écho à celle d'Alex à travers la porte qu'elle avait laissée entrouverte.

— Tu ne t'attendais certainement pas à me voir ici, n'est-ce pas Morgan ?

Erin porta la main à sa gorge.

Morgan ? C'était impossible !

Qui pouvait connaître la véritable identité d'Alex au palais ?

— En effet, Bennett ! Qu'est-ce qui t'amène à Angra, aussi loin de chez nous ? répondit Alex d'un ton glacial.

La visite surprise de l'inconnu ne semblait lui procurer aucun plaisir.

L'autre partit d'un grand éclat de rire, qui sonna faux dans le silence tendu de la chambre.

— Je peux te retourner la même question ! ironisa la voix. Mais c'est vrai ! Tu as préféré quitter la Louisiane comme un lâche plutôt que rester te battre à nos côtés !

L'étranger cracha ces derniers mots.

Erin fronça les sourcils.

Bien sûr ! Elle aurait dû reconnaître plus tôt l'accent traînant du Sud ! Mais que voulait cet homme à Alex ?

Visiblement, il ne faisait pas partie de ses amis. Même éloignée, la jeune femme percevait l'animosité qui liait les deux hommes. L'inconnu représentait-il un danger pour Alex ?

Lentement, Erin risqua un œil à travers la porte entrebâillée.

L'étranger lui tournait le dos. Plus petit et plus trapu qu'Alex, il n'en restait pas moins dangereux. Tout dans sa posture témoignait de la tension et de la colère qui l'habitaient. Alors qu'il tournait légèrement la tête, Erin en profita pour étudier son profil. Elle retint difficilement un cri en voyant la cicatrice hideuse et enflée qui courait le long de sa joue. Un bandeau noir dissimulait son œil droit ou du moins ce qu'il en restait sans doute. Des gouttes de sueur perlaient sur son front dégarni, traduisant sa nervosité.

Le regard d'Erin se porta ensuite sur Alex.

Ce dernier faisait face à l'étranger, torse nu. Le calme apparent dont il faisait preuve ne trompa pas la jeune femme. Elle connaissait cette posture, qu'il prenait avant chaque attaque, tel un fauve guettant sa proie.

Un frisson glacial remonta le long de sa colonne vertébrale. Alex était en danger, elle en avait la certitude.

Du coin de l'œil, elle parcourut rapidement le cabinet à la recherche d'une arme improvisée. Son regard se porta sur le tisonnier qui servait sans doute à alimenter le brasero. Cela ferait l'affaire.

D'une main ferme, elle se saisit de l'objet en métal et se colla contre le mur, le cœur battant, prête à intervenir.

Alex serra vivement les poings.

Malgré sa fureur, il préféra ignorer la provocation, cherchant à savoir où Bennett voulait en venir. Il ne s'attendait certainement pas à retrouver son ancien voisin dans cette chambre du palais ce soir !

Que faisait Bennett à Angra ? Et surtout, que lui voulait-il ?

Connaissant l'individu, qui avait toujours été un enfant et un adolescent perfide, cela ne présageait rien de bon.

— Et toi, pourquoi n'es-tu pas au combat, Samuel ?

L'autre eut un rire mauvais.

— Pour me faire embrocher comme un rat crevé par ces salopards de bleus ? Non, merci ! Ils ont eu mon œil, mais ils n'auront pas ma peau ! J'ai vite compris que je ne devais pas moisir au milieu de ces crevards si je voulais m'en sortir !

Alex eut un sursaut en entendant la description peu flatteuse qu'émettait Bennett en évoquant les troupes sudistes.

— Ces soldats crevards, comme tu les décris si bien, ont bien plus d'honneur et de courage que tu n'en auras jamais ! gronda Alex, sans cacher son mépris pour l'homme qui lui faisait face.

L'autre tiqua.

— Tu es mal placé pour me faire une leçon de morale, Alexander ! Toi qui préfères te planquer sur ton foutu bateau plutôt que de te battre en homme sur le champ de bataille !

Alex retint son souffle.

Nom de Dieu ! Bennett savait pour *L'Annabella* ! Mais comment cela était-il possible ? Qui l'avait trahi ?

Il eut beau chercher, aucun nom ne lui vint à l'esprit,

tant il avait confiance dans les hommes qui formaient son équipage.

Cette information faisait de Samuel Bennett un danger encore plus grand que ce qu'il présageait au départ.

— Ainsi tu as déserté, répliqua Alex d'un ton implacable.

Ce n'était pas une question. Juste un constat.

— Ouais, dès que l'occasion s'est présentée ! Et depuis j'offre mes services sur des bateaux pêcheurs. Mais on ne peut pas dire que ça paye bien ! Heureusement, j'ai trouvé une solution très lucrative qui va me permettre de me la couler douce au soleil !

Le sous-entendu n'avait pas échappé à Alex qui comprit qu'il était la cible de Bennett. Comptait-il toucher une récompense pour la capture ou le meurtre du capitaine de *L'Annabella* ?

Tout était envisageable.

Samuel n'aurait aucun mal à accomplir sa tâche, Alex n'ayant aucun moyen de se défendre. Ne s'attendant pas à ce que quelqu'un attente à sa vie au sein même du palais, son arme se trouvait dans sa tunique qui était posée sur la chaise derrière Bennett. Cette négligence risquait de lui coûter cher.

Ses pensées s'envolèrent aussitôt vers Erin qui se trouvait dans la chambre attenante. Il pria pour que la jeune femme demeure en sécurité.

— Qu'est-ce que tu attends de moi, Bennett ? Crache ton venin, qu'on en finisse !

— Tu as toujours pris des grands airs avec moi, Morgan ! Comme toute ta famille d'ailleurs ! Moi et mes frères, on n'était pas assez bien pour vous, hein ? Toujours à donner des leçons, toujours à jouer les gens parfaits !

Il cracha en sa direction.

— Mais c'est fini tout ça ! Grâce à la guerre, la roue a tourné, et je prends doucement ma revanche sur vous ! Ta sœur Anna a été la première à qui j'ai réglé son compte !

À ces mots, Alex se tétanisa.

Quant à Erin, elle plaça une main devant sa bouche pour étouffer un cri de stupeur.

— Qu'est-ce que tu as fait à Anna, espèce de raclure ? menaça Alex, en avançant vers lui.

L'autre fut plus rapide et dégaina aussitôt une arme qu'il pointa sur la poitrine d'Alex.

— Du calme, Morgan ! Je commence seulement à m'amuser !

Alex recula prudemment.

— Qu'as-tu fait à ma sœur ? répéta-t-il froidement.

— Oh ! je suis désolé ! répondit Bennett d'un ton faussement contrit. Je pensais que tu étais au courant ! Mais il est vrai que les nouvelles doivent te parvenir difficilement en mer ! Tu n'as donc pas eu vent de mes actions au sein de la milice, accompagné par celui qui aurait dû devenir ton beau-frère ?

Alex eut un mauvais pressentiment. Que venait faire Brenton dans cette histoire ?

Bennett avait toujours représenté à ses yeux la pire vermine. Savoir qu'il s'était associé à ce faux cul d'Aberdeen ne le rassurait pas. Grâce à Dieu, Anna avait annulé son mariage avec cet avorton, sans doute à cause de Justin ! Elle avait pris la bonne décision.

— Viens-en aux faits ! répliqua Alex le regard impitoyable.

— Ta sœur a bêtement cru qu'elle pourrait sauver votre pauvre père quand Brenton lui a tiré dessus, le tuant d'un seul coup de fusil !

Aberdeen avait assassiné son père ?

Son cœur se fracassa dans sa poitrine en apprenant sa mort, et une violente douleur le submergea.

Père ! Non ! C'est impossible !

Bennett poursuivit avec un certain amusement malsain :

— Mais je lui ai réglé son compte à son tour à cette garce ! Tous ces coups que je lui ai donnés, quelle jouissance ! Et si Stonewell ne m'avait pas arrêté, elle serait morte à cette heure-ci !

Alex retint un cri en imaginant le calvaire de sa sœur. Jamais même dans ses pires cauchemars il n'avait songé que le danger viendrait de leur propre camp !

Le jeune homme sentit une rage froide l'envahir, alors qu'une violente nausée le prenait à la gorge.

L'officier qu'il était sentit une pulsion battre furieusement dans ses veines : celle de tuer tous ceux qui avaient osé s'en prendre aux êtres qu'il chérissait le plus.

Son père était mort, abattu par Brenton Aberdeen ! Il n'arrivait pas à y croire !

Que s'était-il passé pour que les habitants de sa paroisse se retournent contre sa famille et assassinent l'un des leurs ? Quant à Anna, que lui avait-il fait exactement ? L'avait-il violée ?

Il savait que Bennett était capable de se conduire de façon aussi abjecte ! Et Bella ? Bennett n'en avait pas parlé.

Il comprenait enfin pourquoi sa famille avait quitté la Louisiane. Sans leur père, ses sœurs n'étaient plus en sécurité ! Était-ce pour cela qu'Anna avait fini par épouser Justin ?

Si Aberdeen n'était pas déjà mort, Alex s'en chargerait personnellement ! À condition que lui-même sorte vivant de cette pièce, ce qui représentait une faible chance.

Bennett eut un rictus méprisant.

— Quand je pense qu'elle a fini par épouser cette ordure d'officier yankee que vous aviez hébergé sous votre toit ! Elle a vendu son âme au diable pour sauver votre chère plantation et pour cela elle méritait la mort, cette traîtresse ! Sais-tu ce qu'a fait ce salopard de Hamilton à ma famille pour venger ta sœur ?

Le cœur d'Erin se mit à battre plus fort, et elle se mordit les lèvres jusqu'au sang pour ne pas hurler en entendant le nom de sa famille.

Hamilton ? Il ne pouvait s'agir d'une coïncidence !

Elle lança un regard fou en direction de la chambre, comme si la pièce pouvait brusquement lui délivrer des secrets insoupçonnés.

Un officier yankee !

Anna Morgan… À présent Anna Hamilton !

Ces mots tournoyaient dans sa tête à une vitesse vertigineuse. Qu'est-ce que cela signifiait ? S'agissait-il de Justin ? De Nicholas ? L'un d'eux aurait épousé la sœur d'Alex ? Mais comment ? Et pour quelle raison ?

Elle se souvint soudain que Justin avait effectué un voyage en Louisiane un peu avant le début de la guerre afin d'acheter du coton. S'était-il rendu dans la plantation des Morgan ?

Si les faits étaient tels qu'elle les imaginait, cela signifiait qu'Alex et Justin avaient fait connaissance, bien avant que la guerre éclate.

Un doute l'assaillit, qui enfla dans sa poitrine comme le vent avant une tempête.

Non, c'était impossible ! Il lui en aurait forcément parlé.

Il n'aurait pas pu lui cacher une telle chose durant tous ces mois passés avec elle.

Le souvenir des trois jeunes femmes sur *Le Seawolf* s'imposa brutalement à elle, et le puzzle se forma lentement.

Trois étrangères. Sur le bateau de sa famille. Alex avait renoncé à l'attaque, laissant libre *Le Seawolf*... parce qu'il s'agissait de ses sœurs ?

La jeune femme sur le bateau m'a rappelé l'une de mes sœurs.

Il savait ! L'ordure !

Elle en était à présent certaine !

Et il lui avait menti à elle ! Délibérément.

Son cœur se brisa de douleur.

Dans la pièce attenante, la haine de Bennett exsudait maintenant par tous les pores de sa peau.

— Hamilton a ordonné de brûler notre ferme et nos champs ! Tout a disparu en l'espace d'une heure ! Et ma mère en est morte de chagrin !

Bennett s'essuya la bouche du revers de la main avec un air de dégoût.

— Tout ce qui nous est arrivé est de votre faute ! C'est pourquoi je ne ferai pas la même erreur avec toi, Morgan ! Tu vas payer pour tout le mal que vous nous avez fait, toi et ta famille !

Alex darda sur lui un regard méprisant.

— C'est toi qui vas mourir, Samuel ! asséna-t-il d'un ton implacable.

Bennett ajusta son bras.

— Ah oui ? Et comment comptes-tu t'y prendre, Morgan ?

Sur ces mots, il arma le chien du revolver.

— Les fédéraux vont danser de joie en apprenant ta mort, Morgan !

— C'est ce que tu crois, espèce d'ordure ! résonna une voix derrière lui.

Erin surgit sur le côté en brandissant le tisonnier.

Distrait par l'arrivée de la jeune femme, Bennett tourna la tête dans sa direction.

Cette seconde d'inattention lui fut fatale.

Alex ne perdit pas de temps et bondit sur lui en lui tordant le bras pour lui faire lâcher son arme.

Les deux hommes roulèrent à terre, chacun luttant pour sa propre vie.

Soudain, un coup de feu résonna dans le silence assourdissant de la chambre.

Erin hurla, s'attendant à voir Alex s'écrouler sur le tapis.

Pendant un terrible instant, le temps suspendit son vol et la jeune femme demeura saisie par l'effroi.

Avec un intense soulagement, elle observa Alex rouler lentement sur le côté avant de se relever, le torse couvert de sang tandis que Bennett demeurait sur le tapis, le regard dans le vide.

Après s'être assurée qu'Alex n'était pas blessé, elle fondit en larmes et se jeta dans ses bras.

Le jeune homme l'étreignit avec force en lui murmurant des paroles réconfortantes à l'oreille.

Au même moment, plusieurs gardes du gouverneur surgirent dans la chambre, prêts à intervenir.

Une fois certain qu'il ne courait aucun danger, Santos pénétra à son tour dans la pièce en rugissant :

— *Santo Deus*, Cleveland, qu'est-ce que cela signifie ?

Il avisa d'un geste furieux le cadavre de Bennett qui gisait dans une mare de sang sur son beau tapis persan.

Alex écarta Erin à regret.

— Je vais tout vous expliquer, Votre Excellence ! Mais auparavant, permettez-moi de raccompagner Mlle Hamilton dans sa chambre. La soirée s'est révélée plus éprouvante que prévu.

Le gouverneur regarda Erin avec sollicitude.

— Faites donc, je vous en prie, capitaine ! Rejoignez-moi ensuite dans mon bureau.

Alex saisit la jeune femme par le bras, mais celle-ci se dégagea brutalement en le fusillant du regard.

Maintenant qu'Alex était sain et sauf, elle pouvait laisser libre cours à sa fureur.

— Je peux très bien me débrouiller seule ! fulmina-t-elle.

Et elle regagna ses appartements, aussi digne qu'une reine.

À la fois agacé et décontenancé par son brusque accès de colère qu'il ne comprenait pas, Alex la suivit dans la chambre.

— Mais qu'est-ce qui te prend, bon sang ? Ne trouves-tu pas que cette nuit est déjà assez compliquée comme cela ?

Erin se retourna vers lui, ses beaux yeux bleus prenant la couleur de l'orage. Sans perdre de temps, elle s'écria avec hargne :

— Quand comptais-tu m'informer que ta sœur s'appelle désormais Anna Hamilton ?

Alex blêmit et se passa lentement une main sur le visage.

Ainsi elle avait tout entendu !

Il lui devait maintenant la vérité. Mais cela devrait encore attendre.

— Ce n'est pas le moment, Erin ! Je dois aller

immédiatement rejoindre le gouverneur. Ensuite, nous regagnerons *L'Annabella* et nous…

— Ce n'est jamais le bon moment avec toi, Alex ! le coupa-t-elle durement. Depuis combien de temps me mens-tu ? Depuis combien de temps ?

Elle hurlait à présent.

— Je suis désolé, Erin. Sincèrement.

Son aveu la pétrifia.

— Non, tu n'es pas désolé ! Tu ne l'as jamais été !

Elle passa devant lui sans le regarder et sortit de la chambre en claquant la porte.

Alors seulement elle éclata en sanglots en se laissant glisser sur le sol.

Chapitre 28

Alex regagna *L'Annabella* alors que l'horloge d'Angra sonnait deux coups. Il savait qu'Erin s'y trouvait déjà, cette dernière ayant exigé que les gardes du gouverneur la reconduisent sur le navire dès qu'il l'avait laissée seule dans la chambre.

Il était épuisé, mais il ne pouvait pas se permettre de sombrer maintenant. Leur vie à tous était en danger.

Une très grosse somme avait été retrouvée dans la poche de Bennett.

De l'argent fédéral.

Sans doute la moitié de la récompense que le sudiste avait touchée pour avoir délivré certaines informations aux Yankees. Un ordre de mission l'accompagnait, qui leur avait servi à comprendre que Bennett s'était proposé d'espionner le bateau corsaire pour le compte de l'*USS Delaware*. Il était chargé d'effectuer des signaux d'alerte afin de prévenir le vapeur yankee lorsque *L'Annabella* quitterait le port, lui permettant ainsi de prendre l'avantage et d'attaquer le premier.

Il n'y avait pas de temps à perdre !

L'obscurité totale de cette nuit sans lune leur assurerait de glisser comme une ombre en dehors du port sans être vus du *Delaware*. Elle représentait leur seule chance de réussite !

Alex lança aussitôt ses ordres.

Toutes les lumières de *L'Annabella* furent éteintes, chaque homme prenant son poste.

Le vapeur confédéré quitta lentement le mouillage et la majestueuse Angra pour se diriger vers la pleine mer, se rapprochant à chaque instant de son puissant ennemi qui attendait en silence les signaux espions. La silhouette de l'*USS Delaware* se profila alors que *L'Annabella* se faufilait silencieusement à quelques kilomètres.

Les canonniers se tenaient prêts à répondre à toute attaque.

Alex lui-même n'osait plus respirer. Le silence sur le pont était si puissant que les battements des hélices qui tournaient lentement dans l'eau semblaient résonner comme de violents coups de tonnerre.

Les minutes s'écoulèrent sans que la vigie puisse distinguer le moindre mouvement sur *Le Delaware*. *L'Annabella* continua ainsi sa course, se déplaçant sur l'eau tel un fantôme marin à l'insu du croiseur fédéral qui demeurait comme assoupi dans les eaux sombres.

Au bout d'une heure, Alex décréta qu'ils étaient maintenant hors de danger.

Des cris de joie éclatèrent sur le pont pour célébrer leur victoire, rompant le silence qui s'était emparé de l'équipage tout au long de la manœuvre périlleuse.

Alex ordonna de rentrer les canons, de rallumer les lampes et de donner la pleine vapeur afin de mettre le plus de distance possible avec *Le Delaware* qui ne tarderait pas à se rendre compte qu'il avait été dupé. Mais il ne songerait jamais à les chercher du côté de l'Angleterre.

Alex aperçut alors l'ombre d'Erin qui se profilait à quelques mètres de lui, emmitouflée dans sa cape, aussi digne qu'une princesse, ses longues mèches cuivrées flottant avec légèreté dans le vent.

L'heure était venue. Il ne pouvait plus reculer.

Il vint s'accouder à ses côtés, en prenant garde de ne pas la toucher.

Lorsqu'elle tourna un visage tendu vers lui, son cœur manqua un battement. L'éclat singulier de ses yeux bleus avait disparu, laissant place à une accusation silencieuse mais d'une terrible intensité qu'il ne pouvait blâmer.

— Pourquoi m'as-tu menti ?

Elle attendit sa réponse, espérant qu'il trouverait une explication sensée à ses actes.

Un silence de mort s'installa entre eux.

— Je n'ai jamais voulu te faire du mal, commença-t-il à voix basse.

Erin réprima un frisson.

Le ton employé par Alex lui laissait imaginer le pire.

— Tu t'appelles Erin Callaghan-Hamilton, continua le jeune homme d'un ton morne. Tu es la sœur adoptive de Justin Hamilton, officier dans la marine fédérale, qui se trouve être dorénavant mon beau-frère par alliance également.

Il lut la souffrance sur le visage d'Erin alors qu'elle laissait échapper un cri plaintif.

— Non !

— Ce n'est pas tout. J'ai rencontré Justin avec ma famille pour la première fois à Londres alors qu'il s'y trouvait avec

Nicholas, ton cousin, afin d'établir un contrat de vente pour des clippers.

Erin ferma un instant les yeux, en proie à une vive détresse.

Il connaissait donc Justin. Ainsi que Nicholas.

Elle vivait un cauchemar éveillé.

— C'était lors d'un dîner chez mon oncle, le duc de Grey, où nous passions les fêtes de Noël avec ma famille, poursuivit Alex, la gorge serrée. Ce soir-là, Justin a conclu un accord avec mon père pour l'achat de coton afin de fabriquer les nouveaux gréements de vos navires. Lors de ce dîner, j'ai rapidement soupçonné Justin et Anna, ma sœur aînée, de nourrir une forte attirance l'un envers l'autre, malgré leur volonté de nous prouver à tous le contraire. Mes doutes se sont confirmés quelques mois après lors de la visite de ton frère sur notre plantation.

— Willmore, murmura Erin. Oui, je m'en souviens à présent !

Elle était atterrée. Jamais elle n'aurait pensé qu'Alex en sache autant sur sa propre famille !

— Lors de ce séjour, les sentiments qu'éprouvait Anna pour Justin étaient devenus évidents. Mais avec la guerre qui menaçait, leur relation était vouée à l'échec, ce qui les amenait à se disputer constamment. Ma sœur était alors fiancée à notre voisin, Brenton Aberdeen, un jeune homme sournois et arriviste en qui je n'avais pas confiance.

— Celui qui a assassiné ton père… Cette nouvelle a dû te causer une terrible souffrance.

Alex acquiesça.

— Sans le savoir, Justin a très certainement sauvé Anna de l'enfer ! Elle devait déjà beaucoup l'aimer pour rompre ses fiançailles avec Aberdeen. À la demande de mon père, j'ai quitté la Louisiane en même temps que ton frère avant d'embarquer pour l'Angleterre sur un bateau de votre compagnie. Durant le temps qu'a duré notre voyage, j'ai appris à connaître Justin et à l'estimer, malgré nos idées opposées. Sans cette fichue guerre, nous aurions certainement pu nous apprécier, voire devenir amis… Mais nous ne choisissons pas nos destins ! rajouta-t-il avec une certaine amertume.

Erin le regarda, les yeux pleins de larmes.

— C'est faux ! Tu t'es visiblement permis de choisir le mien ! s'écria-t-elle, la voix vibrante de colère.

Elle se retint de le gifler tant sa douleur l'asphyxiait.

— Toutes ces fois où je t'ai parlé de ma famille ! De mon frère et de mon cousin ! Tu connaissais la vérité ! Et tu n'as rien dit ! l'accusa-t-elle.

— Je ne savais plus comment faire machine arrière sans te blesser ! se défendit-il, tout en se rendant compte de la futilité de ses arguments face à la colère de la jeune femme.

— Tu as donc opté pour la lâcheté par facilité ! Félicitations, capitaine Cleveland ! argua-t-elle avec véhémence.

— Je comprends en effet que tu puisses le penser. Moi-même, j'ai encore du mal à expliquer certaines décisions prises à ton sujet. Même si aujourd'hui j'en perçois davantage les raisons.

Le regret était perceptible dans sa voix, mais Erin était trop furieuse après lui pour se laisser attendrir.

Alex lança un coup d'œil inquiet à la jeune femme, préférant poursuivre ses aveux.

— Ce n'est pas tout, Erin ! J'ai également revu Justin au début du conflit.

Son cri de désespoir le cingla aussi sûrement qu'une cravache.

— Nous avons attaqué son navire avant de les débarquer, lui et son équipage, à Nassau. Justin avait alors pour mission de gagner la Louisiane et de prendre possession de toutes les villes longeant le Mississippi. Je lui ai fait promettre de faire tout ce qu'il lui était possible pour protéger ma famille.

Alex afficha un faible sourire.

— Je suppose qu'il y est parvenu, puisqu'il a fini par épouser ma sœur. dans des circonstances que j'ignore.

— Les trois jeunes femmes sur *Le Seawolf*.

Alex acquiesça.

— Anna, Isabella et Marie.

— Pourquoi as-tu gardé le silence lorsque tu as appris mon vrai nom ? Tu as choisi de faire confiance à Justin, mais tu m'as refusé ce même privilège !

Alex fit enfin face à Erin.

— J'ai toujours eu la certitude que Justin ne me trahirait pas pour protéger Anna et ma famille ! Quant à toi, je ne savais rien te concernant, malgré les quelques moments d'intimité que nous avions partagés. J'ignorais alors ce que je représentais vraiment pour toi. Surtout au regard de la façon dont nous nous étions quittés !

Il la saisit doucement par les épaules.

— Penses-tu sincèrement que j'étais en position de remettre ma vie et celle de mes hommes entre tes mains, Erin ? Le fait que tu m'aies caché à Londres ta véritable identité n'a pas joué en ta faveur ! J'étais fou de rage en apprenant que tu étais la sœur de Justin ! Je me suis senti trahi à mon tour ! Tout comme tu l'as été.

Erin tressaillit.

— Est-ce que cela aurait changé quelque chose, Alex, si tu avais su que je m'appelais Erin Hamilton ?

— Évidemment ! Je n'aurais jamais tenté de te séduire en sachant qui tu étais !

Erin se rapprocha imperceptiblement.

— En es-tu aussi certain ?

— Oui.

Mais sa voix manquait de conviction.

Erin décida d'enfoncer le clou et affirma d'un ton doucereux qui alerta Alex :

— Oui, c'est vrai que tu ne voulais pas de moi ! Tu me l'as suffisamment répété à Vauxhall, puis chez ton oncle ou encore dernièrement à Cave Cay ! Tu as pourtant eu l'occasion de libérer le fardeau que je représentais pour toi lors de la prise du *Seawolf*. Tu te doutais certainement à ce moment-là que je ne représentais plus un danger pour vous. Dans ce cas, pourquoi as-tu choisi de me garder à bord ?

Le jeune homme sentit le piège que lui tendait insidieusement Erin se refermer sur lui. Il soupira, à la fois résigné et soulagé de ne plus rien avoir à lui cacher, et plongea son regard dans le sien.

— Parce que je ne pouvais plus imaginer ma vie sans toi à cet instant, Erin Hamilton !

Cette dernière se figea et son cœur cessa de battre.

Mais ses aveux venaient trop tard.

Il lui prit les mains.

— J'ai agi par pur égoïsme, c'est vrai ! Clayton a essayé de me prévenir, mais je n'ai rien voulu entendre ! Je te voulais plus que tout au monde et je ne supportais pas l'idée de te laisser repartir une nouvelle fois loin de moi ! Ce qui serait arrivé si je t'avais libérée. Quand je t'ai aperçue sur le bateau, j'ai compris que le destin m'offrait peut-être une nouvelle chance. Sans en avoir encore conscience, c'est mon cœur que j'ai écouté ce jour-là.

Il sentit les doigts d'Erin trembler contre les siens.

— Erin ! Tout ce qui s'est passé ensuite entre nous, tout cela n'aurait jamais existé ! Je sais que c'est sans doute difficile à comprendre pour toi maintenant et je ne suis pas fier de ce que j'ai fait ! Mais si c'était à refaire, j'agirais de la même façon ! Parce que je t'aime comme un fou.

Parce que je t'aime comme un fou.

Alex venait enfin de prononcer les mots qu'elle attendait depuis des mois.

Alors pourquoi ressentait-elle cette douleur insupportable, comme si on lui avait versé de l'alcool sur une plaie à vif ?

La jeune femme s'arracha à ses mains en s'écartant brusquement.

— Comment te croire maintenant alors que tout n'a été que mensonge entre nous ? Alors que tu n'as eu de cesse de m'affirmer que tu n'as jamais voulu de moi ?

Alex se raidit.

— Lorsque nous nous sommes rencontrés à Londres, j'ai laissé la colère et la fierté m'aveugler. Je ne désirais qu'une chose, m'enrôler et prendre part au combat ! Rien d'autre ne comptait... du moins jusqu'à ce que tu te retrouves dans mes bras. Mais il était déjà trop tard. Par la suite, j'ai essayé de garder mes distances ! De te tenir éloignée de moi en sachant qui tu étais réellement ! Je pensais être incapable de mériter ton amour, sachant tout ce qui nous séparait.

Il prit le visage d'Erin entre ses mains.

— En te mentant, c'est à moi-même que je mentais ! Mais j'ai échoué ! Sans que je m'en rende compte, tu es devenue le centre de ma vie, mon phare au milieu de la tempête !

Il plongea son regard dans le sien.

— Lorsque j'ai appris le mariage de Justin et d'Anna, j'ai compris que je faisais erreur, qu'une autre fin était possible pour nous deux.

Il baissa la tête, honteux de voir les traits de celle qu'il aimait plus que sa vie ravagés de chagrin par sa faute.

— Je sais que j'ai trahi ta confiance et perdu le droit de t'aimer à présent, Erin ! J'admets avoir commis de nombreuses erreurs te concernant. Mais je me suis seulement efforcé à faire de mon mieux dans des circonstances impossibles, au beau milieu d'une guerre où nous restons des ennemis ! J'espère qu'un jour tu parviendras à me pardonner !

Erin se libéra sèchement et lui tourna le dos, craignant sa propre faiblesse.

— Je te faisais confiance, Alex ! Tu aurais dû tout me dire à Cave Cay au lieu de me rejeter comme tu l'as fait !

Alex se rapprocha, sans pour autant oser la toucher.

— Maintes fois, j'ai essayé, avant de renoncer, car je craignais par-dessus tout de te perdre. Mais lors de la première attaque du *Delaware*, j'ai compris que toutes les mauvaises décisions que j'avais prises te concernant te mettaient dorénavant en danger. Pour la première fois, j'ai été terrifié à l'idée que tu puisses mourir à cause de moi ! Mais je savais que si je t'avouais mes véritables sentiments, tu refuserais de quitter *L'Annabella*... De me quitter. Il fallait que tu me détestes suffisamment pour accepter l'inévitable !

Erin avait l'impression de se noyer en pleine mer. Elle arrivait à peine à respirer.

Comment pouvait-il transformer leur merveilleuse histoire en un amas de cendres et lui parler à la fois d'amour et de trahison ?

Alex lui demandait son pardon.

Elle n'était pas certaine à cet instant de pouvoir s'y résoudre. Même s'il semblait sincère, cela n'excusait pas ses mensonges. Le mal était fait et s'infiltrait dans sa chair comme la gangrène.

Erin prit sa tête entre ses mains. Elle ne parvenait plus à réfléchir calmement.

— Laisse-moi à présent ! J'ai besoin de rester seule. Et surtout d'être loin de toi !

Alex se figea.

— Je suis désolé, Erin. Pour tout...

— Tes excuses arrivent bien trop tard ! Tu aurais dû me laisser le choix !

Sur ces mots, elle s'éloigna le dos raide et regagna la sécurité de sa cabine.

Une fois la porte fermée, elle se laissa glisser le long du battant, serrant ses mains l'une contre l'autre pour les empêcher de trembler.

Elle ne devait pas pleurer.

Non. Il ne le méritait pas. Pas après tout le mal qu'il venait de lui causer ! Comment avait-il pu lui cacher la vérité aussi longtemps ?

Chacun de ses mots s'entrechoquait dans son esprit, résonnant comme le glas funeste d'un clocher d'église.

Elle pensa aussitôt à son frère.

Elle avait du mal à imaginer que Justin était à présent marié, lui qui avait toujours mené une vie plutôt dissolue, allant de maîtresse en maîtresse sans jamais s'attacher. Et il n'avait pas choisi n'importe quelle femme ! Une sudiste. La sœur d'Alex. Son ennemie également.

D'après ce dernier, il s'agissait d'un mariage d'amour, ce qui signifiait que des événements lumineux pouvaient ressortir de la laideur de cette guerre qui les dressait les uns contre les autres.

Même si elle choisissait de ne pas pardonner à Alex, leurs deux familles se retrouvaient à présent unies à jamais par le mariage de Justin et Anna. Ce qui signifiait également qu'elle serait certainement amenée à revoir Alex dans les prochaines années s'il survivait au conflit.

Et s'il ne revenait pas ?

À cette seule idée sa gorge se serra, l'horreur se mêlant à la panique à la pensée de ne jamais revoir Alex.

Pourrait-elle vivre le restant de sa vie avec d'amers regrets ?

Ni les nuits sans sommeil ni les longues journées de solitude dans sa cabine n'apportèrent à Erin le repos. Et c'est dans un état de grande fébrilité qu'elle aborda sa dernière journée sur *L'Annabella*.

La jeune femme chassa négligemment une mèche de cheveux qui venait lui chatouiller l'épaule en dansant dans la brise telle une délicate ballerine.

L'Annabella venait de pénétrer dans l'estuaire de la Tamise, annonçant ainsi la fin de leur voyage. Si seulement les derniers événements pouvaient glisser sur sa vie comme le faisait à cet instant le gracieux vapeur sur les flots sombres.

Lorsqu'elle avait aperçu les falaises blanches de Douvres en cette fin de matinée, son cœur s'était douloureusement serré. Elle avait de la peine à réaliser que dans quelques heures elle quitterait définitivement le navire et son équipage qu'elle avait appris à aimer au fil des mois.

Son second foyer.

Avec amertume, la jeune femme balaya le pont du regard à la recherche de celui qui était à la fois source de son bonheur et de son extrême malheur. Mais il n'y avait aucune trace d'Alex.

Déçue, elle ferma les yeux, laissant les embruns lui fouetter le visage, comme s'ils pouvaient effacer tous les instants passés en compagnie du capitaine de *L'Annabella*.

Le soleil avait décidé de se montrer clément aujourd'hui, célébrant leur arrivée à Londres de ses rayons lumineux. Tel un chien de berger, un vent léger poussait les quelques nuages moutonneux qui avaient osé s'aventurer dans le ciel pur tandis que les mouettes fêtaient par leurs cris joyeux l'approche du navire.

Tout semblait si calme, indifférent à la tempête qui agitait les pensées de la jeune femme. C'était une journée normale pour la plupart des gens. Mais pour Erin, elle signifiait le début d'une existence morne et éprouvante.

La jeune femme secoua la tête. Il était temps qu'elle se ressaisisse. Elle regagna la cabine afin de préparer ses bagages. Cela ne lui prit pas beaucoup de temps, ayant peu de vêtements avec elle. Ces longs mois en mer lui avaient appris à se contenter de peu et à savourer les petits plaisirs qu'elle prenait autrefois pour quelque chose d'acquis et auxquels elle ne prêtait même plus attention. Sa rencontre avec Alex l'avait changée de bien plus d'une manière.

Qu'en penserait sa famille à son retour ? Aimeraient-ils celle qu'elle était devenue ?

Erin n'oubliait pas également qu'elle allait devoir faire connaissance avec ses nouvelles belles-sœurs, qui lui parleraient inévitablement de leur frère bien-aimé. Parviendrait-elle à les apprécier ?

L'idée de gagner deux sœurs ne lui déplaisait pas, elle qui avait été élevée au milieu de garçons.

Le temps l'aiderait certainement à surmonter sa douleur et à aimer Anna et Isabella.

Une fois sa tâche accomplie, Erin s'assit sur la couchette et, le dos raide, attendit l'inévitable.

Ce dernier tarda à venir.

Cela faisait maintenant plus de deux heures qu'ils avaient accosté. Une intense activité régnait sur le pont, l'équipage s'agitant comme des milliers de fourmis regagnant leur logis. Ne supportant plus d'attendre, Erin se leva et décida qu'il était temps pour elle de tourner la page.

Elle passa avec détermination la porte de la cabine et se retrouva nez à nez avec Alex.

Tous deux sursautèrent dans un bel ensemble.

Le jeune homme avait troqué son uniforme sudiste contre un élégant costume anthracite qui lui rappelait une soirée lointaine à Vauxhall. Pourquoi fallait-il qu'elle le trouve aussi beau, même dans un moment aussi lugubre ?

Pendant un instant, ses yeux bleus la gardèrent prisonnière puis un mur se dressa à nouveau entre eux.

— La voiture de mon oncle vient d'arriver. Es-tu prête à partir ?

Non ! s'insurgea le cœur de la jeune femme avec véhémence.

Au lieu de cela, elle répondit d'une voix lointaine :

— Je crois que plus rien ne me retient ici.

Empêche-moi de partir, je t'en supplie ! Montre-moi que tu vis une torture au moins égale à la mienne !

Alex s'avança dans la pièce et saisit ses bagages. Son odeur si masculine effleura Erin, qui se mit à trembler.

— Très bien. Allons-y.

Il n'y avait aucune hésitation dans sa voix. Aucun doute.

Ensemble, ils gagnèrent le pont.

Erin découvrit avec stupeur que les membres d'équipage s'étaient tous réunis pour lui faire leurs adieux. Elle en fut bouleversée. Ils effectuèrent un salut militaire à leur passage en un geste symbolique qui lui brisa le cœur et qui simultanément, lui procura un bonheur intense. Pendant un bref instant, le Nord et le Sud se retrouvèrent à nouveau réunis sous la même bannière. Une larme glissa sur sa joue alors qu'elle contemplait chaque visage, pour les graver à jamais dans sa mémoire. Elle leur adressa un pâle sourire en gagnant la passerelle, l'âme dévastée, avant de la franchir, cette fois sans un regard en arrière, de peur de s'effondrer.

Le soir était maintenant tombé, la lune pleine jetant un voile argenté sur le port, rendant l'endroit presque irréel.

Erin distingua une élégante voiture aux armoiries des Grey qui était stationnée sur le quai. La même qui l'avait raccompagnée à son domicile il y a si longtemps. Dans une autre vie…

À leur arrivée, un homme et une jeune femme aux allures régaliennes quittèrent l'attelage pour venir à leur rencontre. Erin reconnut immédiatement Kathleen de Grey.

Le duc s'approcha à son tour et ôta son haut-de-forme avant de lui baiser la main.

— Mademoiselle Hamilton, je suis ravi de faire votre

connaissance. Je connais votre famille depuis longtemps et j'estime beaucoup votre frère avec qui j'ai toujours plaisir de traiter affaire. Sachez que je déplore amèrement les désagréments que vous avez dû subir à cause des actes inconsidérés de mon neveu.

— Je ne sais comment vous remercier, Votre Grâce, de m'accueillir sous votre toit en attendant mon retour à Philadelphie. J'ai conscience qu'il doit vous être difficile de m'aider alors que votre sympathie va à la Confédération du fait de votre famille.

— Allons, mon enfant ! Nous vous devons bien cela après les épreuves que vous avez traversées ! Cette guerre injuste sépare beaucoup d'hommes et n'entache en rien le respect et l'amitié que j'ai pour Justin et Nicholas.

Kate lui prit la main.

— Je me fais une joie de faire enfin votre connaissance, Erin ! Je suis certaine que nous allons très bien nous entendre.

Cette dernière réussit à esquisser un sourire envers la jeune femme qui lui était si gentiment venue en aide la nuit où Alex l'avait ramenée chez eux.

— J'en suis ravie, Lady de Grey.

— Allons, appelez-moi Kate ! Après tout, nous sommes maintenant de la même famille, puisque Anna a épousé Justin ! Je n'ai pu cacher ma joie en lisant la lettre de ma cousine. J'ai su dès leur première rencontre qu'ils étaient destinés l'un à l'autre ! Certaines choses sont inévitables et ne peuvent lutter ni contre le temps, ni contre la distance.

Une ombre voila brièvement le regard d'Erin.

— Je suis heureuse d'apprendre que mon frère a fait un mariage d'amour. J'ai hâte de faire la connaissance d'Anna.

— Oh ! je suis certaine que vous allez l'adorer !

Le duc se racla la gorge.

— Il se fait tard. Nous ferions mieux d'y aller à présent.

La poitrine d'Erin se comprima. Le moment était enfin venu.

Durant leurs échanges, Alex était resté étrangement silencieux, même si Erin avait parfaitement conscience de sa présence à ses côtés.

Il devait lui être difficile de revoir sa famille qu'il avait choisi délibérément de trahir en les quittant sans explication. Et pourtant, il n'avait pas hésité à faire appel à eux, risquant ainsi leur désapprobation et leur colère, afin d'assurer sa sécurité.

Ses jambes se mirent tant à trembler qu'elle ne sut pas par quel miracle elle parvint à monter dans la voiture avec dignité.

Enfin, elle trouva la force de se retourner vers Alex et d'afficher un masque impénétrable.

Le regard du jeune homme se porta tout d'abord sur Kathleen.

— Je suis désolé, Kate ! Je n'avais pas le choix !

Sa cousine le fusilla du regard.

— Tu avais le choix de me faire confiance, Alex. Et tu ne l'as pas fait !

Pour toute réponse, le jeune homme lui adressa un doux sourire.

— Prends soin de toi, Katycat.

En entendant le surnom qu'il lui avait donné affectueusement lorsqu'ils étaient enfants, les yeux de Kathleen se brouillèrent.

— Toi aussi, Alex, finit-elle par concéder dans un chuchotement.

Le regard azur d'Alex se porta enfin sur Erin et la sonda un instant, l'implorant de lui pardonner.

— Erin…

Ce n'était qu'un murmure, et pourtant cet appel désespéré résonna dans le silence de la voiture comme un puissant éclat de foudre en rase campagne.

Les yeux de la jeune femme brillèrent de larmes contenues à grand-peine.

— Va-t'en à présent ! Tout est terminé !

Son ton irrévocable était sans appel.

Rongé par la culpabilité, Alex contempla le pâle visage d'Erin, la lueur éteinte de ses yeux bleus magnifiques.

— Je t'aime, Erin. Je t'aimerai toujours, quoi qu'il arrive. Je n'ai jamais voulu te blesser. Sache que ces derniers mois en mer à tes côtés ont été les plus heureux de ma vie. Et pour cela, je ne regrette rien…

Il aurait pu lui redire qu'il n'imaginait pas son avenir sans elle, que la quitter signifiait pour lui une descente inexorable vers la mort. Sans elle, plus rien n'aurait d'importance. Sans elle, il ne serait plus que l'ombre de lui-même, une simple coquille vide ballottée par le vent.

La jeune femme se contenta de lui adresser un regard implacable.

— Adieu, capitaine Cleveland !

Les pires craintes d'Alex se confirmaient. Le fait qu'Erin use de sa fausse identité signifiait clairement qu'il n'existait plus à ses yeux. Même s'il avait toujours su que ce moment viendrait inévitablement, il reçut ce désaveu comme un uppercut dans la poitrine. Rien ne l'avait préparé à une telle douleur.

— Adieu, Erin, répondit-il la gorge nouée par l'émotion. Je te souhaite de trouver le bonheur que tu mérites.

Après un dernier regard, il ferma doucement la portière et tourna les talons. Il était certain de ne jamais oublier la dernière image de la jeune femme, si belle avec sa longue chevelure flamboyante, sa bouche aux courbes si douces et ses yeux de la couleur d'un lac de montagne.

Sa poitrine était en feu et il s'étonna d'être encore capable de respirer et de faire un pas devant l'autre.

La stature imposante de son oncle l'arrêta.

— Alex !

Le jeune homme affronta son oncle sans ciller.

— Je suis désolé, mon oncle, pour la peine que je vous ai causée en vous quittant sans explication ! Mais je sais que si je vous avais fait part de mes projets, vous auriez tout fait pour m'en dissuader.

Le duc soupira.

— Chaque homme doit répondre à l'appel de son cœur à un moment donné ! Tu as fait ce qu'il te semblait juste, Alex ! Je ne pourrai jamais te blâmer pour cela. Tu as toujours été un jeune homme loyal et impétueux.

— J'étais également arrogant et intrépide ! J'ai commis de nombreuses erreurs dont je ne suis pas fier aujourd'hui.

— C'est aussi grâce à cela que tu es devenu l'homme que tu es. Un officier brillant et courageux, qui donne du fil à retordre aux fédéraux depuis plusieurs années ! Nous avons suivi toutes les aventures du capitaine Cleveland sans savoir qu'il s'agissait de toi. Maintenant que nous connaissons la vérité, comment ne pas être fiers de toi, mon grand ?

Une violente émotion comprima la poitrine d'Alex.

— Cela signifie que vous me pardonnez, ainsi que tante Constance ?

— Oui, Alex, nous te pardonnons ! Mais toi, Alex, seras-tu capable un jour de te pardonner la mort de ton père, sans avoir pu te réconcilier avec lui et lui dire ton amour ?

Une douleur brute passa dans le regard d'Alex.

— Sans doute jamais ! C'était à moi de protéger ma famille, et j'ai échoué à cause de mon aveuglement et de mon égoïsme.

— Le temps t'aidera à cicatriser tes blessures et ton ressentiment ! Ton père aurait été fier de toi, Alex, si tu l'avais informé de ton projet, même si tu penses le contraire ! Il te tenait en haute estime. Ce qu'il a fait lui a demandé un grand courage, guidé par l'amour d'un père pour son fils.

Alex acquiesça.

— Je le comprends maintenant.

Son oncle se racla la gorge.

— Puis-je te demander ce que représente Erin Hamilton pour toi ?

— Ma plus terrible erreur. Si Dieu veut que je sorte vivant de ce conflit, je reviendrai vers elle, car je ne souhaite qu'une seule chose à présent. Qu'elle devienne ma femme pour le meilleur, puisque nous avons déjà connu le pire.

— L'amour pardonne tout, même le pire des parjures. Laisse-lui du temps à elle aussi… tout comme à Kate.

Alex serra les dents.

— Mon oncle, comment va-t-elle ? Elle a tellement changé !

Un voile douloureux tomba sur les traits du duc de Grey.

— Elle tente de faire face, malgré son chagrin. La

mort de Thomas l'a anéantie ! J'espère seulement qu'avec le temps…

Alex hocha gravement la tête.

— J'aurais tant aimé être là pour elle ! Vous savez à quel point nous sommes proches tous les deux.

— Kate a fini par comprendre tes choix, même si cela a été difficile pour elle que tu ne la mettes pas dans la confidence… Elle s'est sentie trahie.

Alex acquiesça en serrant les poings. Si seulement il avait pu agir autrement à l'époque. Mais il était bien trop tard pour les regrets.

— Dites-lui que je lui confie ce qui m'est le plus précieux ! Erin va avoir besoin de tout votre soutien lorsque vous lui apprendrez la disparition de Justin !

— N'aie crainte, nous prendrons soin d'elle ! Quant à toi, mon garçon, sois prudent et tâche de nous revenir en vie. Notre famille a déjà connu beaucoup trop de malheurs !

— Je ferai mon possible, mon oncle, répondit Alex, d'une voix rendue rauque par l'émotion.

Aussi ému que lui, le duc se contenta de lui taper sur l'épaule.

— Que Dieu te garde, Alex !

Et il monta dans la voiture tandis qu'Alex regagnait la passerelle en prenant soin de ne pas regarder derrière lui.

Lorsque la portière se referma sur Alex, Erin porta son poing à sa bouche pour s'empêcher de hurler. Pendant un instant fou, elle envisagea de se ruer hors de la voiture pour se jeter dans les bras d'Alex et lui offrir son pardon.

Mais elle demeura inerte sur le siège en velours telle une poupée de chiffon tandis que le véhicule s'éloignait lentement et que les mâts des bateaux s'effaçaient derrière le rideau de ses larmes silencieuses.

Kathleen lui saisit affectueusement la main.

— Vous n'êtes plus seule, Erin.

Lorsque la jeune femme pénétra un peu plus tard dans le hall de la maison particulière des Grey, les souvenirs resurgirent avec une telle intensité qu'elle dut s'appuyer contre la rampe d'escalier un instant.

— Tout va bien, mademoiselle Hamilton ? s'inquiéta le duc en la voyant chanceler.

— Ce n'est rien, Votre Grâce, juste un léger étourdissement.

— Ma pauvre enfant ! s'exclama la duchesse de Grey en sortant du salon. Vous avez vécu une journée éprouvante ! Sans compter ces longs mois de captivité ! Je n'arrive toujours pas à comprendre ce qui est passé par la tête d'Alex ! Vous retenir si longtemps sur son navire pirate alors qu'il aurait pu vous rendre aussitôt à votre famille !

Erin eut un faible sourire. Étrangement, elle ne résista pas à l'envie de défendre le capitaine de *L'Annabella*.

— Nous étions en guerre, Votre Grâce, dans des camps adverses qui plus est ! Alex a fait de son mieux lorsque je l'ai mis dans une situation inextricable. Il m'a toujours traitée avec beaucoup d'égard. Je ne me suis jamais sentie prisonnière.

C'était une demi-vérité, mais cela n'avait plus d'importance désormais.

Constance pressa ses doigts sur ses tempes comme si le comportement d'Alex lui donnait la migraine.

— Alex a toujours été un bon garçon ! Impulsif mais généreux et fidèle à ses convictions. Son engagement ne nous a pas surpris. S'il s'était confié à nous, peut-être…

— Il se fait tard, mère ! la coupa sa fille. Je suis certaine qu'Erin n'a qu'un désir, se retirer et se retrouver seule.

La jeune femme lui adressa un sourire reconnaissant.

— En effet, je vous remercie, Lady de Grey.

— Venez, je vous accompagne dans vos appartements. Je vous ferai ensuite monter une collation si vous le désirez.

Erin s'engagea à la suite de Kathleen. Lorsqu'elle passa devant la chambre d'Alex, elle ne put s'empêcher de jeter un coup d'œil à la porte, revivant en un éclair cette nuit qui l'avait marquée au fer rouge. Jamais elle n'aurait pu imaginer à cet instant que le jeune homme deviendrait quelques mois après le centre de son existence.

« Je t'aime, Erin. Je t'aimerai toujours. »

Les paroles d'Alex continuaient de la tourmenter, telle une litanie impitoyable.

Surprenant son regard, Kate eut un sourire compatissant.

— Tâchez de dormir un peu, dit-elle en s'effaçant pour la laisser entrer dans une chambre dont la décoration délicate et féminine la charma.

— Cette chambre est celle d'Anna lorsqu'elle nous rend visite, rajouta Kathleen. Je vais vous laisser à présent. Bonne nuit, Erin.

— Bonne nuit, Kate.

Chapitre 29

Alex se redressa sur sa couchette et passa une main dans ses cheveux en bataille. Jamais il n'aurait cru pouvoir dormir compte tenu des événements de la veille. Pourtant, la fatigue l'avait terrassé après tous ces longs mois d'insomnie où il luttait contre ses sentiments.

Le pire s'était enfin produit. Il avait perdu Erin.

Il ne lui restait plus qu'à aller de l'avant et se concentrer sur sa mission.

Il se leva et versa de l'eau dans la petite bassine en étain. Puis il commença à se raser. Alors qu'il terminait de faire glisser la lame le long de sa mâchoire, des coups précipités retentirent à la porte.

— Alex !

— Tu peux entrer, Clay.

Alex suspendit aussitôt son geste en apercevant son ami. Il ne l'avait jamais vu aussi tendu.

— Que se passe-t-il ? demanda-t-il à brûle-pourpoint.

— Suis-moi immédiatement ! Le temps presse !

Alex s'essuya le visage avec une serviette chaude puis passa sa redingote avant de suivre son lieutenant.

Lorsqu'il arriva sur le pont, tout l'équipage était déjà présent, faisant un demi-cercle autour d'un marin qui lui était étranger.

Alex fronça les sourcils. Qu'est-ce que cela signifiait ?

— Capitaine, voici Peter ! Il travaille sur le *Diamond*, un navire anglais qui vient d'appareiller il y a une heure. Peux-tu répéter au capitaine ce que tu sais ?

Le marin déglutit avec peine, impressionné par l'allure imposante de ce dernier qui le dévisageait comme s'il allait le jeter aux requins.

— Alors qu'on se trouvait au large de Margate, nous avons croisé un vapeur de l'Union, l'*USS Delaware*.

— Nom de Dieu ! jura Alex.

Le marin enleva sa casquette et la tritura dans ses mains, inquiet par la colère qui irradiait de l'homme qui lui faisait face.

— Sa présence n'est pas passée inaperçue, pour sûr ! Qu'est-ce que peut bien faire un bateau yankee aussi près de nos côtes, c'est à n'y rien comprendre ? D'autant plus qu'il semblait attendre quelque chose, car il se tenait parfaitement immobile.

Le regard d'Alex se durcit un peu plus.

Le Delaware ! Comment avait-il su ?

— Merci pour ces renseignements, Peter ! Vous pouvez disposer !

— Ben, j'sais pas trop en quoi je viens d'vous aider, capitaine ! Mais à votre service. Vous avez un très beau navire, capitaine, si j'peux me permettre.

Le marin quitta *L'Annabella*, non sans avoir jeté un dernier coup d'œil à l'équipage.

Curieux ce comportement ! songea-t-il en empruntant la passerelle.

Alex ne perdit pas de temps.

— Chargez autant de charbon que vous pouvez !

ordonna Alex. Abattez les vergues du mât d'artimon et les vergues de perroquet !

Les marins se dispersèrent sans perdre une minute, comprenant aussitôt les intentions de leur capitaine.

L'Annabella se préparait à un ultime combat. Et cette fois-ci, il n'y aurait qu'un seul vainqueur.

Pendant un instant, Alex contempla en silence les marins et soldats qui l'accompagnaient depuis le début de cette aventure si singulière, avec une fidélité et une confiance qui méritaient le respect. Tous semblaient calmes et résolus, malgré l'issue incertaine de l'affrontement. La lutte entre *Le Delaware* et *L'Annabella* serait sans doute acharnée, les deux navires étant de forces égales.

Alex évita de penser que la mort faucherait certainement plusieurs d'entre eux.

Par contre, il se félicita qu'Erin soit à présent en sécurité. Il s'en était fallu de peu.

Clayton interrompit ses sombres pensées.

— Comment ont-ils su ?

— Samuel Bennett ! Lorsque nous avons fouillé son cadavre, nous avons trouvé une forte somme avec des dollars yankees. Il a dû nous entendre nous disputer avec Erin sur le quai d'Angra, c'est la seule fois où j'ai évoqué notre destination. Puis il a monnayé ces informations auprès des fédéraux. Je me doutais qu'il tramait quelque chose lorsqu'il a surgi au palais, mais jamais je n'aurais pensé qu'il était au courant de notre destination. Il est trop tard à présent ! Il est temps d'en finir avec *Le Delaware* et répondre à sa provocation !

Clay posa une main sur son épaule et formula d'un ton grave :

— Que Dieu nous protège tous !

Les derniers préparatifs touchèrent à leur fin.

L'*USS Annabella* était dorénavant fin prêt à livrer le combat de sa vie.

Alex rassembla ses hommes sur le pont.

— Messieurs, voilà enfin la plus grande occasion de nous mesurer à notre ennemi ! Je n'ai pas oublié tout ce que nous avons enduré depuis le début de notre formidable aventure. Vous m'avez suivi fidèlement et aveuglément, acceptant de vous retrouver sans demeure et sans espoir de pouvoir regagner votre foyer avant longtemps. Avec courage et sans jamais vous plaindre, vous êtes demeurés à mes côtés pour poursuivre, capturer des prises et parfois fuir quand nous ne pouvions plus faire face. Tout comme moi, vous aviez la conviction intime que notre cause et notre audace étaient justes ! Grâce à cela, nous avons causé un dégât colossal à la flotte fédérale. C'est un exploit dont vous pouvez être fiers, quoi qu'il se passe aujourd'hui ! Notre patrie n'oubliera pas ce que nous avons fait pour elle ! Et aucun pays n'oubliera le nom célèbre de l'*USS Annabella* ! Le drapeau qui flotte sur nos têtes représente notre force, notre fierté et notre honneur. Montrons à tous que nous défendrons le Sud coûte que coûte ! Matelots, à vos postes !

Pendant un instant, le silence se fit.

Puis un cri déchira l'air :

— Honneur et liberté pour le Sud, capitaine !

La devise gravée sur le gouvernail.

— Honneur et liberté pour le Sud ! reprit l'ensemble des marins, avant d'entonner le chant de Dixie.

Clayton s'approcha d'Alex, le visage grave.

— C'était un discours émouvant. Si je ne te l'ai pas

encore dit, je suis fier d'être ton ami et d'avoir partagé tout cela avec toi !

Les mots entre eux devinrent soudain inutiles. Après une longue accolade, ils se séparèrent à regret.

— Bonne chance, Clay !

— Bonne chance, Alex ! Qui sait, peut-être nous retrouverons-nous quelque part si le destin le décide ?

— Je l'espère. Tant que ce n'est pas dans les feux de l'enfer !

Le mauvais temps de ces derniers jours avait laissé la place à une douce brise qui accompagna *L'Annabella* jusqu'au *Delaware*. Mais ni le ciel serein ni les eaux calmes de la Manche ne laissaient présager le drame qui allait se jouer quelques heures plus tard.

Le navire corsaire arriva à la limite fixée par les lois de la neutralité.

Alex saisit sa longue-vue et observa son ennemi avec attention.

Soudain, il se tétanisa.

— Les traîtres !

Depuis leur dernier affrontement, les Yankees avaient pris le temps de parfaire leurs défenses. Les flancs du *Delaware* étaient désormais revêtus d'un blindage épais de fer. Une cuirasse qui le protégerait des boulets et qui rendait sans conteste la lutte inégale.

Une sueur glacée coula le long de sa colonne vertébrale.

Harper avait tout prévu et affichait clairement ses motivations. Il n'avait aucune intention de les laisser s'échapper cette fois-ci !

Les dernières pensées d'Alex furent pour ses sœurs qu'il

ne reverrait sans doute jamais et pour Erin, la femme qu'il n'avait pas su aimer quand il était encore temps.

Il fallut trois quarts d'heure à *L'Annabella* pour se mettre à portée du dangereux yankee. Lorsqu'il parvint à la distance d'un mille, Alex fit ouvrir le feu, prenant le parti d'attaquer en premier. Il songea avec une certaine ironie que c'était une belle journée pour mourir, et ce faisant, il n'avait aucune intention de leur faciliter la tâche.

Mais *Le Delaware* prit son temps pour répondre, bien protégé par sa cuirasse. Et lorsqu'il bombarda à son tour le petit vapeur corsaire, la puissance supérieure de sa machine envoya directement *L'Annabella* et son équipage en enfer.

Erin se réveilla aux premières lueurs de l'aube, nullement reposée. Malgré la fraîcheur de la chambre, elle réalisa que sa chemise de nuit collait à sa peau comme un linceul glacé. Elle-même se sentait agitée et fébrile, sans comprendre cette soudaine impression d'urgence qui semblait lui broyer le ventre.

Elle passa l'heure suivante à arpenter sa chambre tel un lion en cage, gagnée par une nervosité de plus en plus vive.

Un coup frappé à la porte la fit sursauter.

— Entrez !

— Est-ce que tout va bien, Erin ? l'interrogea Kate. Je vous ai entendue vous agiter et je me suis inquiétée.

— Oh ! j'espère que je ne vous ai pas réveillée, répliqua Erin, contrite.

— À vrai dire, je n'ai pas réussi à trouver le sommeil. Revoir Alex après ces deux années d'angoisse où nous ne savions pas ce qu'il était advenu de lui m'a causé à la fois une joie profonde et un immense chagrin. Nous étions si proches ! Le fait qu'il n'ait pas souhaité se confier à moi m'a terriblement blessée.

— Alex me fait parfois penser à un loup solitaire.

— Il l'était, jusqu'à votre rencontre.

Les joues d'Erin s'enflammèrent.

— Erin.

La jeune femme s'alarma en voyant l'expression affligée de Kate.

— J'ai une nouvelle délicate à vous annoncer. Vous devriez vous asseoir.

Erin secoua la tête.

— Que se passe-t-il, Kate ?

— Nous avons reçu une missive d'Anna il y a quelques mois dans laquelle elle… elle.

Erin porta sa main à sa poitrine.

Justin. Il était arrivé quelque chose à son frère, elle en était certaine !

Kate laissa échapper un soupir tendu.

— Justin est porté disparu, Erin. Son navire a été attaqué par un sous-marin confédéré et a sombré au large du port de Charleston. Seul son corps n'a pas été retrouvé.

Erin sentit ses jambes se dérober et s'agrippa comme une forcenée à la colonne du baldaquin pour ne pas s'effondrer.

Justin ! Non, pitié !

Kate se précipita vers elle alors que la jeune femme laissait libre cours à son chagrin.

— Je suis désolée, Erin ! Nous aurions aimé ne pas avoir à vous annoncer cette terrible nouvelle.

— Vous… vous avez bien fait, articula la jeune femme avec difficulté tandis qu'un étau lui broyait la poitrine. Anna doit être désespérée !

— Elle l'est ! D'autant plus qu'il y a de fortes chances que Justin n'ait pas été informé de la naissance de Hope.

— Hope ?

— Alex ne vous a rien dit ? Anna attendait un enfant de Justin. Vous voilà à présent la tante d'une merveilleuse petite fille !

Erin ferma les yeux, submergée par l'émotion.

— Quel affreux gâchis !

— C'est vrai, concéda Kate en lui prenant la main. Mais cette guerre vous a également offert de merveilleux cadeaux ! Anna et Justin… Vous et Alex !

Surprise, Erin la dévisagea.

— Vous l'aimez, c'est évident ! continua Kathleen. Je n'excuse pas ce qu'il a fait, bien entendu. Et j'aurais agi de même à votre place !

— Mais ?

— Dans sa lettre, Anna me fait part de son profond regret de ne pas avoir avoué son amour à Justin avant sa disparition. Ma cousine peut se montrer parfois extrêmement obstinée dans certaines circonstances, elle ressemble beaucoup à Alex d'ailleurs. Son chagrin est d'autant plus intense qu'elle n'aura peut-être plus jamais la chance de revoir votre frère. Ce qui n'est pas votre cas.

— Que voulez-vous dire ?

— Vous avez encore le pouvoir de changer les choses, Erin ! Ne commettez pas la même erreur qu'Anna, je vous en conjure ! Alex ne doit partir qu'en fin de matinée. Vous pouvez encore le retrouver. Pour mon cousin et vous, il n'est pas encore trop tard !

— Pourquoi me torturez-vous ainsi ? Ne voyez-vous pas que ma souffrance est déjà terrible ? s'écria Erin en se relevant brusquement.

Kate s'approcha doucement d'elle.

— L'amour est ce qu'il y a de plus précieux dans la vie, et je suis bien placée pour savoir qu'il faut apprécier chaque minute que celle-ci nous offre auprès de celui qu'on aime éperdument.

Erin remarqua alors le teint blême de la jeune femme et les cernes foncés qui creusaient son visage. Kathleen avait beaucoup maigri depuis leur dernière rencontre. Elle paraissait à cet instant aussi fragile qu'une poupée de verre dans sa robe gris anthracite. Elle comprit à cet instant.

— Mon Dieu ! Kate…

La jeune femme laissa échapper quelques larmes tandis qu'Erin lui saisissait la main avant de la presser.

— Thomas a fait une chute de cheval quelques semaines avant notre mariage… Depuis… Depuis, mon cœur a cessé de battre. Cela fait deux ans, et il ne se passe pas un jour sans que je songe aux dernières minutes passées avec lui. Si j'avais su à cet instant…

Elle étouffa un sanglot.

— Erin… Je sais que vous en voulez à Alex de vous avoir menti. Mais croyez-moi ! Il existe une douleur encore bien plus grande que la trahison. Celle de ne pas avoir l'homme que l'on aime par-dessus tout à ses côtés.

Elle lui tendit une lettre.

— Tenez. Voici la lettre d'Anna. Je vous laisse en prendre connaissance, si vous le désirez. Alex peut ne pas revenir, tout comme Justin ! Accepterez-vous de vivre vous aussi avec des regrets ?

Sur ces dernières paroles, elle posa la lettre sur la courtepointe et quitta la chambre.

Erin contempla le papier délicat qui reposait sur le lit.

Après une brève hésitation, elle s'en saisit et s'approcha de la fenêtre pour commencer sa lecture.

Quelques instants plus tard, la missive tomba de ses mains tremblantes sans qu'elle s'en rende compte.

Il y avait un tel déchirement dans la lettre d'Anna qu'il était impossible de douter de l'amour qu'elle éprouvait pour son frère ! Les sentiments de sa belle-sœur faisaient tellement écho aux siens qu'il lui avait semblé qu'Anna écrivait sa propre histoire. Allait-elle commettre la même erreur et laisser son orgueil l'emporter ?

Son frère était porté disparu. Le monde sécurisant dans lequel elle avait grandi n'existait plus.

Que lui resterait-il à son retour à Philadelphie ?

Erin comprit qu'elle se trouvait à une étape clé de son existence. C'était à la fois effrayant et excitant, car elle était enfin libre de choisir ce qu'elle voulait faire.

Alex lui avait certes menti, mais il avait eu raison sur un point. S'il lui avait avoué la vérité lors de sa capture, elle aurait fait appel à son honneur sudiste et exigé qu'il la remette à sa famille par amitié pour son frère. Elle avait été tellement déçue ce jour-là de découvrir qu'il était un corsaire confédéré qu'elle ne lui aurait laissé aucune chance. Leur route se serait séparée définitivement sans qu'elle puisse connaître le bonheur d'être à ses côtés ni de découvrir l'homme merveilleux et courageux qui se cachait sous son air arrogant qu'il portait comme un masque pour dissimuler ses véritables sentiments.

L'amour véritable était un cadeau si précieux et si rare. Et ce dernier était le seul homme avec qui elle désirait le partager. Elle voulait Alex et comptait bien le lui faire savoir.

Forte de cette merveilleuse découverte, elle bondit

dans le couloir en appelant Kate. Lorsque la jeune femme apparut, elle se jeta dans ses bras.

— Merci Kathleen ! Sans vous, je m'apprêterais moi aussi à commettre une terrible erreur !

Le duc et la duchesse arrivèrent sur ces entrefaites.

— Mais que se passe-t-il ici ?

Erin effectua une rapide révérence.

— Veuillez m'excuser pour ce réveil brutal, Votre Grâce ! Je dois immédiatement me rendre au port.

— Vraiment ? Mais pour quelle raison ? s'étonna le duc.

— Je ne peux pas laisser partir Alex sans lui avouer mes sentiments !

L'aristocrate afficha un franc sourire.

— Eh bien dans ce cas, nous n'avons pas une seconde à perdre ! James !

Le majordome apparut en haut de l'escalier.

— Votre Grâce ?

— Veuillez faire préparer la voiture immédiatement !

— Bien, Votre Grâce.

— Jeunes filles, je vous retrouve en bas dans un quart d'heure.

Erin se dressa sur la pointe des pieds et l'embrassa sur la joue.

— Je vous remercie de tout cœur pour ce que vous faites, Votre Grâce !

— Vous savez, jeune dame, j'aime Alex comme mon propre fils et je ne souhaite que son bonheur ! Je suis heureux que vous ayez décidé de lui pardonner.

Erin laissa à peine le temps au carrosse ducal de s'arrêter. Elle bondit sur le quai avec une telle frénésie qu'elle manqua de tomber de la voiture, son regard balayant déjà le quai à la recherche de *L'Annabella* parmi les nombreux navires qui mouillaient dans le port. L'impression d'urgence qu'elle ressentait depuis son réveil ne faisait que croître au fil des heures.

Elle devait absolument retrouver Alex avant qu'il soit trop tard !

C'est pourquoi elle ne put retenir un cri d'effroi en découvrant l'emplacement vide, là où hier encore le navire corsaire dansait au gré de la marée montante.

— Non !

Anéantie, elle tomba à genoux, frappant les pavés de ses poings serrés.

— Non ! Non ! Non !

Il était déjà parti. C'était impossible ! Cela ne pouvait pas se terminer ainsi !

— Erin !

Le duc et Kathleen apparurent à ses côtés.

— Dites-moi que ce n'est pas vrai ! hurla-t-elle. *L'Annabella* devrait encore se trouver ici !

Erin prit son visage dans ses mains, terrassée par le désespoir.

— Il est trop tard, Erin ! Je suis sincèrement désolé, résonna la voix du duc.

— Il ne devait pas partir aussi tôt, murmura-t-elle pour elle-même. Oh ! Alex ! Pardonne-moi !

Tout à son chagrin, elle ne remarqua pas le groupe de marins qui se trouvaient non loin d'eux, assistant avec un grand intérêt à la scène qui se déroulait sous leurs yeux.

L'un d'eux s'avança vers eux et ôta son bonnet avant de s'exprimer :

— Excusez-moi, m'sieurs, dames. On n'a pas pu s'empêcher d'entendre votre conversation. Vous recherchez le vapeur *USS Annabella*, c'est bien ça ?

— En effet, monsieur, répondit le duc de Grey. Auriez-vous des informations à nous communiquer ?

— Peut-être bien ! rétorqua le marin. Je m'appelle Peter. Le navire dont vous parlez était encore bien là à l'aube quand on a accosté.

Il leur rapporta ce qu'il savait.

Le cœur d'Erin cessa de battre.

Le Delaware ! Mais comment avait-il découvert leur véritable destination ?

Une terrible angoisse noua le ventre d'Erin.

Samuel Bennett ! Il était le seul à avoir pu communiquer de tels renseignements aux fédéraux ! Comment s'y était-il pris ? La seule fois où leur destination avait été évoquée, ils se disputaient à Angra dans une ruelle attenante au quai.

Oh non ! Était-ce là que Bennett les avait surpris pour la première fois ? Ou bien avaient-ils été trahis par un membre de l'équipage ?

Elle rejeta aussitôt cette accusation.

Tous étaient d'une fidélité à toute épreuve envers Alex ! Si cela avait été le cas, le traître n'aurait pas attendu de se trouver à Londres.

Erin agrippa le bras du duc.

— Votre Grâce, nous devons aller les rejoindre !

Celui-ci fronça les sourcils.

— Il n'en est pas question, Erin ! C'est beaucoup trop dangereux !

La jeune femme ne put retenir ses larmes.

— Je vous en prie ! Il s'agit d'Alex ! Nous ne pouvons le laisser seul ! Je ne supporterai pas de ne pas connaître l'issue du combat. Il faut… il faut…

— Erin a raison, père ! intervint Kathleen. Nous ne

pouvons rester là sans rien faire alors qu'Alex est en train de risquer sa vie.

— Très bien, capitula son père. Mais nous resterons à distance, je ne veux pas vous mettre en danger ! Nous allons prendre le *Grey Stoke*. Karl ! Allez immédiatement me chercher le capitaine Willow ! Dites-lui qu'il s'agit d'une urgence !

— Bien, monsieur, répondit le cocher, avant de partir à vive allure dans le dédale de ruelles, heureusement peu fréquentées à cette heure-ci.

La fin de matinée était déjà bien avancée lorsqu'ils embarquèrent.

Erin se retrouvait sur le pont du *Grey Stoke*, condamnée à attendre de parvenir jusqu'à *L'Annabella* pour connaître l'issue de la bataille. Ne pas savoir ce qui se passait à quelques kilomètres de là était pour elle un supplice.

Mon Dieu, je vous en supplie, faites qu'Alex soit toujours en vie !

Kate vint la rejoindre. L'angoisse qui se lisait sur son visage était à la hauteur de la sienne.

— Alex s'en est toujours admirablement sorti ! Faites-lui confiance, tout ira bien, tenta-t-elle de la rassurer.

Mais ses paroles sonnaient faux.

— Je ne sais pas, Kate ! J'ai le sentiment qu'une terrible catastrophe va survenir !

La peur lui coupait le souffle.

— Ce n'est pas la première fois qu'Alex affronte l'*USS Delaware*, n'est-ce pas ?

— Non, en effet. Mais nous avons eu beaucoup de chance la dernière fois.

— Espérons qu'il en soit de même aujourd'hui !

Erin n'eut pas la force de répondre alors que son cœur

lui soufflait le contraire. Alex était en danger ! Elle le sentait au plus profond d'elle-même.

Faites vite ! Je vous en prie.

Ils entendirent le vacarme des tirs bien avant d'apercevoir les deux navires, témoin du combat acharné qui se livrait à quelques kilomètres des côtes anglaises au-delà de l'espace de neutralité. Le capitaine du vaisseau nordiste avait tout prévu.

Une épaisse fumée s'élevait dans les airs, jetant un voile sombre sur cette journée radieuse tel un présage funeste.

Enfin, ils aperçurent *L'Annabella*.

Ou du moins ce qu'il en restait.

Erin poussa un cri d'effroi qui se perdit dans le grondement des déflagrations.

— Mon Dieu, non !

Incrédule, elle embrassa la scène du regard sans oser y croire.

C'était un véritable cauchemar !

Le Delaware tirait sur *L'Annabella* sans relâche afin de l'empêcher d'approcher. Le vapeur corsaire répondait par des tirs précis mais sans réellement inquiéter son ennemi, bien protégé par son bardage de fer.

— Ils ne vont pas pouvoir tenir longtemps ainsi ! s'exclama Kathleen en attrapant le bras de son père, le ventre noué par la peur.

— Les boulets ne parviennent pas à percer la cuirasse, ils rebondissent comme des ricochets sur la paroi du *Delaware* ! constata le duc en pâlissant.

— Il faut qu'Alex accepte de se rendre avant qu'il soit trop tard ! s'affola Kate en jetant des regards éperdus en direction du navire.

— Alex ne se rendra jamais ! déclara Erin d'une voix

qu'elle ne reconnut pas. S'il tombe dans les mains des fédéraux, ils lui réserveront un sort plus terrible encore. Et il le sait parfaitement.

Elle porta une main à sa poitrine et serra avec force le collier qu'Alex lui avait offert pour Noël. Un bruit sourd bourdonnait à ses oreilles, et il lui semblait que les battements de son cœur avaient considérablement diminué alors que le froid s'emparait d'elle.

Au même instant, un tir de canon partit du navire yankee, perçant l'arrière de *L'Annabella*.

Erin hurla et s'effondra à genoux sur le pont.

Voir Alex mourir sous ses yeux lui était insupportable ! Et pourtant, elle ne voulait se retrouver nulle part ailleurs, comme si sa simple présence pouvait le protéger ! Comme si un miracle pouvait encore arriver et qu'Alex lui soit rendu sain et sauf !

Une terrible explosion résonna alors. Puis des flammes commencèrent à lécher le mât de vergue.

Tous comprirent que le navire était condamné.

— Vous devriez rejoindre la cabine, murmura le duc.

Son visage avait pris la couleur de la cendre. Voir son neveu périr sous ses yeux était impensable.

Erin lui agrippa le bras.

— Nous devons essayer de leur porter secours ! Si nous nous approchons suffisamment, peut-être pourront-ils jeter des canots à la mer ?

— C'est de la folie ! affirma l'aristocrate.

— C'est notre seule chance de sauver Alex ! Nous devons tout tenter ! Je vous en prie !

— Très bien ! capitula-t-il. Vous avez raison, Erin ! S'il existe une seule chance de sauver mon neveu, je ne me pardonnerai jamais de ne pas l'avoir tentée ! Allons-y !

— Merci !

Des larmes de gratitude coulèrent sur les joues de la jeune femme.

Alex, mon amour, je t'en supplie, tiens bon ! Nous sommes là ! Tu n'es pas seul !

Chapitre 30

Alex rejoignit Clay en rampant, totalement impuissant à enrayer le massacre qui se déroulait sous ses yeux. Le pont était à présent couvert de sang, témoignant de la violence de l'attaque du *Delaware*. Selon le capitaine Miles Davis, le médecin-chirurgien de *L'Annabella*, l'équipage comptait douze morts et une vingtaine de blessés, avec un très mauvais pronostic pour certains.

L'affliction et l'inquiétude se lisaient sur le visage de son ami qui lui adressa un faible sourire.

— C'est un beau jour pour mourir, tu ne crois pas ? railla son premier lieutenant en se passant une main lasse sur le visage.

— Cette ordure de Harper garde ses distances et refuse de nous laisser approcher ! Nous ne pouvons même pas utiliser le Blakeley !

— Nos tirs ricochent contre la coque sans même les inquiéter ! Même les boulets pleins n'atteignent pas leur but ! Nom de Dieu ! On est faits comme des rats !

Alex ne répondit pas. Il n'y avait rien d'autre à ajouter. Il n'y avait plus d'espoir pour *L'Annabella*.

Clay l'observa gravement.

— Si nous nous rendons…

— Les fédéraux s'en donneront à cœur joie ! Depuis

le temps qu'ils attendent ce moment... Il y a de fortes chances que nous finissions au bout d'une corde... S'ils ne nous torturent pas avant !

— J'ai toujours apprécié ton grand optimisme ! grimaça Clayton.

— Essayons au moins de ne pas leur faciliter la tâche !

— Et de choisir le moins mauvais des maux !

Ils se serrèrent la main avec force dans un geste qui en disait long sur les émotions qui les liaient à cet instant fatidique.

— Honneur et liberté ?

— Honneur et liberté, acquiesça gravement Alex.

Soudain, un tir toucha l'arrière du navire.

S'ensuivit un énorme craquement qui signifiait que l'impensable venait d'arriver. La coque de *L'Annabella* venait d'être éventrée.

Le chef mécanicien surgit en courant.

— Capitaine ! La cale est en train de se remplir d'eau très rapidement !

— Clay ! Rends-toi en bas pour inspecter les dommages !

Quelques minutes après, ce dernier était de retour.

— *L'Annabella* est en train de sombrer, Alex !

— Avons-nous le temps de regagner la terre ?

Clayton secoua la tête, navré.

— L'eau monte trop rapidement ! Les trois foyers viennent de s'éteindre !

Le regard qu'ils échangèrent se passa de mots.

Alex se redressa et gagna calmement le gouvernail.

Pendant un instant, le silence se fit dans son esprit. Il n'entendit plus les cris de souffrance de ses hommes, ni le feu de l'artillerie ennemie.

Bon sang ! Il n'était pas prêt à mourir aujourd'hui ! Il

voulait revoir sa famille, avoir une chance de reconquérir Erin. Sa vie ne pouvait pas s'arrêter ainsi ! Pas sur une cuisante défaite causée par ces maudits Yankees !

Et pourtant, l'évidence était là, sous ses yeux.

Du bout du doigt, il caressa les lettres dorées sur le gouvernail, se remémorant ce jour triomphal où il était devenu le capitaine de l'*USS Annabella*. En tant que capitaine, il se devait maintenant de faire tout son possible pour sauver ce qui restait de son équipage.

— Clay ! Sonne le rassemblement !

Voir les visages tendus et résignés de ses hommes tournés vers lui constituait une image qu'il n'oublierait jamais, si Dieu le laissait vivre.

Alex déglutit avec peine.

Ce qu'il s'apprêtait à dire lui coûtait. Mais les fédéraux ne lui laissaient plus le choix. Il était responsable des marins et soldats qui le servaient. Il ne devait pas faillir à son devoir.

— Messieurs, *L'Annabella* est perdu ! Il est temps pour nous de nous retirer. Faites descendre le pavillon !

Des cris de protestation s'élevèrent aussitôt parmi l'équipage en comprenant son intention.

Josh Kalvin, un marin aguerri, se détacha du groupe.

— Je pense parler au nom de nous tous, capitaine, en ce jour malheureux ! Nous refusons de baisser le drapeau !

Alex resta stupéfait. Il ne s'attendait certainement pas à une rébellion de ses hommes à un moment aussi tragique.

— Si vous voulez demeurer en vie, vous n'avez plus d'autre choix ! s'exclama-t-il d'un ton assuré.

Les cris fusèrent de tous côtés, la haine de l'équipage pour leur ennemi ne connaissant plus de limite.

— Pour quoi faire, capitaine ? Pour finir par crever dans l'une de leurs prisons yankees ?

— Ouais ! s'écria un autre marin. Nous refusons de nous abaisser devant ces salopards de bleus ! Où est passée notre fierté sudiste ?

— Si nous baissons le pavillon, la honte sera jetée sur nous et sur tout le Sud !

— Oui ! La mort et l'honneur plutôt que la honte !

Ces dernières paroles furent reprises en chœur.

Au même instant, un nouveau boulet toucha le canon à pivot. Une formidable explosion retentit, tuant ou blessant la moitié des hommes qui se trouvaient sur le pont.

Alex fut projeté violemment contre le bastingage puis une douleur intolérable lui vrilla la cuisse. À moitié sonné, le jeune homme se redressa péniblement pour inspecter les dégâts. Ce qu'il vit le remplit d'effroi. Son sang s'écoulait abondamment d'une plaie à travers laquelle on pouvait apercevoir l'os. Les chairs déchiquetées autour laissaient présager le pire.

Alex laissa retomber sa tête et ferma les yeux.

Il sentit *L'Annabella* s'incliner doucement vers le fond. Dans une heure, tout serait terminé.

Une certaine torpeur l'envahit progressivement, comme si quelqu'un l'enveloppait dans un cocon protecteur. Les bruits autour de lui se taisaient progressivement.

C'était donc à cela que la mort ressemblait ?

Une lente descente vers l'oubli, vers l'apaisement.

Alex pria qu'elle vienne le plus rapidement possible, avant que son navire l'entraîne vers les eaux tumultueuses et qu'il finisse par succomber étouffé, dans une lente agonie. Tout plutôt que périr noyé !

Soudain, deux bras musclés le tirèrent sans ménagement, lui arrachant un hurlement de douleur.

Alex ouvrit les yeux et aperçut le visage angoissé et ensanglanté de son ami penché au-dessus de lui.

— Nom de Dieu, Clay ! Qu'est-ce… que tu fabriques ? articula-t-il avec peine.

— À ton avis ? J'essaye de te sauver la vie, triple imbécile !

— Je suis fichu, Clay ! Pense plutôt à ta propre peau !

— Je ne vous laisserai pas mourir, capitaine Cleveland ! Dickby ! Viens m'aider à soulever le capitaine dans le canot !

— Je t'interdis de faire cela, tu m'entends, Clay ? Je suis le capitaine ! Il est hors de question que j'abandonne nos hommes et *L'Annabella* !

Son ami eut un faible sourire.

— Tu n'es plus en position de me donner des ordres, il me semble ! Tu es gravement blessé, Alex !

Le jeune sudiste saisit son ami par la manche de son uniforme.

— Monte avec moi !

Clay secoua la tête.

— Tu sais bien qu'en cas d'absence du capitaine, c'est au premier lieutenant que revient le commandement ! Promets-moi seulement deux choses. Premièrement, de rester en vie. Et si tu y parviens, retrouve Erin et épouse-la !

Alex ne put répliquer.

Lorsque les deux hommes le hissèrent par-dessus le canot, la douleur fut telle qu'il s'évanouit.

— C'est mieux ainsi, déclara Clayton. Au moins, il ne verra pas *L'Annabella* sombrer ! Prends bien soin de notre capitaine, Dickby.

Le vieux marin répondit d'une voix enrouée par l'émotion :

— Que Dieu vous garde, lieutenant Evans !

Clay hocha la tête.

— Mettez le canot à l'eau !

Sur le *Grey Stoke*, les passagers étaient pétrifiés, impuissants à déjouer le drame qui se déroulait sous leurs yeux.

Erin n'avait même plus la force de pleurer. Au fur et à mesure que *L'Annabella* s'enfonçait dans les eaux sombres de la mer du Nord, son corps demeurait inerte, comme prisonnier d'un étau de glace qui lui ôtait progressivement toute parcelle de vie.

Désarmée, elle ne pouvait que regarder mourir tous ces hommes qu'elle avait appris à connaître et à aimer. Des hommes qui se battaient contre les siens et qu'elle pleurait cependant, car ils étaient également devenus sa famille, dans une totale indifférence de couleur.

Alex se trouvait parmi eux ! Alex et son amour, qu'elle avait fini par rejeter par fierté ! Quelle insensée elle avait été ! Jamais elle ne pourrait se le pardonner !

Elle repensa soudain à Anna. C'était étrange que deux femmes totalement étrangères et pourtant si étroitement liées aient pu commettre la même erreur envers les hommes qu'elles aimaient. Deux destins différents et à la fois si semblables. Sans cette guerre absurde, rien de tout cela ne serait sans doute arrivé !

Des hommes commencèrent à sauter de *L'Annabella*, essayant de sauver leur vie par tous les moyens.

Des canots issus du *Delaware* furent jetés à la mer mais, étrangement, aucun marin sudiste ne se dirigea vers eux. Ils agissaient comme si un même esprit les animait tous. L'esprit de la Confédération. Des rebelles jusqu'à la mort.

— Mais que font-ils ? s'exclama Kate au comble du désespoir.

— Je te l'ai déjà dit, murmura Erin. Ils préfèrent mourir plutôt que se rendre à l'ennemi !

— Mais c'est de la folie !

— Non ! souffla la jeune femme. Moi j'appelle cela du courage !

Les hommes de *L'Annabella*, du moins ceux qui en avaient encore la force, se mirent à nager vers eux, ayant sans doute aperçu le drapeau anglais et neutre qui flottait dans la brise.

— Préparez-vous à les accueillir ! ordonna le duc de Grey. Et augmentez le charbon ! Nous allons devoir regagner rapidement Londres s'il y a des blessés parmi eux.

Au loin, un intense tourbillon se forma à la surface de l'eau. Le mât de misaine s'enfonça lentement, emportant avec lui le fier drapeau sudiste. Puis ce fut au tour des cabines, de la timonerie. Enfin la proue de *L'Annabella* disparut à son tour dans un vrombissement insupportable.

Erin s'effondra, le corps secoué de sanglots incoercibles.

— Alex !

Quelqu'un lui secoua l'épaule.

— Erin ! l'interpella doucement le duc. Deux canots approchent. Ces hommes vont avoir besoin de nous !

Elle se ressaisit aussitôt à ces mots. Elle devait faire preuve du même courage qu'Alex. En sa mémoire.

Dans les premières minutes qui suivirent, ils accueillirent le premier canot. Tous les marins étaient épuisés, certains blessés. Mais tous étaient profondément heureux d'être encore en vie, à bord d'un bateau neutre qui plus est.

Erin observa avec empressement chaque visage qui s'offrait à elle.

Alex ne se trouvait pas dans l'embarcation.

En tant que capitaine, il avait dû rester jusqu'au bout auprès de ses hommes sur *L'Annabella*.

En tremblant, elle s'agenouilla près d'un marin blessé et lui prit la main.

— Douglas, savez-vous où se trouve le capitaine ?

S'il fut surpris de retrouver Erin sur un bateau anglais, il n'en laissa rien paraître.

Ce dernier secoua la tête, désemparé.

— Je suis désolé, madame ! Je ne peux pas vous répondre ! Lorsque le canon a explosé, c'est devenu le chaos sur le pont. Je n'ai pas revu le capitaine !

Erin hocha la tête en silence et se redressa.

Des marins continuaient à arriver par leurs propres moyens, soit à la nage, soit accrochés aux débris du navire.

Soudain, Erin poussa un cri en reconnaissant Clayton parmi eux.

Le duc ayant ordonné de mettre deux embarcations du *Grey Stoke* à la mer, Clay fut bientôt récupéré par l'une d'entre elles. Erin fouilla les flots à la recherche d'Alex, s'accrochant encore à l'ultime espoir qu'il puisse toujours être en vie. Si Clayton était ici, Alex devait l'être aussi ! Il ne l'aurait jamais abandonné sinon ! À moins que…

Erin refusa d'envisager cette éventualité !

Pendant ce temps, le second canot de *L'Annabella* avait été remonté à son tour.

— Erin ! hurla Kate. Erin !

La jeune femme se retourna.

— Alex se trouve parmi eux ! Il est gravement blessé mais en vie !

Erin dut s'appuyer contre le bastingage, prise d'un

intense vertige. Ce n'était pas le moment de s'évanouir ! Alex avait besoin d'elle !

La jeune femme étouffa un cri en apercevant le visage exsangue d'Alex. Ce dernier était toujours inconscient, ce qui était sans doute préférable au regard de la vilaine plaie de sa jambe. Les jambes flageolantes, elle s'agenouilla à ses côtés et lui caressa le front avec tout l'amour dont elle était capable. Sa peau était à la fois froide et couverte de sueur, ce qui signifiait que son pronostic était engagé.

Dieu merci, Miles Davis, leur médecin, se trouvait avec lui.

— Est-ce que vous allez pouvoir le soigner, Miles ? l'interrogea-t-elle avec une sourde angoisse.

Davis maintenait une forte pression sur la plaie avec un linge pour tenter de stopper l'hémorragie.

— Je ne peux pas me prononcer, Erin ! Le capitaine a déjà perdu beaucoup de sang ! Je vais essayer de recoudre sa jambe et retirer le bout de métal qui est fiché dans son fémur, en espérant que cela soit suffisant. Ensuite, il faut prier pour que sa blessure ne s'infecte pas.

— Son état n'attendra pas notre retour à Londres, n'est-ce pas, docteur ?

— Non, Erin ! J'ai bien peur que non !

Puis s'adressant au duc de Grey :

— Y a-t-il une pièce où je puisse procéder à l'intervention ?

— Nous avons plusieurs chambres.

— Bien ! Cela fera l'affaire ! Autre chose. Je n'ai que mes instruments avec moi, ce qui signifie pas de désinfectant ni de chloroforme pour anesthésier le capitaine. Le risque d'infection est grand. Je vais avoir besoin d'alcool, ainsi que de bras pour maintenir le capitaine lorsque je fouillerai la plaie.

— Tout sera fait comme vous le désirez ! Vous pouvez compter sur moi ! affirma gravement le duc.

— Et sur moi également, répliqua une voix derrière Erin que la jeune femme reconnut aussitôt.

Clayton ! Dieu soit loué !

Erin se redressa et courut se jeter dans ses bras. Le jeune homme la serra avec chaleur.

— Je ne sais pas par quel miracle votre bateau est ici, mais Dieu que c'est bon de vous revoir !

Erin s'arracha à leur étreinte et porta une main à son front où suintait une plaie sanguinolente.

— Clay ! Votre blessure !

— Une simple égratignure ! Je dois y aller maintenant, Alex a besoin de moi !

— Je viens également ! déclara Erin d'une voix ferme.

— Erin, ce n'est peut-être pas une bonne idée…

— Je refuse de quitter Alex ! Et je pourrai assister Miles si besoin !

Son air obstiné réussit à les convaincre, si bien que personne ne chercha plus à la contredire.

Alex fut transporté dans la chambre ducale.

La suite fut sans doute la scène la plus éprouvante qu'Erin ait dû affronter de toute sa vie.

Mais à aucun moment elle ne montra un signe de faiblesse. Même lorsque Alex se réveilla en hurlant et en se débattant comme un possédé sous le coup de la douleur intolérable causée par le bistouri du médecin.

Erin demeura à ses côtés, à lui éponger le visage et à lui murmurer des paroles réconfortantes où se mêlaient également des mots d'amour. Elle ne cria pas non plus lorsque Alex lui broya la main si fort qu'elle crut qu'il allait lui briser les doigts.

Enfin, Miles acheva son intervention alors qu'à l'extérieur les premières lumières de Londres apparaissaient à l'horizon.

Le médecin s'essuya le front avec un linge avant d'annoncer :

— J'ai fait tout mon possible, Erin ! Maintenant notre capitaine est entre les mains de notre Seigneur.

— Je vous remercie, Miles.

Ensuite, seuls Clayton et Erin restèrent au chevet d'Alex. Le jeune lieutenant lui narra les dernières heures de *L'Annabella*. Puis Erin lui expliqua les raisons de leur présence sur le *Grey Stoke*.

— Quel drame épouvantable ! frissonna Erin.

Clayton lui prit la main en émettant un pâle sourire.

— Nous avions tous conscience que cela pouvait se terminer ainsi, Erin. L'action de l'*USS Annabella* restera dans les mémoires de chacun, tandis que le récit de ses aventures fabuleuses continuera à faire vivre notre navire au-delà des mers et du temps !

Clayton pressa la main de la jeune femme.

— Vous devriez aller vous reposer.

— Pas tout de suite, Clay ! J'aimerais maintenant rester seule avec Alex. J'ai encore tant de choses à lui dire.

— Bien entendu, répondit Clayton en se levant. Si vous avez besoin de moi, je reste dans le couloir.

— Merci, Clay ! Merci d'avoir veillé jusqu'au bout sur votre capitaine.

— Alex est mon ami avant tout, j'aurais fait n'importe quoi pour lui !

La jeune femme hocha la tête.

— Erin ?

— Oui ?

— Je suis heureux que vous ayez changé d'avis au sujet d'Alex.

Puis il quitta la pièce.

Une fois seul dans le couloir, il s'autorisa à tomber enfin le masque et se laissa glisser le long du mur avant de se prendre le visage entre ses mains. De violents sanglots le secouèrent, lui permettant d'évacuer la tension des dernières heures.

C'est ainsi que le trouva Kathleen.

Elle posa doucement le plateau qu'elle tenait dans les mains et s'agenouilla en face de lui. Clayton sentit son parfum fleuri avant même de percevoir la caresse légère de ses mains dans ses cheveux.

Relevant la tête, il croisa deux magnifiques yeux, d'un vert-bleu lumineux. Leurs regards s'apprivoisèrent en silence, unis par une même souffrance.

Enfin, Clayton prit la parole :

— Je suis désolé de me montrer sous un jour aussi peu amène, Lady de Grey !

— Vous n'avez pas à vous excuser, lieutenant Evans ! Je comprends parfaitement votre détresse à cet instant. Je dois dire que je trouve cela plutôt touchant.

Ce dernier grimaça.

— Touchant n'est généralement pas un qualificatif attribué à un homme !

Kathleen eut un sourire charmant, qui ensorcela Clayton et qui lui fit battre son cœur un peu plus rapidement.

— C'est fort dommage. C'est pourtant à mes yeux une qualité primordiale. Surtout chez un homme. Il n'y a aucune honte à montrer ses émotions, surtout après des heures aussi funestes.

— Votre sollicitude me va droit au cœur, Lady de Grey.

Kathleen sentit un léger frémissement dans son cœur lorsque le lieutenant Evans lui sourit à son tour. La vilaine plaie qui lui barrait le front n'enlevait rien à sa beauté virile, bien au contraire. Il avait des yeux gris merveilleux, bordés d'épais cils noirs qui jetaient une ombre sur ses joues.

Que lui arrivait-il ? Les sentiments que cet inconnu lui inspirait étaient totalement déplacés, compte tenu de la tragédie qu'ils venaient tous de vivre. Et que dire de sa trahison envers Thomas ? Avait-elle oublié la promesse qu'elle s'était faite après sa mort ?

Allons Kathleen de Grey, ressaisis-toi immédiatement !

La jeune femme se redressa vivement.

— Vous devriez montrer votre blessure au Dr Davis. Quelques points de suture me paraissent nécessaires.

— C'est un plaisir de vous avoir rencontrée, Lady de Grey. J'espère que nous aurons l'occasion de nous retrouver dans des circonstances plus clémentes.

Kathleen préféra ne pas répondre, en s'interdisant de recroiser le séduisant lieutenant sudiste. Elle s'éloigna dans un frou-frou de jupons comme si elle avait le diable aux trousses.

Dans la chambre où reposait Alex, un étrange silence régnait.

Erin osait à peine respirer et ne quittait pas Alex des yeux, comme si ce seul lien avait le pouvoir de maintenir le jeune homme en vie. Elle posa doucement la main sur le torse d'Alex qui se soulevait faiblement.

— Je t'interdis de me quitter maintenant, Alexander Tyron Morgan ! Tu m'entends ? Il nous reste tant de choses à nous dire ! J'accepte de te pardonner à condition que de ton côté tu passes le restant de ta vie à me chérir et à me prouver ton amour ! Je ne veux pas vivre sans toi, Alex ! Je n'en aurais pas le courage !

La jeune femme ne put retenir ses larmes et continua d'une voix étranglée :

— Tu es ce qui m'est arrivé de plus merveilleux ! J'ai besoin de toi ! Tes sœurs aussi. Tu n'as pas le droit d'abandonner Anna à ton tour ! Elle souffre déjà tant de la disparition de Justin. Tu m'entends, Alex ?

Elle prit sa main dans la sienne et la porta contre sa joue.

— Je veux construire un avenir serein avec toi, je veux fonder notre propre famille. Je te veux toi et toutes ces facettes qui te rendent unique ! Avec toi, j'ai le sentiment d'avoir vécu plusieurs vies. Tour à tour, je suis tombée amoureuse d'un étudiant, d'un aristocrate anglais, d'un corsaire, d'un officier confédéré. Tu as été tout cela à la fois ! Tu es mon unique amour ! Je t'aime tant, Alex ! Je t'en prie, ne m'abandonne pas !

Dans l'obscurité de la cabine, Erin laissa libre cours à son chagrin alors qu'Alex demeurait toujours inconscient. Elle finit par s'endormir, terrassée par la fatigue et les récents événements.

Chapitre 31

Alex fut hospitalisé au London Hospital. Plusieurs jours s'écoulèrent sans qu'il reprenne connaissance. Ce qui était préférable. La plaie suturée avait fini par s'infecter, sans que le moindre traitement parvienne à enrayer le mal.

— Votre neveu est bien trop faible pour se défendre, déclara le médecin au duc de Grey lors de la visite médicale. Si nous attendons encore, il ne sera plus possible de le sauver.

— Que proposez-vous, docteur ? demanda faiblement Erin qui dépérissait au fil des jours, comme une fleur privée d'eau et de soleil.

— J'ai bien peur qu'il nous faille l'amputer, malheureusement. L'infection est trop avancée. Je suis désolé, mademoiselle Hamilton, mais cela me paraît être la meilleure solution.

— Nous commençons à peine à appliquer l'onguent d'Angeline ! s'insurgea Kate. Nous devons attendre encore un peu.

Le chirurgien la toisa d'un air condescendant.

— Je doute qu'un simple remède aux plantes issu de la sorcellerie créole aide votre cousin à survivre, Lady de Grey !

Alors que Kathleen s'apprêtait à dire à ce médecin de

pacotille ce qu'elle pensait de ses méthodes, Erin lui saisit le bras pour l'apaiser et répondit à sa place :

— Nous vous remercions, docteur, pour tout ce que vous faites pour Alexander. Nous allons prendre le temps d'y réfléchir !

— Faites vite. Chaque heure compte vu son état !

Une fois le médecin hors de leur vue, Kate se retourna vers Erin au comble de la fureur.

— Mais qu'est-ce qui te prend ? Il est hors de question de laisser Alex dans les mains de ce boucher !

— Je voulais seulement gagner du temps, Kate ! Se mettre les chirurgiens à dos ne nous aidera pas à sauver Alex !

Kate lui saisit les mains.

— Crois-moi, Erin, j'ai déjà vu cet onguent faire des miracles !

Erin se mordit la lèvre, rongée par l'angoisse.

— Je le sais, Kate. J'espère seulement que cela sera suffisant.

— Si seulement nous pouvions écrire à Anna et Isabella. Elles ont le droit de savoir qu'Alex est gravement blessé.

— Il y a de fortes chances que Samuel Bennett ait vendu aux fédéraux la véritable identité d'Alex. Tant que nous sommes en guerre, il est préférable que ces derniers croient qu'Alex a péri lors de l'attaque. Si notre lettre est interceptée par leurs services secrets, Dieu sait ce qu'il pourrait arriver ! Tu oublies que la loi martiale de l'Union est implacable envers les corsaires ! Alex risque la peine de mort ! C'est pourquoi nous devons nous montrer très prudentes. Je suis certaine qu'elles comprendront parfaitement que nous avons agi ainsi pour le protéger.

— Tu as raison. Mais il est difficile pour moi de ne

pas invoquer Alex dans mes lettres. J'ai l'impression de trahir Anna et Bella.

Erin lui pressa la main à son tour.

— Alex est un homme très obstiné. Il n'est pas prêt à mourir maintenant !

Mais lorsque la jeune femme pénétra dans la chambre, elle perdit aussitôt son sourire d'apparence et son optimisme.

Le teint d'Alex était crayeux, ses lèvres desséchées. Il s'agitait tant dans son lit à cause de la forte fièvre qui le ravageait que les infirmières avaient dû l'attacher.

À sa vue, le regard d'Erin se brouilla, mais elle s'interdit de céder à la panique. Alex avait besoin d'elle. Elle devait se montrer forte et courageuse.

Erin prit une chaise et sourit à la duchesse de Grey.

— Il ne cesse de vous appeler dans son sommeil, l'informa cette dernière.

— Je suis là maintenant, je vais essayer de le calmer. Le voir attaché ainsi m'est insupportable !

Sur ces mots, elle défit les liens qui nouaient les bras d'Alex.

— Vous devriez aller vous reposer, Erin, lui conseilla la duchesse avec tendresse. Je m'inquiète énormément pour vous.

— Je vous remercie de votre sollicitude, Votre Grâce, mais je refuse de le quitter. Si… S'il lui arrivait quelque chose pendant mon absence, je ne le supporterais pas.

La duchesse se leva.

— Très bien. Nous allons vous laisser à présent. Mais n'hésitez pas à nous appeler.

Lorsqu'elle eut quitté la pièce, Erin s'autorisa à poser doucement la tête sur la poitrine d'Alex. Entendre son cœur battre, même faiblement, était un réconfort.

Épuisée, elle finit par s'endormir.

Une caresse légère sur ses cheveux la tira de son sommeil. Égarée, elle se redressa vivement avant de réaliser qu'elle s'était assoupie plusieurs heures auprès d'Alex. Elle apercevait le soleil bas par la fenêtre, signe que l'après-midi touchait à sa fin.

Son regard se porta aussitôt sur le jeune homme étendu dans le lit. Un changement notoire semblait s'être produit pendant qu'elle dormait. La respiration d'Alex était devenue plus régulière, presque paisible. Les traits de son visage n'exprimaient plus une souffrance extrême mais paraissaient détendus. Elle porta la main à son front, écartant doucement ses cheveux et comprit que la fièvre était tombée.

Soudain, elle aperçut les doigts d'Alex bouger et froisser le drap. Était-ce l'effleurement de sa main qu'elle avait sentie ?

La jeune femme lui saisit la paume et la pressa contre sa joue.

— Alex ?

Ce fut tout d'abord un léger murmure, mais qui résonna aux oreilles d'Erin comme le plus beau des sons.

Puis elle entendit clairement son prénom.

Alex commença à remuer légèrement la tête avant de parler à nouveau.

— Erin ?

La jeune femme étouffa un sanglot.

— Je suis là, mon amour !

Il lui pressa faiblement les doigts.

— Ne me… ne me quitte pas.

Erin lui embrassa tendrement la main en laissant libre cours à ses larmes cette fois.

— Non, plus jamais ! Je te le promets.

Une fois la fièvre tombée, Alex récupéra rapidement, mais insuffisamment à son goût.

— Regarde-moi ! s'emporta-t-il un jour devant Clayton qui était venu lui rendre visite. Même un chaton a plus de force que moi !

— Allons, tu exagères ! répliqua son ami en posant le journal qu'il était en train de parcourir sur le lit. Je te trouve plutôt en forme pour quelqu'un qui a failli y rester.

Erin entra à ce moment-là dans la chambre et soupira.

— Le voilà encore en train de rugir comme un lion en cage ! Savez-vous qu'il a même réussi à terroriser l'ensemble des infirmières pourtant si dévouées à sa cause et à son charme ? Les pauvres en sont maintenant à tirer à pile ou face pour savoir laquelle sera jetée en pâture auprès de ce monstre sans cœur !

Alex lança un regard noir à Erin qui en retour lui adressa un lumineux sourire. Puis comme si de rien n'était, elle s'approcha de lui et le gratifia d'un long baiser qui eut don de l'apaiser aussitôt.

— Bonjour, ma douce.

— Comment te sens-tu aujourd'hui ?

— Beaucoup mieux depuis que tu es là !

Clay se racla la gorge.

— Eh bien, les tourtereaux ! Je crois que je vais vous laisser à présent. Puisque Erin est arrivée, je n'ai plus besoin de tenir compagnie à l'ours mal léché que tu es devenu. Je repasserai te voir en fin de semaine.

Avant de sortir de la chambre, il fit un clin d'œil à Erin.

— Je vous souhaite bien du courage, ma beauté !

— Oh ! ne vous inquiétez pas, Clay ! Avec moi, il se montre doux comme un agneau.

Une fois son ami parti, Alex s'approcha d'Erin en

claudiquant sur ses béquilles. Malgré son handicap, il parvint à l'enlacer par la taille et à la rapprocher de lui.

— Ce fichu hôpital va finir par me rendre fou !

Puis il rajouta d'une voix voilée par le désir :

— Je donnerais tout ce que j'ai pour me trouver dans une pièce seul avec toi et rattraper tout le temps que nous avons perdu.

Erin ne résista pas au fait de le taquiner. Elle regarda de chaque côté et déclara :

— Il me semble pourtant que je suis seule avec toi dans cette chambre.

— Ce n'est pas suffisant, grogna Alex. Pas pour ce que j'ai en tête !

Après l'avoir plaquée contre le mur afin d'assurer sa stabilité, il l'embrassa, d'un baiser ardent qui coupa le souffle à la jeune femme. Sa langue trouva la sienne, la privant de toutes pensées cohérentes tandis qu'il mimait la danse la plus ancienne du monde.

Passant ses bras derrière la tête d'Alex, Erin se colla un peu plus contre lui et s'abandonna à sa bouche conquérante. Elle aussi désirait par-dessus tout retrouver l'intimité qu'ils avaient partagée lorsqu'ils se croyaient encore à l'abri de tout danger. Erin finit par recouvrer un semblant de raison et saisit le visage d'Alex.

— Il est temps d'arrêter, monsieur Morgan ! Quelqu'un pourrait entrer dans cette pièce à tout instant.

Alex reprit sa bouche et murmura contre ses lèvres :

— Cela m'est égal ! Te voir sans pouvoir te faire l'amour est une souffrance bien plus grande que la douleur de ma jambe. Celui qui franchira cette porte aura affaire à moi !

Erin réussit à le repousser en riant.

— Ton supplice est à la hauteur du mien, mon amour !

Mais bien que ta proposition me tente énormément, je refuse de prendre un tel risque !

De dépit, Alex se laissa tomber sur le lit et déclara d'un ton tragique :

— Pourquoi a-t-il fallu que je tombe amoureux de la femme la plus prude qu'il m'ait été donné de rencontrer ?

Erin s'approcha de lui avec un doux sourire et l'embrassa légèrement.

— Prude ? Il me semble pourtant que c'est à toi que j'ai choisi d'offrir ma vertu sans promesse d'avenir ! Ce n'était pas gagné d'avance, n'est-ce pas ?

Le regard d'Alex se fit soudain plus grave.

— Non, en effet.

Il lui prit la main et l'attira à lui.

— Erin, sans toi, ma vie n'a plus aucun sens ! Je veux me réveiller chaque matin à tes côtés, te faire l'amour quand j'en ai envie, entendre ton rire résonner partout et voir ton lumineux sourire. Je veux te rendre heureuse chaque minute qu'il me reste à vivre et être digne de ton amour. Je veux ton cœur, tes pensées, ton âme et je te donne les miens en retour !

Il déposa un léger baiser sur ses lèvres.

— Je t'aime, Erin ! Tu es la seule femme à qui j'ai eu envie de dire ces mots, la seule à qui je souhaite être lié pour toujours.

— Alex, qu'est-ce que tu es en train de faire ? demanda Erin en s'écartant, le regard brillant.

Le jeune homme lui adressa son fameux sourire canaille, celui qui lui avait volé son cœur trois années auparavant. Combien de fois avait-elle maudit cette délicieuse fossette ?

— Tu ne le devines pas ? Je suis en train de te demander

d'être ma femme. Erin Callaghan-Hamilton… Est-ce que tu acceptes de m'épouser ?

Une joie pure grandit dans le ventre de la jeune femme et éclata dans sa poitrine.

Lui sautant au cou, elle le renversa sur le lit, tout en prenant soin de ne pas heurter sa jambe blessée, et l'embrassa avec tout l'amour qu'elle ressentait.

Alex l'emprisonna contre lui et lui prit le visage avec tendresse.

— Est-ce que cela veut dire oui ?

— Oui ! Rien ne me rendrait plus heureuse ! Je t'aime tellement, Alex !

Un bonheur fou s'empara du jeune sudiste.

— Alors il ne me reste plus qu'à sortir de ce maudit hôpital !

— Ton souhait est en passe d'être exaucé, mon cousin préféré, retentit une voix derrière eux.

Erin s'écarta vivement d'Alex, et ses joues s'enflammèrent.

— Kate ! maugréa Alex. Tu aurais pu frapper !

— C'est ce que j'ai fait, gros balourd ! répliqua sa cousine. Mais vous étiez… disons bien trop occupés pour m'entendre. Cela commence à devenir une habitude avec vous deux, rajouta-t-elle avec un clin d'œil complice.

Puis elle continua comme si de rien était :

— Je viens de croiser le Dr Green ! Ta sortie est programmée dans deux jours. Voilà de quoi te rendre ta belle humeur !

— C'est une très bonne nouvelle en effet. J'ai moi aussi de quoi te rendre d'humeur joyeuse !

— Vraiment ? rétorqua Kate d'un ton soupçonneux.

— Erin vient d'accepter de m'épouser et…

Il n'eut pas le temps de terminer que Kate leur sautait déjà au cou.

— C'est merveilleux ! J'ai toujours regretté de ne pas avoir été présente au mariage d'Anna. C'est pourquoi je ne raterai le vôtre pour rien au monde !

La cérémonie eut lieu le mois suivant dans la plus stricte intimité à Pleasant Hill, propriété des Grey dans l'Essex.

Le temps était relativement doux et clément pour un mois d'octobre, comme si la nature elle-même se réjouissait de l'union de ces deux êtres que la mort avait bien failli séparer.

La famille s'était retirée loin de l'agitation de Londres, alors même que les journaux britanniques déploraient la disparition du célèbre navire *L'Annabella* et de son valeureux capitaine dont personne ne connaissait la véritable identité. Il s'agissait également d'éviter tout lien entre ce triste évènement et le retour inattendu du neveu du duc de Grey qui suscitait une vive émotion dans tous les salons. Surtout chez ses anciennes maîtresses, qui pour certaines avaient fait preuve d'une remarquable vivacité d'esprit pour approcher la demeure des Grey. Cela avait rendu Erin de forte méchante humeur mais ravi Alex qui s'amusait de la jalousie de sa magnifique fiancée.

— Je ne m'attendais pas à ce qu'il y en ait autant ! s'était-elle exclamée avec humeur en contemplant d'un œil désabusé le défilé de belles voitures. Peut-être vas-tu finir par regretter ton ancienne vie de célibataire ?

— Jamais ! avait répondu Alex en l'enlaçant par-derrière. À partir du moment où je t'ai aperçue, elles ont perdu tout intérêt pour moi ! Je n'ai besoin que d'une seule femme dans ma vie, rien d'autre n'a d'importance !

Erin se remémora ces paroles en enfilant la somptueuse robe de mariée qui glissa comme un voile de soie sur sa peau.

— Oh Erin ! s'exclama Kathleen. Tu es magnifique ! Alex a beaucoup de chance.

— Je n'aurais jamais pensé que ce jour merveilleux puisse arriver, murmura la jeune femme. J'aurais tellement aimé que ma famille soit présente !

— Je sais, ma chérie, et nous en sommes tous profondément désolés.

Une fois prête, Erin rejoignit Alex dans le jardin. Son cœur manqua un battement à sa vue. Il était d'une beauté à couper le souffle dans son costume anthracite qui mettait en valeur son corps athlétique. Alex se déplaçait à présent sans béquille, et seule une légère claudication pouvait rappeler qu'il n'était pas encore totalement remis de sa grave blessure.

Un sourire de pur plaisir incurvait les lèvres d'Alex, ce qui eut pour effet de colorer les joues de la jeune femme d'un subtil ton rosé. La petite fossette qui se creusait alors lui causait toujours le même émoi. Erin lui rendit son sourire et s'avança vers lui en toute confiance, ayant encore du mal à réaliser que cet homme merveilleux serait son mari dans quelques minutes et qu'elle lui appartiendrait enfin pour toujours.

Alex prit la main d'Erin dans la sienne sans la quitter des yeux. Savait-elle à quel point elle était belle ? Elle rayonnait, comme le soleil éclatant dans un ciel d'été.

C'est ainsi qu'Erin et Alex s'unirent, dans un instant si solennel que la jeune femme en eut les larmes aux yeux.

— Je vous aime, madame Morgan, murmura Alex

avant de l'embrasser sous les applaudissements de sa famille et de Clayton qui avait accepté avec joie d'être le témoin d'Alex.

Le reste de l'après-midi se déroula dans une ambiance chaleureuse et empreinte de sérénité, comme une parenthèse enchantée qui permit à chacun d'oublier un instant la guerre afin de profiter du moment présent.

Erin vint enlacer son mari tout en lui confiant :

— Kate et Clayton se sont beaucoup rapprochés ces derniers temps. Je la surprends souvent à adopter une humeur rêveuse dont seules les femmes amoureuses ont le secret. Elle refuse encore de m'en parler, mais je la soupçonne de ne pas être indifférente à la présence de Clay. Crois-tu que ta famille s'opposerait à cette relation ?

— Pour quelle raison ?

— Elle est fille de duc. Et Clayton est un officier sudiste ! Je doute que la bonne société londonienne bénisse une telle union.

— La mort de Thomas a failli la tuer. Si Kate peut trouver le bonheur auprès de Clay, le reste n'a aucune importance ! Je suis certain que mon oncle et ma tante seront du même avis. Mais pour l'instant, ce n'est pas l'idylle naissante entre ma cousine et mon ami qui occupe mes pensées, mais toi ! Je pense que personne ne nous en voudra de nous retirer dans notre chambre à présent ! J'ai vécu comme un moine ces dernières semaines et je compte bien t'offrir la nuit de noces que tu mérites !

Erin lui lança un regard lourd de sens.

— Eh bien qu'attends-tu pour me kidnapper à nouveau, mon séduisant corsaire ?

— Vos désirs sont des ordres, ma princesse yankee !

Il l'enleva aussitôt dans ses bras et l'emporta vers la

demeure, le doux rire d'Erin tintant comme une promesse délicieuse à ses oreilles.

Sitôt la porte verrouillée, Alex tint parole et s'empressa de vénérer sa merveilleuse femme comme elle le méritait.

Alors qu'ils reposaient comblés et épuisés dans les bras l'un de l'autre, Erin lui adressa un adorable sourire.

— Chaque fois me semble un peu plus parfaite.

Alex lui caressa les cheveux et fit mine de déclarer le plus sérieusement du monde :

— Je pense quant à moi qu'il nous faut encore de l'entraînement. Beaucoup d'entraînement !

Erin pouffa.

— Une fois par jour me paraît déjà amplement suffisant.

Alex roula sur elle et l'embrassa tendrement.

— Une fois par jour n'est pas suffisant pour assouvir toutes les envies qui me viennent à l'esprit dès que je vous aperçois, madame Morgan !

— Ah oui ? Avez-vous des exemples à me donner, capitaine Cleveland ? répliqua Erin, mutine.

Alex se pencha à son oreille et lui chuchota des promesses de délices qui la firent frissonner.

— En effet, cela ne me paraît pas suffisant finalement ! Mieux vaut ne pas attendre trop longtemps.

Alex pressa son ventre contre les hanches de la jeune femme.

— Tout de suite ? s'étonna la jeune femme.

— Tu oublies que tu as épousé un athlète, ma chérie !

Alex étouffa le rire de la jeune femme sous un long baiser qui la laissa avide et frémissante.

Et le jeune homme tint toutes ses promesses.

Chapitre 32

Deux mois venaient de s'écouler sans qu'Alex et Erin voient le temps passer. Chaque jour apportait aux jeunes mariés son lot de bonheur tandis que les nuits les comblaient d'une pure félicité.

En ce matin de Noël, les rires réchauffaient le salon où toute la famille s'était réunie autour du grand sapin pour échanger les cadeaux.

Clayton arriva en milieu de matinée les bras chargés de présents.

— Oh ! oh, oh ! Joyeux Noël à tous !

Kate fut la première à se précipiter vers lui.

— Clay ! Quelle heureuse surprise ! Je pensais que vous étiez retenu à Londres par la neige.

Le regard du jeune homme s'adoucit aussitôt.

— Aucune tempête n'aurait pu m'empêcher de me trouver près de vous en ce jour si particulier !

Puis il rajouta tout bas :

— Vous m'avez terriblement manqué !

Les joues de Kate se colorèrent délicatement. Seul Clayton arrivait à la rendre muette, ce qui relevait du miracle, comme le prétendait avec tendresse Alex pour la taquiner.

Erin vint l'embrasser à son tour.

— Je suis si heureuse de vous voir ! J'espère que vous nous apportez de bonnes nouvelles de Londres !

Le regard de Clay s'assombrit brièvement, mais seul un œil averti aurait pu s'en apercevoir. Comme celui d'Alex qui comprit que quelque chose tracassait son ami.

Clayton adressa à Erin un sourire rassurant.

— Rien de très croustillant, malheureusement ! Londres est désespérément ennuyeux en cette saison !

La journée se déroula sereinement. La neige était tombée en abondance durant la nuit, incitant les jeunes gens à organiser une partie de luge improvisée sur la colline située derrière la demeure des Grey. Ce fut l'occasion de fous rires mémorables qui resteraient sans doute dans les annales de la famille. Erin avait rarement eu l'occasion de voir son mari aussi insouciant et elle ressentit un plaisir fou à s'amuser dans la poudreuse avec lui comme des enfants.

Ce n'est que bien plus tard dans la soirée qu'Alex trouva l'occasion d'interroger son ami alors qu'ils se trouvaient dans la bibliothèque pour déguster un dernier cognac.

— Vas-tu enfin me dire ce qui te tourmente ?

Clay prit le temps de déguster le liquide ambré avant de répondre :

— J'ai reçu mon nouvel ordre de mission, cette fois sous ma véritable identité.

— Quel dommage ! s'efforça de plaisanter Alex, conscient de la soudaine tension qui vibrait dans la pièce.

Il avait deviné depuis l'arrivée de son ancien lieutenant que ce dernier ne venait pas pour une simple visite de courtoisie.

— Je m'étais habitué à Evans. Cela sonnait bien mieux que Harrison si tu veux mon avis.

Clayton lui adressa un regard entendu.

— Je dois bien admettre que cette canaille de Cleveland me manque un peu ! répliqua-t-il avec un demi-sourire avant de poursuivre plus sérieusement : J'embarque pour Richmond le mois prochain.

Alex hocha la tête avec gravité.

— Pourquoi ai-je l'impression que ce n'est pas tout ? demanda Alex en resservant un verre à son ami.

Il vit Clayton hésiter.

— Cet ordre de mission te concerne également, à condition que tu sois totalement remis de tes blessures. Cette demande provient du président Davis en personne !

Clay sortit une missive de sa poche qu'il tendit à Alex. Ce dernier la parcourut rapidement avant de la froisser et de la jeter à travers la pièce.

— Nom de Dieu !

— J'ai conscience de la situation inconfortable dans laquelle tu te trouves !

— Inconfortable ? Le mot est faible ! Comment crois-tu qu'Erin va réagir en apprenant cela ?

— Elle va sans doute elle-même te tirer une balle dans le cœur ! plaisanta son ami, pince-sans-rire.

Alex lui lança un regard noir.

— Quelques semaines avant notre mariage, Erin m'a supplié d'écrire au président Davis afin de demander ma démission.

— Et que lui as-tu répondu ?

— Je lui ai promis d'y réfléchir.

— Mais tu ne l'as pas fait ! constata son ami avec amertume. Erin n'acceptera jamais que tu repartes au combat, Alex ! Elle a déjà failli te perdre une fois ! Cette annonce risque de l'achever !

— Crois-tu que je ne le sais pas ? s'emporta Alex. Mais

je ne suis pas non plus en position de refuser une mission émanant de notre président !

— Tu as maintenant une femme merveilleuse qu'il te faut chérir et protéger. Tu as fait plus que ta part, au nom de la Confédération, Alex ! Je suis certain que notre président le comprendra.

— Je n'ai pas envie de demeurer sur un échec, Clay ! Et nous avons encore la possibilité de vaincre les fédéraux grâce à Lee et Johnson !

— Je ne sais plus, Alex ! répliqua Clay en se frottant le visage d'une main lasse. Comment fais-tu pour garder encore la foi en sachant que Lee subit de terribles défaites face à Grant ? Et tu sembles oublier que tu es marié dorénavant à une nordiste, tout comme ta sœur a épousé un officier de l'Union ! Reste en dehors de cela, Alex ! Ce n'est plus ta guerre !

— Je ne suis pas de ton avis et je refuse que mes sentiments pour Erin viennent modifier mes croyances les plus profondes ! Le Nord n'a jamais eu la légitimité pour nous dicter notre conduite. Et c'est contre cette injustice que je souhaite me battre jusqu'au bout !

Clay soupira.

— Quand vas-tu l'annoncer à Erin ?

— Demain. Et toi, vas-tu le dire à Kathleen ?

Clayton se redressa dans son fauteuil.

— Bien sûr ! Mes sentiments envers ta cousine sont sincères, je voulais que tu le saches.

— Je n'en ai jamais douté, Clay !

— Je sais parfaitement que je ne pourrais jamais prétendre à épouser la fille d'un duc. Et Kathleen est la dernière personne dont il fallait que je tombe amoureux.

— Mais tu n'as rien pu faire ! Je suis bien placé pour

comprendre la situation complexe dans laquelle tu te trouves. Mais j'ai fini par obtenir ce que je désirais le plus. Alors, ne perds pas espoir, vieux frère !

Sur ces sages paroles, il abandonna son ami pour aller rejoindre sa merveilleuse femme dans leur chambre à coucher. Son sourire s'effaça tandis qu'il gravissait les escaliers. Il vivait sans doute les derniers instants de félicité conjugale. Car lorsqu'il ferait part de sa décision à Erin, il y avait fort à parier que leur récent bonheur allait se briser comme un miroir que l'on jette à travers une pièce. Cependant, si elle l'aimait réellement, Erin finirait par comprendre qu'il n'avait pas le choix et qu'il devait écouter ce que sa foi lui dictait.

— Comment peux-tu envisager une seule seconde de retourner au combat après toutes les épreuves que nous avons traversées ?

Erin fit face à Alex, le regard fulminant.

Ce dernier termina de boutonner sa chemise avant de répondre :

— Le président Davis me l'a demandé personnellement !

— Pourquoi a-t-il encore besoin de toi ? Ne lui as-tu pas suffisamment démontré ta loyauté ? Tu as failli mourir, Alex !

— La guerre n'est pas encore terminée, Erin ! L'aurais-tu oublié ? Je suis toujours officier dans la marine confédérée !

Erin sentit la panique la gagner.

— Tu devais démissionner ! argua-t-elle avec véhémence.

— Je devais y réfléchir. C'est différent !

— Je croyais que nous en avions terminé avec tout cela !

— Erin, essaye de me comprendre ! tenta de l'apaiser Alex en la saisissant par la taille.

Mais la jeune femme le repoussa avec brusquerie.

— C'est impossible ! Je refuse de prendre le risque de te perdre à nouveau ! Pourquoi devrais-je être la seule à accepter de me sacrifier ? Si tu m'aimes réellement, je te demande de renoncer à te battre pour une cause perdue !

— Une cause perdue ? enragea Alex en enfilant sèchement sa veste. Le Sud n'est pas encore battu, nom de Dieu !

Erin contint à grand-peine l'émotion qui lui brûlait la poitrine. Pourquoi refusait-il de voir la vérité ? Elle aurait voulu le frapper pour lui faire entendre raison ou se jeter à ses pieds pour le supplier de rester ! Elle était à bout d'arguments !

— Ouvre les yeux, Alex ! Le Sud est acculé, ce n'est qu'une question de jours avant que l'Union remporte la victoire ! Il n'y a plus rien à faire !

Alex serra les mâchoires. Entendre Erin se rapprocher dangereusement de la vérité lui sembla insupportable.

En colère, il se rapprocha d'elle et lui saisit les poignets pour l'attirer vers lui.

— J'ai prêté serment, Erin ! Et j'irai jusqu'au bout ! Tout comme tu as prêté serment en devenant ma femme et en promettant de m'aimer pour le meilleur et le pire !

Le rappel cruel de leurs vœux de mariage fit à la jeune femme l'effet d'une bassine d'eau glacée jetée en plein visage.

À cet instant, elle le maudit du fond du cœur.

— Très bien ! Tu n'as qu'à partir si tu le souhaites puisque ton honneur et ta loyauté pour le Sud comptent plus que moi ! Mais n'espère pas que je t'attende sagement en Angleterre comme une bonne petite épouse soumise pendant que tu risques ta vie de l'autre côté de l'océan !

Ils se mesurèrent du regard.

— Et où iras-tu ?

— À Philadelphie.

— C'est impossible !

— Vraiment ?

— Dois-je te rappeler que tu t'appelles à présent Erin Morgan, épouse d'un officier confédéré ? Crois-tu que tes concitoyens t'accueilleront toujours à bras ouverts et se montreront conciliants quand ils découvriront la vérité ?

— Ma famille saura me protéger !

— Ta famille ne pourra rien contre la cour martiale si les fédéraux apprennent que ton mari et le célèbre capitaine Cleveland ne font qu'un et que tu étais au courant ! Je refuse que tu prennes ce risque inconsidéré !

Elle l'observa d'un regard tranchant et croisa les bras en un geste déterminé.

— Et moi je refuse de te perdre ! hurla-t-elle.

Alex se passa une main sur le visage.

— J'en ai assez de vivre comme un fugitif et de me cacher en Angleterre pour sauver ma vie ! Si je retourne au combat, c'est aussi pour défendre ma liberté ! La mission que Davis nous a confiée est capitale ! Si nous ne parvenons pas à forcer le blocus pour apporter des armes aux troupes de Lee et Johnson, le Sud n'a plus aucune chance ! Pourquoi refuses-tu de le comprendre ?

Erin baissa la tête pour lui dissimuler ses larmes.

— Parce que je t'aime ! Et parce que je suis terrifiée à l'idée de te voir repartir au combat !

Alex lui releva le menton et plongea ses yeux dans le regard voilé de la jeune femme.

— Je t'aime moi aussi plus que tout, Erin ! Et je ne désire rien d'autre que fonder une famille et vivre heureux et en paix avec toi ! Mais cela ne sera pas possible tant que la guerre continue à déchirer notre pays ! Il est temps qu'elle prenne fin, d'une façon ou d'une autre !

— Crois-tu vraiment qu'à toi seul tu vas pouvoir changer les choses ? Alex, c'est de la folie !

— Je dois suivre ce que me dicte mon cœur. Une dernière fois.

— Une fois de trop !

Il lui entoura tendrement le visage de ses mains si masculines et réconfortantes et posa son front contre le sien.

— Erin… Je reviendrai te chercher. Je te le promets !

La belle nordiste ferma les yeux, consciente de la futilité d'un tel serment. Alex pouvait mourir, ils le savaient tous deux.

Alex sentit les larmes de sa femme couler contre ses doigts, et l'émotion lui brûla la gorge.

— Quand pars-tu ?

— Dans un mois.

Du pouce, il chassa le chagrin de la jeune femme, puis comme cela ne suffisait pas, il l'embrassa avec ardeur.

Erin lui agrippa les cheveux et lui rendit son baiser avec passion, comme si ce dernier pouvait effacer comme par enchantement sa peur et sa douleur. Avec brusquerie, elle lui ôta sa veste, puis sa chemise subit le même sort. Il lui fallait sentir sa peau, sa chaleur réconfortante sous ses mains. Il lui fallait le sentir vivant et vibrant contre elle.

Alex répondit aussitôt à cette étreinte désespérée

D'un geste sec, il déchira le haut de sa fine chemise de baptiste et plongea son visage dans le creux de ses seins, la dévorant de baisers enflammés.

Un embrasement comme ils n'en avaient encore jamais connu les gagna tous deux, mêlant sentiment d'urgence et désir de défier la mort qui menaçait leur amour.

Ils s'aimèrent avec une passion décuplée, chacun se donnant à l'autre comme si c'était la dernière fois.

Une pluie fine et glaciale accompagna le départ d'Alex et Clayton.

Erin se tenait sur le perron, indifférente aux rafales cinglantes qui lui fouettaient le visage, se mêlant à ses larmes silencieuses. Alex se rapprocha d'elle et l'embrassa sans se soucier des visages fermés qui les observaient.

Erin lui caressa la joue avec tendresse.

— Fais attention à toi, je t'en supplie !

Alex hocha la tête avec gravité et lui embrassa la paume de la main.

— Je vous aime, madame Morgan.

Puis il lâcha sa main et monta en selle.

Clay s'inclina devant Kate.

— Lady de Grey, ayez l'assurance que votre sourire m'accompagnera chaque jour comme un précieux réconfort !

Kate lui pressa la main.

— Ne faites pas l'idiot, Clayton Harrison ! chuchota-t-elle. Et tâchez de revenir en vie.

Clay la couva d'un regard ardent.

— J'y compte bien, madame ! J'ai maintenant toutes les raisons de prier pour que cette guerre cesse le plus rapidement possible.

— J'attends votre retour avec impatience !

Le jeune officier lança un coup d'œil nerveux en direction du duc et de la duchesse, mais le regard avenant dont ils le gratifièrent chassa ses doutes.

Plus heureux que jamais, il saisit les mains de Kathleen et lui chuchota :

— Vous avez mon amour pour toujours, Kate. Quoi qu'il arrive !

Sur ces derniers mots, il sauta en selle.

Quelques minutes après, les deux cavaliers s'éloignèrent et disparurent dans la brume qui recouvrait le parc d'un épais manteau de cendres, comme un sombre présage. Aucune des deux silhouettes ne chercha à se retourner, chacune essayant de lutter contre les doutes et la peur qui les assaillaient comme une armée hurlante de fantômes.

Alex eut tout le loisir de regretter sa décision les mois qui suivirent, même si en tant qu'officier il devait mettre ses sentiments de côté et accomplir son devoir sans le moindre doute ni indécision.

Mais cela lui était de plus en plus difficile au fil des jours qui marquaient la débâcle de l'armée confédérée et avec elle le désespoir de tout le peuple sudiste ! Les Yankees étaient partout, pillant et incendiant tout ce qui représentait autrefois la splendeur du Sud. Les troupes rebelles, menées par Lee et Johnson, ne représentaient plus que des ombres se mouvant avec courage sur le champ de bataille. Épuisés, affamés, les hommes ne parvenaient plus à affronter les assauts répétés de l'Union et s'effondraient comme un château de sable léché par les vagues.

Stephen Mallory, le ministre de la Marine, avait attribué

à Alex le commandement d'une nouvelle canonnière, *L'Esquive*, afin de forcer le blocus. La priorité absolue demeurait de réapprovisionner l'armée en armes et en munitions.

En ce matin du 21 février 1865, Alex contemplait avec amertume l'épaisse fumée et la lueur rouge de l'incendie qui annonçait l'arrivée des Yankees dans la ville de Wilmington.

— Crois-tu sincèrement que nos troupes ont encore une chance ? lui demanda Clay, une pointe de tristesse dans la voix. Même si nous parvenons à débarquer la cargaison, combien de temps Bragg va-t-il encore pouvoir tenir ?

— Nous devons au moins essayer.

Mais le ton d'Alex manquait de conviction.

Alors qu'ils approchaient du port, ils se retrouvèrent pris sous le feu de deux canonnières fédérales, *Le Dakota* et l'*Alcione*, qui les prirent en chasse afin de les empêcher d'accoster.

L'Esquive ne tarda pas à riposter, tout en effectuant un demi-tour afin de regagner la barre et prendre les vapeurs fédéraux de vitesse. Alex était conscient que leur armement était nettement inférieur à celui des deux navires yankees. C'était un combat perdu d'avance. La fuite représentait leur seule issue… Une nouvelle fois.

Les obus pleuvaient de tous côtés, rendant leur progression délicate.

Alex serra plus fort la barre et héla Clay qui se trouvait près de la timonerie. Alors que son ami accourait dans sa direction, un obus toucha le pont et une formidable explosion retentit, jetant Alex à terre avec une violence qui lui coupa un instant la respiration. Lorsqu'il se redressa, une fumée âcre recouvrait le pont, l'empêchant de distinguer les dégâts.

— Capitaine ! hurla le quartier-maître Stevens.

Ce dernier arriva à sa hauteur et tendit la main pour l'aider à se relever après avoir constaté qu'Alex n'était pas blessé.

— As-tu vu le lieutenant Harrison ?

Ce dernier secoua la tête.

— C'est le chaos sur le pont ! On voit aussi bien que dans un conduit de cheminée ! Le début d'incendie a été maîtrisé ! Et aucun mât n'a été touché !

Malgré l'angoisse qui le tenaillait concernant son ami qu'il n'avait pas revu depuis l'explosion, Alex ne pouvait se permettre de quitter son poste tant que le navire ne se trouverait pas en sécurité.

Avec rage, il retourna à la barre, plus déterminé que jamais à en faire baver à ces ordures de Yankees.

Quelques instants plus tard, Stevens réapparut à ses côtés.

Son air grave alerta aussitôt Alex.

— Capitaine, vous devriez venir ! Le lieutenant Harrison ! Il est gravement blessé. Il…

Le quartier-maître peinait à trouver les mots.

Alex comprit aussitôt et son sang se glaça.

— Les Yankees semblent avoir lâché l'affaire. Nous ne sommes plus qu'à un mile de la barre. Laissez-moi prendre votre place, capitaine !

— Nous prenons la direction de Nassau ! se contenta d'annoncer Alex avec circonspection.

Stevens hocha tristement la tête en comprenant qu'Alex mettait fin à leur ultime tentative de secourir les troupes à terre. La perte de certains de leurs camarades, qui venait se rajouter à l'échec de leur mission, était une pilule dure à avaler.

— À vos ordres, capitaine !

Lorsque Alex aperçut Clay, étendu sur le sol dans une mare de sang, la jambe à moitié arrachée, il ne put retenir un haut-le-cœur. Le corps de son ami était agité de violents soubresauts. Alex comprit qu'il ne pourrait plus rien pour lui.

Avec une vive émotion, il lui saisit fermement la main.

— Je suis là, Clay !

Son ami tourna vers lui un regard voilé, un regard de celui qui se sait condamné.

Ce dernier articula avec difficulté :

— Tu… as été… comme un frère pour moi.

Puis arrachant sa plaque d'identification autour de son cou, il la remit en tremblant dans la main d'Alex.

— Dis… dis à Kate… que… suis désolé… jusqu'à la… fin… n'ai pensé qu'à… elle.

Sa tête roula doucement sur le côté, ses beaux yeux gris tournés vers le vide à jamais.

Alex saisit son ami dans ses bras et se pencha sur lui tout en poussant un cri déchirant. Fou de douleur, il pleura sur cette saleté de guerre qui l'avait séparé des gens qui comptaient le plus dans sa vie ! Pour ces milliers de soldats qui avaient donné leur vie jusqu'à l'épuisement ! À son chagrin se mêla une profonde déception, celle de la disparition du Sud, qu'il aimait autant que sa famille !

D'un violent effort, il se reprit, mais ses hommes purent l'entendre murmurer :

— C'est fini. Tout est fini.

Erin sortit avec Kate se promener dans le parc afin de profiter de la douceur du mois de juin. Une brise aussi légère que le vol d'un papillon caressait leur visage et faisait voleter leurs cheveux. Le parc de Pleasant Hill était particulièrement beau à cette époque. Elles s'arrêtèrent sous le vieux chêne qui veillait jalousement sur le jardin d'eau, bordé par l'ample feuillage des *gunnera tinctoria* et des fleurs violacées et blanches des iris.

Erin aperçut une ombre voiler le regard de son amie.

— Que se passe-t-il, Kate ?

— La reddition de Lee a eu lieu en avril, répondit doucement la jeune femme. Ils devraient déjà être de retour !

Erin sentit sa gorge se serrer.

Les craintes de son amie lui rappelèrent avec cruauté ses propres angoisses qui l'empêchaient de trouver le sommeil la nuit. Plus d'un an s'était écoulé depuis le départ des deux hommes. Quant à la dernière lettre d'Alex, arrivée il y a seulement un mois, bien après la capitulation du Sud, elle remontait à début février. Que s'était-il passé depuis ? Que signifiait ce long silence ?

La jeune femme retint ses larmes. Alex était toujours en vie ! Elle refusait tout simplement d'envisager qu'il ne puisse pas tenir la promesse qu'il lui avait faite avant de quitter l'Angleterre.

Erin avait accueilli la fin de la guerre avec soulagement d'autant plus une merveilleuse nouvelle était venue ponctuer cette longue agonie. Peu après le départ d'Alex, Kate avait reçu une lettre d'Anna qui leur apprenait le retour de Justin. Celle-ci était datée de plusieurs mois auparavant, les nombreux timbres qui jouxtaient l'enveloppe témoignant du parcours chaotique que cette missive avait vécu. L'acheminement du courrier semblait être devenu compliqué, même pour le Nord. L'attaque des vaisseaux corsaires confédérés y était sans doute pour beaucoup, ce qui avait arraché un sourire à Erin. Savoir son frère en vie et en sécurité à Philadelphie avait rendu l'attente plus supportable !

Cependant, la jeune femme ne pouvait donner tort à Kate. Des scénarios, aussi mauvais les uns que les autres, nourrissaient ses pensées et ses journées. Sans la présence et le soutien de son amie, cette attente insupportable l'aurait sans doute rendue folle.

Soudain, Erin sentit Kate lui saisir le bras, tout en pointant du doigt l'entrée du domaine.

La jeune femme plissa les yeux.

Au départ, elle ne vit qu'une petite ligne sombre, qui prit progressivement forme au fur et à mesure qu'elle remontait la grande allée, dégageant un fin nuage de poussière.

Erin attrapa la main de Kate et la serra avec force.

Un cavalier. C'était un cavalier ! Qui semblait pressé d'arriver au regard de la vitesse à laquelle il poussait sa monture.

Les deux jeunes femmes retinrent leur souffle, ne parvenant pas encore à distinguer l'homme qui se trouvait en selle.

Les jambes d'Erin se mirent soudain à trembler.

Quelque chose dans son allure…

Non ! Elle devait attendre pour en être certaine.

Mais son corps sembla ne plus lui obéir. C'est à peine si elle sentit qu'elle s'était mise à courir aussi vite que ses jupons le lui permettaient.

Un cri monta du plus profond de sa poitrine, alors qu'elle distinguait maintenant clairement les traits du cavalier.

L'homme mit pied à terre.

La seconde d'après, elle se jeta dans les bras que ce dernier lui tendait.

Chapitre 33

Erin se mordit la lèvre inférieure tandis que la voiture empruntait la longue allée gravillonnée qui la ramenait chez elle. Enfin.

Son cœur battait à tout rompre, et malgré la joie de retrouver une partie de sa famille, elle ne pouvait s'empêcher d'éprouver une profonde anxiété à l'approche de la grande demeure en briques rouges.

Tant de temps s'était écoulé depuis qu'elle avait quitté Philadelphie, au beau milieu d'un conflit qui les avait tous marqués, de façon très singulière, et dont ils garderaient les cicatrices à jamais.

Sa famille comprendrait-elle son long silence ? Lui pardonnerait-elle les tourments dans laquelle sa disparition avait dû les jeter ? L'amour pouvait-il tout effacer ?

Les doigts rassurants d'Alex se nouèrent aux siens.

— Tout va bien se passer, ma douce ! lui chuchota-t-il à l'oreille. N'aie pas peur !

Erin adressa un pâle sourire à son mari.

— Comment peux-tu en être aussi certain ? Connaissant le caractère orageux de mon frère, je doute que nos retrouvailles se fassent dans un climat paisible.

Alex émit un petit rire sardonique.

— Je ne crains aucunement la réaction de Justin. Sa

colère fondra dès lors que nous serons tous réunis. Nous avons tous tellement souffert, il est temps pour chacun d'entre nous de tourner la page et d'œuvrer à la paix, en particulier au sein de notre nouveau foyer.

Sur ses mots, il l'embrassa avec tendresse.

— Fais-moi confiance.

La jeune femme acquiesça avant d'affirmer :

— Tu dois être impatient de ton côté de revoir tes sœurs.

Alex se rembrunit.

Cinq années s'étaient écoulées depuis son départ. Cinq longues années durant lesquelles ils avaient tous changé, vécu des drames, et parfois l'innommable. Au point de devenir peut-être les uns pour les autres des étrangers, de devoir à nouveau s'apprivoiser en douceur afin de retrouver les liens fraternels que la guerre avait étiolés de ces longues mains fourchues. Cela prendrait du temps, mais il ne doutait pas de l'issue heureuse de leurs retrouvailles. L'heure n'était plus à la vengeance, ni à la rancœur, même si un grand nombre de ces concitoyens étaient loin d'éprouver les mêmes sentiments. Combien d'années faudrait-il au Sud pour panser ses blessures, enterrer ses morts et apprendre à vivre sous le joug nordiste en amoindrissant sa haine ? Alex craignait que l'oubli ne soit jamais possible et tous, au Nord comme au Sud, devaient apprendre des erreurs commises pour ne plus revivre l'horreur.

De son côté, l'ancien officier avait eu cinq longues années pour cheminer. Il était temps de laisser le passé derrière lui. Un jour, il retournerait en Louisiane, il en était certain, mais pas avant que l'apaisement se dépose à nouveau sur les terres et dans les cœurs meurtris. Y compris dans le sien.

— Alex ? insista Erin. Tout va bien, mon amour ?

Le jeune homme lui adressa un sourire rassurant.

— J'ai hâte de rattraper le temps perdu et de découvrir tout ce qui s'est passé en mon absence.

Son regard se perdit un instant dans l'immensité du parc qui bordait la demeure des Hamilton.

— Le peu que nous avons appris m'a terrifié ! Il est temps pour moi de connaître la vérité, même si ce qui m'importe surtout aujourd'hui, c'est que mes sœurs soient en vie et en sécurité.

Erin lui pressa la main en signe d'encouragement alors que l'élégante voiture s'arrêtait dans un crissement devant le perron.

Elle aperçut alors une silhouette qui lui était familière monter les marches d'escalier. Lorsque l'homme se retourna, l'étonnement marqua ses traits.

Erin poussa un petit cri.

Sans réfléchir, elle relâcha la main de son mari avant d'ouvrir la porte à toute volée et de sauter du véhicule en direction de l'homme qui s'était immobilisé devant la porte.

Justin cligna des yeux, se croyant victime d'une hallucination. Il considéra longuement la ravissante jeune femme qui accourait vers lui, le soleil allumant des reflets flamboyants dans sa chevelure cuivrée qui retombait en cascade de boucles jusqu'au milieu du dos.

Un silence insoutenable s'étira entre les deux jeunes gens alors que celle-ci gravissait les escaliers à sa rencontre. Il rencontra alors ses yeux bleu pâle presque gris, aussi pétillants que dans son souvenir, et un sourire radieux qu'il ne connaissait que trop bien.

Son cœur fit un salto dans sa poitrine.

— Erin ?

Une souffrance aiguë le disputa à une joie pure lorsqu'il prit enfin conscience que sa sœur était de retour… et bien vivante.

— Erin !

Il eut à peine le temps d'ouvrir les bras avant que cette dernière se jette sur lui et enfouisse son visage dans son cou en soufflant :

— Justin ! Dieu soit loué !

Son frère aîné l'enlaça par la taille et la fit tournoyer autour de lui avant de la reposer à terre. Puis il l'écarta afin de contempler son visage et de s'assurer qu'elle était bien réelle.

Erin lui adressa un sourire tremblant alors que des larmes glissaient sur ses joues comme une légère pluie d'été.

Elle lui caressa la joue avec tendresse, notant au passage les légers changements qu'affichaient les traits de son aîné, imprégnés des stigmates de la guerre.

Qu'à cela ne tienne. Justin était en vie, et c'est tout ce qui lui importait à cet instant.

— Vous m'avez tous terriblement manqué ! Je suis si heureuse de rentrer enfin à la maison !

— Erin, répéta-t-il, comme pour donner corps à la présence de la jeune femme.

Il avait encore du mal à admettre que c'était bien sa sœur qu'il tenait dans ses bras.

Toutes ces années à la rechercher, à lutter contre un profond sentiment de désespoir à l'idée qu'elle ait pu périr seule et loin des siens ! Le chagrin incommensurable que chacun avait éprouvé en la croyant disparue à jamais !

Son regard s'assombrit au souvenir de tous ces instants.

— Bon sang, Erin ! Nous étions tous morts d'inquiétude ! Nous t'avons cherchée partout, nous avons lancé des détectives aux quatre coins du monde, mais tu t'es volatilisée sans laisser de traces ! Où diable étais-tu pendant tout ce temps ?

— Avec moi, fit une voix traînante derrière elle.

Justin se raidit, réalisant alors seulement qu'Erin était accompagnée.

Il reconnut instantanément le ton familier à l'accent sudiste et légèrement moqueur de l'homme qui s'était adressé à lui, tout en descendant de la voiture à son tour.

Son sang ne fit qu'un tour.

— Non, c'est impossible ! gronda-t-il. Espèce de salopard !

Erin posa immédiatement une main apaisante sur son torse.

— C'est une longue histoire ! s'empressa-t-elle de rajouter. Je t'en prie, Justin, essaye de te contrôler et de lui donner une chance !

Celui-ci écarta sa sœur sans ménagement et avisa le jeune homme qui était appuyé contre la voiture dans une attitude nonchalante.

— Donne-moi une bonne raison de ne pas te tuer sur-le-champ ! aboya-t-il en se ruant sur lui, le poing levé.

Ignorant la menace, l'homme se redressa lentement et mit les mains dans ses poches.

— Je doute que nos sœurs respectives voient d'un bon œil ce que tu t'apprêtes à faire !

Cette remarque fit mouche, car Justin suspendit instantanément son geste.

— Si j'apprends que tu as manqué de respect à Erin et mis sa vie en danger, je…

— J'ai fait d'elle une femme respectable, si cela peut soulager ta conscience.

— Tu as fait quoi ? rugit Justin.

— J'ai épousé Erin, répéta laconiquement Alex, comme s'il s'agissait d'une simple conversation courtoise.

Justin pâlit sous l'effet d'une violente colère.

— Et tu crois que cela va suffire à te faire pardonner des tourments dans lesquels tu as jeté toute notre famille durant ces trois dernières années ?

— Je n'ai pas vraiment eu le choix.

Justin serra les poings, se retenant de justesse de flanquer son nouveau beau-frère à terre pour le rouer de coups.

— Si, Alex ! Tu avais le choix de nous la ramener saine et sauve !

— C'est précisément ce que je suis en train de faire, répliqua Alex sans se départir de son flegme.

Justin inspira profondément pour retrouver son sang-froid alors qu'Erin posait une main apaisante sur son bras.

— Justin ! Je t'en prie…

— Je n'arrive pas à croire que tu aies épousé Erin !

— Et moi, je n'arrive pas à croire que tu aies épousé ma sœur ! martela Alex sur le même ton.

Ils se mesurèrent du regard, comme deux chiens de faïence prêts à en découdre jusqu'à ce que mort s'ensuive.

Erin jugea que c'était le moment opportun d'intervenir. Elle vint se placer aux côtés d'Alex et l'enlaça par la taille. Le regard complice et amoureux qu'ils échangèrent n'échappa pas à Justin.

— Tu as toutes les raisons d'être en colère, Justin ! J'ai moi-même lutté férocement contre Alex pendant très longtemps. Mais certaines choses ne s'expliquent pas… Je l'aime, Justin ! Et je suis rentrée à la maison, c'est tout ce qui compte actuellement ! N'es-tu pas de mon avis ?

— Si, finit par admettre Justin du bout des lèvres. Mais…

Sa sœur le fit taire en posant son index sur la bouche.

— Nous aurons tout le temps d'en débattre un peu plus tard. J'ai tellement hâte de revoir nos parents et Chris !

Son regard se voila soudain.

— Nick ? demanda-t-elle avec espoir.

Son frère secoua la tête, les traits marqués par une profonde souffrance.

Erin lui caressa la joue.

— Les miracles existent, dit-elle avec douceur, comme pour apaiser sa propre douleur.

Justin posa une main sur la sienne.

— Pas cette fois, ma chérie. Je suis désolé.

Une larme silencieuse coula sur la joue de la jeune femme alors qu'elle hochait lentement la tête.

— Ce conflit nous a tous tellement meurtris, Justin. J'espère que nous finirons par trouver la paix.

Elle lui adressa un faible sourire et choisit de changer de sujet.

— Je suis impatiente de faire connaissance avec ma nouvelle belle-sœur qui a eu le courage de t'épouser en vertu de ton mauvais caractère ! Je l'admire rien que pour cela !

Elle fut rassurée de voir Justin se détendre légèrement à l'évocation d'Anna.

— Et il paraît que je suis tatie ! renchérit-elle, désireuse de dissiper la tension qui les menaçait tous comme un orage naissant. Mon Dieu ! Je ne sais même pas par où commencer ! Nous avons tellement de choses à rattraper. Allons, rentrons !

Elle poussa devant elle Justin avec autorité avant de chuchoter à son mari :

— Es-tu prêt à revoir Anna et à rencontrer le reste de ma famille ?

Alex hocha la tête, la gorge nouée, et poussa un long soupir. La guerre civile venait à peine de s'achever, mais pour lui un nouveau combat semblait s'annoncer.

Ses yeux suivirent le vol d'un rossignol qui vint se poser avec grâce sur la rambarde. Le chant mélodieux et flûté du petit oiseau s'éleva, transmettant un message de paix à ceux qui lui prêteraient une oreille attentive.

Le jeune homme sourit.

L'avenir ne s'annonçait peut-être pas aussi sombre qu'il le présageait.

Erin glissa sa main dans la sienne et entremêla ses doigts aux siens.

La tension quitta aussitôt son corps.

Le bonheur était désormais à sa portée, et rien désormais ne pourrait venir le gâcher.

Sa femme lui adressa un sourire rayonnant. La joie évidente d'Erin réchauffait le cœur d'Alex et atténuait ses regrets de l'avoir tenue éloignée de sa famille durant ces trois années. Il avait pris le risque de la perdre, mais Erin avait fini par lui pardonner, et aujourd'hui leur amour était ce qui comptait le plus dans sa vie. Cela et le fait de retrouver sa propre famille.

— Je t'aime, murmura-t-elle.

Il l'attira à lui avant de l'embrasser.

— Et je t'aime aussi, Erin Callaghan-Hamilton Morgan !

Cette dernière laissa échapper un petit rire avant de l'entraîner à l'intérieur.

Anna se dirigea vers le bureau et ouvrit le tiroir du haut dans lequel reposait le drapeau aux couleurs de l'Union. Ce dernier leur avait été remis lors de la cérémonie qui avait rendu hommage aux officiers morts ou disparus. D'une main tremblante, elle caressa le tissu soyeux avant de déposer avec douceur l'enveloppe reçue le matin même, ornée de nombreux timbres et tampons, juste à côté de la médaille d'honneur décernée à titre posthume à Nicholas. Ce jour-là, le haut-commandement leur avait annoncé qu'ils cessaient toute recherche concernant ce dernier, invitant avec une forme d'amertume les membres de la famille Hamilton présents à débuter leur deuil.

Une larme égarée glissa sur la joue de la jeune femme, qu'elle essuya du bout des doigts en retenant un gémissement étranglé.

Il était étrange que cette lettre, tracée de la main de Nicholas, leur soit parvenue aujourd'hui, après de longs mois d'errance, comme si le temps et cette guerre sordide n'avait eu aucune emprise et que le jeune homme s'apprêtait bientôt à franchir le seuil de la porte pour leur annoncer avec un grand sourire que tout ceci n'avait été qu'une vaste facétie de l'existence.

La lettre n'avait pas encore été décachetée, son arrivée inattendue réveillant une vive douleur au sein de la famille alors qu'Anna prenait son petit-déjeuner en compagnie de ses beaux-parents, Justin étant partie tôt à son cabinet.

Bouleversée, Elizabeth s'était effondrée au côté d'Anna et de Daniel, prise d'un brusque malaise. Elle se reposait à présent dans sa chambre, refusant la collation qu'Anna lui avait apportée pour le déjeuner.

Anna fut interrompue dans ses réflexions tourmentées par Justin.

— Ah, tu es là, mon amour ! Je t'ai cherchée partout !

Il s'interrompit en observant une certaine pâleur sur le visage de sa femme.

— Anna ? Que se passe-t-il ?

— Elle est arrivée ce matin, répondit Anna d'une voix blême en lui désignant l'enveloppe. Elle… Elle vient de Nicholas. La date est bien trop ancienne pour que…

Elle n'acheva pas sa phrase, submergée par l'émotion.

Une sourde douleur envahit Justin alors qu'il tenait entre ses doigts tout ce qu'il restait des traces de son cousin. Bon sang ! Il n'arrivait toujours pas à accepter que Nick ait pu succomber sur le champ de bataille alors que la fin du conflit approchait.

Anna l'enlaça et posa sa joue contre son dos en murmurant :

— Je suis désolée.

Son mari posa la main sur la sienne, revenant brusquement à l'instant présent. Cette lettre pouvait attendre. Il avait presque oublié la raison pour laquelle il était parti à la recherche d'Anna.

Cette demeure avait grandement besoin de lumière et d'espoir, et pour la première fois depuis des mois, il espérait que le retour inespéré de sa sœur et d'Alex rallumerait un peu de soleil dans leur cœur.

— Tu ne l'ouvres pas ? demanda Anna avec une certaine gravité en se détachant de lui.

Justin secoua la tête.

— Ceci peut attendre, ajouta-t-il d'une voix enrouée en replaçant avec délicatesse l'enveloppe dans le tiroir.

— Justin ! s'étonna Anna. Cette lettre contient peut-être…

Il la fit taire d'un baiser, avant de la gratifier d'un long regard, empreint d'une douceur qui chassa aussitôt la tristesse et les ombres qui les enveloppaient.

— Cela ne le ramènera pas, mon cœur. Et je ne suis pas encore prêt.

Anna lui caressa la joue.

— Je sais tout cela. Mais…

— Chut ! J'ai une très belle surprise pour toi qui ne peut pas attendre, elle ! Je pense que tu ne le regretteras pas.

Anna le regarda, méfiante.

— Si c'est encore un prétexte pour m'entraîner dans votre lit au beau milieu de l'après-midi, Justin Camden Hamilton, cela ne marchera pas !

Ce dernier rit sous cape et lui embrassa le bout du nez heureux de retrouver une lueur espiègle dans les yeux de sa femme. Anna était la seule à pouvoir chasser d'un regard ses pires démons, la seule à l'apaiser quand le passé le menaçait. Comment imaginer une vie sans elle ?

— Mmm… Je suis en effet tenté par votre soudaine proposition, madame Hamilton, mais je vous assure qu'il ne s'agit pas de cela ! Cependant, nous pouvons également nous arrêter rapidement dans notre chambre avant de descendre au salon si tu y tiens vraiment.

Anna lui donna une petite tape sur le bras.

— Tu es incorrigible !

— Et parfaitement déraisonnable lorsqu'il s'agit de toi… Surtout si tu enlèves cette robe !

Anna sourit, tout en se frottant lascivement à lui.

— Je me laisserais bien amadouer par tes arguments, maître, mais tu as piqué ma curiosité ! Descendons au salon !

— Sans passer par la chambre ?

— Non ! Cela t'apprendra !

— Tu n'es qu'une adorable sorcière et une horrible tentatrice, murmura-t-il contre sa bouche. J'aurais ma revanche ce soir…

— Mais j'y compte bien, mon amour de Yankee.

Et elle s'éloigna dans un mouvement de hanche suggestif qui arracha un gémissement sourd à Justin.

Le rire d'Anna résonna dans le couloir.

Justin s'empressa de la rejoindre. Lorsqu'ils s'arrêtèrent tous deux devant la porte du salon, il ressemblait à un chat qui s'apprête à attraper une délicieuse souris.

— Après toi, mon amour !

Anna pénétra dans le salon, tout en se demandant quelle mouche piquait son mari aujourd'hui.

Elle avisa tout d'abord avec surprise sa belle-mère. Non seulement cette dernière avait quitté la chambre, mais elle affichait un regard brillant et un sourire radieux aux lèvres, qu'Anna ne lui avait encore jamais vu. Elle était en train d'échanger avec une joie non feinte avec une magnifique jeune femme aux cheveux cuivrés qui se retourna hâtivement à son entrée.

Puis elle le vit.

Il se trouvait près de Daniel et de Chris, un verre de whisky à la main. Il releva aussitôt la tête vers elle en entendant son exclamation étouffée.

Leurs regards se croisèrent et s'aimantèrent, refusant de se lâcher.

— Alex ! Mon Dieu, Alex ! C'est bien toi ?

En deux enjambées, il fut sur elle et l'instant d'après, elle pouvait le serrer dans ses bras tandis que de profonds sanglots la secouaient.

— Alex !

— Anna ! Si tu savais comme tu m'as manqué ! Comme vous m'avez tous manqué !

La jeune femme recula et contempla le visage adoré de son frère cadet.

— Mais comment…

Il l'interrompit en posant son doigt sur sa bouche.

— Pas maintenant, nous avons toute une vie dorénavant pour rattraper le temps perdu.

Alex avait raison. Ils avaient tant à se dire. Mais cela pouvait attendre. Plus rien ne les séparerait désormais.

— Tu as l'air très heureux.

— Je le suis. Et toi, ma grande sœur adorée ?

— Je le suis également, au-delà même de tout ce que j'avais pu imaginer !

— J'espère bien ! répliqua-t-il en jetant un œil suspicieux à Justin qui était venu se placer aux côtés de sa resplendissante épouse.

Alex la relâcha et alla enlacer la jolie jeune femme qu'Anna avait aperçue près de sa belle-mère.

Soudain, elle comprit et poussa une nouvelle exclamation de surprise.

— Anna, laisse-moi te présenter ma femme, Erin.

— E… Erin ? répéta Anna, stupéfaite.

Elle chercha le regard de Justin, pour confirmer ses soupçons. Ainsi, Alex était lié à la disparition de la jeune femme durant ces dernières années.

Cela n'avait aucun sens ! Justin et sa famille devaient

être fous de rage après son frère ! Quant à ce dernier, il allait devoir lui fournir quelques sérieuses explications !

Justin lui adressa un sourire sardonique.

— Il semblerait qu'Alex et moi, nous soyons doublement beaux-frères dorénavant.

Anna vint prendre sa nouvelle sœur dans ses bras.

— C'est merveilleux ! Je suis si heureuse que vous soyez en vie, Erin ! Même si Alex ne perd rien pour attendre !

Elle lança un regard noir à son frère cadet par-dessus l'épaule d'Erin.

— Soyez la bienvenue dans la famille Morgan.

— Je vous remercie du fond du cœur pour cet accueil chaleureux, Anna ! Et je suis ravie d'avoir de nouvelles sœurs ! Je me sentais bien seule au milieu de tous ces garçons.

Son regard se voila un instant, et Anna comprit qu'Erin devait sans doute penser à Nicholas.

Justin prit Anna par la main et déposa un baiser dans ses cheveux.

D'instinct, elle posa une main sur son ventre arrondi, qui verrait naître dans quelques mois un petit frère ou une petite sœur pour Hope.

Apaisée, elle contempla ceux qui représentaient ce qu'elle avait de plus cher au monde, sa famille. Elle constituait le parfait exemple qu'une union entre le Nord et le Sud serait à nouveau possible un jour, du moins c'est ce qu'elle souhaitait de tout son cœur.

Son bonheur était enfin complet. Il lui avait fallu beaucoup de temps, de larmes, de peurs pour en arriver là, mais cela en avait valu la peine. Le Sud vivrait toujours en elle. Cependant, il leur fallait à présent tourner la page et écrire une nouvelle histoire.

Chapitre 34

Alex laissa son regard se perdre au-delà du parc, tout en songeant aux récents évènements. Il y avait tant à dire que les mots se bousculaient parfois, peinant à franchir les lèvres ou se perdant dans la douceur d'un geste qui venait remplacer l'indicible.

Alex sentit soudain une présence à ses côtés.

Il sourit en reconnaissant le parfum de jasmin qui n'appartenait qu'à sa sœur.

Anna ne pouvait s'empêcher de le toucher depuis son retour, comme pour vérifier qu'il était bien réel.

Elle avait tellement changé en son absence !

Le temps, sa nouvelle maternité et son amour pour Justin avaient fini par calmer la tempête qui couvait en elle ces dernières années. Il y avait maintenant sur son visage une douceur et une sérénité qu'il ne lui avait jamais connues.

— Tu as bien dormi ? demanda-t-elle en l'embrassant affectueusement sur la joue avant de s'asseoir avec lenteur sur le banc, une main posée sur son ventre.

Découvrir Anna dans son rôle de mère avait profondément ému Alex. Les deux familles se réjouissaient de cette nouvelle grossesse. Hope était sans doute la plus impatiente de découvrir ce mystérieux bébé qui se cachait sous les robes de sa maman comme elle l'affirmait régulièrement à son nouvel oncle.

Alex lança à sa sœur un regard malicieux.

— Oui. Quand vas-tu cesser de me couver comme une mère poule ?

Anna lui donna une tape sur l'épaule.

— Cesse de te moquer, insolent ! En tant qu'aînée, tu m'as donné bien du souci !

Alex l'embrassa dans les cheveux et affirma d'un ton contrit :

— Si seulement je pouvais revenir en arrière, j'agirais différemment, crois-moi !

Lorsque sa sœur lui avait relaté les événements qui les avaient conduites à fuir Willmore, Alex avait senti une rage froide l'envahir. Sans Justin, Dieu sait ce qui aurait pu arriver à Anna ! Il lui serait éternellement reconnaissant d'avoir sauvé sa famille, même s'il demeurait soit dit en passant un insupportable Yankee !

Quant à Gavin MacDonald, Alex arrivait encore à peine à imaginer qu'il s'agissait du même homme qui s'en était pris à sa sœur et à Justin tout d'abord à Londres, puis à Baton Rouge ! Quand il songeait aux ignominies commises par cet individu envers leurs deux familles, il ne pouvait que se féliciter que justice ait été faite par sa main. Il espérait qu'Anna pourrait désormais trouver la paix, elle qui lui avait confié à quel point elle redoutait dans ses pires cauchemars que le nordiste surgisse à nouveau dans leurs vies et qu'il finisse par nuire ou commettre un acte odieux envers ceux qui lui étaient le plus chers.

Alex se rembrunit aussitôt.

Il avait tant de choses à rattraper avec ses sœurs !

La nouvelle famille que formaient Anna, Justin et Hope

était attendrissante, comme si quelque chose de bon avait pu sortir des horreurs perpétrées par l'aveuglement de tout un pays. Il était tellement heureux pour sa sœur... et pour Justin. Mais il était hors de question pour lui de l'admettre ouvertement devant ce dernier ! Du moins pas dans l'immédiat...

Un sourire effleura ses lèvres à cette idée, car il avait de plus en plus de difficulté à ne pas éprouver d'affection pour ce beau-frère qu'il avait tant méprisé à une époque, en tout cas, c'est ce qu'il avait longtemps pensé. Pourtant, au plus profond de lui-même, il savait qu'il l'avait secrètement admiré malgré leurs différends.

Avec Chris en revanche, leur amitié avait été rapidement une évidence, tous deux libérés des préjugés et des dissensions instaurés par le conflit. Alex passait de longs moments avec le cadet des Hamilton à arpenter le chantier naval de la famille et élaborait au fil de ses visites de nombreuses idées innovantes concernant les navires. Un tel enthousiasme n'était pas pour déplaire à Daniel, qui lui avait plusieurs fois fait sous-entendre une possible association. Mis en confiance par son beau-père, Alex n'avait dorénavant qu'un seul rêve en tête, intégrer l'Institut de technologie du Massachusetts afin de devenir ingénieur et parfaire ses connaissances en génie maritime. La guerre lui avait permis de découvrir son appétence pour la navigation, et sa nouvelle vie lui offrait désormais des horizons inespérés. S'appesantir sur le passé et sur ce qui n'était plus ne faisait pas partie de ses projets. Sa vie se trouvait maintenant dans le Nord et auprès d'Erin. Rien d'autre ne comptait.

Il n'avait pas encore eu l'occasion de revoir Bella, dont l'arrivée était prévue pour la fin de semaine. Grâce à la guerre, il songea que sa sœur aussi avait pu réaliser son rêve. Dire qu'elle n'avait pas hésité à s'engager sur le front pour être au plus près des blessés, faisant preuve d'un courage dont il ne l'aurait jamais cru capable !

Les femmes de sa famille s'étaient révélées au cœur de cette guerre impitoyable, et il ne pouvait que ressentir de la fierté pour ses sœurs.

Cependant, il s'inquiétait pour Bella. Anna lui avait reporté qu'elle avait considérablement changé depuis son retour, s'enfermant dans un mutisme que même leur amour ne parvenait pas à briser. Elle ne revenait que rarement à Philadelphie, arguant que ses études lui prenaient tout son temps. Bella les avait informés qu'un long travail restait à faire auprès des blessés qui se comptaient encore par milliers dans les hôpitaux nordistes. Déjà petite, Bella était ainsi. Elle ne s'avouait jamais vaincue devant un animal blessé. Sa sœur allait devenir un excellent médecin, il n'avait aucun doute à ce sujet.

Ses pensées dérivèrent ensuite vers Marie ! Découvrir qu'elle était en réalité sa demi-sœur l'avait rempli de joie. Il avait toujours su au fond de lui qu'un lien particulier les unissait quand ils étaient enfants. Il n'en voulait pas à son père de leur avoir menti toutes ces années. Alex avait fini par comprendre que tous les actes de ce dernier avaient été avant tout dictés par son amour incommensurable pour ses enfants. Son père, comme tout homme, avait ses propres failles. Et tout comme Alex, il avait toujours écouté son cœur.

Le temps du pardon était venu, et il avait désormais l'intention de profiter de chaque instant avec sa famille. En tout cas, Philadelphie semblait parfaitement convenir à Marie. Elle aussi avait beaucoup changé. Il n'avait pas été surpris d'apprendre que peu de temps après leur arrivée à Philadelphie, Marie s'était engagée auprès d'Elizabeth afin de participer à certaines œuvres caritatives, ce qui avait rapproché les deux femmes contre toute attente. Marie avait mis ses talents de couturière au service des soldats et des plus démunis, cousant sans relâche pour transformer le moindre bout de tissu en vêtement utile. Puis comme cela ne lui suffisait plus, elle avait à son tour plongé dans l'enfer de la guerre. Aujourd'hui, il avait devant lui une femme épanouie, indépendante et certaine de ses choix. Il se doutait qu'un certain ancien officier n'était pas étranger à son récent bonheur. Il espérait qu'elle puisse à son tour fonder sa propre famille. Elle le méritait, surtout après ce que ce salopard d'Aberdeen lui avait fait subir. Alex avait été soulagé d'apprendre sa mort, sous la main de Marie qui plus est ! Il se félicitait encore à ce jour d'avoir appris à ses sœurs à se défendre, même si cela lui avait valu quelques remontrances cuisantes de son père à l'époque !

Son cœur se serra, comme à chaque fois qu'il songeait à ce dernier.

Anna demeura silencieuse à son côté quelques instants puis elle le regarda, tout en chassant une mèche de cheveux derrière son oreille. Elle n'avait pas besoin de mots explicites pour deviner ce qui tourmentait son frère depuis son retour.

Une petite mésange bleue se posa sur le dossier du banc et leur lança un regard curieux, mais ni l'un ni l'autre ne lui prêtèrent attention. Ne se sentant pas menacé, l'oiseau commença à lisser son plumage velouté avec ardeur avant de partir à la recherche d'un repas substantiel dans l'immense jardin.

— Alex, ce qui est fait est fait, et chacun d'entre nous a commis son lot d'erreurs, moi la première. Mais nous devons laisser le passé derrière nous. Après tout, cela nous a permis également de trouver la paix à laquelle nous aspirions tous. N'est-ce pas le plus important ? À ce sujet, Erin et moi-même espérons de tout cœur la possibilité d'une réconciliation durable entre Justin et toi ?

Alex croisa les bras.

— Nous nous parlons… De temps en temps.

Anna lui jeta un regard dubitatif.

— Vous vous regardez sans cesse comme deux chiens convoitant le même os ! La guerre est terminée il me semble !

— Erin me tient chaque soir le même discours.

— Si vous tenez à notre bonheur à toutes les deux, vous devriez sérieusement y réfléchir.

— Peut-être ! maugréa Alex. Es-tu seulement venue me retrouver pour me sermonner ?

Anna prit soudain un air grave.

— Non.

Elle lui montra une enveloppe qu'elle tenait à la main.

— Je suis venue te donner ceci. Je pense qu'il est temps pour toi de te pardonner certaines choses. Cette lettre aurait dû te parvenir depuis longtemps. Mais nous ne savions pas où te joindre, ni même si tu étais encore en vie.

Alex prit la missive d'une main hésitante lorsqu'il reconnut l'écriture familière de son père.

Anna lui caressa affectueusement la joue.

— Prends tout ton temps.

Et elle s'éclipsa sur ces dernières paroles lourdes de sens.

Erin observait avec inquiétude Alex par la fenêtre du salon. Cela faisait maintenant près de deux heures que ce dernier se tenait immobile sur le banc, la lettre de son père posée sur ses genoux.

La jeune femme se décida enfin à le rejoindre, tout en prenant soin d'emporter avec elle le petit paquet qu'elle avait préparé.

Lorsqu'elle s'assit à ses côtés sur le banc, Alex lui prit la main sans un mot. La jeune femme attendit dans le silence paisible du parc qu'il soit prêt à parler.

Erin ne se lassait de contempler cet écrin de verdure qui l'avait vue grandir. Elle laissa remonter ses souvenirs d'enfance que faisaient renaître l'effluve entêtant de la roseraie et l'irrésistible odeur d'ananas des genêts du Maroc qui bordaient l'allée. Elle eut une pensée douloureuse pour Nicholas, dont la disparition l'avait anéantie, ainsi que pour Jordan, son ami de toujours. Ce dernier avait été tué lors de la bataille de Gettysburg, l'un des affrontements les plus meurtriers que leur pays ait connu, les deux camps confondus.

Alex la tira de ses sombres rêveries.

— Mon père me connaissait bien mieux que je ne le pensais.

— Il avait deviné que tu finirais par t'engager ?

Alex hocha la tête.

— En effet ! Il me décrit son espoir que je reste fidèle aux principes qu'il m'a inculqués et me précise qu'il sera toujours fier de moi, peu importe le chemin que je déciderai de prendre. Il me demande également de lui pardonner d'avoir cherché à protéger son fils unique tout en notant qu'il ne regrette pas ce qu'il a fait. Il termine sa lettre en précisant que certains actes d'amour demandent bien plus de courage et d'abnégation que d'affronter la mort elle-même. C'est une leçon que j'ai bien apprise depuis !

Erin porta la main d'Alex à ses lèvres et lui embrassa la paume.

— Es-tu enfin prêt à lui pardonner ? Et te pardonner à toi-même ?

— Oui. Je crois que oui ! Mais je me sentirai totalement serein une fois que j'aurais pu me recueillir sur sa tombe.

— Un jour, je te promets que nous retournerons à Willmore, quand la paix se sera installée durablement. En attendant…

Elle déposa un joli paquet entouré d'un ruban blanc juste à côté de la lettre.

— Il m'a semblé que c'était le bon moment pour te faire ce cadeau.

Alex eut un sourire mutin.

— En quel honneur m'offres-tu un paquet ?

— Mmm… Peut-être est-ce pour célébrer le fait que tu deviens un homme raisonnable ?

Alex posa le présent sur le banc et prit sa femme sur ses genoux.

— J'ai toujours été un homme très raisonnable vous concernant, madame Morgan.

Et il lui prit les lèvres pour un long baiser qui les plongea tous deux dans un moment de pure délectation et qui démentait totalement ses propos.

Erin finit par s'arracher à la bouche tentatrice d'Alex en riant.

— Et si quelqu'un nous aperçoit de la fenêtre ?

— Ils verront juste un homme fou amoureux de la magnifique jeune femme qu'il tient contre lui. Et entre nous, ce n'est pas Anna et Justin qui nous jetteront la première pierre !

Erin pouffa et lui donna une tape sur la main.

— Laisse-les tranquilles ! Leur bonheur conjugal fait plaisir à voir. Ils méritent eux aussi de rattraper le temps perdu !

— Tout comme nous, répondit-il tout en déposant une pluie de baisers dans son cou.

Les lèvres du jeune homme remontèrent ensuite vers la peau sensible située sous son oreille, ce qui arracha à Erin de délicieux frissons de plaisir.

— Et si nous nous éclipsions discrètement dans notre chambre afin que je te prouve à quel point je t'aime !

— Tu me l'as déjà montré ce matin, il me semble ! ne put-elle s'empêcher de répliquer, taquine.

— Ce n'était pas suffisant…

Erin le repoussa et se mit debout devant lui pour lui échapper.

— Vous avez encore un paquet à ouvrir, monsieur Morgan.

— Ce cadeau est-il plus important que toi, nue dans mon lit ?

Erin le regarda avec une étrange lueur.

— Il l'est.

Elle avait enfin réussi à éveiller sa curiosité.

Alex ôta le ruban et déchira le papier avec impatience. Mais lorsqu'il souleva le couvercle de la boîte, il resta sans voix devant la paire de chaussons de laine délicatement posée dans un écrin de coton.

Inquiète par son soudain silence, Erin demanda d'une voix incertaine :

— Alex ! Dis quelque chose, je t'en prie !

Pour toute réponse, son mari bondit sur elle et après l'avoir saisie dans ses bras, il la fit tournoyer dans les airs en hurlant de joie.

Puis tout essoufflé, il s'arrêta et posa son front contre le sien.

— Tu en es certaine ?

— Oui, mon amour.

Alex l'embrassa.

— Si c'est une fille, je veux qu'elle ait la couleur de tes cheveux !

— Mais si c'est un garçon…

— Alors il aura tes yeux et toutes les femmes tomberont à genoux devant lui !

— Et pourquoi pas l'inverse ?

— Peu importe ! J'ai bien l'intention d'avoir une grande famille de toute façon !

Alex était aux anges.

Qui aurait pu prédire qu'une ravissante nordiste le rendrait fou de bonheur ?

Le destin peut se montrer parfois très joueur !

Il embrassa fougueusement Erin avant que celle-ci se détache, les yeux brillants.

— Nous avons été tous les deux gagnants, même s'il nous a fallu un peu de temps pour nous en rendre compte !

Tout à leur badinage amoureux, ils ne virent pas les cavaliers remonter l'allée à vive allure.

Quelques instants plus tard, ils entendirent une voix tonner derrière eux.

— Capitaine Alexander Morgan ?

Alex se retourna, Erin encore dans ses bras.

Son sourire se figea en apercevant deux officiers de l'Union Navy se dresser devant eux d'un air méprisant.

Alex prit le temps de poser délicatement Erin au sol. Puis il lança un regard en biais à Anna qui les avait suivis.

L'angoisse de son aînée était palpable. Malheureusement, il n'était pas en mesure de la rassurer à cet instant.

Il répondit d'une voix ferme :

— Lui-même, messieurs ! Mais il me semble avoir perdu mon grade de capitaine il y a quelques mois lors de la reddition de Lee. À qui ai-je l'honneur ?

— Capitaine Chambers. Et voici le lieutenant Edison.

Alex leur répondit par un salut militaire que les deux officiers lui rendirent.

— Capitaine Morgan, vous êtes en état d'arrestation ! déclara le capitaine Chambers tandis que le lieutenant s'approchait pour menotter Alex sous le regard horrifié des deux jeunes femmes.

— Et de quoi suis-je accusé exactement ? les interrogea calmement Alex en sentant la morsure froide de l'acier contre sa peau. Il me semble que le général Lee a demandé à Grant l'immunité et la liberté pour tous les soldats et officiers confédérés et que cela lui a été accordé.

— En effet, capitaine Morgan ! Mais cela n'incluait pas les actes de piraterie et de trahison envers l'Union !

Erin retint un cri, mais les deux hommes l'ignorèrent.

— Allons-y ! s'impatienta Chambers en poussant Alex devant lui.

— Attendez ! s'exclama Anna. Où le conduisez-vous ?

— Le capitaine Morgan va être emprisonné à l'ancien Capitole en attendant son procès.

Erin tenta de s'interposer.

— Non ! Vous ne pouvez pas faire cela ! Vous n'avez aucune preuve !

Alex décida d'intervenir.

— Erin, mon amour, regarde-moi !

La jeune femme plongea son regard voilé par les larmes dans le sien.

— Tout va bien se passer, je te le promets ! Prends soin de toi et du bébé. Je t'aime !

Sans se soucier des sourires goguenards des deux officiers yankees, Erin l'embrassa, une main sur sa joue.

— Je t'aime aussi ! Pour toujours.

— Alex ! s'exclama Anna. J'ai envoyé Daniel prévenir Justin. Nous allons nous battre à tes côtés !

Le capitaine Chambers lui lança un regard entendu, comme s'il ne croyait pas un instant qu'Alex allait échapper à la pendaison.

C'était sans connaître Anna qui se dressa devant lui de toute sa hauteur.

— J'espère pour vous, capitaine Chambers, que vous détenez de sérieuses preuves contre mon frère ! Sinon mon mari ne fera qu'une bouchée de vous et vous pourrez dire adieu à votre belle carrière !

Chambers se raidit, peu habitué que l'on s'adresse à lui sur ce ton hautain. Encore moins s'agissant d'une femme.

— Savez-vous ce qu'il peut vous en coûter, madame Hamilton, de menacer ainsi un officier ?

Anna plissa les yeux.

— Vos grands airs ne m'intimident pas, capitaine Chambers !

Puis lui tendant aussi les poignets, elle lui lança un regard furibond.

— Voulez-vous m'arrêter également, capitaine ? Je suis certaine que l'emprisonnement d'une femme enceinte et mariée à un ancien officier de l'Union décoré par le président Lincoln en personne fera la joie du *Philadelphia Inquirer* !

Chambers recula en grommelant, pestant contre

l'insolence des femmes qui se croyaient tout permis depuis la fin de la guerre.

Les deux jeunes femmes regardèrent les trois silhouettes s'éloigner lentement à cheval.

Anna pressa la main d'Erin.

— Justin est le meilleur avocat de Philadelphie ! Alex n'a rien à craindre.

Erin porta la main à son ventre.

— Je l'espère, Anna. Je l'espère de tout cœur !

Justin pénétra dans la pièce sombre et exiguë qui servait de parloir et prit place en face d'Alex dont le visage fermé témoignait de l'épreuve qu'il était en train de traverser. Le fait que son beau-frère se retrouve emprisonné à l'ancien Capitole révélait la gravité de la situation. Seuls les prisonniers importants, les officiers confédérés compris, avaient le privilège d'être enfermés dans ce qui représentait autrefois le siège du Congrès de Washington.

Justin observa longuement Alex avant de prendre la parole.

La lumière blafarde de la lampe à pétrole qui pendait au-dessus d'eux comme une épée de Damoclès accentuait les ombres et creusait les traits de son visage émacié. Une barbe de trois semaines obscurcissait sa mâchoire, le rapprochant de la caricature populaire du corsaire qu'il était encore il y a quelques mois.

— Tu as bonne mine ! ironisa Justin.

Les lèvres d'Alex s'incurvèrent d'un franc sourire, ce qui rassura le jeune avocat.

— Rien ne vaut l'obscurité et l'humidité d'une prison yankee pour se refaire une santé, comme tu peux le voir !

Ses traits redevinrent soudain sérieux.

— Comment va Erin ? Et Anna ?

— Elles vont bien. J'ai eu toutes les peines du monde à les convaincre de rester à Philadelphie. Je les imaginais sans peine molester les gardes ou le directeur du Capitole si elles m'avaient accompagné ! Même si je ne doute pas que ce spectacle aurait été réjouissant vu leur caractère enflammé, cela n'aurait pas joué en ta faveur !

Alex ne put retenir un sourire en imaginant la scène. Une sudiste et une Écossaise, toutes deux enceintes, au Capitole ! Une alliance explosive qui aurait certainement fait trembler les murs de la prison.

Ce faisant, Justin sortit deux lettres de sa sacoche et les lui tendit.

— Voilà de quoi réchauffer tes prochaines nuits.

Alex prit les missives et les dissimula dans sa manche.

Puis il se rencogna dans son siège et posa la question qui lui brûlait les lèvres :

— Comment cela se présente pour moi ?

Le long silence qui suivit suffit à l'alarmer.

Il était donc fichu !

L'image d'Erin vint aussitôt le hanter. Il était prêt à tout tenter pour gagner le droit de la retrouver. Pour connaître également le bonheur d'être père. Il avait encore tant de choses à vivre ! Dieu ne pouvait pas lui avoir permis de survivre à cette guerre pour lui reprendre la vie aussitôt !

Le regard gris et impénétrable de son beau-frère se posa sur lui.

— La loi martiale de l'Union est très claire en ce qui concerne les actes de piraterie ! D'autant plus lorsqu'il s'agit du célèbre capitaine Cleveland et de *L'Annabella* !

Alex devint livide.

— Pas seulement envers les corsaires, souffla-t-il. Ils ont pendu le directeur de la prison d'Andersonville il y a trois jours !

Justin avait appris la nouvelle sans surprise, compte tenu de la réputation de la prison confédérée dans laquelle il avait failli être conduit. Mais il n'avait pas le cœur à polémiquer maintenant avec son beau-frère.

— Il y avait de nombreux éléments à charge pour Andersonville, commença-t-il.

— Ce qui n'est pas mon cas ?

Justin secoua la tête et sortit une épaisse pochette.

— J'ai lu attentivement ton dossier. Ils ne possèdent pratiquement rien contre toi. Seul subsiste le témoignage du capitaine Harper de l'*USS Delaware* qui avait recueilli les propos d'un dénommé Samuel Bennett. Ce dernier affirme dans son rapport que le capitaine Cleveland et le capitaine Alexander Morgan ne sont qu'un seul homme, Bennett ayant reconnu son ancien voisin. Le fait que ce dernier soit mort et dans l'impossibilité de témoigner à nouveau contre toi lors du procès jouera en ta faveur. Sans compter qu'il s'agit d'un déserteur ! Même s'il s'agit d'un ancien soldat confédéré, cet acte de lâcheté le discrédite totalement, même aux yeux des fédéraux. Il sera facile de faire passer son témoignage pour de simples allégations qui avaient pour but de se venger de votre famille et de nuire à un brillant officier confédéré.

Sur ces mots, il sortit une nouvelle liasse de documents.

— J'ai ici plusieurs témoignages qui évoquent la famille Bennett en des termes peu élogieux, sans compter que l'un des frères a été emprisonné pour avoir tenté de voler des provisions dans des entrepôts fédéraux à La Nouvelle-Orléans.

Alex le dévisagea, stupéfait.

— Mais comment as-tu fait ?

— Disons que j'ai fait jouer mes relations qui s'étendent un peu partout... Heureusement pour toi !

Alex croisa les bras et osa se détendre pour la première fois depuis qu'il avait été conduit à Washington.

— Je dois avouer que tu te débrouilles pas mal pour un Yankee ! Même si c'est difficile pour moi de t'avouer cela !

Justin lui lança un sourire narquois.

— Je suis certain que tu finiras par m'apprécier !

— Commence par me sortir de ce fichu trou à rats et nous aurons tout le temps d'en reparler.

Justin reprit son sérieux.

— Alex ! Il existe toujours une part d'incertitude, ne l'oublie pas !

Le jeune homme planta son regard azur dans celui de son beau-frère.

— J'ai toujours eu confiance en toi ! Fais ce que tu as à faire, Justin ! Et si cela tourne mal, promets-moi de veiller sur Erin et notre enfant.

Justin se leva et Alex fit de même.

Pendant un instant, ils se dévisagèrent, indécis. Puis les deux hommes se donnèrent une franche accolade, heureux de pouvoir enfin retrouver leur amitié perdue.

— Tu le feras toi-même, mon frère !

— Que Dieu t'entende !

Plus de deux mois s'étaient écoulés depuis la dernière visite de Justin. De longs jours d'extrême solitude pendant lesquels les pensées, les plus nobles comme les plus angoissantes, n'ont nulle part où se cacher. Où les cauchemars côtoient les rêves les plus doux. Où le désespoir rôde comme un loup affamé, prêt à dévorer celui qui baissera la garde ne serait-ce qu'une seconde.

Dans l'humidité de sa cellule, Alex grelottait.

Des ronflements sonores s'élevaient de l'autre côté du couloir balayé par un courant d'air polaire qui s'infiltrait sous la porte, glaçant le jeune officier jusqu'aux os malgré la couverture qui lui couvrait les épaules.

La flamme de la bougie vacilla sous l'assaut d'une bourrasque plus forte que les autres, et il pria pour qu'elle sorte victorieuse du combat, sans quoi il serait obligé d'attendre le lendemain soir pour rédiger sa correspondance.

Écrire à Erin, raviver en permanence les souvenirs qui se rattachaient à sa belle épouse et penser à leur enfant étaient depuis son incarcération les seules choses qui l'empêchaient de sombrer, lorsque les tirs du peloton d'exécution ou le grincement sinistre de la corde du bourreau résonnaient sur les parois de sa cellule, et que les cris d'agonie se mêlaient au rugissement du vent.

Alex posa un instant sa plume et souffla sur ses doigts engourdis pour les réchauffer avant de les tendre et les replier plusieurs fois afin de chasser les picotements qui couraient sous sa peau. Son regard se posa sur le bol qui avait contenu le bouillon du soir, à peine suffisant pour le réchauffer et pour l'aider à affronter une nouvelle nuit hivernale. Si Justin ne se dépêchait pas, il succomberait certainement à une pneumonie bien avant de rencontrer le regard fielleux de son bourreau.

Grâce à son beau-frère, sa condition de prisonnier avait été pourtant améliorée. Désormais, il disposait d'une cellule pour lui tout seul et d'un repas, certes frugal si on considérait la soupe à peine colorée et le quignon de pain comme un festin, deux fois par jour. Il lui était également permis d'envoyer et de recevoir du courrier une fois par semaine, dès lors, son unique lien avec le monde des vivants.

En toute honnêteté, il n'avait pas peur de la mort, pour l'avoir si souvent frôler au cours de ces trois dernières années, même s'il aurait préféré succomber au cœur des combats plutôt que dans cette prison sinistre. Non. Ce qui le terrifiait, c'était la perspective de renoncer à une existence auprès d'Erin, de ne pas connaître le bonheur d'être père et de vivre un bonheur paisible auprès de sa famille.

À cette seule pensée, un étau le prit à la gorge, et le souffle lui manqua.

Pendant un court instant, il fut saisi d'une grande lassitude et cacha son visage dans ses mains.

Puis il se remémora les mots de sa femme, dans sa missive précédente : *« Ne laisse pas la peur détruire tes rêves, mon amour. »*

Aussitôt, il se ressaisit.

Nom de Dieu ! Il n'était pas question de laisser ces salauds de Yankees le briser !

Il secoua la tête et, après avoir pris une grande inspiration, il reprit sa plume pour achever d'une main ferme la lettre qu'il destinait à celle qui était son étoile dans la nuit.

Erin avait raison.

Il avait encore le choix. Dans son cœur et dans son esprit, ces fumiers de nordistes ne lui voleraient jamais sa liberté, et encore moins ses espoirs, peu importe les privations et les tortures. Ni cette nuit. Demain.

Fort de ces certitudes, c'est avec sa femme qu'il partagea tous ses rêves ce soir-là, malgré la morsure du froid, malgré ses tremblements et l'engourdissement au bout de ses doigts. Pour elle, pour leur bébé, il survivrait à cet enfer, quoi qu'il lui en coûte.

Heureusement pour le jeune sudiste, Justin tint finalement parole.

Trois semaines plus tard, Alex franchit les murs du Capitole en homme libre, sans même avoir été traduit en justice. Cette fois-ci, cette guerre était réellement terminée pour lui.

D'épais flocons de neige l'accueillirent pour sa sortie, mais il ne les remarqua même pas.

Son regard croisa celui de la magnifique jeune femme qui l'attendait avec une certaine appréhension sur le trottoir d'en face.

Sa femme. L'amour de sa vie.

Erin lui adressa un sourire radieux, un sourire qui n'appartenait qu'à elle et qui le mettait à genoux. Alex se retrouva aussitôt quelques années en arrière lorsqu'elle lui avait volé son cœur par une belle matinée de printemps à Londres.

En deux enjambées, il traversa la rue et lui ouvrit les bras avant de l'embrasser avec ardeur pour effacer ces cinq mois de séparation. Puis il posa avec tendresse la main sur le ventre d'Erin qui s'était considérablement arrondi durant son absence pour saluer son enfant.

Alors seulement, il se sentit totalement en vie.

Tandis qu'il se penchait à l'oreille d'Erin pour lui murmurer à quel point elle lui avait manqué, son regard capta une élégante silhouette qui se tenait un peu en retrait et qu'il n'avait pas remarquée immédiatement, tout à la joie de retrouver sa magnifique femme.

Alex se redressa d'un bond, son cœur faisant une brusque embardée dans sa poitrine.

Un bonheur immense l'envahit lorsqu'il reconnut celle qui le dévisageait avec intensité de ses yeux bleu-vert, emmitouflée dans un épais manteau de laine gris. Des yeux qu'il ne pourrait jamais oublier et qui à cet instant brillaient de larmes contenues.

Dieu qu'elle avait changé !

La jeune fille innocente et aux traits encore enfantins qu'il avait quittée cinq ans auparavant n'existait plus, laissant la place à une très belle femme, mais avec un visage et une posture empreints d'une certaine gravité, ce qui était nouveau chez elle. De tous, c'était elle autrefois qui demeurait la plus lumineuse et la plus pétillante.

Pendant un instant, il en voulut à tous ceux qui avaient provoqué cette guerre sordide, privant de soleil les plus belles âmes que leur pays pouvait compter et dont sa petite sœur faisait indéniablement partie.

Tous deux se dévisagèrent en silence un long moment, notant chez chacun les changements opérés par le temps et le crépuscule qui s'était abattu sur leur existence protégée.

Alors sans hésiter, il lui ouvrit les bras.

Un cri d'allégresse vola jusqu'à lui tandis que la jeune femme s'élançait en courant dans sa direction, ses longues boucles miel flottant derrière elle comme un étendard singulier.

Celui de la paix retrouvée.

Il la serra fort contre lui, heureux de retrouver son

parfum d'enfant, un mélange de jasmin et de chèvrefeuille qui lui évoqua aussitôt Willmore.

Dieu qu'elle lui avait manqué !

— Pourrais-tu me laisser embrasser à mon tour ma nouvelle petite sœur ? retentit une voix joyeuse derrière lui. Laisse-la un peu respirer, sinon elle va fondre comme ces flocons dans le creux de nos mains !

Bella étouffa un petit rire dans le cou de son frère et s'écarta de ce dernier en s'exclamant, l'œil pétillant :

— Erin, je présume ? Je suis si heureuse de faire enfin votre connaissance. Anna ne tarit pas d'éloges à votre sujet et connaissant ma chère sœur, c'est une véritable prouesse !

Erin lui sourit, en pressant la main de Bella avec tendresse.

— Le plaisir est partagé, et comme nous sommes sœurs dorénavant, bannissons par pitié toutes ses formules de politesse ! Alex m'a tellement parlé de toi que j'ai hâte que nous puissions enfin faire connaissance. Et puis, nous ne serons pas trop de trois pour nous faire entendre au milieu de tous ces mâles qui arpentent la maison familiale de Quarry Street.

— Vous… Tu as sans doute raison, affirma Bella avec un doux sourire, alors qu'un voile de souffrance traversait ses beaux yeux pers, si furtif qu'Erin aurait très bien pu le rêver.

Elle dévisagea sa belle-sœur avec attention, mais cette dernière se lança dans un bavardage habile qui l'empêcha d'en savoir plus. Elle trouvait étrange de ne pas avoir eu l'occasion de rencontrer Bella depuis leur retour à Philadelphie, comme si la jeune femme fuyait la demeure familiale, prétextant des études qui ne lui laissaient que peu de temps libre. C'était Anna qui effectuait la plupart du temps le voyage pour aller rendre visite à sa sœur.

Anna pensait que Bella avait durement été éprouvée par la guerre. Elle espérait que ses études lui permettraient progressivement d'oublier certains évènements et l'aideraient, tout comme le temps, à panser ses blessures. Il en allait de même pour Erin, qui avait hâte de faire plus ample connaissance avec la jolie étudiante en médecine qui n'hésitait pas à braver les préjugés et les convenances pour suivre ce que lui dictait son cœur. Elle avait été soulagée et heureuse de découvrir que ces belles-sœurs étaient des femmes indépendantes, au fort tempérament, tout comme elle. De quoi animer régulièrement la demeure familiale de Quarry Street !

Alex leur proposa de regagner leur hôtel afin de poursuivre leur conversation, mais Bella déclina poliment son invitation.

— Je dois rentrer à Boston par le train de 17 heures, mais je vous promets de vous rendre visite très prochainement. Nous avons tant de choses à nous dire ! poursuivit-elle, tout en détournant brusquement la tête.

Cependant Alex avait eu le temps d'observer sa détresse. Il supposa que sa sœur était bouleversée tout comme lui par leurs retrouvailles et choisit de ne pas insister, se contentant d'envelopper sa cadette d'un regard protecteur.

— Comme tu voudras, Bella chérie, mais ne tarde pas trop, je t'en conjure !

Bella acquiesça et après une dernière étreinte, elle disparut dans le fiacre qui l'attendait au bout de la rue pour la reconduire à la gare.

Erin fronça ses délicats sourcils en observant sa belle-sœur disparaître dans la grisaille hivernale.

Elle finirait bien par découvrir la cause de cette profonde douleur que Bella tentait de dissimuler derrière un sourire avenant. Les larmes qu'elle avait brièvement aperçues n'étaient visiblement pas des larmes de bonheur.

Il n'était pas utile de mettre Alex dans la confidence dans l'immédiat. À leur grand désespoir avec Anna, les hommes de leur famille étaient tous pareils, ils n'avaient aucun goût pour la subtilité !

À cette pensée, ses yeux pétillèrent tandis qu'ils s'éloignaient tous deux en direction de la voiture des Hamilton.

— Qu'est-ce qui te rend donc aussi joyeuse, ma douce ? murmura Alex à son oreille, avant d'ouvrir la portière et de l'aider à prendre place sur le siège capitonné.

— Toi ! lui confia-t-elle, la gorge serrée par l'émotion.

Elle se pencha vers lui avant de le gratifier d'un profond baiser qui en disait long sur son plaisir de le retrouver après une si longue séparation.

Puis en se redressant, elle posa son front sur le sien et renchérit :

— Uniquement toi !

Pour toute réponse, Alex prit place à ses côtés avec un sourire mystérieux, et après lui avoir à nouveau capturé sa bouche dans un ballet sensuel et enivrant dont lui seul détenait le secret, il la retint prisonnière d'un regard brûlant et complice, prémices d'une nuit qui s'annonçait inoubliable. Il se mit alors à lui chuchoter tout ce qu'il avait imaginé pour elle durant ces longues semaines de captivité qui l'avaient tenu loin d'elle.

Et en effet, il tint toutes ses promesses…

Épilogue

— N'est-ce pas merveilleux de se retrouver à Vauxhall après toutes ces années ? s'émerveilla Louise, tout en glissant un bras sous celui de son amie. Tu as tellement été accaparée par les préparatifs du mariage de Lady de Grey que nous avons à peine eu le temps de nous voir depuis votre arrivée.

Erin adressa à cette dernière un sourire d'excuse.

— J'en suis profondément désolée. Il est vrai que notre quotidien n'est qu'une succession de bals, de dîners et d'essayage. La duchesse de Grey ne ménage pas ses efforts afin que le mariage de Kathleen soit parfait.

Louise acquiesça, tout en faisant danser ses boucles châtains sur ses épaules dénudées.

— Ta cousine a tant été éprouvée par le passé, elle mérite cette fois d'être heureuse. Je suis si contente pour elle ! Son union avec le charismatique duc de Bridgewater est le clou de la saison !

— C'est en effet tout ce que je souhaite pour elle, confirma Erin.

Ce faisant, elle jeta un coup d'œil discret au couple qui devisait à quelques mètres de là avec le comte et la comtesse de Straton en compagnie de Justin et Anna.

L'annonce du mariage de Kathleen avec Julian Egerton,

duc de Bridgewater, les avait tous surpris, car Kate n'en avait jamais fait état dans ses longues missives.

La soudaineté de cette union laissait Erin pensive.

En dépit du sourire que la jeune femme affichait en permanence en présence de son nouveau fiancé, Kate ne semblait pas baigner dans la félicité conjugale. Erin la connaissait suffisamment dorénavant pour ne pas se laisser duper. Elle avait vécu avec Kate tous ses émois lorsque celle-ci était tombée éperdument amoureuse de Clayton. Elle l'avait vue irradier de bonheur durant chaque minute que sa cousine avait passé avec le séduisant officier sudiste.

Il n'y avait désormais aucune étincelle dans le regard de Kate quand elle contemplait le duc, juste une morne indifférence lorsqu'elle pensait ne pas être observée.

Mais dès qu'Erin tentait d'aborder ses inquiétudes avec cette dernière, Kate s'empressait de changer de sujet dans d'habiles pirouettes dont elle seule avait le secret. Ses trois belles-sœurs, qui partageaient ses doutes, n'avaient pas eu plus de succès. Kate semblait déterminer à convoler avec celui dont la réputation sulfureuse avait défrayé de nombreuses fois les chroniques mondaines. Cependant, Erin était mal placée pour le lui reprocher. Elle savait que le pire débauché pouvait se révéler le meilleur des maris.

Un doux sourire effleura ses lèvres à cette idée, lorsqu'elle se remémora l'insupportable gredin qu'avait été Alex au début de leur rencontre, ici même à Londres, cinq ans auparavant.

L'arrivée impromptue du comte de Breckenridge, l'époux de Louise, la ramena sur terre.

— Ma très chère femme ! déclama ce dernier en s'inclinant galamment devant cette dernière. Accepterais-tu de m'accompagner sur la piste de danse pour un quadrille endiablé ? Je sais qu'il s'agit de ta danse préférée.

— Mais très certainement, répondit Louise dans une petite révérence. Erin, viens te joindre à nous, s'il te plaît !

— Avec grand plaisir.

C'est ainsi qu'elle se retrouva à tournoyer sur la piste de danse en compagnie de ses amis, ne boudant pas son plaisir de se retrouver dans ce jardin extraordinaire qui avait changé le cours de sa vie.

Quelques minutes plus tard, à bout de souffle, elle quitta le couple alors que les premières notes d'une valse de Brahms s'élevaient dans la nuit.

Tandis qu'elle observait avec un certain amusement les duos qui se formaient sur la piste, elle se raidit imperceptiblement, consciente d'une présence derrière elle.

— M'accorderez-vous cette valse, jolie nymphe des bois ?

La surprise lui coupa un instant la respiration puis un mystérieux sourire s'étira sur ses lèvres.

Un souffle tiède lui caressa la nuque et un corps dur effleura son dos, provoquant de délicieux frissons sur sa peau… comme autrefois.

Elle s'obligea à demeurer immobile, tout en laissant ses souvenirs remonter lentement à la surface, aussi légers que des bulles de champagne.

Une voix grave et familière résonna au creux de son oreille :

— Allez-vous m'ignorer cette fois encore ?

Le sourire de la jeune femme s'agrandit, mais c'est avec le plus grand sérieux qu'elle répondit, le visage à demi tourné vers lui :

— Pour quelle raison devrais-je vous saluer, monsieur ? Nous n'avons même pas été officiellement présentés.

Deux mains fermes se posèrent sur sa taille, et l'attirèrent contre un torse musclé.

— Laissez-moi donc remédier à ce manquement à

l'étiquette, souffla la voix. Disons que je suis votre humble chevalier pour la soirée !

Des lèvres lui effleurèrent le lobe de l'oreille avant d'en mordiller délicatement la chair, lui arrachant de longs frissons.

— Vous a-t-on dit à quel point vous étiez délicieuse, mademoiselle ?

— Cessez de m'importuner ! parvint à articuler Erin qui avait de plus en plus de difficulté à demeurer imperturbable. Je ne désire pas votre compagnie, ni même valser avec vous !

Elle fit mine de se dégager.

— Vraiment ? murmura l'homme en la retenant prisonnière contre lui. Votre corps me dit tout le contraire. Je vous plais et je vais prendre beaucoup de plaisir à vous le faire avouer.

Ses lèvres quittèrent son oreille pour descendre le long de sa peau délicate jusqu'au creux de son cou qu'il effleura du bout de sa langue.

— Alexander Tyron Morgan ! s'alarma Erin, même si le fait de rejouer leur rencontre à Vauxhall d'une tout autre manière avait quelque chose d'excitant. Nous sommes devenus l'attention de toute l'assemblée !

Elle fit mine de se fâcher.

— Tu es incorrigible !

Ce dernier émit un petit rire avant de se redresser et de coller sa joue contre la sienne.

— Tiens donc ! Vous semblez finalement connaître ma véritable identité, mademoiselle ?

Erin posa ses mains sur celles de l'inconnu, enlaçant ses doigts aux siens.

— Malheureusement oui ! Il paraît que vous n'êtes qu'un insupportable débauché dont il faut absolument fuir la compagnie !

Elle sentit son sourire, même sans le voir.

— Vous avez été mal informée, il me semble ! Je me suis rangé depuis…

— Vraiment ?

— Une merveilleuse fée écossaise m'a ensorcelé, elle seule règne désormais sur mon cœur. Je lui appartiens, de tout mon corps et de toute mon âme. D'ailleurs, je brûle de le lui prouver encore ce soir, affirma l'homme d'une voix rauque. La valse étant bientôt terminée, j'ai en tête une idée bien plus plaisante…

— Ici ? murmura Erin en sentant son ventre se contracter sous cette douce promesse.

— Ici, répondit Alex d'une voix rauque qui ne dissimulait en rien son désir.

Erin retint de justesse un gémissement. Il n'allait tout de même pas oser… Pas à Vauxhall, alors que toute leur famille était présente ce soir !

Sentant sans doute ses réticences, la main de son mari quitta la sienne et vint lui saisir le menton afin de tourner son visage vers lui. Puis il la gratifia d'un long baiser sensuel qui en disait long sur l'envie qui l'habitait à cet instant et qui lui fit perdre la tête, lui faisant oublier tout ce qui n'était pas lui.

Alors que résonnaient dans l'air les dernières notes de musique, Alex s'arracha à son étreinte, et avec la certitude de celui qui se sait aimé et désiré, il frotta avec tendresse son nez contre celui de son adorable épouse avant de chuchoter :

— Désirez-vous maintenant que je vous montre tous les secrets de Vauxhall, mademoiselle Callaghan ?

Erin sentit tout son corps s'enflammer à cette simple idée.

Il avait gagné, comme toujours ! Et elle devait bien admettre que la perspective de se retrouver en tête à tête avec lui dans ce jardin qui avait vu naître leur amour était loin de lui déplaire. Depuis la naissance de Cameron, trois mois auparavant, ils avaient eu peu de réels moments d'intimité pour se retrouver.

Ce soir, Alex lui offrait une parenthèse enchantée en dehors du temps. Et elle comptait bien se saisir de cette occasion pour séduire son gredin de mari.

— Avec grand plaisir, monsieur Morgan.

Le sourire coquin dont il la gratifia fit battre son cœur plus vite. Lui ferait-il toujours cet effet-là, même après de longues années ensemble ?

La réponse lui vint facilement.

Oui, il n'était pas le seul à avoir été ensorcelé. Il lui serait extrêmement facile de retomber amoureuse de son merveilleux mari. Encore et encore…

Et elle allait de ce pas le lui prouver.

Sans hésiter, elle saisit avec confiance la main qu'Alex lui tendait avant de disparaître à sa suite dans l'obscurité.

Et alors qu'au Nord comme au Sud débutait un tout autre combat, celui de reconstruire une trêve durable sur les cendres et les ruines, dans un recoin secret d'un jardin anglais, c'est une tout autre victoire qu'un homme et une femme, pourtant condamnés dès leur rencontre par les égarements de deux nations ennemies, choisirent de célébrer.

Celle de l'amour, de la réconciliation et de la paix.

Note de l'autrice

C'est au cours de mes recherches que j'ai découvert la fabuleuse épopée du *CSS Alabama*, un vaisseau confédéré commandé par le capitaine Raphael Semmes, qui m'a inspiré par la suite les aventures de l'*USS Annabella*.

Si les corsaires ont été prohibés en Europe à partir de 1856, il en est pas de même de l'autre côté de l'Atlantique, la loi américaine autorisant le gouvernement sudiste à avoir recours à ce type de navires en toute légalité, et ce, tout en bénéficiant de la neutralité des ports anglais, français, espagnols ou portugais selon le droit maritime. C'est ainsi qu'au cœur de la guerre civile, durant ce qui a été nommé la guerre de course, L'*Alabama* est rapidement devenu la terreur des mers, mettant à mal le commerce de l'Union en coulant une centaine de bateaux yankees. Son périple a pris fin tragiquement le 19 juin 1864, au terme d'un combat naval mémorable avec le *Kearsarge*, un sloop fédéral, au large de Cherbourg.

Remerciements

J'espère que vous avez pris beaucoup de plaisir à découvrir ce nouveau volet et à retrouver les familles Hamilton et Morgan.

Écrire une saga représente du temps et un travail colossal, notamment parce que je tiens à vous offrir une histoire d'amour qui vous fera vibrer, au cœur de tableaux historiques variés, et je le souhaite, dépaysants. L'un ne va pas sans l'autre, et c'est pour cette raison que j'adore écrire des romances historiques car je m'évade autant que vous à travers mes personnages, la construction de l'intrigue et mes recherches, afin de demeurer au plus près de l'Histoire. J'aime également l'idée de ne pas quitter définitivement les personnages à la fin de l'histoire et de continuer à tisser des liens avec eux au fil des différentes intrigues.

Cette dernière année n'a pas été pour moi un long fleuve tranquille, la vie est ainsi faite. Néanmoins, j'ai pu compter sur la bienveillance et les jolis mots de Marianne, ma très chère éditrice, toujours là au bon moment pour me rappeler à quel point il est magnifique d'accomplir son rêve.

Un rêve qui prend une saveur particulière et inattendue depuis quelques jours puisque *Cœur de corsaire* a remporté le prix des blogueurs Victoria 2023.

Je vous avoue que je ne réalise toujours pas, et je remercie chaleureusement l'ensemble de l'équipe Victoria ainsi que les blogueuses et chroniqueuses, membres du jury, qui m'ont offert ce merveilleux cadeau.

Merci également à Andrea qui veille discrètement sur moi, à mes enfants, mon mari et mes parents qui ne m'ont pas lâché la main ces derniers mois, tout comme toi, Gaëlle, toujours là à n'importe quel moment de la journée pour des mots doux ou un *face time* où nous parlons d'écriture autant que nous refaisons le monde.

Enfin un grand merci à vous, mes très chères lectrices, qui donnez chaque jour un sens à mon travail grâce à votre enthousiasme. Vous, qui prenez le temps d'échanger, de partager vos émotions et ressentis, qui donnez vie aux personnages et à l'histoire que j'ai patiemment crées. Sans votre présence, ce rêve serait condamné à s'essouffler.

Je vous donne donc rendez-vous dans quelques mois afin de poursuivre ensemble cette belle aventure.

Vous avez aimé l'histoire d'Erin et Alex ?
Découvrez celle d'Anna et Justin
dans *Coeurs en guerre* !

Les Historiques

HISTOIRE. AVENTURE. DÉSIR.

Qu'il soit Viking, Highlander
ou chevalier, l'homme idéal change
le destin d'une Belle et brave
les interdits au nom de l'amour.

6 romances à découvrir tous les deux mois.